Princesa
para sempre

Obras da autora publicadas pela Editora Record:

Avalon High
Avalon High — A coroação: a profecia de Merlin
Cabeça de vento
Sendo Nikki
Como ser popular
Ela foi até o fim
A garota americana
Quase pronta
O garoto da casa ao lado
Garoto encontra garota
Todo garoto tem
Ídolo teen
Pegando fogo!
A rainha da fofoca
A rainha da fofoca em Nova York
A rainha da fofoca: fisgada
Sorte ou azar?
Tamanho 42 não é gorda
Tamanho 44 também não é gorda
Tamanho não importa
Liberte meu coração
Insaciável
Mordida

Série O Diário da Princesa
O diário da princesa
Princesa sob os refletores
Princesa apaixonada
Princesa à espera
Princesa de rosa-shocking
Princesa em treinamento
Princesa na balada
Princesa no limite
Princesa Mia
Princesa para sempre

Lições de princesa
O presente da princesa

Série A Mediadora
A terra das sombras
O arcano nove
Reunião
A hora mais sombria
Assombrado
Crepúsculo

Série As leis de Allie Finkle para meninas
Dia da mudança
A garota nova
Melhores amigas para sempre?

Série Desaparecidos
Quando cai o raio
Codinome Cassandra
Esconderijo perfeito

MEG CABOT

Princesa
para sempre

Tradução de
ANA BAN

5ª EDIÇÃO

Rio de Janeiro | 2016

CIP-BRASIL. CATALOGAÇÃO NA FONTE
SINDICATO NACIONAL DOS EDITORES DE LIVROS, RJ.

C116p
5ª ed.
Cabot, Meg, 1967-
　　Princesa para sempre / Meg Cabot; [tradução de Ana Ban]. – 5ª ed. – Rio de Janeiro: Galera Record, 2016.
　　-(O diário da princesa; 10)

　　Tradução de: Forever princess
　　Sequência de: Princesa Mia
　　ISBN 978-85-01-08640-2

　　1. Princesas – Literatura juvenil. 2. Escolas secundárias – Literatura juvenil. 3. Literatura juvenil. I. Ban, Ana. II. Título. III. Série.

09-0778
　　　　　　　　　　　　　CDD – 028.5
　　　　　　　　　　　　　CDU – 087.5

Título original norte-americano
Forever Princess

Copyright © 2009 by Meg Cabot, LLC.

Todos os direitos reservados. Proibida a reprodução,
no todo ou em parte, através de quaisquer meios.

Composição de miolo: Glenda Rubinstein

Texto revisado segundo o novo Acordo Ortográfico da Língua Portuguesa.

Direitos exclusivos de publicação em língua portuguesa somente para o Brasil
adquiridos pela
EDITORA RECORD LTDA.
Rua Argentina 171 – Rio de Janeiro, RJ – 20921-380 – Tel.: (21) 2585-2000
que se reserva a propriedade literária desta tradução

Impresso no Brasil

ISBN 978-85-01-08640-2

Seja um leitor preferencial Record
Cadastre-se e receba informações sobre nossos lançamentos e nossas promoções.

Atendimento e venda direta ao leitor
mdireto@record.com.br ou (21)2585-2002

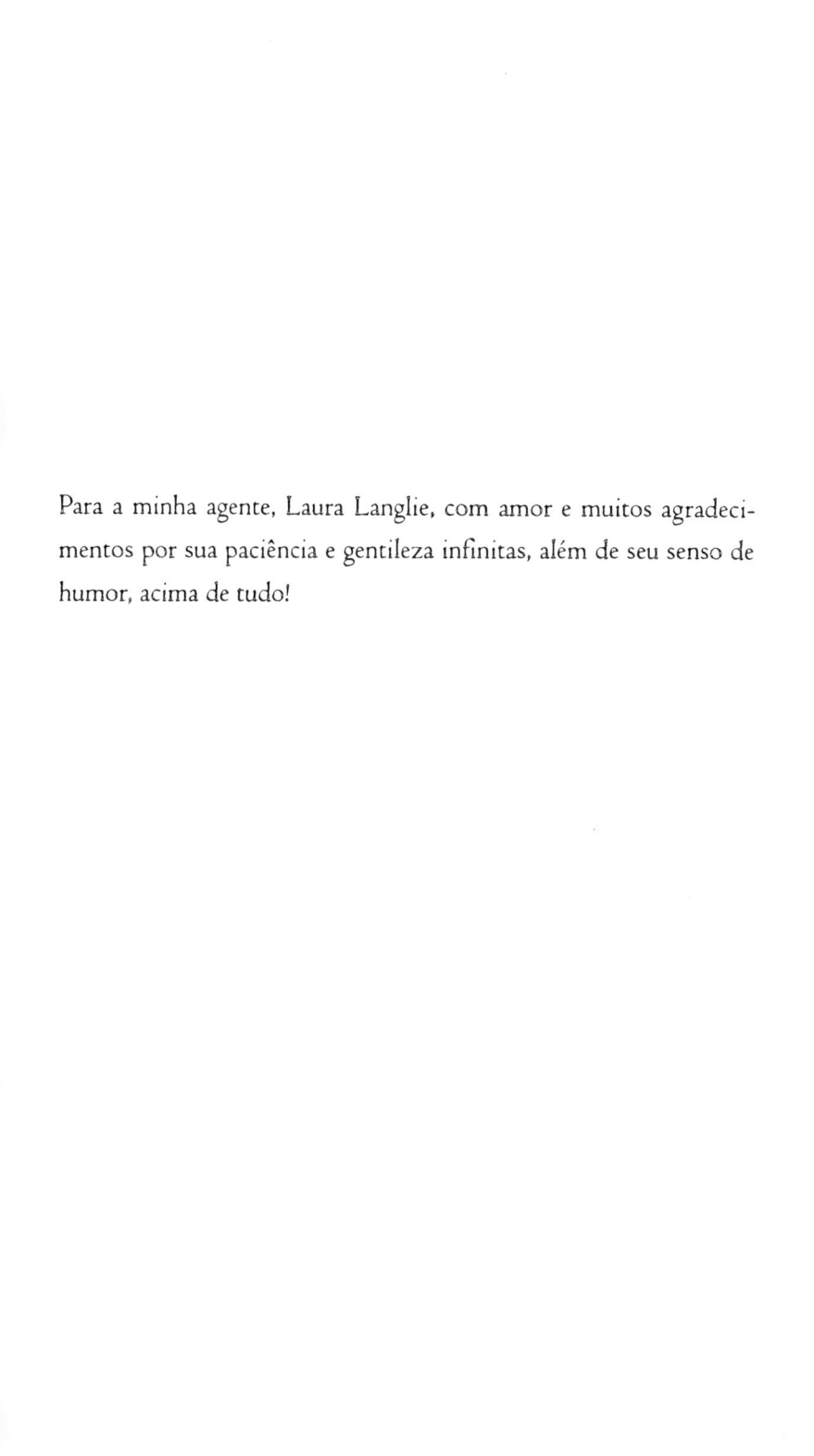

Para a minha agente, Laura Langlie, com amor e muitos agradecimentos por sua paciência e gentileza infinitas, além de seu senso de humor, acima de tudo!

Agradecimentos

Esta série não teria sido possível sem a ajuda de tantas pessoas que seria difícil citar aqui, mas eu gostaria de tentar agradecer especialmente a algumas delas:

Beth Ader, Jennifer Brown, Barb Cabot, Bill Contardi, Sarah Davies, Michele Jaffe, Laura Langlie, Abigail McAden, Amanda Maciel, Benjamin Egnatz, todo mundo na HarperCollins Children's Books que trabalhou com tanto afinco em nome da princesa Mia e seus amigos e, principalmente, os leitores que ficaram com ela até o fim. Um obrigada digno da realeza a todos vocês!

"É exatamente igual às das histórias", ela choramingou.
"As coitadas das princesas que foram colocadas no mundo."

A PRINCESINHA
Frances Hodgson Burnett

*teen*STYLE EXCLUSIVA!

A *teen*STYLE bateu um papo exclusivo com a princesa Mia Thermopolis para falar sobre o que significa ser integrante da realeza, a formatura que está chegando e o que é obrigatório no guarda-roupa dela!

A *teen*STYLE conversou com a princesa Mia na primavera, enquanto ela desempenhava uma entre suas várias atividades de voluntariado, trabalhando na arrumação do Central Park com seus colegas do último ano da Albert Einstein High School, uma vez que todos eles participarão da cerimônia de formatura no local, dentro de algumas semanas!

O que poderia ser menos princesesco do que pintar bancos de parque? E, no entanto, a princesa Mia conseguiu manter seu ar totalmente real com jeans escuro, justo e de cintura baixa da 7 For All Mankind, camiseta branca simples de gola careca e sapatilhas baixas Emilio Pucci.

Esta é uma princesa que sabe mesmo o que é ter *teen*STYLE!

***teen*STYLE:** Vamos direto ao ponto. Muita gente está confusa a respeito do que está acontecendo com o governo da Genovia neste momento. Nossas leitoras estão querendo saber: Você continua sendo princesa?

Princesa Mia: Continuo, claro que sim. A Genovia era uma monarquia absoluta até eu encontrar um documento, no ano passado, revelando que a minha ancestral, princesa Amelie, tinha declarado que o país seria uma monarquia constitucional — exatamente como aconteceu com a Inglaterra há quatrocentos anos. Esse documento foi validado pelo parlamento da Genovia na primavera do ano passado, e agora estamos a duas semanas da eleição para primeiro-ministro.

***teen*STYLE:** Mas você ainda vai governar?

Princesa Mia: Infelizmente, sim. Quer dizer, vou. Vou herdar o trono quando o meu pai morrer. O povo da Genovia vai eleger um primeiro-ministro, assim como acontece na Inglaterra, ao mesmo tempo que ainda conta com um monarca reinante... No caso da Genovia, como somos um principado, é sempre um príncipe ou uma princesa.

***teen*STYLE:** Que ótimo! Então você sempre vai ter aquela tiara, as limusines, o palácio, os vestidos de baile lindos...

Princesa Mia: ...e os guarda-costas, os paparazzi, nada de vida pessoal, gente como você me perseguindo, e a minha avó me forçando a aceitar dar uma entrevista para você para o meu nome aparecer na revista e atrairmos mais turistas para a Genovia? É, vou continuar tendo tudo isso. Como se, neste momento, a gente já não estivesse aparecendo em um número de revistas mais do que suficiente, com o meu pai concorrendo à eleição de primeiro-ministro, e o próprio primo, o príncipe René, concorrendo contra ele.

teenSTYLE: E ele está liderando as pesquisas, de acordo com as notícias mais recentes. Mas vamos passar para os seus planos depois que a escola acabar. Sua formatura na prestigiosa Albert Einstein High School, em Manhattan, será no dia 7 de maio. Quais são os acessórios que você está pensando em usar para amenizar o visual de beca e capelo?

Princesa Mia: Ele está na frente, apesar de eu, francamente, considerar a plataforma de campanha do príncipe René ridícula. Uma das coisas que ele disse foi: "Vocês ficariam surpresos de saber quanta gente no mundo nunca ouviu falar da Genovia. Muitas pessoas acreditam que seja um lugar inventado, algo tirado de um filme. Estou disposto a mudar essa situação." Mas as ideias dele de mudar a Genovia para melhor incluem gerar mais lucros com o turismo. Ele não para de dizer que a Genovia devia se transformar em um destino de férias como Miami ou Las Vegas! *Vegas!* Ele quer instalar cadeias de restaurantes como Applebee's, Chili's e McDonald's para atrair turistas norte-americanos que fazem cruzeiros lá. Dá para imaginar? Que outra coisa poderia ser mais desastrosa para a infraestrutura delicada da Genovia? Algumas de nossas pontes têm cinco séculos de idade! Isso sem mencionar os danos causados ao meio ambiente, que já foi muito prejudicado pelos dejetos lançados pelos navios de cruzeiro...

***teen*STYLE:** Hum... dá para ver que você tem sentimentos apaixonados em relação a essa questão. Incentivamos nossos leitores a se interessar por atualidades, como por exemplo o seu aniversário de 18 anos, que vai ser no dia 1º de maio, como sabemos! Será que há algum fundo de verdade nos boatos de que a sua avó, a princesa viúva Clarisse, está em Nova York já faz algum tempo, planejando uma comemoração de 18 anos totalmente extravagante para você, a bordo de um iate?

Princesa Mia: Não estou dizendo que não haja espaço para melhorias na Genovia, mas não da maneira como o príncipe René quer fazer. Acho que a reação do meu pai — de afirmar que os nossos cidadãos precisam agora, mais do que qualquer coisa, de melhorias no dia a dia — está absolutamente certa. O meu pai, e não o príncipe René, tem a experiência de que a Genovia precisa agora. Quer dizer, ele foi príncipe de lá a vida toda, e está no governo há dez anos. Ele sabe, mais do que qualquer pessoa, do que o povo precisa e não precisa... e ninguém precisa de um Applebee's!

***teen*STYLE:** Então... você está pensando em estudar ciências políticas na faculdade?

Princesa Mia: O quê? Ah, não. Eu estava mesmo pensando em me formar em jornalismo. Com optativa de escrita criativa.

***teen*STYLE:** É mesmo? Então, você quer ser jornalista?

Princesa Mia: Na verdade, eu adoraria ser escritora. Eu sei que é superdifícil ser publicada. Mas ouvi dizer que se você começa escrevendo histórias de amor, tem mais chance.

***teen*STYLE:** Falando em história de amor, você deve estar se preparando para o evento que todas as meninas dos Estados Unidos estão esperando com ansiedade! Uma coisinha chamada BAILE DE FORMATURA?

Princesa Mia: Ah. Hum. É. Acho que sim.

***teen*STYLE:** Vamos lá, pode nos dizer. Claro que você vai ao seu! Todo mundo sabe que as coisas entre você e seu namorado de longa data, Michael Moscovitz, acabaram no ano passado, quando ele foi para o Japão. Ele ainda não voltou, certo?

Princesa Mia: Pelo que sei, ele continua no Japão. E nós somos apenas amigos.

***teen*STYLE:** Certo! Você tem sido vista com frequência na companhia do seu colega John Paul Reynolds-Abernathy IV, que também é aluno do último ano da AEHS. É ele que está pintando aquele banco ali, não é?

Princesa Mia: Hum... é.

***teen*STYLE:** Então... não faça suspense! Vai ser o J.P. que vai acompanhar você ao baile de formatura da Albert Einstein High? E o que você vai usar? Sabe que tecidos metalizados estão com tudo nesta temporada... será que você vai brilhar de dourado?

Princesa Mia: Ai, não! Desculpe! Não foi intenção do meu guarda-costas chutar aquela lata de tinta para cair tudo em cima de você. Mas como ele é desajeitado! Por favor, mande para mim a conta da lavanderia.

Lars: Aos cuidados do Departamento de Imprensa Real da Genovia, na Quinta Avenida.

Sua Alteza Real
Princesa Viúva
Clarisse Marie Grimaldi Renaldo

requisita o prazer da sua companhia
em uma noite para comemorar o décimo oitavo
aniversário de

Sua Alteza Real
Princesa Amelia Mignonette
Grimaldi Thermopolis Renaldo

na segunda-feira, dia primeiro de maio,
às dezenove horas,
no Porto Marítimo de South Street, Pier Onze
a bordo do Iate Real da Genovia
Clarisse 3

───────── Universidade Yale ─────────

Cara princesa Amelia,

Venho, por meio desta, parabenizá-la por sua admissão na Faculdade Yale! Dar esta boa notícia a um candidato é, com toda a certeza, a melhor parte do meu trabalho, e fico imensamente feliz de poder enviar-lhe esta carta. Você tem todos os motivos para se orgulhar da nossa oferta de admissão. Sei que Yale se transformaria em um lugar ainda mais rico e mais vital com a sua presença aqui...

⋦─── Universidade Princeton ───⋧

Cara princesa Amelia,

Parabéns! Os seus resultados acadêmicos, seus resultados extracurriculares e suas fortes qualidades pessoais foram consideradas pelos responsáveis pelas admissões como excepcionais, tanto que gostaríamos de contar com eles aqui em Princeton. Ficamos felizes de enviar-lhe esta boa notícia e, principalmente, de dar-lhe as boas-vindas a Princeton.

UNIVERSIDADE COLUMBIA
FACULDADE DE COLUMBIA

Cara princesa Amelia:

Parabéns! O Comitê de Admissões se junta a mim na parte mais gratificante deste trabalho — que é informá-la de que você foi selecionada para a Universidade Columbia, na cidade de Nova York. Temos total certeza de que as qualidades que você trará ao nosso campus serão únicas e valiosas e que as suas capacidades serão desafiadas e desenvolvidas aqui...

UNIVERSIDADE HARVARD

Cara princesa Amelia,

Sinto-me lisonjeado de informá-la que o Comitê de Admissões e de Auxílio Financeiro votou para oferecer-lhe uma vaga em Harvard. De acordo com uma antiga tradição de Harvard, você está recebendo um certificado de admissão. Por favor, aceite meus cumprimentos pessoais por suas conquistas de destaque...

UNIVERSIDADE BROWN

Cara princesa Amelia,

Parabéns! A Diretoria de Admissões da Brown avaliou mais de 19 mil candidatos, e é com muito prazer que informamos que o seu material de inscrição foi incluído entre os aceitos. O seu...

Daphne Delacroix
1005 Thompson Street, Apt. 4A
Nova York, NY 10003

Cara srta. Delacroix,

Enviamos com esta o seu livro, Liberte o meu coração. *Obrigado por nos dar a oportunidade de lê-lo. No entanto, a obra não atende às nossas necessidades no presente momento. Boa sorte em outras editoras.*

Atenciosamente,

Ned Christiansen
Assistente Editorial
Brampft Books
520 Madison Avenue
Nova York, NY 10023

Cara autora,

Obrigado pelo envio de seu livro. Apesar de ter sido lido com muito cuidado, não é o que estamos procurando no momento aqui na Cambridge House. Desejamos muita sorte em suas empreitadas futuras.

Atenciosamente,

Cambridge House Books

Cara sra. Delacroix,

Muito obrigado pelo envio de *Liberte o meu coração*. Nós, da Author Press, ficamos muito impressionados com o seu trabalho, e o consideramos muito promissor! No entanto, é importante ter em mente que as editoras recebem um número bastante superior a 20 mil originais por ano e, para se destacar, o seu precisa ser PERFEITO. Por uma taxa nominal (US$ 5 por página), o seu original, *Liberte o meu coração,* pode estar nas prateleiras já no próximo Natal...

Os Alunos do Último Ano da

Albert Einstein High School

requisitam o prazer da sua companhia no

Baile de Formatura

no sábado, dia seis de maio,

às dezenove horas,

no

salão de baile do Waldorf-Astoria

Quinta-feira, 27 de abril, Superdotados e Talentosos

Mia — Vamos sair para comprar o vestido do baile de formatura — e alguma coisa para usar na sua festa de aniversário — depois da escola. Primeiro, vamos até a Bendel's e a Barneys, depois, se não tiver nada lá, vamos dar uma olhada na Jeffrey e na Stella McCartney. Está dentro? — Lana

---

Enviado pelo meu Blackberry®

L — Desculpe. Não posso. Mas divirtam-se! — M

Como assim, *não pode*? O que mais você tem para fazer? Não vá dizer que é aula de princesa, porque eu sei que a sua avó cancelou as aulas enquanto ela organiza a sua festança, e também não vá dizer que é terapia, porque você acabou de ir na sexta. Então, o que é? Não seja tão metida, a gente precisa da sua limusine. Eu gastei todo o meu dinheiro de táxi do mês em um par de sapatos plataforma de couro abertinhos atrás da D&G.

Enviado pelo meu Blackberry®

Uau. Ter aberto o jogo sobre o dr. Loco com os meus amigos foi libertador e tudo o mais, bem como ele disse que seria.

Principalmente porque a maior parte deles também já fez terapia.

Mas alguns deles — como a Lana — às vezes tratam o assunto com descaso demais.

Vou ficar depois da aula para ajudar o J.P. com o trabalho de conclusão de ano dele. Você sabe que ele vai apresentar a montagem final da peça dele para o comitê de avaliação do último ano na semana que vem. Eu prometi dar apoio. Ele está preocupado com a performance de alguns dos atores, acha que a irmã mais nova da Amber Cheeseman, a Stacey, realmente não está dando tudo que pode. E ela é a atriz principal, sabe?

```
Ai meu Deus, aquela peça que ele escreveu?
Caramba, por acaso vocês dois nasceram colados?
Você pode passar dez minutos longe dele, sabia?
Então, venha fazer compras com a gente. Depois,
vamos tomar um frozen yogurt na Pinkberry! Estou
convidando!
```

```
Enviado pelo meu Blackberry®
```

A Lana acha que a Pinkberry resolve tudo. Ou, se não for a Pinkberry, que a revista *Allure* resolve. Quando a Benazir Bhutto foi assassinada e eu não conseguia parar de chorar, a Lana me trouxe um exemplar da *Allure* e me mandou tomar um banho de banheira e ler a revista do começo ao fim. A Lana falou assim, bem séria: "Você vai se sentir melhor antes que perceba!"

E tenho certeza que ela tinha a melhor das intenções.

E o mais esquisito de tudo é que, depois que fiz o que ela disse, eu me senti *mesmo* um pouco melhor.

E também fiquei sabendo muito mais coisas sobre a lipoaspiração do tipo SmartLipo.

Mas, mesmo assim...

Lana. Tem a ver com arte. O J.P. é o roteirista e diretor. Preciso estar lá para dar apoio a ele. Eu sou a namorada dele. Vocês podem ir sem mim.

Caramba, o que *deu* em você? É o BAILE DE FORMATURA. Tudo bem, você que sabe. Eu perdoo você, mas só porque sei que você está maluca com esse negócio da eleição do seu pai. Ah, e com a faculdade em que você vai estudar no ano que vem. Meu Deus, não acredito que você não foi aceita em nenhum lugar. Quer dizer, até eu entrei na Penn. E o *meu* trabalho de conclusão era sobre a história do lápis de olho. Ainda bem que o meu pai tinha estudado lá, acho.

Enviado pelo meu Blackberry®

Ha, ha, é, é verdade! Eu tive a pior nota de matemática da história do SAT. Quem ia me querer? Ainda bem que L'Université

de Genovia é obrigada a me aceitar, já que foi fundada pela minha família, que também é a maior benfeitora da instituição e tudo o mais.

Você tem tanta sorte! Faculdade com praia! Posso ir passar as férias de primavera lá? Prometo levar um monte de gatinhos da Penn... Ops, preciso ir andando, o Fleener está fungando no meu cangote. Qual é o PROBLEMA desses idiotas? Será que eles não percebem que nós só temos mais duas semanas neste lugar? Até parece que as nossas notas ainda fazem alguma DIFERENÇA!

Enviado pelo meu Blackberry®

Ah, eu sei! Idiotas! É! Nem me fale!

Quinta-feira, 27 de abril, francês

Certo, faz quatro anos que comecei a estudar neste lugar. E ainda parece que a única coisa que faço é mentir.

E também não estou falando só da Lana e dos meus pais. Agora eu minto para *todo mundo*.

Era de se pensar que, depois de tanto tempo, já era para eu estar melhorando neste quesito.

Mas descobri, da maneira mais difícil — e já faz um pouco menos de dois anos, para falar a verdade —, o que acontece quando a gente conta a verdade.

E apesar de ainda achar que fiz a coisa certa — quer dizer, eu instituí a democracia em um país que nunca conheceu isso antes e tudo o mais —, não vou repetir o erro. Eu magoei tanta gente — principalmente pessoas que são muito importantes para mim — por ter contado a verdade que realmente fiquei achando que o melhor é mesmo... bom, mentir.

Não mentiras grandes. Só mentirinhas inofensivas, que não magoam ninguém. Eu não minto para obter vantagem.

Mas o que eu vou fazer? *Confessar* que fui aceita por todas as faculdades em que me inscrevi?

Ah, sim, isso seria muito bom mesmo. Se eu falasse, imagine como todas as pessoas que *não* entraram na faculdade que tinham como primeira opção iam se sentir? Principalmente as pessoas que mereciam... que seriam aproximadamente oitenta por cento dos alunos que estão no momento no último ano da AEHS.

Além do mais, você sabe o que todo mundo iria dizer.

Claro que as pessoas *legais*, como a Tina, iam dizer que eu tenho sorte.

Mas até parece que sorte tem alguma coisa a ver com isso! A menos que você considere "sorte" o fato de a minha mãe ter esbarrado com o meu pai na festa de faculdade fora do campus onde eles se conheceram, de os dois terem se odiado instantaneamente e isso, obviamente, ter levado à tensão sexual inevitável, que conduziu a *l'amour* e, uma camisinha furada depois, a mim.

E — apesar da insistência da diretora Gupta — não estou convencida de que muito estudo tenha tido *muito* a ver com o fato de ser aceita em todas as faculdades também.

Certo... eu realmente me saí bem nas partes de escrita e leitura crítica do SAT. E as minhas redações de inscrição para as faculdades também ficaram boas. (Não vou mentir a respeito *disso*, pelo menos não no meu próprio diário. Eu me ralei para escrever aqueles textos.)

Mas reconheço que, quando você tem atividades extracurriculares como *Sozinha, levou a democracia para um país que nunca a conhecera antes* e *Escreveu um livro romântico de quatrocentas páginas como trabalho de conclusão do último ano*, realmente parece um pouquinho impressionante.

Mas posso ser verdadeira *comigo mesma*: por que todas as faculdades em que eu me inscrevi me aceitaram? Só porque sou uma princesa.

E não é que eu não me sinta agradecida. Sei que cada uma dessas faculdades *vai* me dar uma oportunidade educacional maravilhosa e única.

É só que... seria legal se pelo menos *um* desses lugares tivesse me aceitado por... bom, por *mim*, e não por causa da minha tiara. Eu gostaria de pelo menos poder ter me inscrito com o meu pseudônimo — Daphne Delacroix — para ter certeza.

Tanto faz. Tenho coisas mais importantes com que me preocupar neste momento.

Bom, não mais importantes do que onde vou passar os próximos quatro anos da minha vida — ou mais, se eu vacilar e não escolher logo a matéria em que vou me formar, como a minha mãe fez.

Mas tem a coisa toda com o meu pai. E se ele não vencer a eleição? A eleição nem estaria acontecendo se eu não tivesse contado a verdade.

E Grandmère está tão aborrecida com o fato de o René, ninguém menos, estar disputando a eleição contra o meu pai — além de todos os boatos que andam circulando desde que tornei pública a declaração da princesa Amelie, como se a nossa família tivesse passado todos esses anos escondendo a declaração da Amelie de propósito, para que os Renaldo pudessem permanecer no poder — que o meu pai teve que isolá-la em Manhattan e fazer com que ela organizasse essa festa de aniversário idiota para mim só para ela ficar distraída e parar de enlouquecê-lo com a pergunta que não para de repetir: "Mas isso significa que nós vamos ter que sair do palácio?"

Ela — assim como as leitoras da *teenSTYLE* — parece ser incapaz de compreender que o palácio da Genovia — e a família real — está protegido sob a declaração de Amelie (e, além do mais, é uma grande fonte de lucros com o turismo, igualzinho como acontece com a família real britânica). Eu fico explicando para ela: "Grandmère, não importa o que aconteça na eleição, o meu pai *sempre* vai ser o príncipe da Genovia, você *sempre* vai ser SAR (Sua Alteza Real) princesa Viúva, e eu *sempre* vou ser SAR Princesa da Genovia. Vou continuar sendo obrigada a inaugurar alas novas do hospital, eu vou continuar usando esta tiara idiota e vou continuar comparecendo a enterros de Estado e a jantares diplomáticos... Só não vou legislar. Esse vai ser o trabalho do primeiro-ministro. O trabalho do meu pai, espero. Entendeu?"

Só que ela nunca entende.

Acho que é o mínimo que posso fazer pelo meu pai depois do que aprontei. Dar conta dela, quer dizer. Quando abri a boca a respeito dessa coisa toda de a Genovia na verdade ser uma democracia, fiquei achando que ele iria concorrer ao cargo de primeiro-ministro sem oposição. Quer dizer, com a população apática que nós temos, quem mais estaria interessado em concorrer? Nunca sonhei que a contessa Trevanni iria pagar para o genro dela concorrer contra ele.

Eu já devia saber. Até parece que o René algum dia teve um emprego de verdade. E agora que ele e a Bella têm um filho, ele precisa fazer *alguma coisa*, acho, além de trocar fraldas descartáveis.

Mas *Applebee's?* Ele deve estar recebendo alguma comissão deles, no mínimo.

O que vai acontecer se a Genovia for tomada por cadeias de restaurantes e — meu peito realmente se aperta quando eu penso nisso — for transformada em outra Euro Disney?

O que eu posso fazer para que isto não aconteça?

Meu pai diz que eu não devo me intrometer — que já aprontei mais do que devia. É. Como se isso não fizesse com que eu me sentisse culpada *demais*.

Toda essa história é simplesmente muito cansativa.

Isso sem mencionar todas as outras coisas. Até parece que elas têm alguma importância, quando comparadas ao que está acontecendo com o meu pai e a Genovia, mas... bom, meio que têm sim. Quer dizer, meu pai e a Genovia estão encarando tantas mudanças, e eu também.

A única diferença é que eles não estão *mentindo* a respeito delas, como eu estou fazendo. Bom, tudo bem, meu pai está mentindo a respeito do motivo por que Grandmère está em Nova York (diz que é para organizar a minha festa de aniversário, mas, na verdade, é porque ele não suporta que ela fique por perto).

Essa é *uma* mentira. Eu contei *várias* mentiras. Camadas de mentiras por cima de mentiras.

Lista de mentiras enormes que Mia Thermopolis anda contando para todo mundo:

Mentira Número Um: Bom, é claro que, em primeiro lugar, tem a mentira de que eu não entrei em todas aquelas faculdades. (Ninguém sabe a verdade além de mim e a diretora Gupta. E os meus pais, é claro.)

Mentira Número Dois: Daí tem a mentira a respeito do meu trabalho de conclusão. Quer dizer, *na verdade* não era sobre a história da extração de azeite de oliva na Genovia, no período aproximado de 1254-1650, como eu disse para todo mundo (a não ser a srta. Martinez, é claro, que foi minha conselheira, e que de fato leu tudo... ou pelo menos leu as primeiras oitenta páginas, já que eu reparei que ela parou de corrigir a pontuação depois disso. Claro que o dr. L sabe a verdade, mas ele não pode contar).

Ninguém nem pediu para ler, afinal, quem é que vai querer ler um tratado de quatrocentas páginas sobre a história da extração de azeite de oliva na Genovia, no período aproximado de 1254-1650?

Bom, só uma pessoa.

Mas não quero falar sobre isso agora.

Mentira Número Três: Daí tem a mentira que eu acabei de contar para a Lana, sobre não poder sair com ela para comprar vestido para o baile de formatura porque tenho que fazer companhia para o John Paul Reynolds-Abernathy IV depois da aula de hoje, quando, na verdade... Bom. Esta não é a *única* razão por que eu não vou sair com ela para comprar vestido para o baile de formatura. Não quero discutir o assunto com ela, porque eu sei o que ela vai dizer. E simplesmente não estou no clima de dar conta da Lana neste momento.

Só o dr. Loco conhece a extensão exata das minhas mentiras. Ele diz que está preparado para liberar a agenda dele no dia em que tudo explodir na minha cara, e ele me avisou que isso vai acontecer, é inevitável.

E ele diz que é melhor eu dar um jeito nisso logo, porque a nossa última consulta é na semana que vem.

Ele comentou que seria muito melhor se eu simplesmente confessasse logo — se eu contasse a verdade a respeito de ter sido aceita por todas as faculdades em que eu me inscrevi (por alguma razão, ele acha que *não* fui aceita necessariamente só por ser princesa), se eu dissesse para todo mundo qual é *realmente* o tema do meu trabalho de conclusão, inclusive para a única pessoa que está com vontade de ler... e até confessar a respeito do baile de formatura.

Se quer saber a minha opinião, um bom lugar para eu começar a contar a verdade seria o consultório do dr. L — dizendo ao dr. L que eu acho que é *ele* que está precisando de terapia. É verdade que foi ele quem me salvou quando eu estava passando pelos períodos mais sombrios da minha vida (apesar de ele ter me feito sair do fundo daquele buraco negro sozinha).

Mas ele tem que ser louco para achar que eu simplesmente vou começar a falar a verdade nua e crua assim, sem mais nem menos, para todo mundo.

O negócio é que tem *tanta* gente que ia ficar magoada se eu de repente começasse a contar a verdade... O dr. L estava presente quando aconteceu toda a confusão depois da revelação sobre a princesa Amelie. O meu pai e Grandmère passaram *horas* no consultório dele depois disso. Foi *horrível*. Não quero que isso aconteça de novo.

Não que os meus amigos possam ir parar no consultório do meu terapeuta. Mas o Kenny Showalter — ai, desculpa, o *Kenneth*, como ele quer ser chamado agora — queria estudar em Columbia mais do que qualquer coisa, mas em vez disso ele só entrou na segunda opção, que era o Massachusetts Institute of Technology. O MIT é uma faculdade fantástica, mas vai tentar dizer isso ao Kenny — quer dizer, Kenneth. Acho que o fato de que ele vai se separar de seu único amor verdadeiro, a Lilly — que *vai* para Columbia, igual ao irmão dela — é o que mais o incomoda a respeito do MIT, que fica em outro estado.

E daí tem a Tina, que não entrou na primeira opção *dela*, Harvard — mas que entrou *sim* na NYU. Então ela está até feliz, porque o Boris não entrou na primeira opção dele, Berklee, que fica em Boston. Em vez disso, ele entrou na Juilliard, que fica em Nova York. Isso significa que, pelo menos, a Tina e o Boris vão estudar em faculdades na mesma cidade. Apesar de não ser a primeira opção de faculdade deles.

Ah, e a Trisha vai para a Duke. E a Perin vai para Dartmouth. E a Ling Su vai para a Parsons. E a Shameeka vai para Princeton.

Ainda assim... Ninguém está indo para a primeira opção que tinha de faculdade. (A Lilly queria ir para Harvard.) E ninguém que queria estudar junto conseguiu ser chamado para o mesmo lugar!

Inclusive eu e o J.P. Bom, tirando o fato de que a gente entrou na mesma faculdade. Mas ele não sabe disso. Porque eu disse a ele que não entrei.

Não consegui dizer que entrei! Quando todo mundo estava consultando as admissões online, e os envelopes começaram a chegar, e ninguém estava entrando na primeira opção de faculdade e começou a descobrir que ficaria a um ou dois estados de distância, e todo mundo ficou chorando e se lamentando, eu simplesmente... não sei o que deu em mim. Eu me senti tão mal de ser aceita em todo lugar que simplesmente soltei: "Eu também não entrei em lugar nenhum!"

Isso simplesmente era mais fácil do que contar a verdade e magoar alguém. Apesar de a minha mentira ter feito o J.P. ficar pálido e engolir em seco e colocar o braço em volta dos meus ombros e dizer: "Tudo bem, Mia. A gente vai superar isso. De algum modo."

Então, é isso aí. Eu sou ridícula.

Mas a minha mentira também não foi assim tão inacreditável. Com a minha nota no SAT em matemática? Eu *não devia* ter sido aceita em lugar nenhum.

E, sinceramente? Como é que eu posso contar a verdade para alguém *agora*? Não dá. Simplesmente, não dá.

O dr. L diz que essa é a maneira mais covarde de lidar com as coisas. Ele diz que eu sou uma mulher corajosa, igual a Eleanor Roosevelt e à princesa Amelie, e que sou capaz de ultrapassar esses obstáculos com facilidade (como, por exemplo, o fato de ter mentido para todo mundo).

Mas só faltam mais dez dias para a escola terminar! Qualquer pessoa é capaz de fingir qualquer coisa durante dez dias. Grandmère finge ter sobrancelhas desde que eu a conheço...

Mia! Você está escrevendo o seu diário! Faz séculos que eu não vejo você fazer isto!

Ah. Oi, Tina. É. Bom, eu já disse. Estava ocupada com o meu trabalho de conclusão.

E como! Você passou praticamente os últimos dois anos trabalhando nele! Eu não fazia ideia de que a história da extração de azeite de oliva na Genovia era assim tão fascinante.

É sim, pode acreditar! Como o principal produto de exportação da Genovia, o azeite de oliva e sua produção são um assunto extremamente interessante.

Nem eu consigo acreditar. Olhe só o que eu estou dizendo! Será que posso parecer mais patética??? *Como o principal produto de exportação da Genovia, o azeite de oliva e sua produção são um assunto extremamente interessante?*

Ah, se a Tina soubesse de verdade sobre o que é o meu livro... A Tina *morreria* se soubesse que escrevi um livro romântico histórico de quatrocentas páginas... A Tina *adora* livros românticos!

Mas não posso contar para ela. Quer dizer, se eu não conseguir publicar, obviamente não é bom.

Se pelo menos ela tivesse pedido para ler... mas quem vai *querer* ler a respeito de azeite de oliva e sua produção?

Certo, bom, *uma* pessoa.

Mas ele só estava sendo simpático. Sinceramente. Essa é a única razão.

E não posso realmente mandar uma cópia para ele. Porque daí ele vai ver sobre o que é *de verdade*.

E eu vou morrer.

Mia. Está tudo bem com você?

Claro que sim! Por que está perguntando?
Não sei. Porque você anda agindo de um jeito meio... cada vez mais esquisito com a aproximação da formatura. E, como sou a sua melhor amiga, achei melhor perguntar. Eu sei que você não entrou em nenhuma das faculdades em que se inscreveu, mas com certeza o seu pai pode mexer alguns pauzinhos, não? Quer dizer, ele ainda é príncipe — isso sem falar que logo vai ser primeiro-ministro! Bom, esperemos que sim. Com certeza ele vai ganhar daquele sacana do príncipe René. Eu sei que o seu pai pode conseguir que você seja aceita na NYU... e daí a gente pode dividir o quarto no alojamento!

Bom... vamos ver! Estou tentando não me preocupar muito com isso.

Você? Não se preocupar? Fico surpresa por você não ter passado os últimos seis meses com o nariz enfiado neste diário. Mas, bom, que história é essa que a Lana me contou de você não querer sair para comprar vestido para o baile de formatura com a gente hoje à tarde? Ela disse que você vai ao ensaio do J.P....

Uau, as notícias correm rápido neste lugar. Acho que eu não devia me surpreender. Até parece que algum de nós, os alunos do último ano, vamos mesmo fazer alguma coisa nas duas últimas semanas de aula.

Hã-hã. Preciso dar apoio ao meu namorado!

Certo. Só que o J.P. proibiu você de assistir a todos os ensaios da peça dele, porque ele quer que você tenha uma surpresa completa na noite de estreia, não é mesmo? Então... o que está acontecendo de verdade, Mia?

Ótimo. O dr. L tinha razão. Está tudo explodindo na minha cara. Ou, pelo menos, está começando a explodir.
Bom, tudo bem. Se eu vou contar a verdade para as pessoas, pode ser muito bom começar com a Tina... que é uma pessoa doce, que não julga a gente e que está sempre do meu lado; a Tina, minha melhor amiga e confidente total.
Certo?

Para falar a verdade, não tenho certeza se vou ao baile de formatura.

O QUÊ? Por quê? Mia, por acaso você vai tomar alguma posição feminista contra bailes? Foi a Lilly que deu esta ideia para você? Achei que vocês nem estavam se falando.

A gente está se falando! Você sabe que a gente está se falando. Nós... agimos com civilidade uma com a outra. Quer dizer, temos que agir, já que ela é a editora do *Átomo* este ano. E faz quase dois anos que ninguém atualiza o site www.euodeiomiathermopolis.com. Você sabe que eu ainda acho que ela está um pouco mal por causa daquilo tudo. Talvez.

Bom... acho que sim. Quer dizer, ela nunca mais atualizou depois daquele dia que foi totalmente grossa com você no refeitório. A Lilly botou para fora naquele dia qualquer coisa que estivesse fazendo com que ela ficasse tão louca da vida com você.

Certo. Ou isso ou ela está totalmente preocupada com o Átomo. E com o Kenny, é claro. Quer dizer, Kenneth.

E não é! Acho uma graça a Lilly ter conseguido ficar com um cara durante tanto tempo. Mas eu sinceramente preferia que eles não ficassem se agarrando na minha frente em Biologia Avançada. Não quero ver aquele tanto da língua de ninguém. Principalmente agora que ela fez um piercing na dela. Mas nada disso explica por que você não vai ao baile de formatura!

Bom, a verdade é que... o J.P. não chegou a me convidar para o baile. E por mim tudo bem, porque eu não quero ir.

É só por isso? Ah, Mia! É claro que o J.P. vai convidar você! Tenho certeza que é só porque ele anda ocupado demais com a peça dele — e pensando em que coisa FANTÁSTICA ele vai dar de presente para você no seu aniversário — que ele ainda não teve tempo de pensar sobre a formatura. Quer que eu peça ao Boris para falar alguma coisa para ele?

Ai! Ai, ai, ai, ai.

E também, por que eu?

Ah, sim, Tina, quero sim. Quero que você mande o seu namorado lembrar ao meu namorado que ele precisa me convidar para o baile de formatura. Porque isso é super-romântico, e foi exatamente assim que eu sonhei receber meu convite para o baile de formatura do último ano: por meio do namorado de outra pessoa.

Entendi. Ai, caramba, que confusão. E este devia ser o nosso momento especial... sabe como é.

Espere...
Será que a Tina está mesmo falando de...
Está. E *está* mesmo.
Ela está falando sobre o assunto que nós costumávamos discutir quando estávamos no primeiro ano do Ensino Médio.
Sabe como é, aquela coisa de perder-a-virgindade-na-noite-do-baile-de-formatura. Será que a Tina não percebe que muito tempo se passou e muitas águas rolaram desde que a gente ficava fantasiando durante as aulas do primeiro ano sobre como ia ser a nossa noite perfeita no dia do baile de formatura?
Ela não pode estar pensando que eu ainda penso a mesma coisa que pensava na época.
Eu não sou a mesma pessoa que era na época.
E com toda a certeza não estou *com* a mesma pessoa que estava na época. Quer dizer, agora eu estou com o J.P....
E o J.P. e eu...

Agora já é tarde demais para o J.P. reservar um quarto para depois do baile de formatura no hotel Waldorf. Pelo que eu soube, não tem mais nenhum quarto disponível.

> Ai meu Deus! Ela está falando sério!
> É oficial: agora eu estou tendo um ataque.

Mas acho que ele consegue um quarto em outro lugar. Ouvi dizer que o W é superlegal. Só não acredito que ele ainda não convidou você! Qual é o problema dele? Sabe, ele não é assim. Está tudo bem entre vocês dois? Vocês não brigaram nem nada, brigaram?

> Sinceramente, não acredito que isto está acontecendo. Isto é esquisito *demais*.
> Será que eu conto para ela?
> Não posso contar para ela. Posso?
> ...Não.

Não, nós não brigamos. É só que tem muita coisa rolando com a aproximação das provas finais e os nossos trabalhos de conclusão e a formatura e a eleição e o meu aniversário e tudo o mais. Acho mesmo que ele simplesmente esqueceu. E você não leu a mensagem que eu mandei antes, Tina? EU NÃO QUERO IR AO BAILE DE FORMATURA.

Não seja boba. Claro que quer. Quem não vai querer ir ao próprio baile de formatura do último ano? E por que você não convidou o J.P.? Não estamos no século XIX. As meninas podem convidar os meninos para irem ao baile de formatura, sabia? Eu sei que não é a mesma coisa, mas vocês dois estão juntos há, tipo, uma eternidade! Vocês são um pouco mais do que apenas amigos, apesar de não terem... bom, Você Sabe o Quê... ainda. Quer dizer... vocês não fizeram... fizeram?

Ahhhh... ela ainda chama de *Você Sabe o Quê*? É tanta fofura que pode me matar.

Mesmo assim. A Tina tocou em alguns pontos importantes. Por que eu *não* o convidei? Quando os anúncios do baile de formatura começaram a sair no *Átomo*, por que eu não recortei um e não colei na porta do armário do J.P., escrito: *Nós vamos?*

Por que simplesmente não perguntei, na cara dura, se nós íamos ao baile de formatura, já que todo mundo só fala disso no almoço? É verdade que o J.P. anda distraído com a peça dele e com o fato de a Stacey Cheeseman estar fazendo uma atuação tão péssima (provavelmente ajudaria se ele não passasse o tempo todo reescrevendo tudo e dando diálogos novos para ela memorizar).

Seria fácil obter um sim ou não dele.

E, é claro, com o J.P., a resposta sem dúvida seria sim.

Porque o J.P., diferentemente do meu último namorado, não tem nada contra o baile de formatura.

O negócio é que eu não preciso conversar com o dr. L para descobrir por que eu não falei com o J.P. a respeito do baile de formatura. Não é exatamente um mistério. Para a Tina talvez seja, mas não é para mim.

Mas não quero entrar neste assunto agora.

Sabe, o baile de formatura já não é assim tão importante para mim, T. Na verdade, acho meio uma chatice. Eu realmente não me importaria nem um pouco de deixar para lá. Então, para que perder tempo comprando um vestido que eu talvez nem vá usar? Vocês podem se divertir fazendo compras sem mim. Tenho outras coisas para fazer, aliás.

Coisas. Quando é que vou parar de chamar o meu livro de "coisa"? Falando sério, se tem uma pessoa no mundo com quem eu posso ser sincera a este respeito, é a Tina. A Tina não daria risada se eu contasse para ela que escrevi um livro... principalmente um livro romântico. A Tina foi a pessoa que me apresentou aos livros românticos, quem me fez apreciá-los e perceber como eles são fabulosos de tão bacanas, e não só uma introdução ao mundo das publicações literárias (apesar de haver maior número deles publicado do que de qualquer outro gênero literário, de modo que estatisticamente as chances de conseguir um contrato são maiores se você escrever uma história de amor e não, digamos, um livro de ficção científica), mas porque eles são a história perfeita. Têm uma protagonista forte, um personagem principal masculino encantador, um conflito que os separa e no fim, depois de muita unha roída, uma conclusão satisfatória... o final feliz.

Sério, por que alguém ia querer escrever outra coisa? Se a Tina soubesse que eu escrevi um livro romântico, ela pediria para ler — principalmente se soubesse que é a respeito de algo que *não é a* história da produção de azeite na Genovia, assunto sobre o qual nenhuma pessoa racional gostaria de ler...

Bom, tirando uma pessoa.

E cada vez que eu penso nesse assunto, fico com vontade de chorar, de verdade, porque realmente é a coisa mais legal que alguém já me disse. Ou que já me mandou por e-mail, porque foi assim que o Michael me mandou... o pedido dele para ler meu trabalho de conclusão, quero dizer. Nós só trocamos uns dois e-mails aleatórios por mês, de todo modo, falando só de assuntos bem leves e nada pessoais, como por exemplo a primeira mensagem que eu mandei para ele logo depois que ele terminou comigo: "Oi, como estão as coisas? Aqui está tudo bem, está nevando, não é esquisito? Bom, preciso ir, tchau."

Fiquei chocada quando ele ficou todo assim: "Ah, o seu trabalho de conclusão é sobre a história da extração de azeite de oliva na Genovia, no período aproximado de 1254-1650? Legal, Thermopolis. Será que eu posso ler?"

Daria para me derrubar com um dos pompons da Lana. Porque *ninguém* pediu para ler meu trabalho de conclusão. Ninguém. Nem a minha mãe. Achei que eu tinha escolhido um assunto tão seguro que *ninguém* ia pedir para ler.

Nunca.

E lá estava o Michael Moscovitz, lá do Japão (onde ele está há dois anos, trabalhando feito um escravo no braço robotizado dele, que, eu tenho certeza, ele nunca vai acabar de fazer. Desisti de perguntar, uma vez que não parece mais educado tocar no assunto, já que ele finge que nem viu a pergunta), pedindo para ler.

Eu disse a ele que tinha quatrocentas páginas.

Ele disse que tudo bem.

Eu disse a ele que a entrelinha era de espaço um com fonte 9.

Ele disse que aumentaria quando chegasse.

Eu disse a ele que era o maior tédio.

E ele disse que não acreditava que eu fosse capaz de escrever alguma coisa tediosa.

Foi aí que eu parei de mandar e-mails para ele.

O que mais eu podia fazer? Não dava para mandar para ele! Claro, posso mandar para editores que nunca vi na vida. Mas não para o meu ex-namorado! Não para o Michael! Quero dizer... tem *sexo* na história!

É só que... como ele pôde *dizer* aquilo? Que ele não acreditava que eu fosse capaz de escrever alguma coisa tediosa? Do que ele estava *falando*? Claro que eu sou capaz de escrever alguma coisa tediosa! A história da extração de azeite de oliva na Genovia, no período aproximado de 1254-1650. Isso é o maior tédio!

E, tudo bem, na verdade o meu livro não é sobre isso. Mas, mesmo assim! Ele não sabe que não é.

Como é que ele pôde *dizer* uma coisa dessas? Como pôde?

Isso não é o tipo de coisa que os ex — nem que os simples amigos — dizem uns aos outros.

E, supostamente, agora nós só somos isso. Mas sei lá. Tanto faz.

E eu também não posso mostrar para a Tina, e ela é a minha *melhor amiga*. Mas eu nem sei do que tenho tanta vergonha, para falar a verdade. Tem gente que coloca os livros que escreve direto na internet e fica implorando para os outros lerem.

Mas eu não posso fazer isso. Não sei por quê. Só que...

Bom, eu *sei* porquê: tenho medo que a Tina — isso sem falar no Michael, ou no J.P., ou qualquer pessoa, para dizer a verdade — possa não gostar.

Do mesmo jeito que todas as editoras para as quais eu enviei o livro não gostaram. Bom, tirando a AuthorPress.

Mas eles querem que eu pague a ELES para publicar! Editoras DE VERDADE supostamente pagam a VOCÊ!!

Claro, a srta. Martinez disse que gostou.

Mas nem sei bem se ela leu o livro todo. O negócio é o seguinte: e se eu estiver errada e for uma péssima escritora? E se eu simplesmente desperdicei quase dois anos da minha vida? Eu sei que todo mundo *pensa* que eu desperdicei, escrevendo sobre a produção de azeite de oliva da Genovia.

Mas e se eu desperdicei *mesmo*?

Ah, não. A Tina continua me mandando torpedos para falar sobre o baile de formatura!

Mia! Baile de formatura não é uma chatice! Qual é o seu problema? Você não está com aquela coisa de depressão de novo, está?

"Coisa de depressão." Maravilha.

Certo, eu não posso lutar contra a Tina. Não posso. Ela é uma força potente demais para mim.

Não! Não tem nenhuma coisa de depressão. Tina, não foi o que eu quis dizer. Não sei qual é o meu problema. Últimoanite, acho — a mesma coisa que impede nós todos de prestar atenção à aula. Eu só quis dizer... deixe para lá. Vou falar com o J.P. sobre o baile de formatura.

Está falando sério???? Vai mesmo????? Não está só falando por falar????

É, eu vou perguntar a ele. É só que tem muita coisa na minha cabeça.

E você vai fazer compras com a gente hoje depois da aula?

Ai, caramba. Eu estou sem a mínima vontade de ir fazer compras com elas hoje depois da aula. Qualquer coisa menos isso. Eu preferiria ter *aula de princesa* a isto.
Uau. Não acredito que acabei de escrever isso.

Vou. Claro. Por que não?

OBA! Nós vamos nos divertir tanto! Não se preocupe, nós vamos fazer você esquecer TUDO a respeito do que está acontecendo com o seu pai — oba!

Je ne ferai pas le texte dans la classe.
Je ne ferai pas le texte dans la classe.
Je ne ferai pas le texte dans la classe.

Je ne ferai pas le texte dans la classe.
Je ne ferai pas le texte dans la classe.
Je ne ferai pas le texte dans la classe.

Uau. A Madame Wheeton está querendo causar uma *guerra* este mês.

Juro que um dia destes vão confiscar todos os nossos iPhones e Sidekicks.

Só que, se quer saber a *minha* opinião, os professores também devem estar com ultimoanite, porque faz semanas que estão ameaçando, e ninguém chegou a executar de fato a retaliação.

Quinta-feira, 27 de abril, psicologia

Certo! Então, eu contei a verdade a alguém a respeito de algo...

E não aconteceu nada que fizesse a terra tremer (bom, tirando o fato de que a Madame Wheeton ficou louca da vida quando pegou a gente trocando mensagens de texto enquanto ela tentava fazer a revisão para a prova final).

Eu contei a verdade para a Tina a respeito de o J.P. não ter me convidado para o baile de formatura... e de eu realmente não estar com a mínima vontade de ir. E não aconteceu nada para fazer a terra tremer. A Tina não desmaiou e morreu.

Claro que ela tentou me convencer de que eu estava errada.

Mas que outra coisa eu podia esperar? A Tina é tão romântica, claro que ela acha que o baile é o auge de *l'amour* adolescente.

Eu sei que já houve um tempo em que eu também pensava assim. Basta olhar as páginas dos meus diários antigos. Eu antes era *louca* pelo baile de formatura. Eu preferiria MORRER a perder a data.

Acho que, de certa maneira, eu gostaria de recuperar essa emoção.

Mas todo mundo precisa crescer um dia.

E a verdade é que eu realmente não sei qual é a graça de ir a um jantar (frango borrachudo e alface murcha com um molho nojento) para dançar (música ruim) no Waldorf (um lugar aonde eu já fui um milhão de vezes, aliás, sendo que a mais notável delas foi a última, quando eu fiz um discurso que acabou com a reputação da minha família, sem mencionar do meu país de origem, para todo o sempre).

Eu só gostaria que...

AHHHHH!!!! Meu Deus, eu *preciso* me acostumar com essa coisa vibrando no meu bolso...

```
Ameliaaaaaaa — preciso de uma lissssssta de
convidados atualizada sua na segundaaaaaa. Estou
bem preocupadaaaaaaaaa. Todo mundo que eu
convidei mandou o RSVP dizendo sim, de acordo com
o Vigo. Até o seu primo Hankkkkkkkkkkkk vai vir
dos desfiles de Milão para ir à festa. E acabei
de receber a notícia da sua mãeeeeeeee que os
seus avós horrorosos de Indianaaaaaaaaaa vão
pegar um avião e vir para cá para o evento. Estou
muito aborrecida com isssssssso. Claro que eles
tinham que ser convidados, mas nunca achei que
iam dizer simmmmmmmmmmmmm. Isso tudo é muito
desconcertante... Talvez eu precise que você
desconvide alguns dos seus convidados. Você sabe
que no iate só cabem trezentas pessoas com
conforto. Ligue para mim imediatamente. —
Clarisse, sua avóóóóóóóóóóóóóóóó
```

Enviado pelo meu Blackberry®

Meu Deus! Por que o meu pai foi dar um BlackBerry para Grandmère? Será que ele está tentando acabar com a minha vida? E quem, exatamente, foi idiota o bastante para mostrar a ela como *usar*? Eu seria capaz de matar o Vigo.

Efeito do espectador — fenômeno psicológico em que uma pessoa tem menos propensão de interferir em uma situação de emergência quando outras pessoas estão presentes e são capazes de ajudar do que quando ela está sozinha. Tome como exemplo o caso de Kitty Genovese, em que uma moça foi atacada e uma dúzia de vizinhos escutou, mas ninguém chamou a polícia, porque um ficou achando que alguma outra pessoa o faria.

DEVER DE CASA
História mundial: Tanto faz
Literatura inglesa: Sei lá
Trigonometria: Meu Deus, como eu odeio esta matéria
S&T: Eu sei que o Boris vai tocar no Carnegie Hall como trabalho de conclusão, mas POR QUE ELE NÃO PARA COM ESSE CHOPIN LOGO?????
Francês: *J'ai mal à la tête*
Psicologia II: Não acredito que me dou ao trabalho de fazer anotações nesta aula. Eu vivi esta matéria.

Quinta-feira, 27 de abril, Jeffrey

Maravilha.

O J.P. nos viu no corredor, indo para a limusine, e falou assim "Meninas, onde vocês estão indo assim tão animadas?", e o Lars respondeu, antes que eu pudesse impedir: "Vão comprar vestidos para o baile de formatura."

E daí a Lana e a Tina e a Shameeka e a Trisha olharam para o J.P., cheias de expectativa, com as sobrancelhas erguidas, como quem diz: *Acorda! O baile de formatura! Está lembrado? Você não se esqueceu de alguma coisa? Será que não seria bom convidar a sua namorada para ir com você?*

Acho que as notícias circulam rápido. A parte relativa ao J.P. não ter me convidado para o baile de formatura, quer dizer. Valeu, Tina!

Não que ela tenha má intenção...

Claro que o J.P. só lançou um sorriso tolerante para nós e falou assim: "Bom, divirtam-se, meninas, Lars". E daí ele continuou o caminho até o auditório, onde estava acontecendo o ensaio da peça.

Todas ficaram completamente passadas — a Lana e as outras meninas, quero dizer. Pelo fato de ele não ter feito um gesto de sorvete na testa e dizer: "Dãã! O baile de formatura! É claro!", e depois ter caído de joelhos, pegado a minha mão com ternura e pedido o meu perdão por ter se comportado como um grosseirão, implorando para que eu fosse com ele.

Mas eu disse a elas para não ficarem tão chocadas. Eu não levo para o lado pessoal. O J.P. não consegue pensar em *nada* além da peça dele, *Um príncipe entre os homens*.

E compreendo totalmente porque, quando eu estava escrevendo o meu livro, me senti do mesmo jeito. Eu não conseguia pensar em mais *nada*. Aproveitava todas as oportunidades para me aninhar na cama com o meu laptop e o Fat Louie do meu lado (ele se revelou um gato de escritor *tão* excelente...) e *escrever*.

Quer dizer, foi por isso que não atualizei o meu diário nem nada, durante quase dois anos inteiros. Quando você se concentra em um projeto criativo, é difícil pensar em qualquer outra coisa.

Ou, pelo menos, foi difícil para mim.

E, de certo modo, acho que foi exatamente por isso que o dr. L me deu essa sugestão.

Que eu escrevesse um livro. Para que eu não pensasse tanto em... bom, em outras coisas.

Ou em outras pessoas.

E até parece que eu tinha alguma *outra* coisa para fazer, já que a minha mãe tirou a minha TV, e ficou bem difícil assistir aos meus programas na sala. É meio vergonhoso ficar plantada na frente da tela assistindo a *Jovem demais para ser tão gorda: A verdade chocante* quando as pessoas sabem que você está assistindo.

Mas, bom, escrever o meu livro foi uma terapia ótima, porque realmente deu certo. Eu não tive vontade de escrever no meu diário nem uma vez enquanto escrevia e pesquisava para o livro. Simplesmente dediquei tudo a *Liberte o meu coração*.

Agora que o livro está pronto, é claro (e que está sendo rejeitado por todos os lugares), eu de repente me vi com vontade de voltar a escrever no meu diário.

Será que isso é bom? Não sei. Às vezes, fico achando que, em vez disso, eu devia escrever outro livro.

Então, só estou dizendo que entendo a preocupação do J.P. com a peça dele.

O negócio é que, diferentemente de mim, o J.P. realmente tem uma chance sólida de conseguir que alguém produza o *Príncipe*, pelo menos no circuito off-Broadway, porque o pai dele na verdade é um homem muito importante no mundo do teatro e tudo o mais.

E a Stacey Cheeseman fez todos aqueles comerciais da Gap Kids, e também participou daquele filme do Sean Penn. O J.P. até conseguiu o Andrew Lowenstein, primo em terceiro grau do sobrinho do Brad Pitt, para atuar no papel principal masculino. O negócio é que esta peça tem tudo para ser um ESTRONDO. As pessoas que viram dizem que talvez até tenha potencial para Hollywood.

Mas, voltando à coisa toda do baile de formatura: até parece que eu não sei que J.P. me ama. Ele me diz isso, tipo, umas dez vezes por dia...

Ai meu Deus, eu me esqueci de como todo mundo se aborrece quando começo a escrever meu diário em vez de prestar atenção no que está acontecendo. A Lana agora quer que eu experimente um tomara que caia da Badgley Mischka.

Olha, agora eu entendi esse negócio de moda. Entendi mesmo. O seu visual externo é um reflexo de como você se sente a respeito de si mesma por dentro. Se você fica largada — se não lava o cabelo, passa o dia todo com as mesmas roupas largonas com que dormiu e que estão fora de moda, isso significa: "Eu não me importo comigo mesma. E você também não deve se importar comigo."

É preciso Se Esforçar, porque assim você diz aos outros: Vale a Pena Tentar Me Conhecer. As suas roupas não precisam ser *caras*. Você só precisa ficar bem com elas.

Agora eu me dou conta disso, e percebo que no passado eu talvez tenha sido um tanto relaxada nessa área (apesar de eu ainda usar meu macacão em casa, nos fins de semana, quando não tem ninguém por perto).

E como parei de comer feito uma louca, meu peso parou de variar, e eu voltei para o sutiã M.

Então, eu entendo a coisa da moda. Entendo mesmo.

Mas, sinceramente... Por que a Lana acha que eu fico bem de roxo? Só porque esta é a cor da realeza, não significa que fica bem em todos os membros da realeza! Não quero ser má, mas alguém deu uma boa olhada na rainha Elizabeth ultimamente? Ela está precisando muito de cores neutras

Um trecho de *Liberte o meu coração*, de Daphne Delacroix

Shropshire, Inglaterra, 1291

Hugo ficou olhando para a linda aparição que nadava nua lá embaixo, com as ideias todas emaranhadas na cabeça. Entre elas se destacava a pergunta: Quem é ela?, *apesar de ele já conhecer a resposta. Era Finnula Crais, a filha do moleiro. Houvera uma família com aquele nome que arrendava terras de seu pai, como Hugo se lembrava.*

Aquela, então, devia ser uma de suas filhas. Mas o que este moleiro tinha na cabeça, ao permitir que uma donzela indefesa vagasse pelo interior, desprotegida e vestida com trajes tão provocantes — completamente sem nada, como era o caso naquele momento?

Assim que Hugo chegasse a Stephensgate Manor, mandaria chamar o moleiro e providenciaria para que a moça andasse mais bem protegida no futuro. Será que o homem não conhecia os seres desprezíveis que vagavam pelas estradas naqueles tempos, os salteadores e os assassinos e os desvirginadores de jovens como aquela lá embaixo?

Hugo estava tão concentrado em seus pensamentos que, por um instante, não percebeu que a donzela nadara para fora de seu campo de visão. No lugar em que a água formava uma cascata, a lagoa lá embaixo lhe saía de vista, já que sua visão estava bloqueada pela pedra que se projetava e sobre a qual ele se encontrava. Ficou achando que a moça tinha se colocado embaixo da cachoeira, talvez para enxaguar o cabelo.

Hugo esperou, ansiando com prazer o momento em que a moça reapareceria. Ficou imaginando se a atitude mais cavalheiresca seria se afastar discretamente agora, sem chamar atenção para si, e então voltar a encontrá-la na estrada, como se fosse por acaso, e oferecer-se para acompanhá-la até sua casa em Stephensgate.

Bem quando tinha tomado sua resolução, ouviu um som suave atrás dele e, então, alguma coisa muito afiada começou a pressionar sua garganta e uma pessoa muito leve montou sobre suas costas.

Foi necessário muito esforço para que Hugo controlasse seu instinto de soldado de golpear primeiro e perguntar depois.

Mas ele nunca sentira um braço tão delgado rodear-lhe o pescoço, nem coxas tão leves lhe prenderem as costas. Além disso, sua cabeça nunca fora puxada contra uma almofada tão suave e tentadora.

— *Permaneça totalmente imóvel* — advertiu sua captora, e Hugo, deliciando-se com a quentura de suas coxas, mais especificamente com o vazio entre seus seios, onde ela mantinha a cabeça dele ancorada com firmeza, ficou feliz em obedecê-la.

— *Estou com uma faca na sua garganta* — a donzela informou a ele com sua voz gutural de rapaz. — *Mas só vou usá-la se for necessário. Se fizer o que eu digo, não sairá prejudicado. Compreendeu?*

Quinta-feira, 27 de abril, 19h, no loft

Daphne Delacroix
1005 Thompson Street, Apt. 4A
New York, NY 10003

Cara autora,

Obrigado por nos dar a oportunidade de ler o seu original. No entanto, ele não atende às nossas necessidades no momento.

Nem uma assinatura! Obrigada por nada.
Eu acabei de entrar pela porta e a minha mãe quer saber por que uma pessoa chamada Daphne Delacroix recebe tanta correspondência de editoras endereçada ao nosso apartamento.
Fui pega!
Pensei em mentir para ela também, mas não ia adiantar nada, para falar a verdade. Ela vai acabar descobrindo mesmo, principalmente se *Liberte o meu coração* for publicado algum dia, e eu construir minha própria ala no Hospital Real da Genovia, ou qualquer coisa assim.
Certo, bom, eu não faço ideia de quanto escritores publicados ganham, mas ouvi dizer que a autora de romances policiais forenses Patricia Cornwell comprou um helicóptero com o dinheiro que ganhou com os livros dela.

Não que eu precise de um helicóptero, porque tenho meu próprio jatinho (bom, o meu pai tem).

Então, eu só respondi, tipo: "Enviei o meu livro com um nome falso, só para ver se eu conseguia publicar."

A minha mãe já desconfia que o que eu escrevi na verdade não era uma dissertação histórica muito longa. Eu não podia mentir para *ela* a respeito disso. Ela me viu no meu quarto, escutando a trilha sonora do filme *Marie Antoinette* com os meus fones de ouvido e o Fat Louie do meu lado, digitando sem parar... bom, sempre que eu não estava na escola, nas aulas de princesa, na terapia ou saindo com a Tina ou o J.P.

Eu sei que é ruim mentir para a própria mãe. Mas se eu dissesse a ela sobre o que o meu livro era *na verdade*, ela iria querer ler.

E não tem *jeito* de eu querer que Helen Thermopolis leia o que eu realmente escrevi. Quer dizer, cenas de sexo e a mãe da gente? Não, obrigada.

"Bom", a minha mãe disse, apontando para a minha carta. "O que disseram?"

"Ah", respondi. "Não estão interessados."

"Hummm", minha mãe respondeu. "O mercado anda bem difícil. Principalmente para uma história sobre a produção de azeite de oliva na Genovia."

"É", eu respondi. "Nem me diga."

Meu Deus, e se aquele programa de fofocas de celebridades na TV, o TMZ, descobrisse a verdade a meu respeito? Quer dizer, a mentirosa que eu sou? Que tipo de exemplo eu sou? Eu faço a Vanessa Hudgens ficar parecendo a porcaria da Madre Teresa. Tirando aquela coisa toda de ficar nua. Porque eu não estou nem perto de tirar fotos nuas de mim mesma e mandar para o meu namorado.

Ainda bem que estava meio difícil conversar com a minha mãe, porque o sr. G estava tocando bateria, com o Rocky tocando junto na bateria de brinquedo dele.

Quando me viu, o Rocky largou as baquetas e correu para me abraçar pelos joelhos, berrando: "Miiiiiiaaaaaaa!"

É legal chegar em casa e ter alguém que sempre fica feliz em ver você, mesmo que seja uma criancinha de quase 3 anos.

"É, oi, eu cheguei em casa", falei. Não é brincadeira tentar andar com uma criancinha agarrada na sua perna. "O que tem para o jantar?"

"Hoje é a noite de duas pizzas pelo preço de uma no Tre Giovanni", o sr. Gianini disse e largou as baquetas. "Como é que você não sabe?"

"Onde você estava?", o Rocky quis saber.

"Tive que sair para fazer compras com as minhas amigas", respondi.

"Mas você não comprou nada", o Rocky disse ao olhar para as minhas mãos vazias.

"Eu sei", fui explicando enquanto me dirigia para a gaveta da cozinha onde ficam os talheres, com ele ainda agarrado à minha perna. Colocar a mesa é minha função. Posso ser princesa, mas tenho tarefas a cumprir em casa. Essa é uma coisa que estabelecemos durante as sessões em família com o dr. L. "É porque nós saímos para comprar vestidos para o baile de formatura, e eu não vou ao baile de formatura, porque é a maior chatice."

"Desde quando o baile de formatura é chato?", o sr. Gianini perguntou enquanto passava uma toalha pelo pescoço. Tocar bateria faz suar, como eu sei muito bem, devido à pequena pessoa molhada que está presa às minhas pernas.

"Desde que ela se transformou em uma garota ferina e sarcástica, que em breve vai para a faculdade", minha mãe respondeu, apontando para mim. "Falando nisso, vamos fazer reunião de família depois do jantar. Ah, alô."

Ela disse essa última parte para o telefone, então fez o nosso pedido de sempre para a Tre, de duas pizzas médias, uma com carnes para ela e o sr. G e a outra só de queijo para o Rocky e eu. Voltei a ser vegetariana. Bom, na verdade, sou mais uma flexatariana... Não peço carne, a não ser em momentos de estresse extremo, quando preciso de uma fonte rápida de proteínas — como por exemplo taco de carne (tão irresistíveis, apesar de eu tentar me abster). Mas quando alguém me serve carne — como aconteceu na semana passada, na reunião da Domina Rei — eu como para ser educada.

"Reunião de família para falar de quê?", eu quis saber quando a minha mãe desligou o telefone.

"Para falar de você", ela respondeu. "O seu pai marcou uma teleconferência."

Ótimo. Realmente, não tem nada que eu aprecie mais do que um belo telefonema do meu pai, da Genovia, à noite. Isso é sempre garantia de que todo mundo vai se divertir muitíssimo. Até parece.

"O que foi que eu fiz agora?", perguntei. Porque, falando sério, não fiz nada (a não ser mentir para todo mundo que eu conheço sobre... bom, tudo). Mas, fora isso, sempre chego em casa no horário que a minha mãe manda, e nem é porque eu tenho um guarda-costas que basicamente garante que isso aconteça. O meu namorado é preocupado demais. J.P. não quer ficar mal com o meu pai (nem com a minha mãe nem com o meu padrasto), e quando nós estamos juntos, ele começa a dar ataque se eu não estiver em casa meia hora antes do horário marcado, de modo que ele literalmente me joga nos braços do Lars toda vez.

Então, seja lá qual for o motivo por que o meu pai está ligando, não fui eu.

Pelo menos, não desta vez.

Fui até o meu quarto fazer uma visita a Fat Louie antes de as pizzas chegarem. Eu sempre estou preocupada com ele. Porque, vamos dizer que eu escolha deixar todo mundo que conheço furioso comigo e ir para uma faculdade nos EUA em vez de L'Université de Genovia, que na verdade só é frequentada por filhos e filhas de cirurgiões plásticos e dentistas famosos que não conseguiram entrar em nenhum outro lugar. (Spencer Pratt, do seriado *The Hills*, provavelmente teria ido estudar lá se não tivesse conseguido arrumar um jeito de entrar no programa do ex-amigo da namorada dele. A *Lana* provavelmente teria que ir estudar lá, se eu não a tivesse forçado a fazer com que sua atividade principal do penúltimo ano fosse estudar, e não conseguir fazer a foto dela sair no site festadeontemanoite.com.)

O negócio é que nenhuma das faculdades em que eu entrei tem alojamento que permite aos alunos levarem gatos. E isso significa que, se eu for estudar lá e quiser levar o Fat Louie, vou ter que morar fora do campus. Assim, eu não vou conhecer ninguém e vou ser uma leprosa social ainda maior do que seria de outra maneira.

Mas como é que eu vou poder deixar o Fat Louie para trás? Ele tem medo do Rocky... o que é compreensível, porque o Rocky adora o Fat Louie e, cada vez que o vê, ele corre e tenta agarrá-lo e apertá-lo, e isso deixou o Fat Louie traumatizado, é claro, porque ele não gosta de ser agarrado e apertado.

Então, agora o Fat Louie simplesmente fica no meu quarto (onde o Rocky está proibido de entrar, porque ele estraga os meus bonecos de Buffy a Caça-Vampiros) quando eu não estou por perto para protegê-los.

E se eu sair de casa para ir para a faculdade, isso significa que o Fat Louie vai passar quatro anos escondido no meu quarto, sem ninguém para dormir com ele e coçar atrás das orelhas dele, como ele gosta.

Isto simplesmente está errado.

Ah, claro, a minha mãe *diz* que ele pode se mudar para o quarto dela (onde o Rocky também está proibido de entrar — sem supervisão, de todo modo — porque ele é obcecado pelas maquiagens dela e uma vez comeu um dos batons Lancôme Au Currant Velvet inteiro dela, de modo que ela precisou colocar uma daquelas trancas de plástico na porta dela também).

Mas eu não sei se o Fat Louie realmente vai gostar de dormir com o sr. G, que ronca.

O telefone! É o J.P.

Quinta-feira, 27 de abril, 19h30, no loft

O J.P. queria saber como tinham sido as compras de vestidos para o baile de formatura. Eu menti para ele, é claro. Falei assim: "Ótimas!"

A partir daí, nossa conversa entrou num modo Twilight Zone.

"Você comprou alguma coisa?", ele quis saber.

Não dava para acreditar que ele estava perguntando aquilo. Fiquei chocada de verdade.

Sabe como é, com a coisa toda de *ele não ter se dado ao trabalho de me convidar para o baile de formatura* e tudo o mais. Como eu sou boba de pensar que nós não iríamos.

Eu respondi: "Não..."

O meu choque ultrapassou todos os limites quando daí ele disse: "Bom, quando você comprar, precisa me dizer qual é a cor, para eu saber a cor do arranjo de flores para você colocar no pulso que eu vou comprar."

Como asssim?

"Espera", eu disse. "Então... nós *vamos* ao baile de formatura?"

O J.P. deu risada, de verdade. "Claro que sim", ele respondeu. "Faz semanas que eu comprei as entradas."

!!!!!!!!!

Daí, como eu não dei risada junto com ele, ele parou de rir e disse: "Espera. Nós *vamos*, não vamos, Mia?"

Eu fiquei tão boba que nem sabia o que dizer. Quer dizer, eu...

Eu amo o J.P. De verdade!

É só que, por algum motivo, não amo a ideia de ir ao baile de formatura com o J.P.

Só que eu não sabia muito bem como explicar isso para ele sem deixá-lo magoado. Dizer a ele que eu achava o baile de formatura a maior chatice, como eu tinha dito para a Tina, aparentemente não ia funcionar.

Principalmente porque ele acabou de dizer que está com as entradas há semanas. E essas coisas não são nada baratas.

Em vez disso, ouvi a mim mesma balbuciar: "Não sei. Você... não chegou a me convidar."

E isso é *verdade*. Quer dizer, eu estava dizendo a *verdade*. O dr. L teria ficado orgulhoso de mim.

Mas a única coisa que o J.P. disse em resposta a isso foi: "Mia! Nós estamos juntos há quase dois anos. Não achei que precisasse convidar."

Não achei que precisasse convidar?

Não dava para acreditar que ele tinha dito isso. E, mesmo que fosse verdade, bom... a gente gosta de ser convidada! Certo?

Não acho que eu seja a menina mais menininha do mundo — não uso (mais) unhas postiças e não faço regime nem nada, apesar de, pela minha altura, estar longe de ser a menina mais magra no meu ano. Eu sou MUITO menos menininha do que a Lana. E eu sou *princesa*.

Mas, mesmo assim. Se um cara quer levar uma menina ao baile de formatura, ele devia *convidar*...

...mesmo que eles estejam namorando firme há quase dois anos.

Porque talvez ela não queira ir.

Falando sério, será que é coisa minha? Estou pedindo demais? Acho que não. Mas talvez esteja. Talvez esperar para ser convidada para ir ao baile de formatura, em vez de partir do princípio de que eu vou, seja demais.

Não sei. Já não sei mais nada, acho. O J.P. deve ter percebido, pelo meu silêncio, que ele disse a coisa errada. Porque, finalmente, falou: "Espera... Você está dizendo que eu *realmente* tenho que convidar?"

Eu respondi: "Humm." Porque não sabia o que dizer! Uma parte de mim ficou pensando assim: *Claro! Claro que você tinha que ter convidado!* Mas uma outra parte pensou assim: *Sabe o quê, Mia? Não vá causar confusão. Você vai se formar daqui a dez dias. DEZ DIAS. Simplesmente deixe para lá.*

Por outro lado, o dr. L me disse para começar a dizer a verdade. Hoje eu já não menti para a Tina. Achei que também seria bom parar de mentir para o meu namorado. Então...

"Teria sido legal se você tivesse convidado", ouvi a mim mesma dizer, para meu próprio pavor.

Foi aí que o J.P. fez a coisa mais estranha do mundo:

Ele riu!

Mesmo. Como se achasse que era a coisa mais engraçada que tinha escutado na vida.

"É *assim* que as coisas funcionam?", ele perguntou.

O que ele quis dizer com *isso*?

Eu não fazia ideia do que ele estava falando. Pareceu meio louco, o que não tem nada a ver com o J.P., quer dizer, é verdade que ele me faz assistir a um monte de filmes do Sean Penn, porque o Sean Penn é o mais novo ator/diretor preferido dele.

Eu não tenho nada contra o Sean Penn. Nem me importo com o fato de que ele acabou se divorciando da Madonna. Quer dizer, eu ainda gosto do Shia LaBeouf, apesar de ele ter resolvido ser o ator principal de *Transformers*, que acabou sendo um filme sobre robôs do espaço.

Que falam.

E isso, para mim, é tão ruim quanto querer se divorciar da Madonna, se quer saber a minha opinião.

Mesmo assim... Isso não significa que o J.P. seja louco. Apesar de ele estar rindo daquele jeito.

"Eu sei que você comprou as entradas", falei, dando continuidade à conversa como se eu não desconfiasse que ele estava sofrendo de desequilíbrio cognitivo. "Então, eu dou para você o dinheiro da minha. A menos que você queira levar outra pessoa."

"Mia!", o J.P. parou de rir, de repente. "Eu não quero ir com ninguém além de você! Quem mais eu podia querer levar?"

"Bom, eu não sei", respondi. "Só estou dizendo que é o seu baile de formatura do último ano também. Você devia convidar quem quisesse."

"Estou convidando *você*", o J.P. respondeu, em tom mal-humorado, coisa que ele costumava fazer quando estava com vontade de sair e eu estava com vontade de ficar em casa escrevendo. Só que eu não podia dizer a ele o que eu estava fazendo, porque é claro que ele não sabia que eu estava escrevendo um livro de verdade, e não só uma dissertação como meu trabalho de conclusão.

"Está mesmo?", perguntei, um pouco surpresa. "Você está me convidando neste momento?"

"Bom, não exatamente neste minuto", o J.P. disse bem rapidinho. "Percebo que deixei a desejar no departamento do convite romântico ao baile de formatura. Tenho planos de fazer da maneira correta. Então, pode esperar um convite em breve. Um convite de verdade, a que você não vai ter como resistir."

Preciso confessar que o meu coração meio que acelerou ao ouvir isto. E também não foi de um jeito feliz, de ai-como-ele-é-fofo. Foi mais no estilo ai-não-o-que-ele-vai-aprontar. Porque eu, sinceramente, não consegui pensar em nenhum jeito que o J.P. pudesse me convidar para o baile de formatura que conseguisse fazer com que frango seco e música ruim no Waldorf parecessem legais.

"Hum", eu respondi. "Você não vai fazer alguma coisa para me deixar com vergonha na frente da escola inteira, vai?"

"Não", o J.P. disse, em um tom que pareceu estupefato. "Do que você está falando?"

"Bom", respondi. Eu sabia que devia estar parecendo louca, mas eu tinha que dizer. Então falei rápido, para colocar para fora. "Eu vi um filme no canal Lifetime uma vez em que um cara quis fazer um gesto de amor grandioso e foi vestido de armadura, montado em um cavalo branco, até o lugar onde a namorada dele trabalhava para pedir a mão dela em casamento. Sabe como é, porque ele queria ser o cavalheiro montado dela. Você não vai entrar na Albert Einstein High usando armadura, montado em um cavalo branco, e me convidar para ir ao baile de formatura, vai? Porque isso seria errado em uns dezenove níveis. Ah, e o cara não conseguiu achar um cavalo branco, então ele pintou um cavalo castanho de branco, o que foi uma crueldade para com o animal e, além do mais, a tinta saiu toda no jeans dele, então, quando ele se ajoelhou para fazer o pedido, ficou parecendo um idiota completo."

"Mia", o J.P. disse, em um tom que parecia aborrecido. Mas, realmente, acho que eu não podia culpá-lo por isso. "Eu não vou cnegar à Albert Einstein High de armadura, montado em um cavalo pintado de branco para convidar você para ir ao baile de formatura. Acho que eu consigo pensar em alguma coisa um pouco mais romântica do que *isso*."

Mas, por algum motivo, esta afirmação não fez com que eu me sentisse nem um pouco melhor.

"Sabe, J.P.", eu disse. "O baile de formatura é a maior chatice. Quer dizer, a gente só vai ficar lá dançando no Waldorf. A gente pode fazer isso qualquer dia."

"Não com todos os nossos amigos", o J.P. observou. "Logo antes de todos nós nos formarmos e irmos para faculdades diferentes e para possivelmente nunca mais nos ver."

"Mas nós já vamos fazer isto", eu o lembrei, "na minha festança de aniversário no Iate Real da Genovia na segunda-feira à noite."

"É verdade", o J.P. respondeu. "Mas não vai ser a mesma coisa. Todos os seus parentes vão estar lá. E, além do mais, não vamos ter oportunidade de ficar sozinhos depois."

Do que ele estava falando?

Ah... certo. Os paparazzi.

Uau. O J.P. *realmente* quer ir ao baile de formatura. E parece que quer fazer todas as coisas que todo mundo faz depois do baile de formatura.

Acho que, na verdade, não posso culpá-lo. Este realmente *é* o último evento de que vamos participar como alunos da AEHS, além da formatura, que a administração usou de muita esperteza para marcar para o dia seguinte, para evitar o que aconteceu no ano passado, quando alguns alunos do último ano ficaram tão bêbados em uma casa noturna do centro que precisaram ser internados no hospital St. Vincent's por intoxicação alcoólica, depois de picharem "As armas de destruição em massa estavam escondidas na minha vagina" por todo o Washington Square Park. Parece que a diretora Gupta acha que, se as pessoas souberem que têm a formatura no dia seguinte, elas não vão se permitir ficar assim *tão* bêbadas neste ano.

Então, eu disse: "Tudo bem. Bom, vou esperar pelo convite com ansiedade."

Daí eu achei que seria melhor mudar de assunto, já que nós dois parecíamos estar nos irritando um pouco um com o outro. "Então. Como foi o ensaio da peça?"

Daí o J.P. reclamou da incapacidade da Stacey Cheeseman em se lembrar dos diálogos durante cinco minutos, até que eu disse que precisava desligar porque as pizzas tinham chegado. Mas era mentira (A Mentira Enorme Número Quatro de Mia Thermopolis), já que as pizzas não tinham chegado.

A verdade é que eu estou com medo. Sei que ele não vai chegar à escola de armadura, em cima de um cavalo pintado de branco, para me convidar para o baile de formatura, porque ele disse que não faria isso.

Mas ele pode fazer outra coisa igualmente vergonhosa.

Eu amo o J.P. — sei que fico escrevendo isso várias vezes, mas é porque é verdade. Eu não amo o J.P. *do mesmo jeito* que amava o Michael, eu sei, mas amo. O J.P. e eu temos tantas coisas em comum, como a coisa de escrever, e nós temos a mesma idade, e Grandmère o adora, assim como a maioria dos meus amigos (tirando o Boris, por alguma razão qualquer).

Mas às vezes eu gostaria... Meu Deus, não acredito que estou escrevendo isso... Mas às vezes...

Bom. Eu fico preocupada de que a minha mãe esteja certa. Foi ela quem observou que, quando eu digo que quero fazer alguma coisa, o J.P. *sempre* quer fazer também. E se eu digo que não quero fazer alguma coisa, ele *sempre* concorda que também não quer fazer.

As únicas vezes que ele não concordava comigo, para falar a verdade, era quando eu dizia que não queria sair com ele para ficar trabalhando no meu livro.

Mas isso foi só porque ele não podia ficar junto comigo. Foi tão romântico... de verdade. Todas as meninas disseram isso. Principalmente a Tina, quem diria. Quer dizer, que menina não ia querer um namorado que tem vontade de ficar com ela o tempo *todo, e que sempre faz tudo que ela quer fazer?*

A minha mãe foi a única pessoa que reparou nisso e perguntou se não me deixava louca. E quando eu perguntei o que ela queria dizer, ela respondeu: "Parece que você está namorando um camaleão. Será que ele *tem* personalidade própria ou só quer fazer todas as suas vontades?"

Foi aí que nós entramos na maior discussão. Tão grande que precisamos fazer uma sessão de terapia de emergência com o dr. L.

Depois daquilo, ela prometeu guardar para si as opiniões que tivesse a respeito da minha vida amorosa, já que eu observei que nunca disse o que acho da dela. (Mas a verdade é que eu gosto do sr. G. Sem ele, eu não teria o Rocky.)

Mas eu totalmente nunca mencionei *a outra coisa* a respeito do J.P. Não para o dr. L, e com certeza não para a minha mãe.

Para começo de conversa, a minha mãe provavelmente ficaria feliz.

E depois... bom, nenhum relacionamento é perfeito, de todo modo. Olhe para a Tina e o Boris. Ele *continua* enfiando o suéter dentro da calça, apesar de ela pedir repetidas vezes para que ele não faça isso. Mas eles são felizes juntos. E o sr. G ronca, mas a minha mãe resolveu o problema com tampões de ouvido e uma máquina de ruído branco.

Eu consigo lidar com o fato de que o meu namorado gosta de tudo que eu gosto e que sempre quer tudo que eu quero o tempo todo.

É com a *outra coisa* a respeito dele que eu não sei bem se consigo lidar...

E agora as pizzas chegaram *de verdade*, então eu preciso ir andando.

Sexta-feira, 28 de abril, meia-noite, no loft

Certo. Respire fundo. Acalme-se. Vai dar tudo certo.

Vai ficar tudo bem. Tenho certeza disto! Tenho mais do que certeza. Estou cem por cento otimista de que tudo vai ficar...

Ai, meu Deus. Quem eu quero enganar? Estou um bagaço!

Então... a reunião de família no final foi para falar de um pouco mais do que apenas a eleição e de o meu pai me encher para saber em que faculdade vou estudar — em outras palavras, foi um desastre.

Começou com o meu pai tentando estabelecer um prazo: o dia da eleição. Eu tenho até o DE (também conhecido como baile de formatura) para decidir onde eu vou passar os próximos quatro anos da minha vida.

Daí eu tenho que tomar uma decisão.

Seria de se pensar que o meu pai tem coisa mais importante com que se preocupar, com o René fungando no cangote dele nas pesquisas de opinião.

Grandmère entrou na teleconferência por conta própria, é claro, e fez questão de dar a opinião dela (ela quer que eu vá para a Sarah Lawrence. Porque é onde ela teria estudado, na época da cinta-liga, se tivesse feito faculdade em vez de se casar com Grandpère). Todos nós tentamos ignorá-la, igual fazemos na terapia de família, mas é impossível quando o Rocky está por perto, porque ele ama Grandmère por algum motivo, até quando é só o som da voz dela (pergunta: POR QUÊ?), e ele correu para o telefone e ficou gritando: "Gam-mer, gam-mer, você vem aqui logo? Dá um beijão no Wocky?".

Dá para imaginar alguém que *deseje* aquela chata urubuzando em cima de você? Ela nem é tecnicamente parente dele (que menino de sorte).

Mas, bom, é. Este era o assunto da grande reunião — ou, pelo menos, foi assim que a coisa *começou*. Eu deveria decidir onde vou estudar daqui a oito dias.

Valeu, pessoal! Nada de pressão!

O meu pai *diz* que não se importa com o lugar que eu escolha para estudar, desde que eu esteja feliz. Mas ele deixou mais do que claro que, se eu não for para uma faculdade de primeira linha, ou para a Sarah Lawrence, ou para uma das Seven Sisters, é melhor que eu cometa haraquiri.

"Por que você não vai para Yale?", ele ficou repetindo. "Não é para lá que o J.P. quer ir? Você pode ir com ele."

Claro que é para Yale que o J.P. quer ir, porque eles têm um departamento de teatro fantástico.

Só que eu não posso ir para Yale. Fica longe demais de Manhattan.

E se alguma coisa acontecer com o Rocky ou o Fat Louie — um incêndio maluco ou algum prédio desabando? — e eu precisar voltar logo para o loft?

Além do mais, o J.P. acha que eu vou para L'Université de Genovia, e já se inscreveu e se conformou em ir para lá comigo.

Apesar de L'Université de Genovia não ter departamento de teatro e de eu ter explicado para ele que, se for estudar lá, vai jogar no lixo todas as aspirações profissionais que possa ter. Ele disse que não importava, desde que nós dois pudéssemos ficar juntos.

Acho que realmente *não* importa mesmo, já que o pai dele sempre vai fazer com que as peças dele sejam produzidas.

Mas, de todo modo, não é por causa de nada disso que eu estou tendo um ataque.

Foi por causa do que aconteceu *depois*.

Foi depois que Grandmère tinha me incomodado mais um pouco por causa da lista de convidados para a minha festa — e depois de perguntar ao sr. G: "A sua sobrinha e o seu sobrinho têm *mesmo* que ir? Porque, sabe como é, se eles não forem, posso abrir lugar para o casal Beckham" e, quando finalmente desligou, o meu pai disse: "Acho que você devia mostrar a ela agora", e a minha mãe respondeu: "Falando sério, Phillipe, acho que você está sendo um tantinho dramático demais, não precisa ficar no telefone, eu dou para ela mais tarde", e o meu pai disse: "Eu também faço parte desta família, e quero estar presente para dar apoio a ela, mesmo que não possa estar aí em carne e osso", e a minha mãe disse: "Você está exagerando. Mas, se insiste...", e ela se levantou e foi até o quarto dela.

E eu falei assim, começando a ficar um pouco nervosa: "O que está acontecendo?"

E o sr. G disse: "Ah, nada. O seu pai só mandou por e-mail uma coisa que ele viu no site internacional de negócios da CNN."

"E eu quero que você veja, Mia", meu pai disse no viva-voz, "antes que alguém comente com você na escola."

E o meu coração se apertou, porque eu achei que fosse alguma artimanha nova do René para emporcalhar a Genovia, tentando atrair mais turistas para visitar o país. Talvez ele fosse instalar um Hard Rock Cafe e convidasse o Clay Aiken para o show de inauguração.

Só que não era isso. Quando a minha mãe saiu do quarto dela com uma impressão do que o meu pai tinha mandado para ela por e-mail, eu vi que não tinha nada a ver com o René. Era isto:

> NOVA YORK (AP) — Os braços robotizados são o futuro da cirurgia, e um deles especificamente, batizado de CardioBraço, vai revolucionar a cirurgia cardíaca e já está fazendo de seu criador — Michael Moscovitz, 21 anos, de Manhattan — um homem muito rico.
>
> A invenção dele está sendo considerada o primeiro robô cirúrgico compatível com a tecnologia de imagem de última geração. Moscovitz passou dois anos coordenando uma equipe de cientistas japoneses que construíram o CardioBraço para sua pequena empresa, a Pavlov Cirúrgica.
>
> As ações da Pavlov Cirúrgica, a empresa de alta tecnologia de Moscovitz que detém o monopólio da venda de braços cirúrgicos robotizados nos Estados Unidos, subiram quase 500% ao longo do último ano. Os analistas acreditam que a alta está longe de terminar.

Isso porque a demanda pelo produto de Moscovitz está crescendo, e até agora sua empresa tem o mercado todo para si.

O braço cirúrgico, que é controlado a distância por cirurgiões, foi aprovado pela Food and Drug Administration — o departamento governamental dos EUA responsável pela regulamentação de produtos ligados a alimentos e medicamentos — para as cirurgias gerais no ano passado.

O sistema do CardioBraço é considerado mais preciso e menos invasivo do que as ferramentas cirúrgicas tradicionais, incluindo pequenas câmeras portáteis inseridas no corpo durante a cirurgia. A recuperação da cirurgia feita pelo sistema CardioBraço é consideravelmente mais rápida do que a recuperação da cirurgia tradicional.

"O que se pode fazer com o braço robotizado — com as capacidades de manipulação e visualização —, simplesmente não é possível fazer de outra maneira", diz o dr. Arthur Ward, chefe de cardiologia no Centro Médico da Universidade de Columbia.

Já existem cinquenta CardioBraços operando em hospitais norte-americanos; há uma lista de espera por centenas de unidades, mas com o preço entre 1 milhão e 1,5 milhão de dólares, o sistema não é exatamente barato. Moscovitz doou diversos sistemas CardioBraço para hospitais infantis espalhados por todo o país, e doará uma unidade nova para o Centro Médico da Universidade de Columbia neste fim de semana; por isso, a instituição de ensino, onde ele estudou, se sente muito grata.

"Esta é uma tecnologia altamente aperfeiçoada, altamente desejada e única", diz Ward. "Em termos de robótica, o CardioBraço é o líder indiscutível. Moscovitz fez algo extraordinário para o ramo da cirurgia médica."

!!!!!!!!!!

Uau. A ex-namorada é sempre a última a saber.

Mas tanto faz. Até parece que isso muda alguma coisa.

Quer dizer: e daí? Todo mundo sabe que o Michael é um gênio, e deveria sempre ter sido assim. Ele merece todo o dinheiro e todos os elogios. Ele realmente trabalhou muito para isto. Eu sabia que ele salvaria a vida de crianças, e agora ele realmente está salvando.

É só que... acho que eu...

Bom, simplesmente não posso acreditar que ele não contou para mim!

Por outro lado, o que exatamente ele iria dizer no último e-mail? "Ah, aliás, meu braço cirúrgico robotizado é um sucesso enorme, está salvando vidas por todo o país, e a minha empresa tem as ações que mais sobem em Wall Street"?

Ah, não, isso seria se exibir demais.

E, de todo modo, fui *eu* que tive um chilique e parei de mandar e-mails, para ele quando ele perguntou se podia ler meu trabalho de conclusão. Pelo que sei, talvez ele *fosse* mencionar que o CardioBraço dele está sendo vendido por 1,5 milhão de dólares cada um e é líder no mercado dos braços cirúrgicos robotizados.

Ou: "Vou para os Estados Unidos para doar um dos meus braços cirúrgicos robotizados para o Centro Médico da Universidade de Columbia no sábado, então quem sabe a gente se vê?"

Eu simplesmente nunca lhe dei chance, já que fui a maior maleducada e não respondi na última vez que nos correspondemos.

E, pelo que sei, o Michael já esteve nos Estados Unidos uma dúzia de vezes desde que terminamos, para visitar a família e sei lá mais o quê. Por que ele comentaria isso comigo? Até parece que a gente vai se encontrar para tomar um café ou algo assim... Nós terminamos.

E, acorda, eu já tenho namorado.

É só que... no artigo, dizia que Michael Moscovitz, 21 anos, de *Manhattan*. Não de Tsukuba, no Japão.

Então. Ele obviamente está morando aqui agora. Ele está *aqui*. Ele pediu para ler meu trabalho de conclusão e está *aqui*.

Ataque de pânico.

Quer dizer, antes, quando ele estava no Japão, e pediu para ver o meu trabalho de conclusão, eu podia ter dito: "Ah, eu mandei para você... não recebeu? Não? Mas que coisa estranha. Pode deixar que vou tentar mandar de novo."

Mas agora, se eu me encontrar com ele, e se ele perguntar...

Ai meu Deus. O que eu vou fazer?????

Espere... tanto faz. Até parece que ele perguntou se a gente podia se encontrar! Quer dizer, ele está aqui, não está? E por acaso ele ligou? Não.

Mandou e-mail? Não.

Claro... sou eu quem deve um e-mail para ele. Ele foi muito educado ao observar a etiqueta do e-mail e esperou que eu respondesse ao e-mail dele. O que ele deve estar pensando, desde que eu cortei toda a comunicação quando ele pediu para ler o meu livro? Deve estar achando que sou a maior metida, como a Lana diria. Ele fez o pedido mais legal do mundo — um pedido que nem o meu namorado fez, aliás — e eu totalmente sumi do mapa sem dar notícia...

Meu Deus, lembra daquela coisa esquisita de quando eu gostava de ficar cheirando o pescoço dele o tempo todo? Era como se eu não fosse capaz de me sentir calma ou feliz ou sei lá o que a menos que eu cheirasse o pescoço dele. Aquilo era tão... esquisito, como a Lana diria.

Claro que... se me lembro corretamente, o Michael sempre *tinha* um cheiro melhor do que o do J.P., que continua com cheiro de lavagem a seco. Tentei comprar uma colônia e dar de presente para ele de aniversário, como a Lana sugeriu...

Não deu certo. Ele usa, mas agora ele só fica com cheiro de colônia. Por cima do fluido da lavagem a seco.

Simplesmente não acredito que o Michael voltou para cá e eu nem sabia! Ainda bem que o meu pai me disse! Eu podia ter esbarrado nele na Bigelow ou na Forbidden Planet e, sem saber que ele estava de volta, poderia ter feito alguma coisa inacreditavelmente estúpida quando o visse. Tipo fazer xixi nas calças. Ou soltar: "Você está *lindo!*"

Isso se ele estiver mesmo lindo, e eu aposto que deve estar. Isto teria sido um *horror* (apesar de que fazer xixi na calça teria sido pior).

Não, na verdade, aparecer em qualquer um desses lugares e esbarrar nele sem maquiagem nenhuma e com o cabelo todo desarrumado teria sido pior... mas preciso dizer que o meu cabelo está melhor do que nunca, agora que o Paolo cortou em camadas e eu estou com um corte de verdade que dá para colocar atrás da orelha e repartir de lado para ficar bem sexy e prender com uma faixa e tudo o mais. Até a *teenSTYLE* concordou com isso nas colunas de Certo e Errado de fim de ano. (Pela primeira vez na vida eu entrei na coluna do Certo, e não na do Errado. Estou devendo muito à Lana.)

Mas não foi por isso que o meu pai me contou sobre a volta do Michael, é claro (para eu ter certeza de andar sempre atraente agora, para o caso de eu esbarrar no meu ex).

O meu pai me contou para eu não ser pega desprevenida para o caso de os paparazzi me perguntarem alguma coisa.

Algo que, depois deste informativo à imprensa, é bem provável que aconteça.

E não havia necessidade de o escritório de imprensa da Genovia divulgar aquela citação minha — dizendo que eu estou muito feliz pelo sr. Moscovitz e fico contente de ver que ele seguiu em frente, como eu. Eu posso fazer as minhas próprias citações, muito obrigada.

Tudo bem. Ele voltou a Manhattan, e eu fico totalmente contente com isso. Fico *mais* do que contente com isso. Fico feliz por ele. Provavelmente Michael já me esqueceu completamente, o que dizer então sobre ter pedido para ler o meu livro. Quer dizer, trabalho de conclusão. Agora que ele é um inventor de braço robotizado megamilionário, tenho certeza de que uma troca de e-mails bobos com a menina do ensino médio que ele namorou no passado é a última coisa que o Michael tem na cabeça.

Sinceramente, eu não me importo se nunca mais encontrar com ele. Eu tenho namorado. Um namorado perfeitamente maravilhoso que neste exato momento está imaginando uma maneira totalmente romântica para me convidar para o baile de formatura, que não vai incluir pintar de branco um cavalo castanho. Provavelmente.

Agora eu vou para a cama, e pegarei no sono bem rapidinho, e NÃO vou ficar acordada a metade da noite pensando no fato de o Michael estar de volta a Manhattan e de ter pedido para ler o meu livro.

Não vou.

Espere só para ver.

Sexta-feira, 28 de abril, sala de estudo

Nossa, estou me sentindo péssima, e estou horrível depois de passar a noite inteira em pânico com o fato de o Michael estar de volta!

E, para piorar tudo, faltei à reunião de equipe do *Átomo* hoje de manhã, antes do início das aulas. Eu sei que o dr. L ficaria altamente chateado com isso, porque uma mulher corajosa como a Eleanor Roosevelt teria ido.

Mas eu não estava me sentindo muito Eleanor Roosevelt hoje de manhã. Eu simplesmente não sabia se a Lilly iria designar alguém para cobrir a doação do Michael de um de seus CardioBraços para o Centro Médico da Universidade de Columbia ou não. Parece que ia. Quer dizer, ele se formou na AEHS. E um ex-aluno da AEHS que inventou uma coisa que está salvando a vida de crianças e daí doa o equipamento para uma das principais universidades da cidade realmente é notícia...

Eu não podia correr o risco de que a Lilly passasse para *mim* a pauta de cobrir a notícia para a próxima edição. A Lilly não está mais tomando iniciativas para ir contra mim — nós estamos totalmente saindo uma do caminho da outra.

Mas ela podia ter feito isto, mesmo assim, só para cometer uma ironia perversa.

E eu não *quero* ver o Michael. Quer dizer, não como repórter de um jornalzinho de escola para cobrir a notícia de seu retorno brilhante. Isso provavelmente faria com que eu tivesse vontade de me matar.

Além do mais, e se ele perguntar sobre o meu trabalho de conclusão?????

Eu sei que é altamente improvável que ele se lembre disso. Mas pode acontecer.

Além do mais, o meu cabelo está fazendo aquela curva arrepiada na parte de trás hoje de manhã. O meu antifrizz de ervas acabou totalmente.

Não, quero que o meu cabelo esteja bonito na próxima vez que eu encontrar com o Michael, e quero ser uma autora publicada. Ah, por favor, meu Deus, faça com que essas duas coisas aconteçam!

E eu sei, tudo bem, já ajudei um pequeno país europeu a conquistar a democracia. E isso é um feito muito *importante*. É ridículo da minha parte também querer ser autora publicada antes dos 18 anos (o que me dá aproximadamente três dias, que é um objetivo totalmente irreal).

Mas eu me esforcei tanto para escrever aquele livro! Investi quase dois anos da minha vida naquele livro! Quer dizer, primeiro teve toda a pesquisa — eu tive que ler, tipo, quinhentos livros românticos para saber como escrever um por conta própria.

Daí, tive que ler cinquenta bilhões de livros sobre a Inglaterra medieval, para poder conseguir ambientar a história e adaptar pelo menos uma parte dos diálogos da maneira correta.

Daí, tive que escrever o texto propriamente dito.

E eu *sei* que um livrinho romântico histórico não vai mudar o mundo.

Mas seria ótimo se deixasse algumas pessoas tão felizes lendo a história quanto eu fiquei quando escrevi.

Ai meu Deus, por que estou obcecada com isso se eu não estou nem aí? Já tenho um namorado maravilhoso que me diz o tempo todo que me ama e me leva para sair o tempo todo e que todo mundo no universo inteiro diz que é perfeito para mim.

E, tudo bem, ele se esqueceu de me convidar para o baile de formatura. E tem também aquela *outra coisa*.

Mas eu nem quero ir ao baile de formatura mesmo, porque baile de formatura é para crianças, algo que eu não sou. Vou fazer 18 anos daqui a três dias, e daí vou passar a ser maior de idade perante a lei...

Tudo bem. Preciso me equilibrar.

Talvez o Hans possa ir buscar mais um *chai latte* para mim. Acho que o primeiro que eu tomei hoje de manhã não fez efeito. Só que o meu pai disse que eu devo parar de mandar o motorista da limusine atender aos meus pedidos pessoais. Mas o que mais eu posso fazer? O Lars se recusa totalmente a sair para buscar bebidas espumantes para mim, apesar de eu já ter explicado para ele que é *altamente* improvável que alguém vá me sequestrar entre o momento que ele sair para ir ao Starbucks e voltar.

Ninguém mencionou a reportagem sobre o CardioBraço por enquanto, e eu já encontrei a Tina, a Shameeka, a Perin e, é claro, o J.P.

Talvez a notícia ainda não tenha saído em nenhum lugar além do site internacional de negócios da CNN.

Por favor, meu Deus, permita que não apareça em mais lugar nenhum.

Sexta-feira, 28 de abril, na escada do terceiro andar

Acabei de receber uma mensagem de texto urgente da Tina, pedindo que eu pegue um passe para ir ao banheiro e encontrar com ela aqui!

Não faço ideia do que pode ter acontecido! Tem que ser sério, porque nós realmente andamos nos esforçando para não faltar a nenhuma aula ultimamente, apesar de todos nós termos sido aceitos na faculdade e basicamente não termos mais motivo para assistir às aulas, a não ser para discutir os sapatos que vamos comprar para usar no primeiro dia como universitárias.

Eu realmente espero que ela e o Boris não tenham brigado. Eles são tão fofos juntos... É verdade que ele me irrita de vez em quando, mas dá para ver que ele simplesmente adora a T. E o convite que ele fez para ela para o baile de formatura foi o mais fofo do mundo: ele entregou a entrada do baile de formatura com um botão de rosa meio aberto com uma caixinha da Tiffany's pendurada.

Isso mesmo! Não era nem da Kay Jewelers, que sempre foi a preferida da Tina. O Boris resolveu subir o nível. (Sorte dele. A dependência dela da Kay estava ficando meio deprimente.)

E dentro da caixinha tinha outra caixa, uma caixa de veludo para anel. (A Tina disse que quase teve um ataque do coração quando viu.)

E dentro dela havia o anel de esmeralda mais lindo do mundo (era um anel de *compromisso*, não de noivado, o Boris se apressou em explicar a ela). E na parte de dentro do anel estavam gravadas as iniciais da Tina e do Boris entrelaçadas, e a data do baile de formatura.

A Tina disse que chegou a ponto de vomitar um pulmão, se isso fosse fisicamente possível, de tão alucinada que ficou. Ela chegou à escola na segunda-feira e mostrou o anel para todo mundo (o Boris tinha dado para ela em um jantar no Per Se, que é, tipo, o restaurante mais caro de Nova York hoje. Mas ele tem dinheiro para isso porque está gravando um álbum, igualzinho ao ídolo dele, Joshua Bell. O ego dele não ficou inflado *demais* depois disso. Principalmente porque ele também foi convidado para fazer uma apresentação no Carnegie Hall na semana que vem, que vai ser o trabalho de conclusão dele. Nós todos fomos convidados, e o J.P. e eu vamos juntos. Só que vou levar o meu iPod. Já ouvi o repertório inteiro do Boris, tipo, novecentos milhões de vezes, porque ele fica tocando no armário de material da sala de Superdotados e Talentosos. Sinceramente, não acredito que alguém é capaz de *pagar* para ouvir o Boris tocar, mas sei lá.)

O pai da Tina não ficou muito contente com o anel. Mas ficou bem feliz com o carregamento de bifes congelados Omaha que o Boris mandou para ele. (Essa parte foi ideia *minha*. O Boris está me devendo uma, total.)

Então, pode até ser que o sr. Hakim Baba se acostume com a ideia de que o Boris possa vir a fazer parte da família algum dia.

(Coitado. Eu sinto muito por ele. Vai ter que ficar ouvindo aquela respiração pela boca toda vez que se sentar para comer com a filha e o namorado dela.)

Ah, lá vem ela — não está chorando, então, talvez seja...

Sexta-feira, 28 de abril, Trigonometria

É. Certo. Então não era sobre o Boris.

Era sobre o Michael.

Eu devia saber.

A Tina programou o celular dela para receber alertas de notícias sobre mim. Então, hoje de manhã ela recebeu uma do *New York Post* falando sobre a doação do Michael para o Centro Médico da Universidade de Columbia (só que, como a notícia era do *Post* e não do site internacional de negócios da CNN, o tema principal da reportagem era o fato de o Michael ter sido meu namorado).

A Tina é mesmo um amor. Ela queria que eu soubesse que ele estava de volta antes que alguém me contasse. Ela tinha medo que recebesse a notícia de um paparazzo, igualzinho ao meu pai.

Eu expliquei a ela que já sabia.

Foi um erro.

"Você *sabia*?", a Tina exclamou. "E não me contou de cara? Mia. Como você pode fazer uma coisa dessas?"

Está vendo? Eu não consigo fazer mais nada certo. Cada vez que digo a verdade, me encrenco!

"Eu também acabei de descobrir", garanti a ela. "Foi ontem à noite. E tudo bem, de verdade. Eu já superei o Michael. Estou com o J.P. agora. Realmente, para mim não faz a menor diferença se o Michael voltou ou não."

Meu Deus, como eu sou *mentirosa*.

E nem sou uma boa mentirosa. Pelo menos, não neste caso. Porque a Tina não pareceu muito convencida.

"E ele não disse a você?", a Tina quis saber. "O Michael não disse nada em nenhum dos e-mails dele sobre estar voltando?"

Claro que eu não podia dizer a verdade. A respeito de como o Michael pediu para ler o meu trabalho de conclusão e de eu ter entrado em um pânico tão grande por causa disso que parei de mandar e-mail para ele.

Porque daí a Tina ia querer saber por que eu entrei em pânico com o pedido. E daí ia ter que explicar que o meu trabalho de conclusão na verdade é um livro romântico que estou tentando publicar.

E simplesmente não estou pronta para escutar a quantidade de berros que esta resposta faria a Tina soltar. Isso sem mencionar que ela exigiria ler o livro.

E quando ela chegar à cena de sexo — tudo bem, *cenas de sexo* — acho que existe uma boa possibilidade de a cabeça da Tina explodir, de verdade.

"Não", foi o que eu respondi à pergunta da Tina.

"Que coisa esquisita", a Tina disse logo. "Quer dizer, vocês agora são amigos. Pelo menos é o que você fica repetindo para mim. Que vocês são amigos, igualzinho como eram antes. Amigos dizem um ao outro quando vão se mudar para o mesmo país — para a mesma *cidade* — que o outro. O fato de ele não ter dito nada *tem* que significar alguma coisa."

"Não, não tem, não", eu me apressei em dizer. "Deve ter acontecido muito rápido. Ele simplesmente não deve ter tido tempo de me contar..."

"Não teve tempo para mandar uma mensagem de texto pelo celular? 'Mia, vou voltar para Manhattan.' Quanto tempo demora para fazer isso? Não." A Tina sacudiu a cabeça e o cabelo escuro comprido dela se agitou por cima dos ombros. "Alguma outra coisa está acontecendo." Ela apertou os olhos. "E eu acho que sei o que é."

Eu amo a Tina demais. Vou sentir saudade dela quando formos para a faculdade. (Não vai ter *jeito* de eu ir para a NYU com ela, apesar de ter sido aceita. A NYU simplesmente parece ser pressão demais para mim. A Tina quer ser cirurgiã torácica, então, existe uma grande possibilidade de que, com todos os cursos introdutórios à medicina que ela vai fazer, eu mal teria oportunidade de vê-la, de todo modo.)

Mas eu realmente não estava a fim de ouvir mais uma das teorias malucas dela. É verdade que ela às vezes acerta. Quer dizer, ela estava certa sobre o fato de o J.P. ser apaixonado por mim.

Mas seja lá o que ela fosse dizer a respeito do Michael... eu simplesmente não queria escutar. Tanto que cheguei a tapar a boca dela com a minha mão.

"Não", falei.

A Tina ficou só olhando para mim com os olhos castanhos grandes dela, com uma expressão muito surpresa.

"O que foi?", ela disse de trás da minha mão.

"Não diga nada", falei. "Seja lá o que você ia dizer."

"Não é nada de ruim", a Tina disse na palma da minha mão.

"Não faz diferença", respondi. "Eu não quero escutar. Você promete que não vai dizer?"

A Tina assentiu. Eu tirei a mão.

"Quer um lenço de papel?", a Tina perguntou, apontando para a minha mão com o queixo. Porque, é claro, meus dedos estavam cobertos de brilho labial.

Foi a minha vez de assentir com a cabeça. A Tina tirou um lenço de papel da bolsa e me entregou. Eu limpei a mão, fazendo questão de não perceber que a Tina estava com uma cara de quem estava literalmente morrendo para me falar o que ela queria dizer.

Bom, tudo bem, talvez não estivesse *literalmente* morrendo. Mas metaforicamente.

Finalmente, a Tina disse: "Então. O que você vai fazer?"

"Como assim, o que eu vou fazer?", perguntei. Não pude deixar de ter uma sensação de que alguma coisa fatídica estava para acontecer... era bem parecido com o que eu sentia em relação ao convite que o J.P. em breve me faria para o baile de formatura. Bom, acho que estava mais para temor. "Eu não vou *fazer* nada."

"Mas, Mia..." Parecia que a Tina estava escolhendo as palavras com muito cuidado. "Eu sei que você e o J.P. estão totalmente felizes e contentes. Mas você não está nem um pouco *curiosa* para ver o Michael? Depois de tanto tempo?"

Por sorte, foi bem aí que o sinal tocou e nós tivemos que "saí foua", como o Rocky gosta de dizer. (Não faço ideia de onde ele aprendeu esta expressão, muito menos como surgiu a expressão "sapato de saí foua", que é como ele chama os tênis dele. Ai meu Deus, como é que eu vou passar quatro anos inteiros longe de casa, na faculdade, e perder todo o desenvolvimento e amadurecimento dele? Isso sem falar na fofura dele? Eu sei que vou voltar nas férias — quando eu não for para a Genovia —, mas não vai ser a mesma coisa!)

Assim, eu não tive que responder à pergunta da Tina.

Agora, eu meio que me arrependi de ter impedido a Tina de me dizer qual era a teoria dela. Quer dizer, agora que a frequência dos meus batimentos cardíacos diminuiu. (Lá na escada, por alguma razão, estava superacelerada. Não faço ideia do porquê.)

Aposto que ia me fazer dar boas risadas, fosse lá o que fosse. Ah, tudo bem. Depois eu pergunto para ela.

Ou não.

Na verdade, provavelmente não vou perguntar.

Sexta-feira, 28 de abril, Superdotados e Talentosos

Certo. Todas elas ficaram completamente loucas.

Acho que algumas delas (mais especificamente a Lana, a Trisha, a Shameeka e a Tina) na verdade já não estavam muito longe disso.

Mas acho que elas levaram a palavra "ultimoanite" a novos extremos.

Então, a Tina e eu estávamos no corredor logo antes do almoço e encontramos a Lana, a Trisha e a Shameeka, e a Tina gritou, para se sobressair ao barulho de todo mundo que passava: "Vocês estão sabendo? O Michael voltou! E o braço robotizado dele está fazendo o maior sucesso! E ele está milionário!"

A Lana e a Trisha, como era de se esperar, soltaram berros estridentes que, eu juro, seriam capazes de quebrar o vidro de todos os alarmes de incêndio próximos. A Shameeka foi mais discreta, apesar de ficar me olhando de um jeito que parecia louca.

Daí, quando nós entramos na fila expressa para pegar os nossos iogurtes e as nossas saladas (bom, isso no caso delas. Estão todas tentando perder dois quilos antes do baile de formatura. Eu ia pegar um hambúrguer de tofu), a Tina começou a contar para elas que o Michael vai doar um CardioBraço para o Centro Médico da Universidade de Columbia, e a Lana disse assim: "Ai meu Deus, quando vai ser isto? Amanhã? A gente vai lá com certeza!"

"Hum", falei com o coração na garganta. "Não, *nós* não vamos."

"Fala sério", a Trisha disse, concordando comigo. (Fiquei com vontade de dar um beijo nela.) "Eu tenho hora para fazer bronzeamento. Estou pegando uma cor totalmente dourada para o baile de formatura no fim de semana que vem. Eu vou de branco, como vocês sabem."

"Tanto faz", a Lana respondeu e pegou refrigerantes light para nós todas. "Você pode fazer o seu bronzeamento depois."

"Mas a gente tem a festa da Mia na segunda", a Trisha disse. "Vai ter um monte de celebridades lá. Eu não quero parecer pálida na frente de celebridades."

"A Trisha realmente sabe quais são as prioridades dela", observei. "Não parecer pálida na frente de celebridades é mais importante do que perseguir os meus ex-namorados."

"Eu não quero perseguir o Michael", a Shameeka disse. "Mas concordo com a Lana de que a gente devia ir pelo menos dar uma olhada no evento. Eu quero ver como o Michael está. Você não está curiosa, Mia?"

"Não", respondi com firmeza. "E, além do mais, tenho certeza de que a gente não vai conseguir entrar. Provavelmente vai ser um evento fechado para convidados e a imprensa."

"Ah, isto não é problema", a Lana disse. "Você consegue fazer a gente entrar. Você é princesa. E, além do mais, mesmo que não consiga... você é da equipe do *Átomo*. Você consegue passes para nós. É só pedir para a Lilly."

Eu ergui a minha bandeja de almoço e lancei um olhar sarcástico para ela. Demorou um segundo para a Lana se dar conta do que tinha dito. Daí, quando finalmente percebeu, ela falou assim: "Ah. É. Ele é irmão dela. E ela ficou louca da vida por você ter dado o pé na bunda dele no ano passado, ou qualquer coisa assim. Certo?"

"Vamos deixar para lá", falei. Juro que eu até tinha perdido a fome. Meu hambúrguer de tofu, ali na minha frente, repousando no prato, não me apetecia em nada. Pensei em trocar por uns tacos. Se já houve um dia em que eu precisei muito de um pouco de carne apimentada, esse dia parecia ser hoje.

"A sua irmã mais nova não está escrevendo para o *Átomo* neste ano?", a Shameeka perguntou para a Lana.

A Lana deu uma olhada na direção da irmã, a Gretchen, que estava sentada com as outras animadoras de torcida em uma mesa perto da porta.

"Aaah", a Lana respondeu. "Boa ideia. Ela é tão puxa-saco, quer conseguir tantos créditos extracurriculares para entrar na faculdade que com certeza esteve na reunião do *Átomo* hoje de manhã. Vou lá ver se ela por acaso pegou a reportagem sobre o Michael."

Eu era capaz de ter furado as duas com o meu garfo-colher de plástico.

"Agora eu vou sentar", falei com os dentes cerrados, "com o meu namorado. Vocês podem vir sentar comigo, mas se vierem, não quero que fiquem falando sobre isto. *Na frente do meu namorado.* Entenderam? Muito bem."

Fiquei olhando bem fixo para o J.P. enquanto eu atravessava o refeitório até a nossa mesa, determinada a não olhar na direção da Lana. O J.P., que estava conversando com o Boris, a Perin e a Ling

Su, reparou que eu estava chegando, ergueu os olhos e sorriu. Eu retribuí o sorriso.

Mesmo assim, com o canto do olho, vi quando a Lana bateu na parte de trás da cabeça da irmã, pegou a bolsa Miu Miu dela e ficou remexendo lá dentro.

Ótimo. Isso só podia significar uma coisa. A Gretchen tinha passes de imprensa para o evento de amanhã.

"Como estão as coisas?", o J.P. perguntou quando eu me sentei.

"Ótimas", menti.

A Mentira Enorme Número Cinco de Mia Thermopolis.

"Maravilha", o J.P. respondeu. "Ah, tem uma coisa que eu queria perguntar para você."

Eu fiquei paralisada com o meu hambúrguer de tofu a meio caminho da boca. Ai meu Deus. Aqui. *Agora?* Ele ia me convidar para o baile de formatura no refeitório, na frente de todo mundo? Essa era a ideia de romantismo do J.P.?

Não. Não podia ser. Porque o J.P. preparou um jantar para mim no apartamento dele em um dia que os pais dele estavam viajando, e *ele fez tudo bem direitinho... velas, jazz tocando no som, um fettuccini Alfredo delicioso, musse de chocolate de sobremesa*. Esse menino sabe o que é romantismo.

E ele também não relaxou no Dia dos Namorados. Ganhei um pingente lindo de coração (da Tiffany, é claro), com as nossas iniciais entrelaçadas no primeiro e um colar com um pendente comprido de diamante (para mostrar tudo que tinha acontecido desde o nosso primeiro beijo na frente do meu prédio) no segundo.

Tenho certeza de que ele não ia me convidar para ir ao baile de formatura enquanto eu mordia um hambúrguer de tofu no refeitório.

Mas, bom... ele tinha achado que nem precisava se dar ao trabalho de me convidar para o baile de formatura. Então...

A Tina, que escutou o que o J.P. disse quando estava colocando a bandeja dela ao lado da do Boris, engoliu em seco.

Bom, vamos falar sério. Não tinha como ela não engolir em seco. Este é outro motivo por que eu jamais posso contar a ela sobre *Liberte o meu coração*. Ela nunca conseguiria guardar segredo. Principalmente sobre as partes mais picantes. Ela iria querer saber como eu fiz a pesquisa para escrever.

Daí ela se recuperou e disse: "Ah, você quer perguntar alguma coisa para a Mia, J.P.?"

"Hum", o J.P. respondeu. "Quero sim..."

"Que legal." A Tina tentou não demonstrar tanta satisfação como se ela estivesse prestes a dar à luz ao vigésimo irmão da família Duggar. "Pessoal! O J.P. quer perguntar uma coisa para a Mia."

"Hum", o J.P. disse, com um tom de cor-de-rosa nas bochechas, e um silêncio recaiu sobre a mesa do refeitório e todo mundo olhou para ele, cheio de expectativa. "Eu só queria saber se você vai dar presentes de agradecimento para a diretora Gupta e o restante dos professores por terem escrito cartas de recomendação para você ou não."

Ah. E também: Ufa.

"Vou dar para cada um deles um conjunto de copos de água de cristal da Genovia, soprados a mão", respondi. "Com o escudo real do país gravado."

"Ah", ele disse e engoliu em seco. "Acho que a minha mãe só vai dar um vale-compras da livraria Barnes and Noble para cada um."

"Tenho certeza de que eles vão gostar bem mais disto", eu disse, já que estava me sentindo muito mal. Grandmère sempre exagerava nos presentes que dava.

"Nós vamos dar maçãs de cristal Swarovski", a Ling Su e a Perin disseram ao mesmo tempo. Isso fez as duas parecerem ainda mais nerds do que são; e elas são totalmente nerds. Bom, não são mais. As duas desistiram totalmente de sentar com a Patrulha da Mochila, como o J.P se refere ao grupo do Kenny — quer dizer, do Kenneth —, que senta do outro lado do refeitório, que pegou a mania de ir a todo lugar com as mochilas enormes deles cheias de livros, mesmo agora, já quase no fim do ano letivo e sabendo muito bem que tudo aquilo já os ajudou a entrar na faculdade que eles escolheram (bom, na segunda opção). Alguns deles têm tantos livros que chegam a usar malas de rodinhas para carregar tudo de um lado para o outro. Parecia que nunca tinham ouvido falar de usar o armário.

A Lilly, que costumava se sentar com eles — até o programa dela, *Lilly Tells It Like It Is*, ter começado a dar certo, quando ela passou a ficar ocupada demais na hora do almoço para poder ir ao refeitório —, com seus diversos piercings e seu cabelo, cada dia de uma cor, parecia uma flor exótica no meio deles. Acho que todos ficaram bem chateados com o fato de ela não se sentar mais lá — mas não sei bem se algum deles além do Kenny realmente chegou a notar, já que estão sempre com a cabeça enterrada nos livros de Química Avançada.

"Bom, já está tudo resolvido", a Lana anunciou e pousou a bandeja dela na mesa. "Às duas da tarde amanhã, esquisitona."

Ela estava falando comigo. Esquisitona é o apelido que a Lana deu para mim. Percebi que ela diz isso com carinho.

"O que tem amanhã às duas da tarde?", o J.P. quis saber.

"Nada", respondi rapidinho, bem quando a Shameeka também chegou com a bandeja dela, e disse, para me proteger: "A Mia marcou manicure e pedicure. Quem ficou com as Cocas Zero? Ah, obrigada, Mia."

"Que droga." A Trisha também pegou uma das Cocas Zero que eu tinha comprado. "Eu já falei que é a maior chatice? Eu *preciso* me bronzear."

"Do que elas estão falando?", o J.P. perguntou para o Boris.

"Nem pergunte", o Boris aconselhou. "Só ignore, e talvez assim elas sumam."

E foi isso. Estava decidido — mais ou menos de um jeito não verbal primeiro, mas de um jeito bem mais verbal quando o almoço acabou e nós estávamos indo para a aula sem os meninos. A Lana conseguiu passes de imprensa (são dois, um para repórter e outro para fotógrafo) com a irmã dela, a Gretchen, para a gente ir à cerimônia de doação de um dos CardioBraços do Michael para a Universidade de Columbia.

Parece que todas elas estão pensando que todo mundo vai poder ir amanhã (para elas, dois passes de imprensa = permissão para cinco de nós entrarmos, na Terra da Fantasia da Lana).

Mas a VERDADEIRA fantasia é que elas realmente acham que eu vou, só que de jeito nenhum eu coloco os pés naquele lugar.

Quer dizer, nada mudou — eu continuo sem querer ver o Michael —, continuo sem *poder* ver o Michael... não se for para vê-lo usando os passes de imprensa que a irmã mais nova da Lana Weinberger conseguiu no jornal da escola. Quer dizer, isto é uma loucura. Parece uma história de livro — algo que simplesmente não vai acontecer.

Nunca.

Meu Deus, mas o Boris está mesmo arranhando aquele troço!

E a Lilly nem está aqui. Só que isso não é surpresa nenhuma, ela não vem a uma aula de S&T desde que o programa dela foi comprado por uma rede de televisão em Seul. Ela grava todo dia durante o horário do almoço e da quinta aula. Ela recebeu permissão para sair da escola e fazer isso, e até ganha crédito de aula e tudo o mais.

E isso é legal. Parece que ela faz muito sucesso na Coreia.

Bom, eu sempre soube que ela seria uma estrela.

Mas, por alguma razão, eu simplesmente acreditava que seria amiga dela quando isso acontecesse.

Bom, as coisas mudam, acho.

Sexta-feira, 28 de abril, Francês

A Tina não para de me mandar mensagem de texto pelo celular. Apesar de eu não estar respondendo. (Não preciso repetir a performance do desastre de ontem.)

Ela quer saber o que eu vou usar amanhã quando formos ver o Michael doar um CardioBraço para o Centro Médico da Universidade de Columbia.

Fico imaginando como deve ser viver na Tinalândia.

Parece que tudo deve ser muito brilhante por lá.

Sexta-feira, 28 de abril, Psicologia

Eu finalmente mandei um torpedo para a Tina, respondendo que eu não vou amanhã.

Não recebi mais nenhuma mensagem desde então, por isso estou levemente desconfiada sobre o que está acontecendo com ela e com o resto do pessoal.

Mas é um tanto desconcertante ver que o meu telefone não toca a cada cinco segundos.

```
Amelia — Ainda não recebi a sua respostaaaaaaa
Preciso que você desconvide vinte e cincooooo
pessoas para a sua festa. O capitão me informou
que não vai poder navegarrrrrrrr com trezentos
passageiros. A geeeeeeeeente precisa reduzir
para duzentas e setenta e duas no máximo. Estou
pensando que o Nathan e a Claire e os sobrinhos
do Frank podem ficar de fora, obviamente. E a
sua mãe? Você não precisa dela lá, precisa? Ela
vai entenderrrrrr. E o Frank tambémmmmmmm.
Espero que você me ligue. Clarisse, sua
avóóóóóóó

Enviado pelo meu Blackberry®
```

Ai meu *Deus*.

Complexo de Histocompatibilidade Principal — CHP: Família de genes encontrada na maior parte dos mamíferos. Acredita-se que tenha papel importante na seleção de parceiros por meio do reconhecimento olfativo (de cheiro). Em estudos, universitárias foram submetidas a cheirar camisetas de universitários sem lavar e sempre escolheram as usadas por rapazes com CHP totalmente diferente do delas. Acredita-se que isso se deve ao fato de que esses rapazes seriam os parceiros mais desejáveis do ponto de vista genético para elas (a combinação de genes opostos criaria filhos com sistema imune mais forte). Quanto mais *diferenças* genéticas existirem entre os parceiros, mais forte será o sistema imune de seus filhos; acredita-se que isso é um fato detectado por meio do sentido olfativo das fêmeas da espécie.

DEVER DE CASA
História mundial: Estudar para a prova final
Literatura inglesa: Idem
Trigonometria: Idem
S&T: Eca, estou tão ENJOADA de Chopin!
Francês: Prova final
Psicologia II: Prova final

Sexta-feira, 28 de abril, na sala de espera do dr. Loco

Que maravilha. Hoje eu cheguei aqui para a minha penúltima sessão e quem estava sentada à minha espera? Ninguém menos que a princesa viúva da Genovia em pessoa.

Eu quase disse, tipo: "Mas que...", mas felizmente consegui me controlar no último segundo.

"Ah, Amelia, você chegou", ela disse, como se nós estivéssemos nos encontrando para tomar um chá no Carlyle, ou algo assim. "Por que você não respondeu ao meu recado?"

Só fiquei olhando para ela, horrorizada. "Grandmère", eu disse. "Esta aqui é minha *sessão de terapia*."

"Bom, eu sei disto, Amelia." Ela sorriu para a recepcionista, como se estivesse se desculpando por eu ser uma idiota. "Eu não sou burra, sabia? Mas que outra maneira eu tenho de fazer você se comunicar comigo, se não retorna as minhas ligações e se recusa a responder aos meus e-mails, que *achei* que fosse o método de comunicação em voga entre vocês, os jovens de hoje? Realmente não tive outra escolha além de caçá-la aqui."

"Grandmère." É sério, eu estava a ponto de espumar de tanta raiva. "Se está aqui para falar da minha festa, eu NÃO vou desconvidar a minha própria mãe e o meu padrasto para abrir lugar para os seus amigos da alta sociedade. Desconvide o Nathan e a Claire se você quiser, não me importo. E devo ainda dizer que é totalmente inapropriado você aparecer na minha terapia para falar disto. Sei que já fizemos sessões de terapia juntas antes, mas elas foram marcadas com antecedência. Você não pode simplesmente aparecer na minha terapia e ficar achando que eu..."

"Ah, isto." Grandmère fez um pequeno gesto de abanar o ar, e o anel de safiras que o xá do Irã deu para ela reluziu com o movimento. "Faça-me o favor. O Vigo deu um jeito nas dificuldades com a lista de convidados. E não se preocupe, a sua mãe está a salvo. Mas eu não diria a mesma coisa em relação aos pais dela. Espero que eles gostem da vista da festa do convés de navegação. Não, não, estou aqui para falar sobre *Aquele Garoto*."

No começo, não entendi do que ela estava falando.

"O J.P.?" Ela nunca chama o J.P. de *Aquele Garoto*. Grandmère adora o J.P. Quero dizer que ela o adora de verdade. Quando os dois se encontram, ficam conversando sobre espetáculos antigos da Broadway sobre os quais eu nem ouvi falar até que eu praticamente tenho que arrastar o J.P. para longe. Grandmère se convenceu mais do que um pouco de que ela poderia ter tido uma ótima carreira no palco se não tivesse optado por casar com o meu avô e ser princesa de um pequeno país em vez de uma enorme estrela da Broadway do tipo daquela menina que é a atriz principal de *Legalmente loira*, o musical. Só que, é claro, na cabeça de Grandmère, ela é melhor do que a moça.

"Não o John Paul", Grandmère respondeu, com uma expressão chocada só de pensar naquilo. "O outro. E aquela... coisa que ele inventou."

O *Michael*? Grandmère tinha se convidado para a minha sessão de terapia para me falar do *Michael*?

Mais uma maravilha. Valeu, Vigo. Será que ele também tinha programado o BlackBerry dela para receber alertas do Google sobre mim?

"Está falando sério?" Juro que, a esta altura, eu não fazia ideia do que ela tinha na cabeça. Eu realmente não tinha somado dois e dois. Continuei achando que ela estivesse preocupada com a festa. "Você quer convidar o Michael também, agora? Bom, sinto muito, Grandmère, mas a resposta é não. Só porque ele é um inventor famoso e milionário, isso não significa que eu quero que ele vá à minha festa. Se você convidar, juro que vou..."

"Não. Amelia." Grandmère estendeu o braço e pegou a minha mão. Não foi um dos agarrões dela de sempre, necessitados e brutos, como quando ela tenta me forçar a fazer uma massagem no ciático dela. Foi como se ela estivesse pegando a minha mão para... bom, para fazer um *carinho*.

Fiquei tão surpresa que cheguei a me afundar no sofá de couro e olhei para ela com uma cara de: *O quê? O que está acontecendo?*

"O braço", Grandmère disse. Como uma pessoa normal, e não como se estivesse me dizendo para não levantar o mindinho quando tomar chá ou algo assim. "O robô que ele inventou."

Fiquei só olhando para ela, estupefata: "*O quê?*"

"Nós precisamos de um", ela respondeu. "Para o hospital. *Você* vai ter que arranjar um para nós."

Era inacreditável. Eu já estava desconfiando que Grandmère talvez estivesse ficando caduca desde... bom, desde que eu a conheço, para falar a verdade.

Mas agora estava claro que ela tinha ficado completamente senil.

"Grandmère." Eu senti o pulso dela com toda a discrição. "Você tem tomado o seu remédio para o coração?"

"Não é uma doação", Grandmère se apressou em explicar, em um tom mais típico dela. "Diga a ele que vamos pagar. Mas, Amelia, você sabe que se tivéssemos uma coisa como aquela no nosso hospital da Genovia, nós... bom, melhoraria a qualidade dos tratamentos que podemos oferecer aos nossos cidadãos em um grau incrível. Eles não precisariam mais ir para Paris ou para a Suíça para fazer cirurgias cardíacas. Certamente você compreende o que um..."

Arranquei a minha mão da dela. De repente, vi que ela não estava nem um pouco louca. Nem sofrendo um derrame ou um ataque do coração. O pulso dela estava forte e regular.

"Ai meu Deus!", exclamei. "*Grandmère!*"

"O que foi?" Grandmère parecia confusa com o meu ataque. "Qual é o problema? Estou pedindo para você pedir ao Michael uma das máquinas dele. Não é uma doação. Eu disse que nós vamos pagar..."

"Mas você quer que eu aproveite a minha relação com ele", exclamei, "para que o meu pai tenha uma vantagem sobre o René na eleição!"

As sobrancelhas desenhadas de Grandmère se uniram em um cenho.

"Eu não disse nem uma palavra sobre a eleição!", ela declarou com a voz mais cheia de autoridade dela. "Mas eu pensei, Amelia, que se você fosse ao evento na Universidade de Columbia amanhã..."

"Grandmère!" Eu me levantei do sofá com um pulo. "Você é horrível! Acha que o povo da Genovia vai ficar mais inclinado a votar no meu pai por ele ter conseguido comprar um CardioBraço, diferentemente do René, que só conseguiu prometer um Applebee's para o país?"

Grandmère ficou olhando para mim com cara de paisagem.

"Bom", ela disse. "Acho sim. O que você prefere? Acesso fácil a cirurgias cardíacas ou uma cebola frita em forma de flor?"

"Isso aí só tem no Outback", informei a ela, ácida. "E o objetivo da democracia é o fato de que os votos não podem ser comprados!"

"Ah, Amelia", Grandmère disse com uma gargalhada. "Não seja ingênua. Todo mundo pode ser comprado. E, de todo modo, como você se sentiria se eu lhe contasse que, na minha última visita ao médico real, ele disse que o meu problema cardíaco se agravou, e que eu talvez precise fazer cirurgia de ponte de safena?"

Hesitei. Ela parecia totalmente sincera. "E pr-precisa?", gaguejei.

"Bom", Grandmère respondeu. "Não por enquanto. Mas ele me disse que eu preciso reduzir a dose para três sidecars por semana!"

Eu já devia saber.

"Grandmère", falei. "Saia daqui. Agora."

Grandmère fez uma careta para mim.

"Sabe, Amelia", ela disse. "O seu pai vai morrer se perder esta eleição. Eu sei que ele vai continuar sendo o príncipe da Genovia e tudo o mais, mas ele não vai governar o país, e isto, mocinha, não será culpa de ninguém além de você."

Eu soltei um grunhido de frustração e disse: "SAIA DAQUI!" E ela obedeceu, resmungando de jeito muito sombrio para o Lars e para a recepcionista, sendo que os dois estavam assistindo ao nosso diálogo todo com muito interesse.

Mas, sinceramente, não sei que graça tem.

Acho que, para Grandmère, usar um ex-namorado para pular para o topo da lista de espera (como se o Michael fosse chegar a considerar uma coisa destas) para conseguir um equipamento médico de um milhão de dólares é uma coisa corriqueira.

Mas, apesar de nós duas compartilharmos genes, eu não tenho nada a ver com a minha avó.

NADA.

Sexta-feira, 28 de abril, na limusine, do consultório do dr. Loco para casa

O dr. L, como sempre, foi muito menos do que solidário em relação aos meus problemas. Parece que ele acha que fui eu quem causou tudo isto para mim mesma.

Por que não posso ter um terapeuta normal e legal, que me pergunte "E como é que você se sente em relação a isto?" e me dê algum ansiolítico, como acontece com todo mundo que estuda na minha escola?

Ah, não. Eu tenho que ter o único terapeuta em Manhattan que não acredita em psicofármacos. E que acha que todas as coisas desagradáveis que acontecem comigo (ultimamente, pelo menos) são minha culpa, por não ser honesta do ponto de vista emocional comigo mesma.

"Como é que o fato de o meu namorado não ter me convidado para o nosso baile de formatura do último ano é minha culpa, por não ser honesta com as minhas emoções?", perguntei a certa altura.

"Quando ele convidar, você vai aceitar o convite?", o dr. Loco disse, rebatendo a minha pergunta com outra pergunta, no estilo clássico da psicoterapia.

"Bom", respondi, e me senti bem sem jeito. (Sim! Sou honesta o suficiente comigo mesma para reconhecer que me senti pouco à vontade com esta pergunta!) "Na verdade, eu não quero ir ao baile de formatura."

"Acho que você respondeu à sua própria pergunta", ele disse, com um brilho de satisfação por trás da lente dos óculos.

O que isto *quer dizer*, aliás? Como é que isto me ajuda?

Estou dizendo: Não ajuda.

E sabe o que mais? Eu vou simplesmente dizer logo:

Terapia não me ajuda mais.

Ah, não me entenda mal. Houve uma época em que ajudou, quando as histórias compridas e intermináveis do dr. L sobre os vários cavalos que ele tem realmente me ajudaram a sair da depressão e a lidar com o que estava acontecendo com o meu pai e com a Genovia e com os boatos de que ele e a nossa família sabiam da declaração da princesa Amelie desde sempre — isso sem mencionar que ele me ajudou a passar pelo período do SAT e do processo de inscrição nas faculdades, além de eu ter perdido o Michael e a Lilly e tudo o mais.

Talvez pelo fato de eu agora não estar mais deprimida, de a pressão ter diminuído (um pouco) e de ele ser psicólogo infantil e eu não ser mais criança na verdade — pelo menos, não vou ser mais depois de segunda-feira —, eu simplesmente esteja pronta para cortar o cordão umbilical agora. E é por isso que a nossa última sessão de terapia é na semana que vem.

Mas, bom.

Tentei perguntar a ele o que eu devia fazer a respeito da escolha da faculdade, sobre a coisa que Grandmère tinha mencionado, sobre convencer o Michael a vender um dos CardioBraços dele para Genovia a tempo da eleição do meu pai e se eu simplesmente devia contar a verdade a respeito de *Liberte o meu coração* para todo mundo.

Em vez de oferecer conselhos construtivos, o dr. L começou a me contar uma história comprida, sobre uma égua que ele teve e para a qual deu o nome de Sugar; era uma puro-sangue que ele tinha comprado de um fornecedor, e todo mundo dizia que era um cavalo ótimo, e ele também sabia que era um cavalo ótimo.

Na teoria.

Apesar de a Sugar ser uma égua maravilhosa *na teoria*, o dr. Loco nunca conseguia se acomodar em cima da sela quando andava nela, e os passeios eram totalmente desconfortáveis, e no fim ele teve que vender a égua, porque não era justo com a Sugar, já que ele tinha começado a evitá-la, preferindo andar nos outros cavalos em vez de nela.

Falando sério. O que isso tem a ver comigo?

Além do mais, estou tão cheia de histórias de cavalo que dá vontade de gritar.

E ainda não sei em que faculdade vou estudar, nem o que vou fazer a respeito do J.P. (nem do Michael), nem como vou fazer para parar de mentir para todo mundo.

Quem sabe eu simplesmente deva dizer às pessoas que quero escrever livros românticos? Quer dizer, eu sei que todo mundo ri de escritores de livros românticos (até de fato a pessoa ler um livro romântico). Mas e daí? Todo mundo também ri de princesas. A esta altura, já estou bem acostumada.

Mas... e se as pessoas lerem o meu livro e acharem que é sobre... sei lá.

Eu?

Porque não é, de jeito nenhum. Eu nem sei como usar arco e flecha (apesar dos filmes errôneos feitos sobre a minha vida).

Quem é que dá o nome de Sugar para um cavalo? É meio clichê chamar o bicho de "açúcar", certo?

Sexta-feira, 28 de abril, 19h, no loft

Cara srta. Delacroix,

Obrigado por enviar o seu manuscrito. Depois de muita consideração, decidimos que *Liberte o meu coração* não é adequado para nós neste momento.

Atenciosamente,

Pembroke Publishing

 Rejeitada de novo!
 Falando sério, será que todo mundo nas editoras anda fumando crack? Como é que ninguém quer publicar o meu livro? Quer dizer, eu sei que não é *Guerra e paz*, mas já vi coisa bem pior por aí. O meu livro é melhor do que aquilo! Quer dizer, pelo menos não tem robôs de sexo que dão tapas na bunda nem nada assim.
 Quem sabe, se eu colocar robôs de sexo que dão tapas na bunda, talvez alguém queira publicar. Mas não posso colocar robôs de sexo que dão tapas na bunda nele agora. É tarde demais e, além disso, não estaria de acordo com a precisão histórica.
 Mas, bom.
 As coisas por aqui estão uma loucura com as preparações para as visitas que chegarão para a extravagância de aniversário. Mamaw e Papaw vão ficar no hotel Tribeca Grand desta vez, e todos os esforços

estão sendo feitos para que a minha mãe e o sr. G passem o menor tempo possível sozinhos com eles. Farão passeios a Ellis Island, Liberty Island, Little Italy, Harlem, o Metropolitan Museum of Art, o museu de cera Madame Tussaud e o Acredite se Quiser de Ripley, e ao M&M's World (os três últimos foram pedidos deles).

Claro que eles querem fazer essas visitas comigo e com o Rocky (mais com o Rocky), mas a minha mãe fica dizendo: "Ah, vai ter muito tempo para isto." Eles só vão ficar três dias. Como vai dar tempo de fazer tudo isto e ainda passear, além da festa, é um segredo que só a minha mãe conhece.

Opa, uma mensagem instantânea da Tina:

ILUVROMANCE: Então, a gente vai se encontrar na esquina da Broadway com a 168th Street amanhã às 13h30. A cerimônia de entrega, ou sei lá como chama, começa às 14h, então a gente vai ter bastante tempo para arrumar um lugar bom para ver o Michael de perto.

O que eu vou ter que fazer para convencer estas meninas de que eu NÃO vou a este negócio?

FTLOUIE: Parece ótimo!

"Parece ótimo" não é mentira. Quer dizer, o que ela falou *parece* mesmo ótimo.

Vai ser triste quando elas estiverem esperando sozinhas na esquina da Broadway com a 168th. Mas ninguém disse que a vida era justa.

ILUVROMANCE: Espere... Mia, você vai, certo? Droga.

Uau. Como foi que ela adivinhou????

FTLOUIE: Não. Eu já disse que não vou.

ILUVROMANCE: Mia, você TEM que ir! A coisa toda não vai valer nada se você não estiver lá! Quer dizer, você não está nem um pouquinho curiosa para ver como o Michael está depois de tanto tempo? E se ele ainda está ligado ou não em você? Agora, tem que responder a sério. Sabe como é, DAQUELE jeito.

Ai, meu Deus. Ela tinha *mesmo* que jogar a carta do "se ele está ligado em você".

FTLOUIE: Tina, eu já tenho um namorado que me ama e que eu amo também. E, de todo modo, como é que eu vou saber se o Michael ainda está ligado em mim "DAQUELE jeito", só de o ver em um evento público?

ILUVROMANCE: Você vai perceber. Simplesmente, vai perceber. Os seus olhos vão se encontrar e você vai *saber*. Então... Com que roupa você vai????

Felizmente, acabei de receber um telefonema do J.P. O ensaio de hoje acabou e ele quer ir ao Blue Ribbon, um restaurante japonês. Ele usou as conexões do pai dele para conseguir uma mesa para dois (uma coisa praticamente impossível em um lugar desses na sexta à noite). Ele quer saber se eu quero ir com ele comer uns sushis de salmon skin crocantes e hot filadélfia.

Minha outra opção de jantar é o resto da pizza de ontem à noite, ou macarrão frio de gergelim de duas noites atrás do Number One Noodle Son.

Ou posso ir para o apartamento de Grandmère que acabou de ser reformado no Plaza e comer uma salada com ela e o Vigo para discutir as estratégias para minha festa.

Hummm, o que eu escolho... o que eu escolho... Que *dificuldade*.

E, tudo bem, *pode ser* que o J.P. aproveite a oportunidade para me convidar para o baile de formatura... Tipo, quem sabe ele mande colocar um convite por escrito dentro de uma ostra ou embaixo de um pedaço de enguia ou algo assim?

Mas estou disposta a arriscar, se isso servir para acabar com esta conversa.

FTLOUIE: Desculpe, T. Vou sair com o J.P. Depois eu mando um torpedo pra você!

Sábado, 29 de abril, meia-noite, no loft

No final das contas, eu não precisava ter me preocupado a respeito do J.P. me convidar para o baile de formatura durante o jantar hoje à noite. Ele estava exausto demais por causa do ensaio — e também estava frustrado: passou quase o tempo todo reclamando da Stacey —, tanto que pareceu nem ter tempo para pensar sobre o assunto.

E daí, depois do jantar, outras preocupações surgiram. É muito estranho o jeito como os paparazzi sempre aparecem em todos os lugares a que eu vou com o J.P. Isto *nunca* acontecia quando eu namorava o Michael.

Acho que esta é a diferença entre namorar um universitário qualquer (coisa que o Michael era na época) e o filho de um rico produtor de teatro, como o J.P.

Mas, bom, quando nós estávamos saindo do Blue Ribbon, os paps estavam lá em peso. No começo, fiquei achando que a Drew Barrymore devia estar lá dentro com o último garotão dela ou sei lá o quê, e fiquei olhando em volta para ver onde ela estava.

Mas acontece que todos eles estavam tentando conseguir fotos de MIM.

No começo eu não me incomodei, só... sei lá. Eu estava com as minhas botas novas Christian Louboutin, então não estava preocupada com este quesito. É como a Lana diz... se você está usando CL, nada de ruim pode acontecer com você (é superficial, mas é verdade).

Mas, daí, um deles gritou: "Ei, princesa, como você se sente sabendo que o seu pai vai perder a eleição... e ainda mais para o seu primo René, que nunca administrou nem uma lavanderia, quanto mais um país inteiro?"

Não foi a troco de nada que eu tive quase quatro anos de aulas de princesa (bom, não foram quatro anos direto). Até parece que eu não estava preparada para isso. Eu só disse: "Sem comentários."

Só que pode ter sido um erro, porque, é claro, quando você diz *qualquer coisa*, só os incentiva a fazer mais perguntas, apesar de o J.P. e o Lars e eu estarmos tentando voltar a pé para o loft (que fica, literalmente, a uns dois quarteirões do restaurante, por isso a gente não tinha se dado ao trabalho de ir de limusine), os paps se aglomeraram todos ao nosso redor, e a gente não conseguia andar em uma velocidade decente, principalmente porque as minhas botas CL têm, tipo, saltos de uns dez centímetros de altura e eu não treinei caminhar com elas o suficiente e estava meio que desequilibrada ali em cima (só um pouco), andando igual ao Garibaldo.

Então, os repórteres conseguiram nos acompanhar totalmente, apesar de eu estar com o Lars de um lado e o J.P. do outro, como escoltas.

"Mas o seu pai está perdendo nas pesquisas", o "jornalista" disse. "Vamos lá. Você deve estar magoada, Principalmente porque, se tivesse ficado de boca fechada, nada disso teria acontecido."

Caramba! Esses caras pegam pesado. Além do mais, a compreensão que eles têm de política é meio fraca.

"Eu fiz o que era melhor para o povo da Genóvia", respondi, tentando manter um sorriso agradável estampado no rosto, como

Grandmère tinha me ensinado. "Agora, se nos dão licença, nós estamos tentando chegar em casa..."

"É isso aí, pessoal", o J.P. disse enquanto o Lars abria o casaco para garantir que todos eram capazes de enxergar a arma dele. Não que isso assustasse os paps, porque eles sabiam muito bem que ele não podia atirar neles (apesar de ter dado alguns empurrões com os ombros, fazendo com que vários deles caíssem no chão). "Será que vocês podem deixar a Mia em paz?"

"Você é o namorado, certo?", um dos paps quis saber. "É Abernathy-Reynolds ou Reynolds-Abernathy?"

"Reynolds-Abernathy", o J.P. respondeu. "E parem de empurrar!"

"Parece que o povo da Genovia está mesmo querendo umas cebolas fritas em forma de flor", outro paparazzi observou. "Não é mesmo, princesa? Como você se sente em relação a isto?"

"Fui treinado em uma técnica que pode fazer a sua cartilagem nasal entrar no seu cérebro só com a base da minha mão", o Lars informou ao pap. "Como VOCÊ se sente em relação a isto?"

Eu sei que já devia estar acostumada com esse tipo de coisa a esta altura. De verdade, tem gente que sofre com isso muito mais do que eu. Quer dizer, pelo menos a "imprensa" me deixa ir e voltar da escola em relativo anonimato.

Mesmo assim. Às vezes...

"É verdade que Sir Paul McCartney vai levar Denise Richards à sua festa na segunda-feira à noite, princesa?", berrou um dos repórteres.

"É verdade que o príncipe William vai comparecer?", berrou outro.

"E o seu ex-namorado?", berrou um terceiro. "Agora que ele vol..."

Esse foi o momento exato em que o Lars literalmente me jogou dentro de um táxi vazio que parou, depois que ele tinha feito sinal, e ordenou que ele desse algumas voltas pelo SoHo até ele ter certeza de que todos os repórteres tinham se dispersado (eles desistiram de fazer vigília na frente do loft depois que todos os residentes, incluindo a minha mãe, o sr. G e eu, jogaram bexiguinhas cheias de água neles lá de cima.)

Só posso dizer que felizmente o J.P. anda tão ocupado com a peça dele que não faz ideia do que o último repórter estava dizendo. Ele se lembra de olhar os alertas do Google na internet sobre mim (ou sobre o Michael Moscovitz) com a mesma frequência que se lembra de tomar café da manhã. Ele está enlouquecido assim neste momento.

Mas, bom, quando voltamos para o loft, não havia sinal de repórteres à espreita (isso é porque eles já ficaram muito encharcados com a mira certeira da minha mãe).

Foi aí que o J.P. pediu para subir.

Claro que sei o que ele queria. Eu também sabia que a minha mãe e o sr. G estariam dormindo, porque eles sempre desabam cedo na sexta-feira, depois de uma semana de trabalho duro.

Sinceramente, a última coisa que eu estava a fim de fazer depois do incidente com os paparazzi era ficar me agarrando com o meu namorado no quarto.

Mas como ele observou (em um sussurro, para o Lars não escutar), fazia séculos que a gente não ficava junto, com a agenda de ensaios dele e as minhas obrigações de princesa.

Então eu me despedi do Lars no hall e deixei o J.P. subir. Quer dizer, ele FOI o maior fofo ao me defender dos paparazzi daquele jeito.

E ainda deixou eu ficar com um pedaço a mais de salmon skin crocante, apesar de eu saber que ele queria comer.

Eu me sinto péssima com as mentiras que contei para ele. De verdade, eu me sinto mesmo.

Um trecho de *Liberte o meu coração*, de Daphne Delacroix

— *Eu disse que era para não te mexeres* — *disse a captora diminuta montada nas costas de Hugo.*

Hugo, admirando o arco do pé delgado, a única parte do corpo dela que ele de fato enxergava, percebeu que estava na hora de pedir desculpas. Claro que a moça tinha o direito de estar aborrecida: tinha ido até a fonte para tomar banho, em toda inocência; não esperava ser observada. E embora ele estivesse se deleitando com a sensação do corpo núbil dela contra o dele, não apreciava em nada a sua fúria. Seria melhor se ele acalmasse a moçoila espirituosa e se assegurasse de que ela estaria de volta à estrada a caminho de Stephensgate, onde ela com certeza não atacaria mais nenhum homem pelas costas, assim envolvendo-se em confusão.

— *Suplico-te perdão, do fundo do meu coração, demoiselle* — *ele começou, com um tom que esperava ser de arrependimento, apesar de ele estar com dificuldade de falar sem rir.* — *Deparei-me com a senhorita em teu momento mais privado, e por isso devo pedir-te perdão...*

— *Achei que eras um homem simplório, mas não totalmente estúpido* — *foi a resposta surpreendente da moça.*

Hugo ficou surpreso ao constatar que a voz dela estava tão cheia de estupefação quanto a dele próprio.

— *Estou falando sobre o fato de teres deparado comigo, é claro* — *ela elaborou.*

Rápida como um raio, a faca se afastou da garganta dele, e a donzela segurou-o pelos pulsos e os prendeu atrás das costas, antes mesmo que ele se desse conta do que estava acontecendo.

— *Agora tu és meu prisioneiro* — *disse Finnula Crais, com satisfação evidente por um trabalho benfeito.* — *Para conquistares tua liberdade, terás que pagar. E muito.*

Sábado, 29 de abril, 10h, no loft

Desde que acordei, só fico pensando no que o repórter disse... sobre o meu pai estar perdendo nas pesquisas e a culpa ser toda minha.

Eu sei que não é verdade. Quer dizer, sim, é verdade que vamos ter uma eleição.

Mas o fato de o meu pai estar perdendo não é culpa minha.

E daí, naturalmente, a minha cabeça fica voltando para o que Grandmère disse, lá no consultório do dr. Loco. Sobre como o meu pai podia ter mais chance contra o René se a gente conseguisse colocar as mãos em um CardioBraço do Michael.

Só que eu sei muito bem que é errado pensar assim. A razão por que precisamos de um CardioBraço é porque isto faria com que a vida dos cidadãos da Genovia ficasse bem mais fácil.

Um CardioBraço no hospital real da Genovia não estimularia a economia nem atrairia turistas para o país, nem mesmo ajudaria o meu pai nas pesquisas de opinião nem nada do tipo, como Grandmère parece acreditar.

Mas ajudaria *sim* aos cidadãos da Genovia que estão cansados de ter que viajar até hospitais fora do país para obter tratamentos médicos, porque, em vez disso, poderiam facilmente fazer cirurgias não invasivas dentro das nossas próprias fronteiras. Economizariam em tempo e em custos.

Além do mais, como o artigo disse, essas pessoas se recuperariam mais rápido, por causa da precisão do CardioBraço.

Não estou dizendo que, se a gente conseguir um CardioBraço, vai ser mais provável que as pessoas votem no meu pai. Só estou dizendo que conseguir um equipamento desses seria o certo a fazer — seria o gesto princesesco adequado — para o meu próprio povo.

E não estou dizendo que vou àquela coisa hoje, que quero voltar com o Michael. Quer dizer, isso se por acaso ele ainda estivesse interessado em mim, coisa que totalmente não está, já que ele seguiu em frente, como ilustrado com muita clareza pelo fato de ele estar em Manhattan já há algum tempo e nem ter me ligado. Ou me mandado um e-mail,

Só estou dizendo que eu obviamente *devia* ir à coisa na Universidade de Columbia hoje. Porque é isso que uma princesa de verdade faria por seu povo. Conseguiria para o país o equipamento médico de mais alta tecnologia que existe.

Mas como é que eu vou lá sem parecer a maior idiota do mundo é que eu não sei. Quer dizer, não posso chegar lá e falar: "Hum, Michael, devido ao fato de a gente já ter namorado, e apesar de eu ter tratado você de um jeito horrível, será que dá para você passar a Genovia para o topo da lista de espera e conseguir um CardioBraço para a gente, tipo agora? Aqui está o cheque."

Mas acho que vai ser mais ou menos assim que as coisas vão acontecer. Parte da função de uma princesa é engolir o orgulho e fazer o que é certo para o povo, por mais humilhante que isso possa ser do ponto de vista pessoal.

E, de todo modo, ele ainda me deve uma por causa da coisa com a Judith Gershner. Compreendo agora que a razão por que o

Michael não me disse antes que tinha transado com ela foi porque na época eu não tinha maturidade suficiente para digerir a informação.

Ele estava certo: eu não tinha mesmo.

E apesar de ser um gesto manipulador de verdade e horroroso eu usar minha relação romântica do passado com o Michael para tentar fazer com que ele nos coloque no topo da lista de espera, a gente está falando da *Genovia*.

E o meu dever real é fazer todo o possível em nome do meu país.

Não passei os últimos quatro anos com os pentes da tiara perfurando a minha cabeça por nada, sabe como é.

Parece que, no fim, eu aprendi *mais* do que usar a colher de sopa com Grandmère.

É melhor eu ligar para a Tina.

Sábado, 29 de abril, 13h45, Pavilhão de Tratamento de Pacientes Simon e Louise Templeman, Centro Médico da Universidade de Columbia

Esta. Foi. A. Pior. Ideia. Da. Minha. Vida.

Eu sei que, hoje de manhã, quando acordei, pensei que tinha tido uma ideia nobre e que estava fazendo algo muito importante para o povo da Genovia.

E — tudo bem, eu confesso, talvez de um jeito meio distorcido, acho, para o meu pai.

Mas, na realidade, isto tudo simplesmente é uma loucura. Quer dizer, a família inteira do Michael está aqui. *Todos* os Moscovitz! Até a *avó* dele. É! A Vovó Moscovitz está aqui!

Estou tão envergonhada que poderia morrer.

E, tudo bem, fiz com que todas nós sentássemos na última fileira (a segurança aqui é muito relaxada: deixaram todas nós entrarmos, apesar de estarmos só com dois passes), onde, graças a Deus, parece que não tem chance de algum deles nos ver (mas o Lars e o Wahim, o segurança da Tina, são tão altos que realmente não têm muita chance de não ser notados. Fiz os dois ficarem esperando do lado de fora. Estão loucos da vida comigo. Mas o que mais eu posso fazer? Não posso me arriscar a correr o risco de a Lilly ver os dois).

E eu sei que o objetivo todo disto aqui era falar com o Michael.

Mas eu não sabia que a *Lilly* ia estar aqui! E isso foi a maior burrice da minha parte. Eu já devia saber, é claro. Quer dizer, que a família do Michael (inclusive a irmã dele, que trouxe o Kenny, quer dizer, o Kenneth, que está de TERNO. E a Lilly está de vestido... e tirou todos os piercings. Eu quase não a reconheci) estaria aqui, é claro, em um evento tão importante e tão prestigioso.

Como é que eu posso ir lá falar com o Michael na frente dela?

É verdade que a Lilly e eu não estamos mais nos degladiando exatamente, mas definitivamente também não somos *amigas*. A última coisa de que eu preciso agora é que ela retome as atualizações do site euodeiomiathermopolis.com.

E dá totalmente para prever que ela faria isso se desconfiasse que eu estava tentando usar o irmão dela para, ah, sei lá, conseguir um CardioBraço para o meu país, ou algo do tipo.

A Lana disse que não tem nada de mais e que eu simplesmente devia chegar nos drs. Moscovitz e dar um oi. A Lana diz que ela se dá totalmente bem com os pais de todos os ex dela (algo que, levando em conta que estamos falando da Lana, é, tipo, metade da população do Upper East Side), apesar de ela ter usado a maior parte dos filhos deles para fazer sexo e coisas ainda piores (...como o quê? O que é pior do que usar um garoto só para fazer sexo? Nem quero saber. A Lana levou a Tina e eu até a Pink Pussycat Boutique no ano passado porque disse que a gente precisava de orientação nesse departamento, e embora eu realmente tenha feito uma compra, foi só um massageador pessoal da Hello Kitty. Mas você nem vai querer saber o que a Lana comprou).

Mas a Lana nunca namorou ninguém tanto tempo quanto eu e o Michael namoramos. E ela não era a melhor amiga da irmã de nenhum desses caras, nem deixou nenhuma delas tão louca da vida quanto a Lilly tinha ficado louca da vida comigo. Então, chegar neles em algum evento público e falar assim: "E aí, como vão as coisas?", realmente não é nada de mais para a *Lana*.

Eu, por outro lado, não posso chegar para os drs. Moscovitz e falar: "Ah, oi, tudo bem? Como vão as coisas, dra. e dr. Moscovitz? Estão lembrados de mim? A menina que foi a maior sacana com o seu filho e que costumava ser a melhor amiga da sua filha? Ah, e, oi, Vovó Moscovitz. Como anda aquele doce delicioso, rugelach, que a senhora costumava fazer? Nham-nham, eu gostava tanto daquilo! Bons tempos."

Mas, bom. Este negócio de doação está se transformando em um evento enorme (felizmente, porque tem uma tonelada de gente para eu me esconder atrás, e assim ninguém me vê). Tem imprensa de *todo lugar*, desde a revista *Anesthesia* até a *PC World*. Tem uns salgadinhos e tudo o mais, também, e um monte de mulheres com cara de modelo andando de um lado para o outro com vestidos justos, distribuindo taças de champanhe.

Mas, até agora, não vi nem sinal do Michael. Ele deve estar em uma sala verde em algum lugar, recebendo uma massagem de alguma dessas mulheres de vestido justo. É isso que inventores de braços robotizados multimilionários fazem antes de oficializarem enormes doações à faculdade em que estudaram. Estou só chutando.

A Tina disse para eu parar de escrever no meu diário e prestar atenção para o caso de o Michael entrar (ela não acredita na minha teoria da massagem da mulher de vestido justo). Além do mais, ela acha que os óculos escuros e a boina que eu estou usando só estão servindo para chamar mais atenção para mim, que não são um bom disfarce.

Mas o que a Tina sabe? Isso nunca aconteceu com ela. Só...
Ai.
Meu.
Deus.
O Michael acabou de entrar...
Não consigo respirar.

Sábado, 29 de abril, 15h, Centro Médico da Universidade de Columbia, banheiro feminino

Certo. Eu estraguei tudo.

Estraguei tudo, *tudo* mesmo.

É só que... ele está tão inacreditavelmente lindo...

Não sei o que ele fez para se exercitar enquanto esteve no exterior... a Lana acha que andou lutando contra monges no Himalaia, igual ao Christian Bale, no filme do *Batman*. A Trisha diz que ele só deve ter levantado uns pesos; já a Shameeka acha que é provavelmente uma combinação de levantamento de peso e exercícios aeróbicos.

A Tina pensa que ele simplesmente "apanhou com a vara da beleza pura".

Mas seja lá o que tenha sido, ele agora está com os ombros quase tão largos quanto os do Lars, e eu duvido muito que seja porque tem ombreiras por baixo do paletó social da Hugo Boss que ele está usando, como a Lana sugeriu.

E ele cortou o cabelo de verdade, como um homem adulto, e as mãos dele parecem enormes por algum motivo, e ele não pareceu nem um pouco nervoso quando subiu no palco e cumprimentou o dr. Arthur Ward com um aperto de mão. Ele estava totalmente à vontade, como se passasse o tempo todo fazendo discursos para centenas de pessoas!

E isso é porque provavelmente o que acontece.

E ele estava sorrindo, e olhava todos da plateia nos olhos, exatamente como Grandmère sempre me diz para fazer, e ele nem precisou ler anotações para discursar, tinha memorizado a coisa toda (exatamente como Grandmère sempre me diz para fazer *também*).

E ele foi engraçado e inteligente, e eu me aprumei na cadeira e tirei a boina e também os óculos escuros para poder enxergar melhor e todas as minhas entranhas derreteram e eu percebi que tinha cometido um erro ao vir aqui. O pior erro *da minha vida*.

Porque só me serviu para perceber, mais uma vez, como eu não queria que nós tivéssemos terminado.

Não estou dizendo que não amo o J.P. nem nada disso.

Eu só queria... Eu...

Eu nem sei.

Mas eu sei que preferia não ter vindo aqui! E percebi com toda a certeza no minuto em que o Michael começou a falar, e a agradecer a todo mundo por recebê-lo, e a descrever como ele tinha tido a ideia para a Pavlov Cirúrgica (que eu já sabia, é claro — ele tinha dado esse nome por causa do cachorro dele, que é a coisa mais adorável do mundo), que não ia ter jeito de eu chegar e falar com ele depois. Nem se a Lilly e os pais deles e a Vovó Moscovitz não estivessem ali.

Nem em nome do povo da Genovia. De jeito nenhum. Nunquinha.

Se eu pudesse confiar em mim mesma para chegar lá e falar com ele sem jogar meus braços ao redor do pescoço dele e enfiar a minha língua no fundo da garganta dele, como a Finnula faz com o Hugo em *Liberte o meu coração*.

Eu sei! E eu tenho namorado! Um namorado que eu amo! Apesar de... bom. Tem aquela *Outra Coisa*.

Então, fiquei pensando, tipo: *Está tudo bem, a gente está na última fila, simplesmente vamos sair de fininho quando ele terminar de falar.*

Eu realmente não achei que fosse ser nada de mais. O Lars continuava no corredor com o Wahim, apesar de eu perceber que ele ficava olhando para dentro e lançando um olhar enviesado para mim (e ele aprendeu isso totalmente com Grandmère). Não ia ter como alguém me pegar, a menos que a Lana ou a Trisha começassem a se agarrar com um dos jornalistas sentados perto de nós, sendo que nenhum deles era fofo, aliás, de modo que isso parecia bastante improvável.

Mas daí o Michael começou a apresentar os outros integrantes da equipe do CardioBraço — sabe como é, as pessoas que o ajudaram a inventar e a comercializar o aparelho, ou sei lá o quê.

E uma dessas pessoas era uma moça totalmente fofa chamada Midori, e quando ela subiu no palco e deu um abraço no Michael, deu para ver na hora... Quer dizer, eu logo vi que...

Mas, bom, foi aí que eu percebi que os dois estavam juntos e foi também aí que eu senti a aveia com uva passa que eu tinha comido no café da manhã subir pela minha garganta. E isso não fazia o menor sentido, porque nós terminamos, e, ah, sim, como já mencionei anteriormente: EU TENHO NAMORADO.

Mas, bom, a Tina também viu o abraço, e se inclinou para o meu lado para cochichar: "Tenho certeza de que eles só são amigos e trabalham juntos. Falando sério, não se preocupe com isto."

E eu cochichei em resposta: "É, até parece. Porque todos os caras realmente ignoram a mulher de microminissaia do trabalho."

E é claro que, para isso, a Tina não tinha resposta. Porque a microminissaia da Midori era tão fofa quanto ela. E todos os homens na sala estavam ignorando. ATÉ PARECE.

E daí o Michael apresentou o CardioBraço dele — que era bem maior do que eu pensava — e todo mundo bateu palmas, e ele inclinou a cabeça em um gesto adoravelmente modesto.

E daí o dr. Arthur Ward o surpreendeu ao lhe dar um grau de mestre de honra em ciência. Sabe como é, isso é o tipo de coisa que deixa as pessoas surpresas.

Então todo mundo bateu mais palmas, e os drs. Moscovitz subiram no palco com a Vovó e a Lilly (o Kenny — quer dizer, Kenneth — ficou para trás até a Lilly finalmente fazer um sinal para ele se juntar a eles, e foi o que ele fez, depois de muita hesitação e de ela ficar abanando para ele, até finalmente bater o pé no chão como quem dá uma ordem, algo que é a cara da Lilly e que fez todo mundo rir, até as pessoas que não a conheciam); e a família toda se abraçou e eu só...

Comecei a uivar. De verdade.

Não porque o Michael tem uma namorada nova nem por nada tão cafona assim.

Mas porque foi tão doce ver todos eles ali no placo se abraçando, uma família inteira que eu conheço pessoalmente, e que passou por tanta coisa, com o quase-divórcio dos pais do Michael e da Lilly e o fato de terem voltado e a loucura generalizada da Lilly e o Michael ter ido para o Japão e ter se dedicado tanto ao trabalho, e...

...e eles estavam todos tão felizes. Foi simplesmente tão... *legal*. Foi um momento maravilhoso de sucesso e triunfo e de *maravilhamento*.

E lá estava eu, *espionando* tudo aquilo. Porque eu queria usar o Michael para conseguir uma coisa que, é verdade, o meu país precisa, mas que eu não mereço, de jeito nenhum. Quer dizer, nós podemos esperar, como todos os outros.

Basicamente, eu me senti como se estivesse totalmente invadindo a privacidade deles, e que eu não tinha o direito de estar ali. Porque eu não tinha. Os meus pretextos para estar ali eram falsos.

E estava na hora de ir embora.

Então, olhei para todas as outras meninas — o melhor que eu pude, através das minhas lágrimas — e falei: "Vamos embora."

"Mas você nem falou com ele!", a Tina exclamou.

"E não vou falar", respondi. Assim que eu disse, percebi que *esta* era a atitude princesesca a tomar. Deixar o Michael em paz. Agora ele estava feliz. Ele não precisava mais de mim, uma louca neurótica, para estragar a vida dele. Ele tinha a Midori, uma mulher doce e inteligente — ou, se não fosse ela, devia ser alguma outra parecida com ela. A última coisa de que ele precisava era da princesa Mia, que mente e escreve livros românticos.

E que, aliás, já tem namorado.

"Vamos sair discretamente, uma de cada vez", falei. "Eu vou primeiro, preciso passar no banheiro." Eu sabia que precisava escrever tudo isto enquanto ainda estava fresco na minha mente. Além do mais, eu precisava passar lápis e rímel de novo, já que tinha borrado tudo com o meu choro. "A gente se encontra na esquina da Broadway com a 168."

"Que saco", a Lana disse. Ela presta muita atenção a seus sentimentos.

"A limusine está esperando lá", expliquei. "Eu levo vocês ao Pinkberry. Estou convidando."

"Pinkberry o caramba", a Lana disse. "Você vai nos levar ao Nobu."

"Tudo bem", respondi.

Então, entrei aqui. Onde retoquei a maquiagem e estou escrevendo isto.

Realmente, é melhor assim. Deixá-lo ir. Não que algum dia ele tenha sido meu, ou pudesse ter sido, na verdade, mas... bom, *é bem melhor assim* e tudo o mais. Tenho certeza que Grandmère concordaria. Mas, de verdade, esta é a coisa mais princesesca a se fazer. Os Moscovitz pareciam tão *felizes*... Até a Lilly.

E ela *nunca* fica feliz.

Certo, é melhor eu ir me encontrar com o pessoal. Acho que o Lars realmente pode dar *um tiro em mim* se eu o fizer esperar mais. Eu...

Ei, estes sapatos me parecem muito familiares.

Ai, *não*.

Sábado, 29 de abril, 16h, na limusine a caminho de casa

Ai, *sim*.

A Lilly. Era a *Lilly*.

No reservado ao lado do meu.

Ela totalmente reconheceu o meu sapato-boneca de plataforma. O novo, da Prada, não o velho que eu tinha há dois anos, que ela destruiu com tanta selvageria no site dela.

Ela ficou, tipo: "Mia? É você que está aí? Achei mesmo que tinha visto o Lars no corredor…"

O que eu podia fazer? Não podia dizer que não era eu. Obviamente. Então saí e lá estava ela, parecendo totalmente confusa, tipo: *O que você está fazendo aqui?*

Felizmente, durante todo o tempo que passei sentada na plateia, tive a oportunidade de inventar uma história para o caso de isto acontecer.

A Mentira Enorme Número Seis de Mia Thermopolis.

"Ah, oi Lilly." Eu agi mesmo como quem não quer nada. Apesar de eu ter me maquiado toda com produtos MAC e de ter arrumado o cabelo, de estar usando o meu melhor top da Nanette Lepore e calça justa com detalhes em renda, agi como se a coisa toda não fosse nada de mais. "A Gretchen Weinberger não pôde vir aqui hoje, então ela me deu o passe de imprensa dela e pediu para eu fazer a reportagem da doação do Michael no seu lugar." Eu até tirei o passe de imprensa da Gretchen da bolsa para comprovar a minha mentira colossal. "Espero que você não se incomode."

A Lilly só ficou olhando para o passe de imprensa. Daí ela ergueu os olhos para mim (porque eu continuo uns quinze centímetros mais alta do que ela, principalmente de plataforma, apesar de ela estar de salto).

Sinceramente, não gostei nada do jeito que ela estava olhando para mim. Como se não acreditasse em mim.

Quando já era tarde demais, me lembrei de que a Lilly sempre sabia quando eu estava mentindo (porque as minhas narinas ficam abrindo e fechando).

Mas eu tenho treinado mentir na frente do espelho, e também na frente de Grandmère, para impedir que isso aconteça, porque se as pessoas percebem que você está mentindo, sua carreira futura de princesa, ou qualquer outra coisa que você queira ser, está ameaçada, de verdade, porque mentirinhas inocentes são fundamentais em todas as profissões. ("Ah, não, na verdade, você vai viver muito mais do que seis meses.")

E Grandmère diz que eu melhorei muito (o J.P. também. Bom, isto é óbvio. Se não, ele logo saberia quando eu disse que não fui aceita por todas as faculdades que falei que não me aceitaram. Isso sem mencionar qualquer uma das outras diversas mentiras que contei para ele. Eu poderia ter *matado* a Lilly por ter contado a coisa das narinas para ele. Às vezes, fico imaginando se tem alguma *outra* coisa que ela contou para ele a respeito de mim e que ele não me contou que ela contou).

Eu estava bem segura de que a Lilly não ia perceber que eu estava mentindo. Mas, só para garantir, completei: "Espero que você não se importe de eu estar aqui. Tentei ficar o máximo possível longe de você, no fundo. Sei que este é um dia especial para você e a sua família, e eu... acho que isto é mesmo maravilhoso para o Michael."

Esta última parte não era mentira, então eu não precisei me preocupar com as minhas narinas. Nem um pouquinho.

A Lilly apertou os olhos para mim. Para variar, ela não tinha feito uma maquiagem forte com lápis de olho preto neles. Eu sabia que ela tinha feito isso por respeito à Vovó Moscovitz, que considera kajal coisa de vagabunda.

Achei que ela ia me bater. Achei mesmo.

"Você realmente está aqui para cobrir a notícia para o *Átomo*?", ela perguntou, com voz dura.

Eu nunca me concentrei mais nas minhas narinas do que naquele momento.

"Estou", respondi. E, de todo modo, não era mentira, porque a minha ideia era ir para casa agora e escrever um artigo de quatrocentas palavras sobre esta coisa toda e entregar na segunda-feira de manhã. Depois de vomitar umas novecentas vezes.

O olhar maldoso da Lilly não mudou.

"E você realmente foi sincera quando falou sobre o meu irmão, Mia?", ela perguntou.

"Claro que sim", respondi. Isto também era verdade.

Bem como eu tinha desconfiado, a Lilly estava totalmente olhando fixo para o meu nariz. Como ela não viu as minhas narinas se mexerem, pareceu relaxar um pouco.

Mas o que ela disse em seguida me deixou tão chocada que, por um instante, eu perdi a capacidade de falar.

"Foi muito legal da sua parte ter vindo aqui. No lugar da Gretchen, quer dizer", ela disse, parecendo cem por cento sincera. "E eu sei que o fato de você ter vindo vai ser muito importante para o Michael. E como está aqui mesmo, não pode ir embora sem dar um oi para ele."

Foi aí que eu quase vomitei a minha aveia de novo. *O quê?*

"Hum", eu respondi, recuando tão rápido que quase dei um encontrão em uma senhora que estava saindo de outro reservado do banheiro. "Não, obrigada. Tudo bem! Acho que já tenho o suficiente para escrever o artigo para o *Átomo*. Este é um momento para vocês ficarem em família. Não quero me intrometer. Aliás, minha carona está esperando, então eu preciso ir andando."

"Não seja idiota", a Lilly disse, esticou o braço e agarrou o meu pulso. E não foi de um jeito gentil e simpático, do tipo: *Vamos lá.* Mas sim como quem diz: *Eu peguei você, e vai vir comigo, mocinha.* Eu confesso. Fiquei um pouco assustada. "Você é princesa, está lembrada? Pode dizer a sua carona quando é a hora de sair. Como sua editora, estou dizendo que você precisa de uma declaração exclusiva do Michael para o jornal. E ele ficaria magoado se descobrisse que você estava aqui e não deu um oi." E ela completou, com um apertão fatídico no meu pulso, junto com um olhar penetrante que seria capaz de congelar lava derretida: "Você não vai magoar o Michael de novo, Mia. Não sob a minha guarda."

Eu? Magoar o *Michael?* Acorda! Por acaso eu preciso lembrar a ela que foi o irmão dela que *me* deu o pé na bunda?

E, tudo bem, eu agi como uma idiota total e mereci completamente levar o pé na bunda. Mas, mesmo assim.

O que estava acontecendo ali, aliás? Será que este era algum tipo de continuação à revanche para o que eu nem sei que fiz contra ela no ano passado? Será que ela ia me arrastar para dentro daquela sala e daí fazer ou dizer alguma coisa horrível para me humilhar na frente de todo mundo — principalmente do irmão dela?

Se fosse isso, eu realmente não tinha opção além de deixar que ela me puxasse de volta para dentro daquele pavilhão apinhado de gente. Ela apertava o meu pulso como se a mão dela fosse de ferro.

Mas... e se isto *não* tivesse nada a ver com revanche? E se a Lilly tivesse superado a coisa que a tinha deixado tão louca da vida comigo durante dois anos? Talvez valesse a pena arriscar.

Porque, apesar de tudo — até do site euodeiomiathermopolis.com — eu sentia falta da amizade da Lilly. Pelo menos quando ela não estava tentando se vingar de coisas que supostamente fiz contra ela.

Eu vi o Lars erguer os olhos surpreso quando nós saímos do banheiro juntas, e os olhos dele se arregalaram — ele sabe muito bem que a Lilly e eu não somos mais exatamente as melhores amigas do mundo. E acredito que, pelo jeito como ela estava agarrando o meu pulso, ele também percebeu que eu não estava indo atrás dela por completa vontade própria.

Mesmo assim, eu sacudi a cabeça na direção dele, para avisar que não era para ele usar aquele seu aparelhinho de choque. Esta confusão era minha, e eu ia achar um jeito de dar conta dela. Só não sabia como.

Também vi que a Tina, no fim do corredor, reparou em nós e nos lançou um olhar assustado. A Lilly, graças a Deus, não a viu. O queixo da Tina caiu quando ela percebeu o jeito como a mão da Lilly estava fechada no meu pulso, que, eu imagino, não parecia muito amigável. / Tina colocou o celular na orelha bem rapidinho e fez com os lábios o movimento de "liga pra mim!".

Eu assenti. Ah, eu ia ligar para a Tina, sim.

Ia ligar para ela e dizer o que eu acho do fato de ela ter me metido nesta confusão, para começo de conversa (apesar de eu reconhecer que vim até aqui na verdade por causa do meu grande plano de Tomar uma Atitude Princesesca).

Antes de eu me dar conta, a Lilly já estava me arrastando pelo Pavilhão de Tratamento de Pacientes Simon e Louise Templeman, na direção do palco onde o Michael e os pais deles e a Vovó Moscovitz e o Kenny — quer dizer, Kenneth — e os outros funcionários da Pavlov Cirúrgica ainda estavam, bebendo champanhe.

Eu achei que ia morrer. De verdade.

Mas daí me lembrei de uma coisa que Grandmère certa vez me garantiu: Ninguém nunca morreu de vergonha — nunca, nem uma vez em toda a história do mundo.

E sou uma prova viva disto, tendo a avó que tenho.

Então, pelo menos tenho a garantia de que vou escapar viva desta.

"Michael", a Lilly começou a berrar quando nós estávamos a meio caminho do palco. Ela tinha largado o meu pulso e pegado na minha mão — e isso foi muito estranho. A Lilly e eu costumávamos nos dar as mãos o tempo todo para atravessar a rua quando éramos pequenas, porque as nossas mães nos obrigavam, como se isso fosse garantir que nós não seríamos atropeladas por um ônibus da linha M1 (basicamente, em vez disso, significava que nós *duas* iríamos ser esmagadas). Naquela época, a mão da Lilly sempre estava suada e melecada de doce.

Agora, estava macia e fria. Uma mão adulta, na verdade. Foi estranho.

O Michael estava ocupado, conversando com um grupo grande de pessoas — em japonês. A Lilly teve que dizer o nome dele mais duas vezes para ele finalmente olhar e nos ver.

Eu gostaria de poder dizer que, quando os olhos escuros do Michael se encontraram com os meus, eu estava completamente calma e tranquila por voltar a vê-lo depois de tanto tempo, e que dei risadas despreocupadas e disse todas as coisas certas. Eu gostaria de dizer que, depois de ter levado, praticamente sozinha, a democracia a um país do qual eu por acaso sou princesa, e de ter escrito um livro romântico de quatrocentas páginas, e de ter sido aceita por todas as faculdades nas quais me inscrevi (mesmo que seja só por eu ser princesa), que eu consegui encontrar o Michael de novo com graça e compostura total, depois de jogar o meu colar com pendente de floco de neve na cara dele há quase dois anos.

Mas isso não aconteceu mesmo. Dava para sentir que o meu rosto estava todo quente quando o olhar dele encontrou o meu. Além disso, as minhas mãos começaram a suar no mesmo instante. E eu tinha plena certeza de que o chão balançaria e viria de encontro direto ao meu rosto, de tão tonta e desorientada que eu me senti.

"Mia", ele disse, com aquela voz profunda de Michael dele, depois de pedir licença para as pessoas com quem estava falando. Daí ele sorriu, e a minha desorientação aumentou uns dez milhões por cento. Eu tinha certeza de que ia desmaiar.

"Hum", eu respondi. Acho que retribuí o sorriso. Não faço ideia. "Oi."

"A Mia está aqui como representante do *Átomo*", a Lilly explicou ao Michael, já que eu não disse mais nada. Não *consegui* dizer mais nada. Se dissesse, teria desabado igual a uma árvore roída por um castor. "Ela vai fazer uma reportagem sobre você, Michael. Não vai, Mia?"

Assenti com a cabeça. Reportagem? *Átomo*? Do que ela estava falando? Ah, claro. Do jornal da escola.

"Como vão as coisas?", o Michael me perguntou. Ele estava falando comigo. Ele estava falando comigo de um jeito simpático e sem nenhum tipo de confronto.

E, no entanto, nenhuma palavra se formulava na minha mente, imagine então se alguma saiu da minha boca. Eu fiquei muda, igualzinho ao personagem do Rob Lowe naquele filme do Stephen King para a TV, *A dança da morte*. Só que eu não fiquei tão bonita quanto ele.

"Por que você não pergunta alguma coisa para o Michael para a sua reportagem, Mia?", a Lilly me cutucou. Ela me *cutucou*. No ombro. E doeu, viu?

"Ai", eu disse.

Uau! Uma palavra!

"Cadê o Lars?", o Michael perguntou e riu. "É melhor tomar cuidado, Lil. Ela geralmente anda por aí acompanhada de escolta armada."

"Ele está por aí, em algum lugar", consegui proferir.

Finalmente! Uma frase. Acompanhada por uma risada trêmula. "Eu estou bem, obrigada por ter perguntado antes. E você, como está, Michael?"

Sim! Ela fala!

"Estou ótimo", o Michael respondeu.

Foi bem aí que a mãe dele se aproximou e disse: "Querido, este senhor aqui é do *New York Times*. Ele quer falar com você. Será que dá para..." Daí ela me viu, e os olhos dela se arregalaram total. "Ah, *Mia*."

É isso mesmo. Como quem diz: Ah. *É Você. A Garota Que Acabou Com a Vida dos Meus Dois Filhos.*

Sinceramente, também não acho que foi minha imaginação. Quer dizer, eu precisaria ter a imaginação do tamanho da da Tina para transformar em: Ah. *É Você. A Garota Por Quem o Meu Filho Se Remói Há Dois Anos.*

E eu sabia que esse não era o caso, já que tinha visto a Micromini Midori.

"Olá, dra. Moscovitz", eu disse, com a menor voz do mundo. "Como vai?"

"Estou bem, querida", a dra. Moscovitz respondeu, sorrindo, e se inclinou para me dar um beijo na bochecha. "Faz tanto tempo que eu não vejo você... Que bom que você pôde vir."

"Estou cobrindo o evento para o jornal da escola", apressei-me em explicar; percebi na hora como aquilo pareceu incrivelmente idiota. Mas eu não queria que ela pensasse que eu estava lá por causa de alguma das verdadeiras razões que me fizeram ir até lá. "Mas eu sei que ele está ocupado. Michael, vá lá falar com o *Times*..."

"Não", o Michael respondeu. "Tudo bem. Tenho muito tempo para isso."

"Está de brincadeira?" A minha vontade era esticar o braço e empurrar o Michael na direção do repórter, mas nós não estamos mais namorando, então não tenho permissão para encostar nele. Apesar de eu realmente estar com muita vontade de colocar a mão na manga do paletó dele, para sentir o que tinha por baixo. E isso foi uma percepção chocante, porque eu tenho namorado. "Ele é do *Times*!"

"Quem sabe vocês dois não tomam um café amanhã, ou algo assim?", a Lilly disse como quem não quer nada, bem quando o Kenneth — Ha! Finalmente eu me lembrei! — chegou saltitante. "Para, tipo, uma entrevista exclusiva?"

O que ela estava *fazendo*? O que ela estava *dizendo*? Parecia que a Lilly de repente tinha se esquecido do quanto me odiava. Ou então a Lilly Maldosa tinha sido substituída, quando ninguém estava olhando, pela Lilly Boazinha.

"Olhe só", o Michael disse, animado. "Esta é uma boa ideia. O que você acha, Mia? Vai estar livre amanhã? Podemos nos encontrar no Caffe Dante, tipo, lá pela uma?"

Antes que eu me desse conta do que estava fazendo, levada pelos famosos sentimentos, já estava assentindo e dizendo: "Claro, amanhã está ótimo. Certo, a gente se fala, então."

E daí o Michael se afastou... Mas, no último minuto, ele se virou e disse: "Ah, e leve aquele seu trabalho de conclusão. Ainda estou louco para ler!"

Ai meu Deus.

Eu achei mesmo que ia vomitar em cima dos sapatos sociais reluzentes do Kenneth.

A Lilly deve ter reparado, já que ela me cutucou nas costas (de novo, e de um jeito não muito gentil), e perguntou: "Mia, está *tudo bem* com você?"

A essa altura o Michael, que conversava com o repórter do *Times*, já estava longe demais para escutar o que nós estávamos dizendo, e a mãe dele tinha se afastado para conversar com o pai dele e com a Vovó Moscovitz. Eu só fiquei olhando para a Lilly, arrasada, e disse a primeira coisa que me veio à mente, que foi: "Por que você resolveu ser tão simpática comigo de repente?"

A Lilly abriu a boca e começou a dizer alguma coisa, mas o Kenneth deu um abraço nela, olhou para mim com ódio e perguntou: "Você continua namorando o J.P. ?"

Eu só fiquei olhando para ele, toda confusa. "Continuo", respondi.

"Então deixe para lá", o Kenneth disse, e levou a Lilly para longe, como se estivesse bravo comigo ou algo assim.

E ela nem tentou impedi-lo.

E isso foi estranho, porque a Lilly não é exatamente o tipo de menina que deixa um garoto dizer a ela o que fazer. Nem que seja o Kenneth, apesar de ela gostar dele de verdade. Ela mais do que gosta, tenho bastante certeza.

Mas, bom, esse foi o fim do meu grande reencontro com o Michael, depois de quase dois anos. Desci do palco com a máxima dignidade possível (ajuda quando a gente tem um guarda-costas de escolta), e fui para a limusine, onde as meninas estavam esperando, ansiosas por saber todos os detalhes que eu pude fornecer enquanto escrevia isto (apesar de ter deixado de fora alguns detalhes na versão que contei a elas, é claro).

Preciso levá-las ao Nobu, e elas estão dizendo que nós vamos experimentar todos os tipos de sushi do menu.

Mas eu não sei como vou ser capaz de me concentrar em apreciar os sabores sutis do Chef Matsuhisa se vou passar o tempo todo pensando: *O que eu vou fazer em relação a mostrar o meu livro para o Michael?*

Falando sério. Não quero parecer medíocre — como Grandmère diria —, mas neste momento eu estou bem ferrada.

Porque eu não posso mostrar o meu livro para o Michael. Ele inventou um braço robotizado que salva a vida das pessoas. Eu escrevi um livro romântico. Uma coisa não tem nada a ver com a outra.

E realmente não quero que o cara que acabou de ganhar um título de honra de mestre em ciência da Universidade de Columbia (e que enfiou a mão dentro da minha blusa em diversas ocasiões) leia as minhas cenas de sexo.

Isto é que é passar vergonha.

Sábado, 29 de abril, 19h, no loft

Cheguei à conclusão de que o dr. L tem razão.

Preciso parar de mentir tanto. Quer dizer, se vou me encontrar amanhã com o Michael para esta coisa de entrevista para o jornal (que não vai ter jeito de eu escapar, porque se eu não for lá, vou precisar confessar que *não* fui à cerimônia para entrevistá-lo para o *Átomo*, e eu não vou confessar *de jeito nenhum* que estava lá *na verdade* para pedir um CardioBraço para ele... ou, pior, para espioná-lo com as minhas amigas insistentes), vou ter que dar a ele uma cópia do meu trabalho de conclusão.

Simplesmente vou ter que fazer isto. Não vou conseguir escapar desta. Ele lembrou, totalmente — nem me pergunte como, já que ele é obviamente o homem mais ocupado do universo.

E se o meu ex-namorado for mesmo ler o meu verdadeiro trabalho de conclusão, bom, isso significa que eu terei de contar a verdade a respeito dele para as pessoas que fazem parte da minha vida e que são mais importantes do que ele. Como por exemplo a minha melhor amiga e o meu namorado atual.

Porque, se não, não vai ser justo. Quer dizer, o Michael saber a verdade a respeito de *Liberte o meu coração*, mas a Tina ou o J.P. não saberem.

Então eu resolvi simplesmente encarar os fatos e dar uma cópia para cada um, para TODOS eles. Neste fim de semana.

Aliás, acabei de mandar o da Tina por e-mail, agorinha mesmo. Nesta noite eu tenho todo o tempo livre, pois o J.P. vai ensaiar, e eu ficarei cuidando do Rocky enquanto a minha mãe e o sr. G vão a uma reunião do bairro para discutir o expansionismo agressivo da Universidade de Nova York e o que pode ser feito para acabar com isso antes que só uma garotada de 20 anos que estuda cinema e tem uma bela herança para gastar tenha dinheiro para morar no Village.

Mandei uma cópia do meu original para a Tina com a seguinte mensagem:

Querida T,

Espero que você não fique brava comigo, mas lembra quando eu disse que o meu trabalho de conclusão era sobre a história da extração de azeite de oliva na Genovia, no período aproximado de 1254-1650? Bom, eu meio que estava mentindo. Na verdade, o meu trabalho de conclusão era um livro romântico medieval de quatrocentas páginas chamado *Liberte o meu coração*, ambientado na Inglaterra de 1291, que conta a história de uma moça chamada Finnula que sequestra um cavaleiro que tinha acabado de voltar das Cruzadas e pede um resgate por ele, para conseguir dinheiro para a irmã, grávida, poder comprar lúpulo e cevada para fazer cerveja (uma prática comum naquele tempo).

Mas o que Finnula não sabe é que o cavaleiro, na verdade, é o conde do vilarejo dela. E Finnula também tem alguns segredos que o conde não conhece.

Estou enviando *Liberte o meu coração* para você agora. Não precisa ler nem nada (a menos que tenha vontade). Só espero que você me perdoe por ter mentido. Estou me sentindo a maior idiota por ter feito isso. Não sei por que eu fiz, acho que fiquei inibida por não saber se era bom ou não. Além do mais, há muitas cenas de sexo no livro.

Espero, de verdade, que você ainda seja minha amiga.

Com amor,
Mia

Ela ainda não me respondeu, mas isso é porque a família Hakim Baba costuma jantar neste horário, e a Tina fica proibida de olhar as mensagens dela à mesa. Esta é uma regra da família que até o sr. Hakim Baba segue, agora que o médico fez um alerta a respeito da pressão alta dele.

Eu estou me sentindo meio enjoada — enjoada e ansiosa ao mesmo tempo. Quer dizer, por ter mandado *Liberte o meu coração* para a Tina. Nem faço ideia do que ela vai dizer. Será que vai ficar brava por eu ter mentido para ela? Ou feliz da vida, porque um livro romântico é a coisa de que ela mais gosta na vida? É verdade que ela prefere livros românticos contemporâneos, e geralmente os que têm xeques na história.

Mas é possível que ela goste do meu. Incluí uma tonelada de referências ao deserto na história.

Mas o mais importante é o que o J.P. vai dizer quando eu contar para ele. Quer dizer, ele sabe que eu adoro escrever, e que quero ser escritora no futuro.

Mas eu nunca cheguei a comentar com ele que queria escrever *livros românticos*.

Bom, acho que vou descobrir o que ele pensa bem rápido. Vou mandar uma cópia para ele também.

Mas quem sabe quando ele vai chegar a abrir o e-mail e ler. Os ensaios da peça dele têm se estendido até a meia-noite.

E agora o Rocky está implorando para que eu assista *Dora a Exploradora* com ele. Compreendo que milhões de crianças gostam da Dora e aprenderam a ler ou a fazer sei lá o que com o programa dela. Mas eu não me incomodaria se a Dora caísse de um penhasco e levasse os amiguinhos dela junto.

Sábado, 29 de abril, 20h30

Acabei de receber uma mensagem de texto da Tina!

AI MEU DEUS, NÃO ACREDITO QUE VOCÊ ESCREVEU UM LIVRO ROMÂNTICO E NÃO ME DISSE!!!!!!!!!! VOCÊ É O MÁXIMO!!!!!!!!! EU ADORO VOCÊ!!!!!!!!! LIVROS ROMÂNTICOS SÃO TUDO!!!! JÁ COMECEI A LER E É MUITO FOFO!!!! VOCÊ PRECISA TENTAR PUBLICAR ISTO!!!!!! NÃO ACREDITO QUE VOCÊ ESCREVEU UM LIVRO INTEIRO!!!!!!!! Tina

P.S. Preciso conversar com você sobre uma coisa. Não posso escrever. Não é nada de ruim. Mas é uma coisa que eu pensei por causa do seu livro. **LIGUE PARA MIM O MAIS RÁPIDO POSSÍVEL!!!!!**

Bem quando eu estava lendo isto, o meu telefone tocou e era o J.P. Atendi e, antes que eu tivesse chance de dizer qualquer coisa, até "alô", ele já estava falando: "Espera... você escreveu um *livro romântico?*"

Ele estava rindo. Mas não de um jeito maldoso. De um jeito carinhoso, como quem diz: *Eu não acredito.*

Antes que eu me desse conta, estava rindo com ele.

"É", eu respondi. "Lembra do meu trabalho de conclusão?"

"Aquele sobre a história da extração de azeite de oliva na Genovia, no período aproximado de 1254-1650?" O J.P. parecia incrédulo. "Claro que sim."

"É", falei. "Bom, na verdade, eu meio que... menti a respeito disso." Ai meu Deus do céu, rezei. Não permita que ele me odeie por ter mentido. "Na verdade, o meu trabalho de conclusão era um livro romântico histórico. Esse que eu mandei para você. É medieval, ambientado na Inglaterra de 1291. Você me odeia?"

"Odiar você?" O J.P. riu um pouco mais. "Claro que eu não odeio você. Eu nunca odiaria você. Mas um *livro romântico*?", ele voltou a repetir. "Tipo aqueles que a Tina gosta de ler?"

"É", respondi. Por que ele estava falando deste jeito? Não era assim *tão* estranho. "Bom, não *exatamente* do tipo que ela gosta de ler. Mas mais ou menos o mesmo. Sabe, o dr. L me disse que era ótimo eu ter ajudado a Genovia a se tornar uma monarquia constitucional e tudo o mais, mas que eu realmente devia fazer algo por *mim mesma*, não só pelo povo da Genovia. E como eu adoro escrever, pensei — e o dr. L concordou — que eu talvez devesse escrever um livro, porque quero ser escritora e tudo o mais, e passo o tempo todo escrevendo meu diário, de todo jeito. E, bom, eu adoro livros românticos... eles proporcionam tanta felicidade... e também servem para aliviar o estresse, e isto está comprovado — você sabe quantas integrantes da Domina Rei, mulheres líderes no mundo empresarial e político, leem livros românticos para relaxar? Fiz uma pesquisa, e mais de 25 por cento de todos os livros vendidos são românticos. Então, achei que, se eu fosse escrever alguma coisa para ter esperança de ser publicada, tinha mais chances estatísticas com um livro romântico..."

Certo. Eu estava falando só por falar. Quer dizer, eu tinha mesmo acabado de dizer a ele que mais de 25 por cento de todos os livros vendidos são românticos? Não era para menos que ele não estava falando mais nada.

"Você escreveu um *livro romântico?*", ele disse, finalmente. Mais uma vez. Foi estranho, o J.P. parecia menos aborrecido com o fato de eu ter mentido para ele e mais por eu ter escrito um livro romântico.

"Hum, escrevi", eu prossegui, tentando não me concentrar muito em como ele parecia estupefato. "Sabe, eu fiz muita pesquisa sobre o tempo medieval — sabe como é, tipo a época da princesa Amelie. Daí escrevi o meu livro. E agora estou tentando publicar..."

"Você está tentando *publicar?*", o J.P. repetiu, e a voz dele ficou um pouco esganiçada na palavra *publicar*.

"Estou", respondi, um pouco surpresa com a surpresa dele. Do que ele estava falando? Não é o que se faz depois de escrever um livro? Quer dizer, ele tinha escrito uma peça, e tenho bastante certeza de que ele estava tentando fazer com que fosse produzida. Certo? "Mas não consegui ainda nenhum resultado positivo. Parece que ninguém quer. Só as editoras que a gente paga para publicar, é claro. Mas daí, eu não vou receber nada; aliás, vou *gastar*. Mas isto não é assim tão incomum. Quer dizer, o primeiro livro do Harry Potter, da J.K. Rowling, foi rejeitado diversas vezes antes de ela..."

"Os editores sabem que foi *você* quem escreveu o livro?", o J.P. interrompeu. "A princesa da Genovia?"

"Bom, claro que não", eu respondi. "Estou usando um pseudônimo. Se eu dissesse que tinha escrito, eles totalmente iam querer publicar. Mas daí eu não saberia com certeza se eles tinham gostado e achado que valia a pena publicar ou se só queriam editar um livro escrito pela princesa da Genovia. Percebe a diferença? Se for assim, eu nem quero ser publicada. Quer dizer, só quero ver se eu consigo — se posso ser uma autora publicada — sem que aconteça só porque eu sou princesa. Quero que aconteça porque o que escrevi é bom — talvez não seja a melhor coisa do mundo. Mas que seja bom o suficiente para vender no Wal-Mart ou em qualquer lugar assim."

O J.P. só suspirou.

"Mia", ele disse. "O que você está *fazendo*?"

Fiquei estupefata. "Fazendo? Como assim?"

"Quer dizer, por que você está se vendendo por tão pouco? Por que está escrevendo ficção comercial?"

Preciso confessar que não entendi absolutamente nada do que ele estava falando. "Estar me vendendo por tão pouco"? E ficção comercial? Que outro tipo de ficção eu deveria escrever? Ficção baseada na vida de gente de verdade? Isso eu já tentei... há muito tempo. Escrevi um conto baseado em uma pessoa que existe — era sobre o J.P., aliás, antes de a gente se conhecer.

E fiz o personagem inspirado nele se matar no fim, quando se jogou embaixo do metrô da linha F!

Graças a DEUS eu percebi no último minuto, logo antes de a história ser distribuída para a escola inteira por meio da revista literária da Lilly, que a gente simplesmente não pode *fazer* uma coisa dessas. Não se pode escrever histórias a partir da vida de pessoas que existem e fazer com que elas se joguem embaixo do trem do metrô da linha F no fim.

Porque daí você só vai magoar essas pessoas se elas por acaso lerem e se reconhecerem na história.

E não quero magoar ninguém!

Mas eu não podia contar isso para o J.P. Ele não sabia sobre o conto que eu tinha escrito sobre ele. Guardei este segredo durante todo o tempo em que estamos juntos.

Então, em resposta à pergunta dele a respeito de ficção comercial, eu respondi: "Bom. Porque... é divertido. E eu gosto."

"Mas você é muito melhor do que isso, Mia", ele disse.

Preciso confessar que isso meio que doeu. Era como se ele estivesse dizendo que o meu livro — no qual eu passei quase dois anos trabalhando, e que ele ainda nem tinha lido — não valia nada.

Uau. Esta *realmente* não era a reação que eu estava esperando receber dele.

"Talvez você devesse tentar ler primeiro", falei, procurando segurar as lágrimas que de repente encheram os meus olhos — não sei de onde elas vieram, realmente eu não sou assim tão sensível —, "antes de tirar alguma conclusão."

Na hora, o J.P. pareceu arrependido.

"Claro que sim", ele disse. "Você tem razão. Olhe... preciso voltar para o ensaio. Será que a gente pode conversar melhor sobre isto amanhã?"

"Claro", eu respondi. "Ligue para mim."

"Vou ligar", ele respondeu. "Eu amo você."

"Eu amo você também", falei. E desliguei.

O negócio é que vai dar tudo certo. Eu sei que vai. Ele vai ler *Liberte o meu coração* e vai adorar. Eu sei que vai. Da mesma maneira que eu vou ver a estreia de *Um príncipe entre os homens* na semana que vem e vou adorar. Vai dar tudo certo! É por isso que nós dois combinamos tanto. Porque somos muito criativos. Somos artistas.

Quer dizer, o J.P. provavelmente vai ter algumas observações editoriais a fazer a respeito de *Liberte o meu coração*. Nenhum livro é perfeito. Mas tudo bem, porque casais são assim. Igualzinho ao Stephen e à Tabitha King. Eu quero ouvir as críticas dele! Provavelmente também vou ter alguns comentários a fazer sobre *Um príncipe entre os homens*. Amanhã nós analisamos os comentários dele sobre o meu livro e...

AI MEU DEUS, EU VOU ENCONTRAR O MICHAEL PARA TOMAR UM CAFÉ AMANHÃ!!!!!!!!!!

Como é que eu vou conseguir dormir AGORA?????

Domingo, 30 de abril, 3h, no loft

Perguntas para fazer ao Michael para o *Átomo*:

1. Qual foi a sua inspiração para inventar o CardioBraço?
2. Como foi morar no Japão durante 21 meses, partindo do princípio que você ficou lá todo esse tempo sem voltar para este país antes de agora sem simplesmente me ligar, o que não teria o menor problema, já que nós terminamos mesmo?
3. Qual foi a coisa dos Estados Unidos de que você mais sentiu falta?
4. ~~Qual foi a coisa de que você mais gostou no Japão?~~

(Não posso perguntar isto! E se ele disser que é a Micromini Midori? Eu não vou conseguir suportar! Além do mais, não posso colocar esta resposta em um jornal de escola! Ah... quem sabe eu deva perguntar, mesmo assim? Quem sabe ele não responde alguma coisa como sushi?)

4. Qual foi a coisa de que você mais gostou no Japão? (POR FAVOR, NÃO PERMITA QUE ELE RESPONDA QUE É A MICROMINI MIDORI!!!!)
5. ~~Quanto tempo é preciso esperar na fila para conseguir um CardioBraço da Pavlov Cirúrgica?~~

Isto eu também não posso perguntar! Porque parece que estou perguntando para ver quanto tempo demoraria para a Genovia conseguir um, e que estou dando uma indireta de que quero conseguir um...

5. Hipoteticamente, se um país muito pequeno fosse encomendar um CardioBraço para um de seus hospitais (e estivesse disposto a pagar à vista por ele, é claro), que tipo de procedimento deveria ser seguido? A Pavlov Cirúrgica aceita cheque ou será que o país pode pagar com cartão American Express preto? Se puder, será que dá para pagar agora?
6. Se você pudesse ser qualquer animal, que animal seria e por quê? (Meu Deus, esta é a pergunta mais idiota, mas parece que todo mundo que me entrevista faz esta pergunta, então acho que é melhor perguntar também.)
7. Quanto tempo você pretende ficar em Nova York? Esta mudança é permanente ou você acha que vai voltar para o Japão? Ou você se vê morando, talvez, no Vale do Silício, na Califórnia, que é onde todos os titãs da informática, como por exemplo os fundadores do Google e do Facebook, parecem morar hoje em dia?
8. Como ex-aluno da AEHS, qual é a melhor lembrança que você guarda da época que passou na escola? (Baile Inominável de Inverno. Por favor responda Baile Inominável de Inverno do último ano.)
9. Pode dizer algumas palavras de inspiração para a turma que está se formando neste ano na AEHS?

AAAAAAAAAAAHHHHH! QUANTA PERGUNTA IDIOTA!!!!!!

Domingo, 30 de abril, meio-dia, no loft

Certo, ainda não pensei em nenhuma pergunta melhor para o Michael, mas aquelas foram as melhores que eu consegui inventar depois do que aconteceu com o J.P. ficar falando aquela coisa de *Você escreveu* um livro romântico? Isso sem falar as novecentas mensagens de texto que eu recebi da Tina me dizendo que precisamos conversar "pessoalmente". Não faço ideia do que pode ser tão importante que nós não podemos falar pelo telefone.

Mas a Tina está totalmente convencida de que o príncipe René pode ter colocado hackers para grampear em segredo as minhas comunicações por celular (como aconteceu com o príncipe Charles e Camilla e o incidente do "absorvente interno"), então, por enquanto, ela não vai dizer nem enviar por mensagem de texto, usando o celular, nada muito importante.

E isso me faz pensar que, independentemente do que ela tem em mente, eu provavelmente não quero escutar.

A razão possível por eu não conseguir formular perguntas melhores para o Michael pode ter alguma coisa a ver com o fato de eu ter acordado hoje de manhã com o Rocky batendo no meu rosto com os punhos e gritando: "Suplesa!"

Eu fiquei muito "suplesa" mesmo. Surpresa por ele estar no meu quarto, já que ele supostamente não tem permissão para entrar — e porque supostamente não deve conseguir entrar com a tranca especial que eu coloquei por cima da maçaneta, que só adultos sabem abrir.

Acontece que um adulto tinha aberto a porta para ele. Um adulto que me espiava com um enorme sorriso alegre no rosto.

"Bom, e aí, Mia? Como estão as coisas?"

Ai meu Deus. Era Mamaw. Com Papaw bem do lado dela. No meu quarto. *MEU QUARTO.*

Agora deu. Eu vou me mudar daqui. Assim que eu conseguir decidir em que faculdade vou estudar. E tenho um pouco menos de uma semana para resolver.

"Feliz aniversário adiantado!", Mamaw berrou. "Olhe só para você, na cama às dez da manhã! Quem você pensa que é, hein? Algum tipo de princesa?"

Isso fez com que Mamaw e Papaw explodissem em risadas. Por causa da piada que eles mesmos inventaram. Isso me fez puxar as cobertas para cima da cabeça e berrar: "MANHÊ-Ê-ÊÊÊ!!!"

"Mãe." Eu ouvi quando a minha mãe chegou. "Por favor. Tenho certeza de que a Mia está muito contente de ver você, mas vamos deixar que ela acorde para cumprimentá-la da maneira adequada. Vocês vão ter muito tempo para ficar juntas."

"Não sei quando", Mamaw respondeu. Dava para ver pelo tom de voz dela que estava sendo sarcástica. "Você vai mandar a gente para ver tantos museus e fazer tantos passeios e não sei mais o quê..."

"Bom, tenho certeza de que a Mia vai ficar mais do que contente em acompanhar vocês a alguns desses passeios", ouvi minha mãe dizer.

Foi a essa altura que eu tirei as cobertas de cima da cabeça e fiquei olhando fixo para ela. A minha mãe simplesmente retribuiu o olhar.

Então, parece que hoje, mais tarde, vou levar Mamaw e Papaw ao zoológico do Central Park.

Compreendo que isto é o mínimo que posso fazer na minha posição de única neta deles. Mesmo assim, *até parece que eu não tenho mais nada que fazer, exatamente.*

Sendo que uma delas é me arrumar para o meu ~~encontro no café~~, quer dizer, entrevista, com o Michael. E isto eu preciso continuar a fazer neste exato momento. Apesar de estar bem difícil, porque as minhas mãos tremem tanto que eu mal consigo segurar o lápis para passar delineador nos olhos.

E eu realmente gostaria que a Lana parasse de me enviar mensagens de texto para me dizer que roupa vestir, porque isso também não está ajudando nada.

Mas eu me recuso a aceitar os conselhos dela, e vou usar alguma coisa mais casual. Só o meu jeans da 7 For All Mankind, as botas Christian Louboutin, meu top Sweet Robin Alexandra que deixa os ombros de fora, todas as minhas pulseiras, minha gargantilha de pedras de lava da Subversive e os meus brincos compridos. Isso não é demais, de jeito nenhum! Quer dizer, até parece que eu estou tentando fazer com que ele goste de mim de um jeito sensual. Agora nós só somos amigos.

Mas vou escovar os dentes mais uma vez, só para garantir.

O sr. G e o Rocky estão fazendo um recital de bateria para Mamaw e Papaw.

Por favor, permita que eu saia daqui sem ficar com uma dor de cabeça insuportável.

Sábado, 30 de abril, 12h55, Caffe Dante, MacDougal Street

As minhas mãos estão suando tanto... Este tipo de fraqueza é insuportável, principalmente para uma integrante da linhagem dos Renaldo. Nós somos feministas. Até o meu pai. Afinal de contas, ele tem o apoio da ONMG, a Organização Nacional das Mulheres da Genovia. Até Grandmère é membro desse grupo.

Falando de Grandmère, ela me mandou e-mail, tipo, QUATRO vezes hoje para falar da festa e/ou da eleição do meu pai. Eu deletei todos. Não tenho tempo para ler as mensagens malucas dela! E por que ela não pode aprender a mandar e-mail direito? Sei que ela tem 400 anos de idade, e que eu preciso respeitar as pessoas mais velhas (apesar de que, se quer saber a minha opinião, ela não merece, de jeito nenhum, o meu respeito). Mas, ainda assim, ela bem que podia largar a tecla do R depois que aperta a primeira vez.

CADÊ o Michael? O Lars e eu estamos aqui. E sei que estamos cinco minutos adiantados. (Eu quis chegar antes para me livrar dos paparazzi se fosse necessário, mas é estranho: não tem nenhum aqui. Eu também queria escolher o lugar em que iria me sentar primeiro, para garantir a melhor iluminação. A Lana garante que isso é fundamental em encontros entre garotas e garotos, mesmo que seja do tipo Apenas Amigos. Além disso, eu também queria arranjar uma mesa próxima para o meu guarda-costas, mas que também fosse distante o suficiente para ele não ficar fungando no nosso cangote.

Não quero ofender, claro, Lars, para o caso de você estar lendo isto por cima do meu ombro, que eu sei, e não minta, que é o que você faz quando acaba a bateria do seu Treo.) Então, onde está...

Ai meu Deus. Lá está ele. Está à nossa procura.

Ele está TÃO lindo. Ainda mais do que ontem, porque hoje ele está com um jeans que fica PERFEITO nele, apertado em todos os lugares certos.

Uau. Eu estou me transformando na Lana.

E ele também está com uma camiseta polo de manga curta preta, totalmente legal, e eu vou dizer logo que tudo que nós desconfiávamos que tinha embaixo das mangas do paletó dele ontem ESTÁ LÁ MESMO. Estou falando de músculos. E também não são aqueles músculos saltados de quem usa esteroides.

Mas a Lana não estava muito longe quando fez a comparação entre ele e o Christian Bale em *Batman*.

E eu sei que tenho namorado. Estou apenas observando a partir da minha capacidade de jornalista investigativa.

!!!!!

Ele me viu!!!!! Ele está vindo!!!!!

Agora eu estou morrendo, tchauzinho.

Entrevista com Michael Moscovitz para o Átomo, gravada por Mia Thermopolis no domingo, 30 de abril, com um iPhone (será transcrita posteriormente)

Mia: Então, tudo bem mesmo se eu gravar isto aqui?

Michael (rindo): Eu já disse que sim.

Eu: Eu sei, mas eu preciso gravar você dizendo isto. Eu sei que é idiotice.

Michael (sem parar de rir): Não é idiotice, só é meio esquisito. Quer dizer, estar aqui sentado, sendo entrevistado por você. Em primeiro lugar, é você. E em segundo lugar... bom, a celebridade sempre foi você.

Mia: Bom, agora chegou a sua vez. E quero agradecer de novo, muito, por me dar esta entrevista. Eu sei como você deve estar ocupado, e quero que saiba que eu realmente fico feliz por reservar um tempo para falar comigo.

Michael: Ah, Mia... mas é claro que sim.

Mia: Certo. Então, a primeira pergunta. Qual foi a sua inspiração para inventar o CardioBraço?

Michael: Bom, eu detectei uma necessidade na comunidade médica e achei que tinha os conhecimentos técnicos para atendê-la. Houve outras tentativas de criar produtos similares, mas o meu é o primeiro a incorporar tecnologia de imagem avançada. Eu posso explicar se você quiser, mas acho que não vai ter espaço para isto no seu artigo, se é que eu me lembro bem do tamanho das reportagens do *Átomo*.

Mia (rindo): Hum, não, assim está bom...

Michael: E, é claro, você.

Mia: O quê?

Michael: Você perguntou qual foi a minha inspiração para inventar o CardioBraço. Parte disso foi você. Está lembrada, eu disse antes de viajar para o Japão que eu queria fazer alguma coisa que estivesse à altura de namorar uma princesa. Sei que isto agora parece besta, mas... foi uma parte importante da minha motivação. Naquela época.

Mia: C-certo. Naquela época.

Michael: Mas você não precisa colocar isto no artigo, se for para ficar com vergonha. Imagino que o seu namorado não vá gostar de ler isto.

Mia: O J.P.? Não... não, ele não acharia nada de mais. Está brincando? Quer dizer, ele já sabe disso tudo. Nós contamos tudo um para o outro.

Michael: Certo. Então ele sabe que você está aqui comigo?

Mia: Hum. Claro que sim! Então, onde eu estava? Ah, certo. Como foi morar no Japão durante tanto tempo?

Michael: Foi ótimo! O Japão é ótimo. Eu recomendo!

Mia: É mesmo? Então, você está pensando em... Ah, espera, esta pergunta é depois... Desculpe, a minha avó me acordou cedo demais hoje de manhã, e eu estou toda desorganizada.

Michael: Como está a princesa viúva Clarisse?

Mia: Ah, não foi ela. A outra. Mamaw. Ela veio para a minha festa de aniversário.

Michael: Ah, certo. Eu queria mesmo agradecer pelos convites para a sua festa.

Mia: ...convites para a minha festa?

Michael: É isso mesmo. O meu chegou hoje de manhã. E a minha mãe disse que o dela, o do meu pai e o da Lilly chegaram ontem à noite. Foi muito legal da sua parte não guardar ressentimento em relação à Lilly; eu sei que ela e o Kenny estão combinando de ir amanhã à noite. Os meus pais também. E eu vou tentar comparecer, claro.

Mia (bufando)**:** Grandmère!

Michael: O que foi?

Mia: Nada. Certo... Então, qual foi a coisa dos Estados Unidos de que você mais sentiu falta?

Michael: Hum... de você?

Mia: Ah, ha ha. Fale sério.

Michael: Desculpe. Tudo bem. Do meu cachorro.

Mia: Qual foi a coisa de que você mais gostou no Japão?

Michael: Das pessoas, provavelmente. Conheci muitas pessoas ótimas por lá. Vou sentir muita falta de algumas delas — das que eu não trouxe para cá com a minha equipe.

Mia: Ah. É mesmo? Quer dizer... então, agora você vai voltar em definitivo para os Estados Unidos?

Michael: Vou, já tenho um escritório aqui em Manhattan. A Pavlov Cirúrgica vai ter a sede corporativa aqui, apesar de o grosso da manufatura ser feito em Palo Alto, na Califórnia.

Mia: Ah. Então...

Michael: Será que agora eu posso fazer uma pergunta para você?

Mia: Hum... claro.

Michael: Quando eu vou ler o seu trabalho de conclusão de curso?

Mia: Olhe, eu sabia que você ia me perguntar...

Michael: Então, se você sabia, onde está?

Mia: Preciso contar uma coisa.

Michael: Xiiii, eu conheço este olhar.

Mia: É, o meu projeto não é sobre a história da extração de azeite de oliva na Genovia, no período aproximado de 1254-1650.

Michael: Não é?

Mia: Não. Na verdade, é um livro romântico histórico medieval de quatrocentas páginas.

Michael: Legal. Pode entregar.

Mia: Fale sério. Michael... Você só está sendo simpático. Não precisa ler.

Michael: Você acha que eu preciso ler? Se você acha que eu não quero mais ler, deve estar drogada. Anda fumando uns Gitanes da Clarisse?

Porque eu tenho certeza que uma vez fiquei tonto só de respirar a fumaça desse cigarro.

Mia: Ela teve que parar de fumar. Olhe, se eu mandar uma cópia por e-mail para você, promete não ler até eu ir embora?

Michael: Como assim, agora? Quer dizer, neste minuto? Para o meu telefone? Juro, total e completamente.

Mia: Certo. Tudo bem. Aqui está.

Michael: Demais. Espere. Quem é Daphne Delacroix?

Mia: Você disse que não ia ler!

Michael: Ai meu Deus, você tinha que ver a sua cara. Está do mesmo tom de vermelho que o meu All Star.

Mia: Obrigada por fazer esta observação. Na verdade, mudei de ideia. Não quero mais que você fique com uma cópia. Pode me dar o seu telefone aqui. Eu vou deletar.

Michael: O quê? De jeito nenhum. Vou ler esta coisa hoje à noite. Ei — pare com isto. Lars, ajude, ela está me atacando!

Lars: Só posso intervir se alguém atacar a princesa, não se ela atacar alguém.

Mia: Dê para mim!

Michael: Não...

Garçom: Temos algum problema aqui?

Michael: Não.

Mia: Não.

Lars: Não. Por favor, perdoe os dois. Cafeína demais.

Mia: Desculpe, Michael. Eu pago a lavanderia...

Michael: Não seja boba... você ainda está gravando isto?

Fim da gravação.

Domingo, 30 de abril, 14h30, em um banco no Washington Square Park

É, então, a coisa não deu muito certo.

E piorou mais ainda quando eu estava me despedindo do Michael — depois de tentar, sem conseguir, arrancar o iPhone da mão dele para poder deletar a cópia do meu livro que eu cometi a idiotice de mandar para ele — e nós nos levantamos para ir embora, e eu estendi a mão para dar tchau, e ele olhou e disse: "Acho que a gente pode fazer algo melhor do que isto, não é mesmo?"

E ele abriu os braços para me dar um abraço — um abraço de *amigo*, obviamente, quer dizer, não era nada mais do que isso.

E eu ri e respondi: "Claro que sim."

E retribuí o abraço.

E sem querer senti o cheiro dele.

E tudo voltou como uma onda. Como eu sempre me sentia segura e quente nos braços dele, e como toda vez que ele me abraçava desse jeito eu nunca mais queria largar. Eu não queria que ele me largasse ali, bem no meio do Caffe Dante, onde eu só estava fazendo uma entrevista com ele para o *Átomo*, não estava em um encontro ou qualquer coisa assim. Foi tão idiota. Foi tão horrível. Quer dizer, eu praticamente tive que me *forçar* a largar, a parar de respirar o cheiro de Michael dele, que eu não sentia há tanto tempo.

Qual é o meu *problema*?

E agora eu não posso ir para casa, porque acho que não vou conseguir encarar algum dos meus diversos parentes de Indiana (ou da Genovia) que podem estar por lá. Eu só preciso ficar sentada aqui na praça tentando esquecer como eu fui uma idiota completa antes (enquanto o Lars fica de guarda para me proteger dos traficantes de droga que não param de perguntar: "Quer fumar? Quer fumar?", e os sem-teto que querem saber se eu posso dar a eles "uns cinco dólar" e os montes de garotos da NYU com os pais que ficam repetindo: "Ai meu Deus, será que é... é sim! É a princesa Mia da Genovia!") e torcer para que alguma hora eu volte ao normal e os meus dedos parem de tremer e o meu coração pare de bater no ritmo de *Mi-chael, Mi-chael, Mi-chael*, como se eu estivesse de novo na porcaria da nona série.

Eu realmente espero que o chocolate quente não manche aquele jeans.

Além disso, eu gostaria de perguntar aos deuses ou a qualquer um que esteja escutando... Por que eu não consigo me portar de maneira adulta perto de caras com quem eu já namorei e com quem eu terminei e que já devia ter SUPERADO cem por cento?

É que foi tão... *esquisito* ficar sentada tão perto dele mais uma vez...

Mesmo *antes* de eu poder sentir o cheiro dele. E eu já entendi que agora nós só somos amigos — e, é claro, eu sei que tenho namorado, e o Michael tem namorada (provavelmente — não consegui obter uma resposta direta neste sentido).

Mas é que ele simplesmente é tão... Não sei! Não consigo explicar! Ele meio que emana uma coisa que dá *vontade de pegar*.

E, é claro, eu sabia que não podia pegar nele (antes de eu encostar nele... e foi ele quem PEDIU para eu encostar. Ele não tinha como saber o que aquele abraço causaria em mim. Será que sabia? Não, não tinha como saber. Ele não é sádico. Não é igual à irmã).

Mas estar lá no café com ele foi como... bom, foi como se o tempo não tivesse passado. Só que, é claro, muito tempo tinha passado. Só que apenas pelo melhor lado, sabe? Tipo, apesar de eu talvez parecer idiota na fita (acabei de escutar a gravação. Eu parecia uma burra completa), não me *senti* idiota enquanto estava falando — não do jeito que eu me sentia antes quando estava perto do Michael. Acho que é porque... bom, muita coisa aconteceu desde a última vez que eu encontrei o Michael, e eu me sinto mais segura a respeito das coisas (certo, bom... a respeito dos homens) do que antes. Tirando o pânico causado por um abraço recente.

Por exemplo: agora que escutei a fita, percebo que o Michael estava meio que dando em cima de mim! Mas só um pouco.

E tudo bem. Para falar a verdade, é *mais* que tudo bem.

Ai, não. Eu escrevi isto mesmo?

Não que faça diferença, porque eu tenho bastante certeza de que ele acha que a única razão por que eu estava lá era para fazer uma reportagem para o *Átomo* (mas, vou dizer, que péssima repórter eu sou. Nem fiz todas as minhas perguntas para ele, já que fiquei tão preocupada em tentar arrancar o telefone da mão dele).

Fiquei brigando com ele! Em um restaurante! Como se eu tivesse 7 anos. Maravilha. Quando é que vou aprender a agir como adulta?

Realmente achei que tinha chegado a ponto de ser capaz de manter uma postura relativamente digna em um local público.

E, daí, fiquei tentando arrancar o iPhone da mão do meu ex-namorado em um café! E derramei chocolate quente em cima dele!

E depois ainda senti o cheiro dele.

Acho que também perdi um dos meus brincos compridos.

Graças a Deus que não apareceu nenhum paparazzi para tirar foto *daquilo*.

E isso é meio estranho, pensando bem. O fato de nenhum deles estar por perto, já que parecem estar em todos os outros lugares a que eu vou.

Tanto faz.

Mas, bom, acho que foi... fofo? O Michael, quer dizer, e a reação dele quando eu disse que escrevi um livro romântico. Apesar de eu ter me arrependido totalmente de ter mandado para ele.

Ele disse que vai ler! Hoje à noite!

Claro que o J.P. disse a mesma coisa. Mas o J.P. também disse que eu não devia me vender por pouco. O Michael não disse nada assim.

Mas, bom, o Michael não é meu namorado. Ele não pensa no que é melhor para mim como o J.P. faz.

Mas, também, foi adorável o jeito como ele disse que eu fui a inspiração para ele inventar o CardioBraço. Apesar de isso fazer séculos, e de ter sido antes de a gente terminar.

Ele também disse que foi legal da minha parte não guardar ressentimento em relação à Lilly. Ele obviamente não sabe a verdade.

Quer dizer, que não fui *eu* quem guardou ressentimento este tempo todo, mas...

Ah, não. Grandmère está ligando. Vou atender, porque preciso dizer umas poucas e boas para ela.

"Amelia?" Grandmère parece estar dentro de um túnel. Mas estou ouvindo um secador no fundo, por isso eu sei que ela está no salão. "Onde você está? Por que não responde aos meus e-mails?"

"Tenho uma pergunta melhor para você, Grandmère. Por que convidou o meu ex-namorado e a família dele para a minha festa de aniversário, amanhã à noite? E é melhor não me dizer que é para amolecê-lo, para que eu consiga pedir um CardioBraço, porque..."

"Bom, é claro que é por isso, Amelia", Grandmère responde.

Ouço o barulho de um tapa, e daí ela diz: "*Pare com isto, Paolo. Eu já disse para não colocar muito spray.*" Para mim, ela diz, em tom de voz mais alto: "Amelia? Você ainda está aí?"

Realmente, eu não devia me surpreender com mais nada que ela diz ou faz. E, no entanto, eu me surpreendo. O tempo todo.

"Grandmère", digo. Estou louca da vida. De verdade. Não estamos falando de um ex-namorado qualquer. É o *Michael*. "Você não pode fazer isto. Não pode *usar* as pessoas deste jeito."

"Amelia, não seja burra. Você quer que o seu pai vença a eleição, não quer? Precisamos de um desses equipamentos com braço. Como acredito já ter explicado a você. Se tivesse feito o que eu pedi e tivesse requisitado um aparelho, eu não precisaria enviar um convite para ele e para aquela irmã horrível dele, e você não estaria na posição desconfortável de precisar receber o seu ex-consorte na sua *soirée* amanhã à noite na frente do seu atual pretendente. Reconheço que isto não vai ser nada fácil..."

"Ex...", eu praticamente cuspo. Tem um bando de garotos púberes andando de skate aqui perto. Observo enquanto um deles se estatela em um monte de cimento colocado no parque por esse motivo. Sei exatamente como ele se sente. "Grandmère, o Michael *não* era meu consorte. Essa palavra sugere que éramos amantes, e nós *não*..."

"Paolo, eu já *disse* para não colocar tanto spray no meu cabelo. Está tentando me envenenar com gás? Olhe só para o coitado do Rommel, está com dificuldade de respirar; a capacidade pulmonar dele não é a mesma que a dos humanos, sabia?" A voz de Grandmère ia e voltava. "Bom, Mia, quero falar sobre o seu vestido para amanhã à noite. A Chanel vai entregar pela manhã. Faça a gentileza de avisar à sua mãe que alguém precisa estar em casa para recebê-lo. Isso significa que a sua mãe vai ter que ficar no apartamento em vez de ir para o ateliezinho dela, uma vez na vida. Você acha que ela consegue fazer isto ou será responsabilidade demais? Nem se incomode, já conheço a resposta a esta pergunta..."

A chamada em espera está tocando. É a Tina!

"Grandmère. Ainda não terminamos de conversar", informo a ela. "Mas agora vou desligar..."

"Não ouse encerrar a minha ligação, mocinha. Nós ainda não conversamos sobre o que faremos se a Domina Rei fizer a oferta de afiliação para você amanhã, como sabe que é provável acontecer. Você..."

Sei que é falta de educação, mas eu já estou bem cheia de Grandmère. Falando sério, trinta segundos com ela são suficientes.

"Tchau, Grandmère", digo. E passo para a ligação com a Tina. Depois eu dou um jeito na ira de Grandmère.

"Ai meu Deus", a Tina diz no minuto em que eu atendo. "Onde você está?"

"No Washington Square Park", respondo. "Sentada em um banco. Acabei de encontrar o Michael e derrubei chocolate quente na calça dele. Nós nos abraçamos para nos despedir. Eu senti o cheiro dele."

"Você derrubou chocolate quente na calça dele?" A Tina parece confusa. "Você *sentiu o cheiro* dele?"

"É." Os skatistas todos estão tentando superar um ao outro com seus saltos, mas a maior parte deles só cai o tempo todo. O Lars está olhando para eles com um sorrisinho no rosto. Realmente espero que ele não esteja pensando em pedir um skate emprestado para mostrar a eles como se faz. "O cheiro dele estava muito, muito bom."

Um longo silêncio se instala enquanto a Tina digere a informação.

"Mia", ela diz. "Você achou que o cheiro do Michael era melhor do que o do J.P.?"

"Achei", respondo, com a voz bem baixinha. "Mas sempre foi assim. O J.P. tem cheiro de roupa lavada a seco."

"Mia", a Tina diz. "Achei que você tinha comprado uma colônia para ele."

"Comprei. Mas não adiantou nada."

"Mia", a Tina diz. "Eu *preciso* falar com você. Acho que é melhor você vir aqui."

"Não posso", respondo. "Preciso levar os meus avós ao zoológico do Central Park."

"Então eu vou encontrar você", a Tina diz. "No zoológico."

"Tina", eu pergunto. "O que está acontecendo? O que é tão importante que você não pode me falar pelo telefone?"

"Mia", a Tina diz. "Você *sabe*."

Ela está errada. Eu não faço a mínima ideia!

E deve ser algo bem ruim, se ela está com medo que o programa de celebridades TMZ possa ficar sabendo, e que isto prejudicaria o meu pai nas pesquisas mais do que ele já está prejudicado agora.

"A gente se encontra na casa refrigerada dos pinguins às quatro e quinze", ela diz; parecendo a Kim Possible. Se por acaso a Kim Possible algum dia pedisse aos outros que a encontrassem em zoológicos, na casa dos pinguins.

Mesmo assim, não estou surpresa. De algum modo, o lugar onde os pinguins ficam no zoológico do Central Park é sempre onde eu vou parar nos momentos de maior desespero.

"Será que você pode pelo menos me dar uma dica?", pergunto. "Com o que tem a ver? O Boris? O Michael? O J.P.?"

"É o seu livro", a Tina diz. E desliga.

O meu *livro*? O que o meu livro pode ter a ver com qualquer coisa? A não ser que...

Será que é *tão* ruim assim?

Ótimo. E tanto o J.P. quanto o Michael estão lendo cópias dele agora mesmo. *EXATAMENTE NESTE MINUTO!*

Dá vontade de vomitar só de pensar nisto.

Eu devia simplesmente ir até Eighth Street, comprar uma peruca em uma daquelas lojas de drag queen e fugir da cidade. Sou praticamente maior de idade, e não tem mais nada para eu fazer aqui. Fui humilhada de todas as maneiras possíveis para uma pessoa só. Seria melhor simplesmente pegar um ônibus para o Canadá.

Se pelo menos eu conseguisse arranjar um jeito de despistar o meu guarda-costas...

Domingo, 30 de abril, 16h, no canto da casa refrigerada dos pinguins no zoológico do Central Park

Uau.

Entre ouvir o meu atual namorado me dizer que estou me vendendo barato com ficção popular e depois derramar chocolate quente no jeans do meu ex-namorado (que está agora lendo o meu livro, NESTE EXATO MOMENTO), e depois ainda receber a notícia de que a minha melhor amiga precisa me encontrar porque tem um PROBLEMA com este livro — o mesmo livro em que eu passei 21 meses trabalhando —, eu realmente não achei que as minhas últimas 24 horas podiam piorar.

Mas isso foi antes de eu chegar ao zoológico com a minha mãe, meu padrasto, meu irmãozinho, meus avós e meu guarda-costas a reboque.

Acho que eu simplesmente nasci embaixo de uma estrela especial de sorte — há 17 anos e 364 dias.

O zoológico do Central Park não estava cheio demais para a primeira tarde de domingo de primavera perfeitamente ensolarada, então nós não tivemos absolutamente problema nenhum em manobrar o carrinho enorme do Rocky através da multidão. (ATÉ PARECE!!!!!)

E, além disso, ninguém reparou no meu guarda-costas enorme, que foi muito discreto na sua escolha de usar óculos escuros daquele tipo que cobre os olhos completamente com o paletó preto combinando com camisa, gravata e calça preta.

Mamaw não se destacava muito com o moletom rosa-choque tamanho GGG que é cópia da Juicy Couture (no traseiro, em vez de estar escrito Juicy — que é gostoso — está escrito Spicy — apimentado. Esta realmente é uma palavra que ninguém deseja associar com o traseiro da avó. Aliás, nenhuma das duas).

Ainda bem que Papaw se recusou a se adaptar aos preceitos da moda de Nova York e ficou com o boné verde e amarelo dele da John Deere — apesar de ter permitido que Mamaw comprasse um novo para ele, em que se lê *Legally Blonde: The Musical*. Eu pago bem caro para ver Papaw usando isso.

Fizeram o maior escândalo para mostrar os ursos polares e os macacos para o Rocky — esses são os dois animais preferidos dele. E eu reconheço que o meu irmãozinho é fofo, principalmente quando imita um macaco, coçando a axila e tudo o mais (essa habilidade ele obviamente herdou do pai. Sem ofender, sr. G).

Mamaw estava animadíssima por passar um tempo comigo, e não só com o neto. O lado bom disso é que, depois, vamos passar ainda mais tempo juntas... vamos aproveitar muito a companhia uma da outra durante o jantar em um restaurante da escolha de Mamaw e Papaw. E o restaurante que eles escolheram foi... o Applebee's.

Isso mesmo! Acontece que tem um Applebee's em Times Square, e é lá que os meus avós querem ir. Eu me virei para o Lars quando ouvi isso e disse: "Por favor, enfie uma bala no meu cérebro agora." Mas ele se recusou a fazer isso.

E a minha mãe me mandou calar a boca, se não ela ia calar para mim.

Mas, falando sério: Applebee's? Entre todos os restaurantes em Manhattan? Por que um restaurante que pode ser encontrado em praticamente todas as cidades dos Estados Unidos?

Eu disse a Mamaw que tenho um cartão American Express preto e que tenho dinheiro para levar os dois a qualquer restaurante que eles quisessem, para o caso de estarem preocupados com o preço. Mamaw disse que não era o preço. Era Papaw. Ele não gostava de comer coisas estranhas. Gostava de ir sempre ao mesmo lugar, para saber exatamente o que estava pedindo.

O que tem de mais divertido em comer fora é experimentar coisas novas! Mas Papaw disse que experimentar coisas novas não é nem um pouco divertido.

Só rezo para todos os deuses que existem nos céus — Jeová, Alá, Vishnu etc. — que nenhum paparazzi apareça para tirar fotos de mim, a princesa da Genovia, saindo de um Applebee's durante este momento crucial da campanha do meu pai.

Mas, bom, Mamaw só quer falar sobre faculdade. Tipo, onde eu vou estudar (bem-vinda ao clube, Mamaw). Ela tem muitos conselhos a dar a respeito do que eu devo estudar. Na opinião dela, eu devia mesmo estudar... enfermagem. Ela diz que sempre há empregos para as enfermeiras e, na medida em que a população norte-americana envelhece, sempre vão precisar, cada vez mais, de boas enfermeiras.

Eu disse a Mamaw que, ao mesmo tempo que ela está coberta de razão, e que enfermagem de fato é uma profissão muito nobre, eu não acho que poderei seguir esta carreira, pelo fato de ser princesa e tudo o mais. Quer dizer, preciso escolher uma profissão com a qual terei a possibilidade de passar a maior parte do meu tempo na Genovia, fazendo coisas de princesa, como batizar embarcações e ser anfitriã de eventos beneficentes e essas coisas.

Ser enfermeira não seria exatamente adequado a isso. Mas ser escritora seria, porque isso pode ser feito na privacidade de seu próprio palácio.

Além do mais, com a minha nota no SAT, acho que a última coisa que qualquer pessoa vai querer é que eu meça seus sinais vitais. Eu provavelmente mataria muito mais gente do que salvaria.

Graças a Deus que existe gente como a Tina, que é boa em matemática, e escolhe a carreira médica em vez de mim.

Falando na Tina, eu entrei na casa dos pinguins para esperar por ela enquanto a minha mãe e os outros vão comprar para o Rocky um picolé ou uma coisa qualquer que ele viu alguém comer e deu um ataque totalmente típico de menininhos de 3 anos para ganhar um também. Deram uma arrumada neste lugar desde a última vez que eu estive aqui. Não está nem de longe tão fedido quanto era e a iluminação está bem melhor para escrever. Mas como tem mais gente! Juro que Nova York está se transformando na Disneylândia da região nordeste dos EUA. Achei que escutei alguém perguntando onde era a montanha-russa. Mas talvez fosse brincadeira.

Apesar disso, como é que eu vou poder abandonar esta cidade para ir para a faculdade? Como??? Eu amo demais isto aqui!!!!

Ah, lá vem a Tina. Ela parece... *preocupada*. Será que está sabendo onde a gente vai jantar?

É brincadeira..

Domingo, 30 de abril, 18h30, no banheiro feminino do Applebee's de Times Square

Certo, estou EM PÂNICO COM O QUE A TINA ME DISSE NO CANTO DA CASA DOS PINGUINS.

Simplesmente vou escrever isto aqui como aconteceu e tentar ignorar a batatinha pisoteada que está no chão embaixo de mim (quem come batata frita no banheiro? QUEM??? Quem come QUALQUER COISA no banheiro???? Dá licença, mas que nojo; e também, eca) e o fato de que estou escrevendo isto no banheiro feminino do Applebee's, o único lugar que arrumei para fugir dos meus avós.

Então, a Tina chegou para mim na casa dos pinguins e falou assim: "Mia, ainda bem que encontrei você. A gente precisa conversar."

E eu fiquei, tipo: "Tina, qual é o problema? Você odiou o meu livro ou algo assim?"

Porque, preciso confessar, quer dizer, eu sei que o meu livro não é o melhor do mundo nem nada — se fosse, tenho certeza de que alguém já teria demonstrado interesse em publicar a esta altura.

Mas eu não achei que pudesse ser TÃO ruim a ponto de a Tina precisar me encontrar no canto da casa refrigerada onde os pinguins ficam no zoológico do Central Park para me dizer pessoalmente.

Além do mais, ela parecia meio pálida por baixo do kajal e do batom dela. Mas talvez fosse o brilho azul da casa do pinguins.

Mas daí ela agarrou o meu braço e disse assim: "Ai meu Deus, Mia, não! Eu amei o seu livro! É tão fofo! E tinha cerveja! Achei tão engraçado, por causa da experiência ruim que você teve com cerveja. Lembra, no primeiro ano, quando você tentou cair na balada e bebeu cerveja e fez aquela dança sensual com o J. P. na frente do Michael?"

Fiquei olhando para ela com raiva. "Achei que nós tínhamos combinado de nunca mais falar da dança sensual."

Ela mordeu o lábio. "Ops. Desculpe", disse. "Mas é tão fofo. Quer dizer, o fato de você ter escrito sobre cerveja! Eu adorei! Não, quando eu disse que precisava falar sobre o seu livro, o que eu quis dizer foi..."

E ela olhou bem feio para o Lars, como quem diz: SAIA DAQUI!

E ele captou a mensagem e foi se juntar ao Wahim, o guarda-costas da Tina, que estava olhando os pinguins fofinhos que nadavam de um lado para o outro, sem tirar os olhos de nós, mas a uma distância suficiente para não nos escutar.

E eu fiquei o tempo todo, tipo, pensando: Certo, eu escrevi sobre cerveja, quer dizer, tem cerveja no meu livro, será que a Tina acha que eu sou alcoólatra? Será que ela está aqui para fazer uma intervenção comigo? Eu totalmente já vi aquele programa, *Intervention*, na TV. Será que é isso que ela vai fazer agora?

E eu já estava olhando em volta, à procura da equipe de filmagem, imaginando como eu ia escapar de ir para uma clínica de desintoxicação, porque, falando sério, eu nem *gosto* de cerveja...

Daí a Tina virou para mim e fez a pergunta que me fez ficar tremendo até o âmago do meu ser até agora. Quer dizer, ela estava sorrindo quando perguntou, e os olhos dela estavam brilhando, mas ela também parecia supersséria.

E, ao escrever isto, ainda não consigo acreditar. Quer dizer... A TINA! A TINA HAKIM BABA! Ninguém menos.

Não estou julgando. É só que eu nunca, jamais esperava isto Nem desconfiava.

É que... A TINA!

Mas, bom, ela virou para mim e disse: "Mia, eu simplesmente tinha que perguntar... quer dizer, eu estava lendo o seu livro e... Não me leve a mal, eu gostei, mas... Comecei a imaginar... e eu sei que não é da minha conta, mas... você e o J.P. já transaram?"

A única coisa que eu consegui fazer foi ficar olhando para ela. Aquilo estava tão longe de tudo que eu esperava que ela dissesse — principalmente no canto da casa refrigerada onde os pinguins ficam, com os nossos guarda-costas a poucos metros de distância e um monte de criancinhas ao nosso redor berrando: "Olha, mãe, é o *Happy Feet!*" — que devo ter ficado chocada demais durante alguns segundos para conseguir falar.

"É só que", a Tina se apressou em dizer, ao perceber que eu tinha ficado muda, "as cenas de sexo no seu livro parecem meio realistas, e eu simplesmente não pude deixar de ficar pensando que talvez você e o J.P. fizeram. Que vocês transaram, quer dizer. E se transaram, quero que você saiba que eu não estou julgando nem nada por não esperar até a noite do baile de formatura, como nós tínhamos combinado. Eu compreendo totalmente. Aliás, eu mais do que compreendo, Mia. A verdade é que eu estou esperando há muito tempo para contar para você que o Boris e eu... bom, a gente também já transou."

!!!!!!!!!!!!!!!!!!!!!!

"A primeira vez foi no verão passado", ela continuou, depois de eu só ficar olhando para ela em silêncio total, fazendo a minha imitação de Rob Lowe em *A dança da morte* mais uma vez. "Sabe, na casa dos meus pais, em Martha's Vineyard? Lembra, quando o Boris foi me visitar lá e ficou duas semanas? Bom, foi lá que aconteceu a primeira vez. Eu tentei esperar, Mia, tentei de verdade. Mas ver o Boris todo dia de sunga foi demais para resistir. No final, eu só... bom, nós fizemos aquilo. Depois que os meus pais foram dormir. E, de lá para cá, a gente tem feito aquilo com bastante regularidade, sempre que o sr. e a sra. Pelkowski não estão em casa."

Acho que estava parecendo que os meus olhos iam saltar das órbitas, porque a Tina esticou a mão para sacudir o meu braço.

"Mia?", ela perguntou, com expressão preocupada. "Está tudo bem com você?"

"*Você?*", eu finalmente consegui dizer com a voz engasgada. "E o *Boris?*" Eu não sabia se ia vomitar ou desmaiar. Ou os dois.

Não era tanto o fato de que a Tina — A TINA! —, ninguém menos, tinha desistido de realizar o sonho de perder a virgindade na noite do baile de formatura.

Era o fato de ela ter acabado de dizer que a visão do Boris de sunga tinha sido demais para ela resistir. Sinto muito, mas...

Ao mesmo tempo que é verdade que o Boris passou por uma transformação incrível de nada para gostosinho nos últimos anos

— e, na verdade, chega até a ter umas groupies de violinistas chatas que o adoram e que o seguem por todo lado, implorando para ele dar autógrafos em fotos dele sempre que se apresenta em salas de recital —, eu simplesmente não conseguia — NÃO CONSIGO — olhar para ele desse jeito.

Talvez, se eu não tivesse conhecido o Boris quando ele usava aquele aparelho móvel e se ele não enfiasse tanto o suéter para dentro da calça — e não tivesse namorado a Lilly —, quem sabe eu conseguisse.

Mas a verdade é que eu não posso simplesmente olhar para ele e enxergar o deus alto e musculoso que ele é hoje. Eu simplesmente não consigo. NÃO CONSIGO. É como se ele fosse... sei lá. Meu *irmão*, ou algo do tipo.

A Tina, é claro, confundiu totalmente a minha repulsa por outra coisa.

"Não se preocupe, Mia", ela disse, pegou a minha mão e olhou bem nos meus olhos, cheia de preocupação. "Nós fazemos com toda a segurança. Você sabe que nós dois nunca estivemos com outra pessoa. E eu tomo pílula desde os 14 anos, por causa da minha dismenorreia."

Fiquei olhando fixo para ela mais um pouco. Ah, certo. A dismenorreia da Tina. Ela costumava ser dispensada de educação física por causa disso todo mês. Que sortuda.

A Tina ficou olhando para mim, meio incerta. "Então... você não acha que eu sou uma rodada por não ter esperado até o baile de formatura?"

O meu queixo caiu. "O quê? Não, é claro que não! Tina!"

"Bom", a Tina fez uma careta. "É só que... eu não tinha certeza. Eu queria contar para você, mas não sabia o que você ia achar. Quer dizer, nós tínhamos o nosso plano para a noite do baile de formatura, e eu... estraguei tudo, porque não consegui esperar." Daí ela se alegrou. "Mas daí você disse que achava o baile de formatura uma chatice e o J.P. não convidou você — e daí eu li o seu livro — e, bom, eu apenas somei tudo e achei que você também já devia ter transado! Só que agora que você e o Michael..."

Olhei ao redor de mim, para a casa dos pinguins, bem rápido. Tinha gente por todos os lados! A maior parte das pessoas tinha 5 anos! E estava gritando por causa dos pinguins! E nós com aquela conversa totalmente íntima! Sobre *sexo*!

"Agora que o Michael e eu o quê?", interrompi. "Não existe Michael e eu, Tina. Eu já disse que só derrubei chocolate quente em cima dele. Nada mais!"

"Mas você sentiu o cheiro dele", a Tina disse, com cara de preocupada.

"É, senti sim", respondi. "Mas foi só isso!"

"Mas você disse que o cheiro dele era melhor do que o do J.P." A Tina ainda parecia preocupada.

"É", eu respondi, começando a entrar em pânico. De repente, a casa dos pinguins começou a fazer com que eu me sentisse um pouco claustrofóbica. Tinha gente demais ali. Além do que, os berros estridentes de todas aquelas crianças com dedos melecados — isso sem mencionar o leve odor de pinguim — estavam me deixando meio tonta. "Mas isso não significa nada! Até parece que a gente vai voltar ou algo assim. Nós somos apenas amigos."

"Mia", a Tina disse, muito séria. "Eu li o seu livro, está lembrada?"

"O meu livro?" Eu senti o maior calor, apesar do ar-condicionado fortíssimo da casa dos pinguins. "O que o meu livro tem a ver com qualquer coisa?"

"Um lindo cavaleiro que passou muito, muito tempo longe de casa volta?" A Tina disse, cheia de segundas intenções. "Você não estava falando do Michael?"

"Não!", eu insisti. Ai meu Deus! Será que todo mundo que estava lendo ia pensar isso? Será que o J.P. ia pensar isso? E o *Michael*? AI, NÃO! ELE ESTAVA LENDO AQUILO NESTE MOMENTO!!!! Talvez estivesse lendo COM A MICROMINI MIDORI! E DANDO RISADA DELE!

"E a moça que se sentia obrigada a cuidar do povo dela?", a Tina prosseguiu. "Você não estava, na verdade, escrevendo sobre si mesma? E o povo era o da Genovia?"

"Não!", eu exclamei com a voz esganiçada. Alguns dos pais que estavam com as crianças no colo, para que elas enxergassem melhor os pinguins, olharam para ver sobre o que aquelas duas adolescentes no canto escuro estavam conversando.

Ah, se eles soubessem a verdade... Provavelmente sairiam correndo e berrando do zoológico. Talvez até fossem pedir aos guardas para atirar em nós.

"Ah", a Tina parecia desanimada. "Bom... parecia que sim. Parecia que... você estava escrevendo sobre você e o Michael voltarem."

"Tina, eu não estava", respondi. Parecia que o meu coração estava começando a se apertar. "Juro que não."

"Então...", a Tina olhou para mim com muita atenção sob o brilho azulado que vinha do tanque dos pinguins. "O que você vai fazer a respeito do J.P.? Quer dizer... vocês dois *estão* transando, não estão?"

Não sei se o que aconteceu em seguida — que milagre do céu ocorreu para me salvar —, mas naquele exato momento Mamaw e Papaw apareceram com o Rocky a reboque, berrando o meu nome. Quer dizer, o Rocky estava gritando o meu nome. Não Mamaw e Papaw.

Daí o zoológico estava fechando, então todos nós precisamos ir embora. E isso serviu para encerrar a conversa a respeito da vida sexual da Tina. E da minha. Graças a DEUS.

Então, agora eu estou aqui no Applebee's.

E acho que nunca mais vou ser a mesma. Porque a Tina acabou de confessar que ela e o Boris andam transando com regularidade.

Eu já devia saber. Eles não têm feito demonstrações de carinho em público no último ano, apenas muito raramente — não se beijam, não ficam de mãos dadas no corredor, nada disso. E eu devia ter percebido que era indício de que alguma coisa séria estava acontecendo.

Tipo muita ação embaixo dos lençóis depois da aula, quando o sr. e a sra. Pelkowski não estavam em casa.

Meu Deus! Como eu sou cega!

Ah, não — o meu telefone está tocando. É o J.P.! Ele deve estar ligando para me dizer o que achou de *Liberte o meu coração*.

Acabei de atender, apesar de estar no banheiro feminino, e de ter gente dando descarga e fazendo outras coisas perto de mim. Eu pessoalmente acho nojento quando as pessoas atendem o telefone no banheiro, mas eu ainda não falei com o J.P. hoje, e tinha deixado um recado para ele antes. Eu quero *sim* saber o que ele achou do meu livro. Não quero parecer carente nem nada, mas, sabe como é. Ele já devia ter me ligado para me dizer. E se ELE achar que o meu livro é sobre o Michael e eu, como a Tina achou?

Mas acontece que eu nem precisava me preocupar: ele nem teve oportunidade de ler ainda, porque passou a tarde toda no ensaio.

Ele queria saber se eu vou fazer alguma coisa no jantar.

Eu disse que estava no Applebee's com Mamaw e Papaw e a minha mãe e o sr. G e o Rocky, e que ele estava convidado a se juntar a nós (e eu estava LOUCA para que ele aceitasse o convite).

Mas ele só riu e disse que não, tudo bem.

Acho que ele realmente não compreendeu a gravidade da situação.

Mas daí eu disse: "Não, você não está entendendo. Você PRECISA vir aqui se encontrar conosco."

Porque eu percebi que *realmente* precisava me encontrar com ele, depois do dia que eu tinha tido... depois de sentir o cheiro do Michael e de ficar sabendo sobre a Tina e o Boris e tudo o mais.

Mas o J.P. respondeu: "Mas, Mia, é o *Applebee's*."

Eu disse, sentindo um pouco de desespero (tudo bem — muito desespero): "J.P., eu sei que é o Applebee's. Mas este é o tipo de restaurante de que a minha família gosta. Bom, uma parte da minha família. E eu não posso sair daqui. Eu realmente ficaria bem mais animada se você pudesse dar uma passada. E Mamaw gostaria muito de conhecer você. Ela passou o dia inteiro fazendo perguntas sobre você."

Esta foi uma mentira total e completa. Mas tanto faz, eu minto tanto que uma mentira a mais não faz a menor diferença.

Mamaw não tinha tocado no nome do J.P. nem uma vez, apesar de ter perguntado se algum dia eu pensei em convidar "aquele garoto bonitinho daquele programa *High School Musical* para sair. Porque, sendo princesa, é claro que você conseguiria marcar um encontro com ele". Hum... valeu, Mamaw, mas eu não saio com garotos que usam mais maquiagem do que eu!

"Além do mais", eu disse ao J. P., "estou com saudade de você. Parece que a gente nunca mais consegue se encontrar, de tão ocupado que você anda com a sua peça."

"Ah. Mas é isto que acontece quando duas pessoas criativas ficam juntas", o J.P. observou. "Lembra como você ficou ocupada quando estava trabalhando naquilo que agora eu sei que é um livro?" A relutância dele em colocar os pés no horror que é o Applebee's de Times Square era palpável. Além do mais, devo dizer que era totalmente compreensível. Mas, mesmo assim... "E você vai me ver na escola amanhã. E a noite inteira na sua festa. Realmente estou acabado por causa daquele ensaio. Você não se importa, não é?"

Olhei para a batatinha esmagada embaixo do meu sapato. "Não", respondi. O que mais eu podia dizer? Além do mais, será que existe alguma coisa mais ridícula do que uma menina de quase 18 anos em um reservado de banheiro, implorando para o namorado se encontrar com ela e os pais e os avós em um Applebee's para jantar?

Acho que não.

Então eu disse: "A gente se vê depois." E desliguei.

Eu estava com vontade de chorar. Mesmo, mesmo, de verdade. Sentada lá, pensando que o meu ex-namorado estava talvez — provavelmente — lendo o meu livro e pensando que era sobre ele... e que o meu atual namorado nem tinha lido o meu livro... bom...

Sinceramente, acho que eu devo ser a menina mais ridícula na noite anterior ao seu aniversário de toda Manhattan. Possivelmente de toda a Costa Oeste dos Estados Unidos.

Talvez de toda a América do Norte.

Talvez do mundo inteiro.

Um trecho de *Liberte o meu coração*, de Daphne Delacroix

Hugo estava preso embaixo dela, mal acreditando em sua sorte. Já tinha sido perseguido por várias grandes mulheres a seu tempo, mulheres mais bonitas do que Finnula Crais, mulheres com mais sofisticação e conhecimento do mundo.

Mas nenhuma delas o atraíra tão imediatamente quanto aquela moça. Ela anunciou, com muita ousadia, que só o desejava por seu dinheiro, e que não iria recorrer a seduções e estratagemas para obtê-lo. O jogo dela era sequestro, pura e simplesmente, e Hugo achou aquilo tudo tão peculiar que quase riu alto.

Todas as outras mulheres que ele conhecera, tanto no sentido literal quanto bíblico, tinham um único objetivo em mente: tornar-se a castelã de Stephensgate Manor. Hugo não tinha nada contra a instituição do casamento, mas nunca encontrara uma mulher com quem quisesse passar o resto da vida. E ali estava uma moça que afirmava, claro como a luz do sol, que só o queria por seu dinheiro. Era como se uma rajada de ar fresco inglês tivesse soprado sobre ele, renovando sua fé nas mulheres.

— Então, o teu refém eu serei — Hugo disse para as pedras embaixo dele.

— E o que te dá tanta certeza de que poderei pagar o resgate que pedes?

— Tu crês que sou parva? Vi a moeda que tu lançaste para Simon lá no bar Raposa e Lebre. Não se deve ser assim tão exibido com tuas posses. Tens sorte por ter sido eu a te abordar, e não alguns dos amigos de Dick e Timmy. Eles têm companheiros bastante desagradáveis, se tu me entendes. Poderias ter te metido em problemas sérios.

Hugo sorriu para si mesmo. Lá estava ele, preocupado com a possibilidade de a moça ter problemas em seu trajeto de retorno a Stephensgate, sem nunca desconfiar que ela compartilhava da mesma preocupação por ele.

— Oh, de que tu ris? — a moça quis saber e, para a infelicidade dele, saiu de cima de suas costas e o cutucou, de maneira nem um pouco delicada, na late-

ral do corpo, com um dedo do pé duro. — Agora, senta-te. E para de rir. Não há nada de engraçado no fato de eu te sequestrar, sabes? Sei que não pareço ser grande coisa, mas acredito que comprovei lá no Raposa e Lebre que verdadeiramente sou a melhor atiradora com arco curto em todo o condado, e agradeço se te lembrares disso.

Hugo se sentou com as costas eretas e percebeu que suas mãos estavam bem amarradas atrás das costas. Certamente não faltara nada nas aulas de dar nós daquela moça. Seus laços não eram tão apertados a ponto de interromper a circulação, nem tão frouxos a ponto de lhe dar chance de soltá-los.

Ao erguer o olhar, descobriu que sua bela captora estava ajoelhada a alguns passos de distância dele. Seu rosto élfico e pálido estava envolvido por um halo de cabelo ruivo, ondulado e desgrenhado, tão comprido que as pontas se enroscavam nas violetas sob os joelhos dela. A camisa de camponesa estava para fora da saia e colava no corpo ainda molhado em algumas partes, de modo que os mamilos estavam completamente visíveis através do tecido fino.

Hugo ergueu a sobrancelha ao se dar conta de que a moça estava completamente alheia ao efeito devastador que sua aparência surtia sobre ele. Ou, no mínimo, sabia que apenas nua se transformava em atração cativante.

Segunda-feira, 1º de maio, 7h45, na limusine a caminho da escola

Hoje de manhã saí da cama quando o despertador tocou (apesar de eu não ter dormido nem um POUCO, imaginando se o Michael tinha lido o meu livro — POIS É!!! A única coisa em que consegui pensar, a noite toda, foi: "Será que ele já leu? E agora? Você acha que ele leu agora?" E daí eu entrava em pânico, e pensava: "O que me importa se o meu EX-namorado leu o meu livro? Componha-se, Mia! Não interessa o que ELE pensa! E o seu ATUAL namorado?", e daí eu ficava lá acordada, em pânico por causa do J.P. Será que ELE tinha lido? O que ELE tinha achado? Será que ELE tinha gostado? E se não tivesse?), tirei o Fat Louie de cima do meu peito e fui tropeçando até o banheiro para tomar uma chuveirada e escovar os dentes, e enquanto me olhava no espelho (e reparava no jeito como o meu cabelo estava todo arrepiado em tufos esquisitos — graças a Deus eu finalmente comprei mais antifrizz de ervas), eu de repente percebi.

Tenho 18 anos. Sou maior de idade perante a lei.

E sou princesa (é claro).

Mas, agora, graças à informação que a Tina me deu ontem, tenho bastante certeza de que sou a única virgem que sobrou nesta turma do último ano da Albert Einstein High School.

É isso aí. Faça as contas: A Tina e o Boris — perderam no verão passado.

A Lilly e o Kenneth? Obviamente, estão transando há séculos. Dá para ver só pelo jeito como eles se agarram no corredor (e, aliás, valeu: realmente não preciso ver aquilo a caminho da aula de trigonometria). É muito inapropriado.

A Lana? Faça-me o favor. Ela deixou a virgindade para trás na época de um tal sr. Josh Richter.

A Trisha? A mesma coisa, apesar de não ter sido com o Josh. Pelo menos, tenho bastante certeza de que não foi — a não ser que ela seja uma cachorra ainda maior do que a gente desconfia (o que é provável).

A Shameeka? Com o jeito que o pai dela a vigia como se ela fosse todo o ouro no depósito de Fort Knox? Ela me contou no ano passado que perdeu no primeiro ano (não que alguma de nós tenha desconfiado, de *tão* discreta que ela foi) com aquele aluno do último ano com quem ela estava saindo, nem lembro o nome dele.

A Perin e a Ling Su? Sem comentários.

E daí tem o meu namorado, o J.P. Ele diz que passou a vida toda esperando a pessoa certa, e ele sabe que esta pessoa sou eu, e quando eu estiver pronta, ele também vai estar. Ele pode esperar por toda a eternidade, se for preciso.

E, com isso, sobra quem? Ah, sim. Eu.

E Deus sabe que *eu* nunca fiz aquilo, apesar do que todo mundo (bom, tudo bem, a Tina) parece pensar.

Sinceramente? É só que nunca rolou. Entre o J.P. e eu, quer dizer. Tirando a coisa toda de que o J.P. está disposto a esperar por toda a eternidade (o que é uma mudança muito tranquilizadora em relação ao meu *último* namorado). Quer dizer, para começo de conversa o J.P. é o epítome do comportamento cavalheiresco. Ele é *completamente* diferente do Michael nesse aspecto. Ele nunca deixou as mãos descerem abaixo do meu pescoço, nem por um *segundo*, enquanto a gente se beija.

Para dizer a verdade, eu ficaria preocupada com ele não estar interessado se ele não tivesse me dito que respeita os meus limites e que não quer ir além do que eu estou pronta para fazer.

E isso é muito legal da parte dele.

O negócio é que eu na verdade não sei quais são os meus limites. Nunca tive a possibilidade de testar os meus limites. Não com o J.P., pelo menos.

É que era tão... diferente, acho, quando eu namorava o Michael... Quer dizer, ele nunca perguntou sobre os meus limites. Ele meio que só mandava ver, e se eu tivesse alguma objeção, eu devia dizer alguma coisa. Ou afastar a mão dele, que era o que eu fazia. Com frequência. Não porque eu não gostava do lugar onde ela estava, mas porque o colega de quarto ou os pais dele — ou os meus — sempre apareciam.

O problema com o Michael era que, quando as coisas engrenavam, no calor da hora e tudo o mais, eu geralmente não *queria* dizer nada — nem afastar a mão dele — porque eu gostava demais do que estava acontecendo.

Este é o meu problema — a *outra coisa* —, o meu segredo horrível e terrível que eu não posso nunca contar para ninguém, nem para o dr. L:

Com o J.P., eu nunca me sinto assim. Em parte porque as coisas nunca chegaram assim tão longe. Mas também porque... bom.

Acho que eu simplesmente podia fazer o que a Tina fez com o Boris e pular em cima dele. Eu já vi o J.P. de sunga (ele foi me visitar na Genovia) várias vezes. Mas pular em cima dele simplesmente nunca me ocorreu. Não que ele não seja gostoso nem nada do tipo. Ele é totalmente musculoso. A Lana diz que o J.P. faz o Matt Damon nos filmes da série *Bourne* parecer o Oliver de *Hannah Montana*.

Eu simplesmente não sei qual é o meu problema! Não é que eu tenha perdido o meu desejo sexual, porque ontem, durante a briga para arrancar o iPhone da mão do Michael e de novo quando ele me abraçou, ele estava lá — e como.

Ele simplesmente parece não se manifestar com o J.P. Essa é a *Outra Coisa*.

Mas esta não é uma coisa em que eu queira pensar no dia do meu aniversário. Não depois de já acordar na manhã do meu aniversário, olhar meu reflexo no espelho e perceber alegremente que estou com 18 anos; sou princesa; e sou virgem.

Sabe o quê? A esta altura da minha vida, eu poderia muito bem ser um unicórnio.

Feliz porcaria de aniversário para mim.

Mas, bom, a minha mãe, o sr. G e o Rocky estavam me esperando com waffles em forma de coração feitos em casa como surpresa de café da manhã (a máquina de waffles em forma de coração foi um presente de casamento que eles ganharam da Martha Stewart). E isso foi superfofo da parte deles. Quer dizer, eles não sabiam da minha descoberta (que estou tão longe de me encaixar na sociedade que podia muito bem ser um unicórnio).

Daí o meu pai ligou da Genovia enquanto estávamos comendo para me desejar feliz aniversário e me lembrar de que hoje é o dia em que eu começo a receber minha mesada completa como princesa real (não é dinheiro suficiente para eu comprar minha própria cobertura na Park Avenue, mas basta para alugar uma, se eu quiser), e para não gastar tudo de uma vez (ha ha ha, ele não se esquece daquela vez que eu fui à Bendel's e gastei aquele monte de dinheiro e logo em seguida fiz uma doação enorme para a Anistia Internacional), porque só entra dinheiro na conta uma vez por ano.

Reconheço que ele ficou um pouco engasgado no telefone e disse que nunca pensou, quando nós nos encontramos no Plaza há quatro anos para me explicar que eu era na verdade a herdeira do trono e eu fiquei com soluço e agi como uma louquinha por descobrir que era princesa e tudo o mais, que eu me sairia assim tão bem (se é que dá para considerar que isto é bem).

Eu mesma fiquei meio engasgada e disse esperar que ele não estivesse magoado comigo por causa da coisa da monarquia constitucional, principalmente porque nós não vamos perder o título, o trono, o palácio, a coroa, as joias, o jatinho e tudo o mais.

Ele disse para eu não ser ridícula, com uma voz rouca, e isso significava que ele estava prestes a chorar de emoção por causa de tudo, e desligou.

Coitado do meu pai. Ele estaria bem melhor se simplesmente tivesse conhecido uma moça legal e se casado com ela (e não uma supermodelo, como aconteceu com o presidente da França, apesar de eu ter certeza de que ela é muito legal).

Mas ele continua procurando o amor nos lugares errados.

Como por exemplo em catálogos refinados de lingerie.

Pelo menos ele é esperto o bastante para não namorar enquanto está em campanha.

Daí a minha mãe apareceu com o presente dela para mim, que era uma montagem em que estavam recordações de tudo que vivemos juntas, inclusive lembrancinhas como recibos de passagens de trem da nossa viagem a Washington D.C. para participar da manifestação a favor dos direitos reprodutivos das mulheres e o meu macacão antigo de quando eu tinha 6 anos, além de fotos do Rocky quando era bebê e fotos de mim e a minha mãe pintando o loft, e a coleira do Fat Louie de quando ele era filhote e fotos de mim com as minhas fantasias de Dia das Bruxas, como Joana d'Arc e coisas assim.

A minha mãe disse que era para eu não ficar com saudade quando fosse para a faculdade.

E isso foi um amor total da parte dela, e os meus olhos ficaram completamente cheios de lágrimas.

Até ela me lembrar de que eu precisava me apressar e decidir em que faculdade vou estudar no ano que vem.

Certo! É, pode deixar que eu vou resolver agora mesmo! Por que você não me empurra pela janela do loft?

Eu sei que ela e o meu pai e o sr. G têm as melhores das intenções. Mas não é assim tão fácil. Eu tenho muita coisa na cabeça neste momento. Como por exemplo o fato de a minha melhor amiga ter confessado que está transando com regularidade com o namorado e não tinha me dito até agora, e como antes disso eu dei o meu livro para o meu ex-namorado ler, e como agora eu preciso ir entregar o artigo que escrevi sobre o supracitado ex-namorado para a irmã dele, que me odeia, e como mais tarde, hoje à noite, eu tenho que ir a uma festa em um iate com trezentos dos meus amigos mais próximos, sendo que a maior parte deles eu nem conheço porque são celebridades que a minha avó, que é a princesa viúva de um pequeno país europeu, convidou.

E, ah, sim, o meu atual namorado está com o meu livro há mais de 24 horas e não leu e se recusou a ir ao Applebee's comigo.

Será que alguém poderia me dar uma folguinha, por menor que fosse? A vida não é fácil para os unicórnios, sabe? Nós somos uma espécie em extinção.

Segunda-feira, 1º de maio, sala de estudo

Certo, eu acabei de sair da redação do *Átomo*. Ainda estou meio que tremendo.

Não tinha ninguém lá além da Lilly quando eu entrei, agora há pouco. Estampei um sorrisão bem falso no rosto (como sempre faço quando vejo a minha ex-melhor amiga) e falei: "Oi, Lilly. Aqui está a reportagem sobre o seu irmão" e entreguei para ela. (Fiquei acordada até a uma da manhã escrevendo o texto. Como é possível escrever quatrocentas palavras sobre o ex-namorado e ser uma jornalista imparcial? Resposta: Não é impossível. Eu quase tive uma embolia tentando fazer isso. Mas acho que, só de ler, não dá para perceber que eu derramei chocolate quente em cima do entrevistado, nem que eu senti o cheiro dele.)

A Lilly ergueu os olhos do que ela estava fazendo no computador da escola (não pude deixar de me lembrar daquele período por que ela passou em que costumava colocar nomes de deidades e palavrões no Google só para ver que tipo de site aparecia. Meu Deus, que tempo bom. Eu tenho *saudade* desse tempo) e falou assim: "Ah, oi, Mia. Obrigada."

Daí ela completou, com um pouco de hesitação: "Feliz aniversário."

!!!!! Ela lembrou!!!!

Bom, acho que o fato de Grandmère ter enviado a ela um convite para a minha festa deve ter servido como lembretinho.

Surpresa, eu respondi: "Hum, obrigada."

Achei que era só isso e já estava quase na porta quando ela me deteve e disse: "Olhe, espero que você não ache muito estranho se eu e o Kenneth formos hoje à noite. À sua festa, quer dizer."

"Não, de jeito nenhum", eu respondi. A Mentira Enorme Número Sete de Mia Thermopolis. "Eu vou adorar se vocês forem."

E isso é só um exemplo de como tantas aulas de princesa valeram a pena. A verdade, é claro, é que na minha cabeça, eu só pensava: *Ai meu Deus. Ela vai??? Por quê? Aposto que só vai porque está planejando alguma revanche horrível para cima de mim. Tipo, que ela e o Kenny vão sequestrar o iate quando zarpar e levá-lo até águas internacionais e detoná-lo em nome do amor livre quando todos nós estivermos em botes salva-vidas, ou algo assim. Ainda bem que o Vigo obrigou Grandmère a contratar seguranças extras para o caso de a Jennifer Aniston aparecer e o Brad Pitt também estar lá.*

"Obrigada", a Lilly disse. "Tem uma coisa que eu quero mesmo dar para você de presente de aniversário, mas só posso dar se eu for à sua festa."

Uma coisa que ela quer me *dar* de aniversário, mas só pode me dar no iate real da Genovia? Ótimo! A minha teoria do sequestro foi confirmada.

"Hum", eu gaguejei. "Você n-não precisa me dar nada, mesmo, Lilly."

Mas esta foi a coisa errada a se dizer, porque a Lilly desdenhou de mim e disse: "Bom, eu sei que você já tem tudo, Mia, mas acho que tem uma coisa que *eu* posso dar para você e que ninguém mais pode."

Aí eu fiquei supernervosa (como se não estivesse antes), e disse: "Não foi isso que eu quis dizer. Minha intenção era..."

A Lilly pareceu se arrepender do ataque ferino dela e disse: "Também não foi isso que eu quis dizer. Olhe, eu não quero mais brigar."

Essa foi a primeira vez em dois anos que a Lilly se referiu ao fato de que nós antes éramos amigas, e que estávamos brigadas. Fiquei tão surpresa que, no começo, nem soube o que falar. Quer dizer, nem tinha me ocorrido que não brigar era uma opção. Só achei que a única escolha era o que andávamos fazendo... basicamente nos ignorando.

"Eu também não quero mais brigar", falei, de coração.

Mas, se ela não queria mais brigar, O QUE ela queria? Certamente não queria ser minha amiga. Eu não sou descolada o suficiente para ela. Não tenho nenhum piercing, sou princesa, saio para fazer compras com a Lana Weinberger, uso vestidos de baile corde-rosa de vez em quando, tenho uma bolsa da Prada, sou virgem e, ah, é verdade: ela acha que eu roubei o namorado dela.

"Mas, bom", a Lilly disse e enfiou a mão na mochila, toda coberta de botons em coreano... imagino que sejam de promoção do programa dela lá. "O meu irmão pediu para dar isto aqui para você."

E ela pegou um envelope e o entregou para mim. Era um envelope com uma marca em azul, no lugar em que geralmente se coloca o endereço. Em letras maiores, lia-se "Pavlov Cirúrgica", e tinha um desenhinho do cachorro do Michael, o Pavlov. O envelope era meio volumoso, como se dentro houvesse algo mais do que uma carta.

"Ah", eu disse. Deu para sentir que eu estava ficando vermelha, como acontece toda vez que o nome do Michael é citado. Eu sabia que estava ficando da cor do All Star de cano alto dele. Ótimo. "Obrigada."

"De nada", a Lilly respondeu.

Graças a DEUS que o sinal tocou bem nessa hora. Daí eu disse: "A gente se vê mais tarde."

E daí eu dei meia-volta e saí correndo.

É que foi tão... ESQUISITO. Por que a Lilly está sendo tão LEGAL comigo? Deve ter tramado alguma coisa para hoje à noite. Ela e o Kenneth. É óbvio que eles vão fazer alguma coisa para estragar a minha festa.

Mas talvez não, porque o Michael e os pais deles vão estar lá. Por que ela faria algo para me magoar se isto pode envergonhar os pais e o irmão dela? Deu para ver o quanto ela gosta deles naquele evento da Universidade de Columbia no sábado — e, é claro, porque eu a conheço quase a minha vida toda, apesar de termos passado os últimos dois anos sem nos falar.

Mas, bom. Eu olhei ao redor para ver se enxergava a Tina ou a Lana ou a Shameeka ou alguém para conversar sobre o que tinha acabado de acontecer com a Lilly, mas não encontrei ninguém. E isso foi estranho, porque eu achava que elas estariam na frente do meu armário para me dar parabéns ou algo assim. Mas não tinha ninguém.

Eu não pude deixar de pensar — em um exemplo da paranoia evidente que tenho exibido ultimamente — que talvez todas elas estivessem me evitando porque a Tina falou sobre o meu livro. Eu sei que ela disse que era fofo, mas isso foi o que ela disse na minha frente. Vai ver que, pelas costas, ela achou horrível e mandou para todo mundo e as outras também acharam péssimo e a razão por que não vieram me desejar feliz aniversário é porque têm medo de não conseguir parar de rir na minha cara.

Ou talvez elas estejam *realmente* planejando uma intervenção. Não é improvável.

Agora eu estou com o coração acelerado porque, quando entrei na sala de estudo e tive certeza de que ninguém estava olhando, abri o envelope que a Lilly me deu e achei o seguinte lá dentro: Um bilhete do Michael escrito a mão.

Querida Mia,
O que eu posso dizer? Não entendo muito de livros românticos, mas acho que você deve ser o Stephen King do gênero. O seu livro é o máximo. Obrigado por me deixar ler. Qualquer um que não quiser publicar é um tolo.
Mas, como eu sei que hoje é o seu aniversário, e como eu também sei que você nunca faz cópia de segurança de nada, aqui está uma coisinha que eu fiz para você. Seria uma pena se Liberte o meu coração se perdesse antes mesmo de ver a luz do dia porque o seu disco rígido travou. A gente se vê à noite.
Com amor,
Michael

Dentro do envelope tinha um pen drive USB que era uma bonequinha da Princesa Leia. Para eu guardar o meu livro, porque ele tinha razão: eu nunca faço cópia de segurança do disco rígido do meu computador.

Só de ver aquilo — a Princesa Leia com a roupa Hoth dela, que é a minha preferida (como ele lembrou?) — os meus olhos se encheram de lágrimas.

Ele disse que gostou do meu livro!

Ele disse que eu sou o Stephen King do meu gênero!

Ele me deu um pen drive USB personalizado para guardar o livro, para que ele não se perca!

Falando sério, existe algum elogio maior que um garoto pode fazer a uma garota?

Acho que não.

Acho que eu nunca ganhei um presente de aniversário melhor do que este.

Além do mais... ele assinou a carta *Com amor*.

Com amor, Michael

Isso não significa nada, claro. As pessoas assinam as coisas *Com amor* o tempo todo. Isso não significa que elas amam você de um jeito romântico. A minha mãe assina os bilhetes que manda para mim *Com amor, Mamãe*. O sr. G escreve bilhetes para mim e assina *Com amor, Frank* (que, aliás, eca).

Mas, mesmo assim. O fato de ele ter escrito a palavra...

Amor. *Amor!*

Ai meu Deus. Eu sei. Eu sou ridícula.

Um unicórnio ridículo.

Segunda-feira, 1º de maio, História Mundial

Acabei de ver o J.P. na entrada. Ele me deu um abraço e um beijo e me desejou feliz aniversário e disse que eu estava linda. (Eu por acaso sei que não estou linda. Na verdade, estou horrível. Passei metade da noite acordada, escrevendo o artigo sobre o Michael, de modo que há círculos escuros embaixo dos meus olhos, que eu tentei esconder com corretivo, mas, de verdade, corretivo só consegue esconder um tanto de olheira. E passei a outra metade da noite acordada em pânico com o que a Tina me disse sobre ela e o Boris, e depois preocupada com qual seria a reação do Michael e do J.P. ao meu livro.)

Talvez eu pareça linda para o J.P. porque sou namorada dele. O J.P. simplesmente gosta demais de mim para reparar que, na verdade, eu sou um unicórnio (mas não um daqueles bonitos, com crina longa e sedosa, dos contos de fadas. Sou um daqueles unicórnios de brinquedo, de plástico todo retorcido com que a Emma, a amiguinha do Rocky na creche, brinca, aquele unicórnio do Meu Querido Pônei com pedaços sem cabelo na cabeça, que as criancinhas enfiam na boca o tempo todo).

Fiquei esperando o J.P. me dizer que tinha lido o meu livro e que tinha gostado, como o Michael fez na carta dele, mas ele não disse nada.

Aliás, ele nem mencionou o meu livro.

Acho que ele ainda não teve tempo de olhar. Afinal, ele tem a peça dele e tudo o mais. Está chegando perto da noite de estreia, quando ele vai precisar apresentar para o comitê de avaliação do trabalho de conclusão (na quarta-feira à noite).

Mas, mesmo assim. Eu esperava que ele dissesse *alguma coisa*.

A única coisa que o J.P. me disse foi que eu não devia esperar o presente dele por enquanto. Ele disse que vai me dar hoje à noite, na minha festa. Disse que eu vou ficar emocionada. E disse também que não se esqueceu do baile de formatura.

E isso é engraçado, porque eu com certeza me esqueci.

Mas, bom, ainda não vi sinal da Tina, da Shameeka, da Lana nem da Trisha, em lugar nenhum. Mas eu vi a Perin e a Ling Su, e as duas me desejaram feliz aniversário. Mas daí elas saíram correndo, dando risadinhas feito loucas, o que não tem nada a ver com elas.

Então, isso realmente confirma tudo: elas leram o meu livro, total, e odiaram. A intervenção provavelmente vai ser na hora do almoço.

Não acredito que a Tina pôde fazer uma coisa dessas: mandar cópias do meu livro sem me pedir.

Quer dizer, hoje *é* o dia de leitura em preparação para as provas finais, então não tem nada para fazer na aula ALÉM de ler. Obviamente, é o momento perfeito para as pessoas ficarem lendo o meu livro.

Talvez eu devesse tentar ser reprovada em todas as provas finais (no caso de trigonometria, nem preciso tentar). Daí eu realmente não vou ter escolha além de ir para L'Université de Genovia no ano que vem.

Mas isso não vai dar certo. Não quero ficar tão longe assim do Rocky.

AH, NÃO! A diretora Gupta acaba de me chamar até a sala dela imediatamente, devido a uma emergência na família!

Segunda-feira, 1º de maio, salão de beleza Elizabeth Arden Red Door Spa

É. Eu já devia saber.

Não tinha nenhuma emergência na família. Grandmère fingiu que tinha, como sempre, para me tirar da escola para eu passar o dia do meu aniversário sendo embelezada ao seu lado no salão preferido dela antes da minha festança de aniversário hoje à noite.

O lado bom é que eu não estou aqui sozinha com ela. E, desta vez, ela não convidou só gente que ela *acha* que deveria me fazer companhia, como as minhas primas da família real de Mônaco ou as Windsor ou sei lá quem.

Não, ela realmente convidou as minhas amigas de verdade. Só algumas delas (a Perin e a Ling Su, que de fato se preocupam com as notas, tiveram consciência suficiente para dizer não e ficar na escola para estudar para as provas finais em vez de virem aqui). A Tina, a Shameeka, a Lana e a Trisha estão todas aqui, fazendo os pés ao meu lado, enquanto Grandmère está na outra sala, onde estão removendo uma unha encravada dela. E graças a Deus isto não está acontecendo na minha frente, porque, senão, acho que eu ia vomitar. Já é bem ruim ter que olhar para as unhas dos pés de Grandmère quando estão *au naturel*, mas uma operação de unha encravada além de tudo? Não, muito obrigada.

É até tocante o fato de Grandmère finalmente ter entendido, depois de tantos anos. Quer dizer, que eu tenho amigas de quem eu gosto, e que ela não pode simplesmente me forçar a andar com as pessoas que ela considera companhia adequada para mim (apesar de a maior parte das pessoas que vão à festa hoje à noite ser amigas dela... ou da Domina Rei).

Às vezes, Grandmère meio que arrasa.

Apesar de eu ficar feliz por ela não estar presente naquele momento específico, porque a conversa com toda a certeza não era algo que qualquer pessoa deseje que a avó escute.

"Ah, o Waldorf", a Trisha ia dizendo em resposta a uma pergunta que a Shameeka fez, enquanto a moça que fazia os pés dela esfregava grãos de sal gigantescos em suas canelas. "O Brad e eu conseguimos um quarto."

"Quando eu liguei, já não tinha mais nenhum quarto disponível", a Shameeka ia dizendo, toda chateada.

"Eu também", a Lana estava com rodelas de pepinos por cima das pálpebras. "Bom, tinha quartos disponíveis, mas não suítes. O Derek e eu vamos ficar no Four Seasons, em vez de lá."

"Mas fica do outro lado da cidade!", a Trisha praticamente berrou.

"Eu não me importo", a Lana respondeu. "Eu não fico em nenhum lugar que só tenha um banheiro. Não vou dividir o banheiro com um cara qualquer."

"Mas você vai transar com ele", a Trisha observou.

"Isto é diferente", a Lana respondeu. "Quero poder usar o banheiro sem ter que esperar outra pessoa terminar. Ninguém pode esperar que eu vá *dividir*."

A esse respeito, eu gostaria de perguntar: QUEM é a princesa aqui?

"Onde você e o J.P. vão ficar depois do baile de formatura, Mia?", a Shameeka quis saber, mudando de assunto com toda a delicadeza.

"Ele ainda não fez o convite a ela", a Tina explicou a elas, como quem faz uma constatação. "Então, eles provavelmente vão se juntar a você no Four Seasons, Lana." Eu não tive coragem de corrigir a Tina em relação a isso. "Ah, Mia... posso contar para elas?"

A Shameeka pareceu se animar. "Contar o que para a gente?"

"Sobre... *você* sabe." A Tina ergueu as sobrancelhas, toda animada para cima de mim.

É sério, eu entrei em pânico quando a Tina veio com aquele *Posso contar para elas, Mia?* Achei — de verdade — que ela estava se referindo à nossa conversa na casa dos pinguins ontem. Sobre o Michael e eu ter sentido o cheiro dele e tudo o mais.

E tendo visto que eu recebi o bilhete dele a respeito do meu livro — *Com amor, Michael* —, e estava com o pen drive USB dele no bolso, e como a coisa toda tinha me deixado um pouco... Não sei. Acho que *louca* seria a palavra apropriada. Se é que unicórnios podem ficar loucos.

Além do mais, eu já estava extrassensível a respeito do fato de elas todas estarem falando dos namorados, e de onde eles as levariam depois do baile de formatura, e o meu nem tinha me *convidado* direito, quanto mais encostado em mim abaixo do pescoço...

Bom, acho que só posso dizer que a minha reação foi um tantinho exagerada. Porque de repente eu me peguei dizendo, alto demais, enquanto a mulher que fazia o meu pé lixava os calos dos meus calcanhares, causados pelo fato de andar demais de salto em inúmeros eventos beneficentes reais. "Olhem eu nunca transei, certo? O J.P. e eu nunca *fizemos aquilo*. Então, podem me processar! Estou com 18 anos, e sou princesa, e sou virgem. Será que *tudo bem* para todo mundo? Ou querem que eu vá esperar na limusine até vocês acabarem com a *conversinha sexual?*"

Durante um segundo, as quatro (bom, nove, se contarmos as moças que estavam fazendo os nossos pés) só ficaram olhando para mim em um silêncio estupefato. O silêncio finalmente foi rompido pela Tina, que disse: "Mia, eu só queria saber se tudo bem se eu contasse para elas que você escreveu um livro romântico."

"Você escreveu um livro romântico?" A Lana estava com uma expressão de choque. "Um livro? Você, tipo... *digitou* tudo?"

"*Por quê?*" A Trisha parecia estupefata. "Por que você faria uma coisa dessas?"

"Mia", a Shameeka disse, depois de trocar olhares nervosos com todas as outras, "Acho maravilhoso você ter escrito um livro. É s-sério! Parabéns!"

Demorou um minuto até eu me ligar que elas estavam mais chocadas pelo fato de eu ter escrito um livro do que de eu ser virgem. Aliás, parecia que elas nem se importavam com o fato de eu ser virgem, e que estavam *fixadas* no fato de eu ter escrito um livro.

E em relação a isso, permita-me dizer uma coisa: Bom, para falar a verdade, eu me senti insultada.

"Mas e as cenas de sexo no seu livro!", a Tina disse. Ela parecia tão chocada quanto as outras presentes. "Elas eram tão..."

"Já expliquei." Eu senti que estava ficando tão vermelha quanto a porta do salão. "Eu leio muitos livros românticos."

"É, tipo, um livro de verdade?" A Lana quis saber. "Ou é um daqueles livros que a gente faz no shopping e coloca o nome? Porque eu escrevi um assim quando eu tinha 7 anos. Era sobre como a LANA foi ao circo e a LANA se apresentou com os trapezistas e os artistas que montavam a cavalo sem sela porque a LANA é tão talentosa e bonita quanto..."

"É, é um livro de verdade", a Tina disse, lançando para a LANA um *olhar*. "A Mia escreveu sozinha, e é realmente..."

"ACORDEM!", berrei. "Eu acabei de contar para vocês que eu nunca transei! E parece que vocês só são capazes de falar sobre o fato de que eu escrevi um livro. Será que nós podemos, por favor, nos CONCENTRAR? *Eu* nunca *transei*. Vocês têm alguma coisa a dizer sobre isso?"

"Bom, a coisa do livro é mais interessante", a Shameeka disse. "Não sei qual é o problema, Mia. Só porque nós todas já transamos, *isso não significa* que você deva se sentir estranha por ter esperado. Tenho certeza de que vai ter uma tonelada de meninas na Universidade da Genovia que também não vão ter transado. Então, você não vai ficar deslocada."

"Total", a Tina disse. "E não é uma fofura o fato de o J.P não ter pressionado você?"

"Isso não é fofura nenhuma", a Lana disse. "É uma esquisitice."

A Tina lançou outro olhar enviesado para ela, mas a Lana se recusou a recuar. "Bom, e é mesmo! É isso que os meninos fazem. Tipo, o trabalho deles é fazer você transar com eles."

"O J.P. também é virgem", informei a elas. "Ele está se guardando para a pessoa certa. E ele disse que achou. Eu. E está disposto a esperar até quando eu estiver pronta."

Quando eu disse isso, todo mundo no salão se entreolhou e soltou um suspiro sonhador.

Todas menos a Lana. Ela disse assim: "Então, o que ele está esperando? Tem certeza de que ele não é gay?"

A Tina gritou: "Lana! Será que você pode falar sério um segundo, por favor", ao mesmo tempo que a Shameeka perguntou: "Mia, se o J.P. está disposto a esperar, então, qual é o problema?"

Eu só fiquei olhando para ela. "Não tem problema nenhum", eu respondi. "Quer dizer, está tudo bem entre a gente."

Mentira Enorme Número Oito de Mia Thermopolis.

E a Tina me pegou no pulo.

"Mas tem *sim* um problema", ela disse. "Não tem, Mia? Com base em uma coisa que você me disse ontem?"

Eu arregalei os olhos para ela. Eu sabia o que ela ia dizer, e realmente não queria que dissesse. Não na frente da Lana e do pessoal.

"Hum", respondi. "Não. Não tem problema nenhum. Eu sempre fui mesmo meio atrasada..."

"E como", a Lana caçoou. "Sua esquisitona."

Mas a Tina não reparou na minha dica sutil.

"Você *quer* transar com o J.P., Mia?", a Tina perguntou.

Com amor, Michael. Então, por que isso tinha que aparecer na minha cabeça?

"Quero, claro que sim!", eu exclamei. "Ele é totalmente gato." Tinha roubado a frase da parede do banheiro, sobre a Lana. Ela mesma tinha escrito, sobre si. Mas achei que também se aplicava ao J.P.

"Mas..." A Tina estava com uma cara de quem está escolhendo as palavras com muito cuidado. "Ontem você me disse que acha o cheiro do Michael melhor."

Eu vi a Trisha e a Lana trocarem olhares. Daí, a Lana revirou os olhos.

"Não me venha com aquela coisa do pescoço de novo", ela disse. "Eu já *falei* para você comprar uma colônia para o J.P."

"Eu *comprei*", respondi. "Não é isso... Olhem, esqueçam, certo? De todo jeito, vocês têm sexo no cérebro. Existem mais coisas em um relacionamento do que sexo, sabiam?"

Isso fez com que as moças que estavam fazendo os nossos pés começassem a dar risadinhas histéricas.

"Bom", eu perguntei a elas, "e não tem?"

"Ah, tem sim", elas todas responderam. "Vossa Alteza."

Por que fiquei com a impressão de que elas estavam zoando com a minha cara? Que elas estavam TODAS zoando com a minha cara? Olhe, eu sabia, devido a todos os livros românticos que eu leio, que sexo é divertido.

Mas eu TAMBÉM sei, devido a todos os livros românticos que eu leio, que existem coisas mais importantes do que sexo.

COM AMOR, MICHAEL.

"Além do mais", completei, desesperada, "só porque eu acho que o cheiro do Michael é melhor do que o do J.P., isso não quer dizer que eu ainda o ame nem nada do tipo."

"Certo", a Lana respondeu. Daí ela baixou a voz até um sussurro e disse: "*Tirando a parte que quer dizer, sim, total.*"

"Ai meu Deus, triângulo amoroso!", a Trisha esganiçou, e as duas começaram a dar tanta risada que jogaram para fora a água das bacias dos pés, fazendo com que as pedicures precisassem pedir que elas por favor se controlassem.

Foi naquele momento que Grandmère voltou para a sala, cambaleante, de robe e chinelos de dedo, com uma aparência especialmente assustadora porque ela também tinha acabado de fazer limpeza de pele e por isso todos os poros dela ainda estavam abertos e o seu rosto estava desprovido de maquiagem e a pele muito brilhante e uma expressão de surpresa extrema estampava seu rosto...

Mas acontece que não tinha sido (para o meu grande alívio) por ela ter escutado a nossa conversa.

Era porque ainda não tinham voltado a desenhar as sobrancelhas dela.

Segunda-feira, 1º de maio, 19h, no Iate Real da Genovia Clarisse 3, suíte master

Nunca vi tanta psicose pré-festa na vida. E eu já fui a *muitas* festas.

O florista trouxe os arranjos errados — rosas brancas e lírios *roxos*, não cor-de-rosa — e os rolinhos primavera crocantes de frutos do mar do serviço de bufê vieram com molho de amendoim em vez de molho de laranja (eu não me importo, mas há especulações a respeito de a princesa Aiko, do Japão, ter alergia a amendoim).

Grandmère e Vigo estão tendo INFARTOS por causa disso. Parece que alguém se esqueceu de polir a prataria ou algo do tipo.

E nem vou comentar do aneurisma que eles tiveram quando eu sugeri que usássemos o heliporto como pista de dança.

E daí?! Até parece que alguém vai pousar um helicóptero lá!

Pelo menos o meu vestido chegou a salvo. Eu fui enfiada dentro dele (é prateado e brilhante e justo e o que eu posso dizer? Foi feito especialmente para mim, dá para ver. Não sobra muita coisa para a imaginação), e o meu cabelo está todo retorcido e enfiado na minha tiara, e recebi ordens para ficar sentada quietinha, sem atrapalhar ninguém, e não me mexer até a hora da minha entrada grandiosa, quando todos os convidados já tiverem chegado.

Até parece que eu estou ansiosa para ir a qualquer lugar, tendo visto que o que me espera lá são as minhas "surpresas" gêmeas — uma do J.P. e outra da Lilly.

Tenho certeza de que eu estou exagerando. Tenho certeza de que vou gostar de qualquer coisa que o J.P. me dê. Certo? Quer dizer, ele é o meu namorado. Ele não vai fazer nada para me envergonhar na frente da minha família e dos meus amigos. A coisa toda com o cara que se vestiu de cavaleiro e montou um cavalo pintado de branco — quer dizer, eu já expliquei isso. Ele entendeu o recado. Eu *sei* que ele entendeu o recado.

Então... por que estou sentindo o estômago revirado?

Porque ele me ligou agora há pouco para ver como eu estava. (Na verdade, estou me sentindo melhor em relação a *algumas coisas* agora que compartilhei o meu "segredo" com as meninas. O do meu livro E o de eu ser o último unicórnio do último ano da Albert Einstein High — além do J.P., quer dizer. O fato de elas aparentemente não acharem nada de mais foi um grande alívio. Quer dizer, não que SEJA alguma coisa de mais, porque não é. É só que... bom, fico feliz em saber que *elas* não acham nada de mais. Mas eu gostaria que a Lana parasse de me mandar mensagens de texto com títulos alternativos para o meu livro. Realmente não acho que *Coloque no meu buraco* seja um bom título de livro.)

O J.P. também queria saber se eu estava "pronta" para a minha surpresa de aniversário.

Pronta para a minha surpresa de aniversário? Do que ele está *falando*? Será que está tentando me deixar em pânico de propósito? Falando sério, entre ele e a Lilly — com o papo dela de que só pode me dar o meu presente *hoje à noite* — eu vou enlouquecer. Vou mesmo.

Também não sei como alguém pode achar que eu vou ficar sentada quietinha. Aliás, não estou sentada. Estou olhando através de uma escotilha, para ver todas as pessoas que estão entrando no barco pelo passadiço. (Estou tentando ficar escondida atrás das cortinas para ninguém me ver, sem esquecer da regra principal de Grandmère: *Se você os enxerga, eles a enxergam.*)

Não acredito em todas as pessoas que estão chegando para esta coisa. Tantas celebridades... Tem o Donald Trump e a esposa. Os príncipes William e Harry. A Posh Spice e o David Beckham. O Bill e a Hillary Clinton. O Will Smith e a Jada Pinkett. O Bill e a Melinda Gates. A Tyra Banks. A Angelina Jolie e o Brad Pitt. O Barack e a Michelle Obama. A Sarah Jessica Parker e o Matthew Broderick. O Sean Penn. O Moby. O Michael Bloomberg. A Oprah Winfrey. O Kevin Bacon e a Kyra Sedgwick. A Heidi Klum e o Seal.

E a atração da noite, a Madonna, e a banda dela já estão preparando tudo. Ela prometeu apresentar as músicas dela das antigas, além de algumas novas (Grandmère vai doar um dinheiro extra para uma instituição beneficente que a Madonna escolher para ela cantar "Into the Groove", "Crazy for You" e "Ray of Light").

Espero que não seja muito estranho para a Madonna o fato de o ex dela, o Sean Penn, também estar aqui.

Grandmère tinha inicialmente planejado outra atração musical para o meu décimo oitavo aniversário (o Pavarotti), mas ele infelizmente morreu. (Sem ofensa, ele era superlegal, mas é meio difícil dançar ópera.)

O negócio é que, além das celebridades... tem tanta gente do meu passado aqui! O meu primo Sebastiano (que parou para falar com todos os paparazzi, que estão tirando fotos no lugar em que as limusines e os táxis estão deixando as pessoas), de braços dados com uma supermodelo. Agora ele é um estilista famoso. Tem até uma linha de jeans no Wal-Mart.

Ah, e tem o meu primo Hank, que está de calça branca de couro e camisa de seda preta. As meninas que vivem atrás dele estão todas no Porto Marítimo (devem ter lido sobre a festa na coluna social da *Página Seis*, que deu a notícia hoje de manhã), e estão gritando para conseguir o autógrafo dele. O Hank fez uma pausa toda gentil e assina para elas. É difícil acreditar que nós costumávamos caçar pitu juntos, de macacão e descalços, lá em Versailles, em Indiana, há tantos anos. Agora o Hank sempre tem outdoors enormes dele de cueca em Times Square. Quem poderia adivinhar? Quer dizer, eu já o vi espirrar Coca-Cola pelo nariz.

Ah, e lá estão Mamaw e Papaw. Percebi que Grandmère arrumou um estilista para eles. Imagino que ela estivesse preocupada que eles fossem aparecer com camisetas da Nascar.

Mas eles estão ótimos! Papaw está de smoking! Ele ficou um pouco parecido com o James Bond. Sabe como é, se o James Bond mastigasse tabaco.

E Mamaw está usando um vestido de noite! E parece que o Paolo deu um jeito no cabelo dela. E, tudo bem, ela fica parando e acenando para os paparazzi, sendo que nenhum deles quer tirar uma foto dela.

Mas ela está ótima! Tipo a Sharon Osbourne. Se a Sharon Osbourne tivesse cabelo loiro descolorido e um bundão e dissesse "Ei, pessoar!" o tempo todo.

E lá estão a minha mãe, o sr. G e o Rocky! A minha mãe está linda, como sempre. Ah, se pelo menos um dia eu puder ficar bonita assim... Até o sr. G não está assim tão mal. E o Rocky não está uma fofura com o smoking de criancinha dele? Imagino quanto tempo vai demorar até que ele derrame alguma coisa na parte da frente (dou cinco minutos). Aposto que vai ser molho de amendoim.

E lá vêm a Perin e a Ling Su e a Tina e o Boris e a Shameeka e a Lana e a Trisha e os pais deles... ah, não estão todos bonitos? Bom, menos o Boris.

Ah, tudo bem. Até o Boris. Quando se está de smoking, enfiar a camisa para dentro da calça *é* o mínimo a ser feito.

E lá está a diretora Gupta! E o sr. e a Madame Wheeton! E a sra. Hill e a srta. Martinez e a srta. Sperry e o sr. Hipskin e a enfermeira Lloyd e a srta. Hong e a sra. Potts e praticamente todos os outros funcionários da Albert Einstein High!

Foi legal da parte de Grandmère me deixar convidar todos eles, apesar de ser superesquisito ver os professores fora da escola. O fato de estarem com roupa de festa faz com que fiquem praticamente irreconhecíveis e, eca, acho que o sr. Hipskin trouxe a esposa, e ela é quase idêntica a ele, tirando o bigode. Infelizmente, estou falando do dela, não do dele...

Uau, isto aqui até que é divertido, tirando o fato de que daqui a pouco eu vou ter que...

Ah! Ele chegou.

O J.P., quer dizer. Ele trouxe os pais.

E com toda a certeza está LINDO com o paletó de noite dele e uma gravata branca.

Não está trazendo nenhum pacote grande. Então... o que pode ser? A surpresa dele para mim, quer dizer? Porque ele não está carregando nenhum presente, isto eu estou vendo...

Ah, olhe, agora ele deu uma parada, com os pais, para conversar com os paparazzi. Por que alguma coisa me diz que ele vai mencionar a peça dele?

Bom, se eu tivesse escrito o meu livro com o meu próprio nome, será que eu desperdiçaria qualquer oportunidade possível de mencioná-lo? Provavelmente não, certo?

Por outro lado, levando em conta o que — ou melhor, *quem* — era o assunto principal, de acordo com a Tina, talvez não...

Certo, eu não aguento mais isto! Acho que eu vou vomitar.

Quando é que eu vou poder entrar na festa? Prefiro andar logo com isto a ficar aqui esperando feito uma...

Lá vêm os Moscovitz! Estão descendo de uma LIMUSINE! Lá estão os drs. Moscovitz — fico tão feliz por eles terem voltado! O dr. Moscovitz não está elegante com o smoking dele? E a mãe da Lilly e do Michael, com o vestido de noite vermelho dela, com o cabelo todo preso para cima? Tão bonita! Bem diferente de como ela é normalmente, com óculos e tailleur e tênis Lady Air Jordan...

E tem ainda o Kenneth, que também está de smoking e neste momento está se virando para ajudar a... LILLY! Nossa, mas ela realmente se arrumou toda com um vestido de veludo preto bem legal. Imagino onde foi que ela arranjou isto; certamente não foi na loja em que ela geralmente compra roupas, que é no brechó do Exército da Salvação. E, olhe, a bolsa da câmera de vídeo dela combina com o vestido. Quanto estilo!

Ela está tão bonitinha... Não dá para imaginar que ela esteja tramando alguma coisa maldosa para hoje à noite. Será?

E lá está o MICHAEL! Ele VEIO! Ele está tão MARAVILHOSO de smoking! Ai meu Deus, acho que vou...

AI! É Grandmère... e...

O capitão!

Ótimo. O capitão Johnson diz que não vai ter jeito de desatracar das docas porque o barco já está com a capacidade máxima e ainda há mais limusines e táxis chegando, e se ele tentar navegar com mais pessoas do que a capacidade, o iate vai afundar.

"Certo", Grandmère diz: "Amelia, você vai ter que dizer aos seus convidados para irem embora."

Eu só ri na cara dela. Ela já tomou Sidecars DEMAIS se acha que isto vai acontecer.

"Os *meus* convidados? Desculpe, quem foi que convidou o casal Brangelina? *E* todos os filhos deles?", foi o que eu quis saber. "Eu nem *conheço* essa gente, e quero me divertir na *minha* festa de aniversário com os *meus* amigos. *Você que peça* aos seus amigos-celebridades para irem embora!"

Grandmère engoliu em seco.

"Você sabe que eu não posso fazer isto!", ela exclamou. "A Angelina faz parte da Domina Rei! Existe uma grande possibilidade de que ela tenha trazido o seu convite para se juntar à associação, a menos que esteja com a Oprah!"

Mas, bom, nós fizemos um acordo: ninguém vai ser expulso.

Em vez disso, simplesmente não vamos zarpar. O barco vai ficar ancorado nas docas.

Para mim, tudo bem. Eu não quero mesmo ficar no meio do mar com alguns destes lunáticos. (Só para o caso de a Lilly estar MESMO planejando algo mais do que simplesmente filmar todo mundo com a boca cheia de coquetel de camarão ou qualquer coisa assim).

O Lars acabou de bater na porta! Diz que está na hora da minha grande entrada... Agora eu acho mesmo que *vou* vomitar.

Pena que não vou ser carregada em uma poltrona por gostosões de torso nu como algumas daquelas meninas daquele programa de festas de 16 anos da MTV, *My Super Sweet 16*. Eu só vou andando.

Claro que eu estou com uma tiara na cabeça. Então tenho que andar bem ereta, senão ela cai.

Mas, ainda assim...

Segunda-feira, 1º de maio, 23h, no Iate Real da Genovia Clarisse 3, naquela parte esquisita que se projeta bem perto do lugar onde fica o leme, onde o Leo e a Kate ficaram no <u>Titanic</u>, e o Leo disse que era o rei do mundo, não sei como chama, eu não sei nada sobre <u>barcos</u>, mas faz frio aqui e eu queria um casaquinho.

Ai meu Deus Ai meu Deus Ai meu Deus Ai meu Deus Ai meu Deus Ai meu Deus Ai meu Deus Ai meu Deus Ai meu Deus Ai meu Deus Ai meu Deus Ai meu Deus Ai meu Deus Ai meu Deus Ai meu Deus Ai meu Deus Ai meu Deus Ai meu Deus Ai meu Deus!

Certo, eu só preciso me lembrar de respirar. RESPIRE. Inspirar, expirar. INSPIRAR. Depois, EXPIRAR.

O negócio é que tudo começou tão bem... Quer dizer, eu cheguei e a Madonna estava cantando "Lucky Star" e a minha tiara não caiu e todo mundo bateu palmas, e tudo estava tão bonito, apesar das preocupações de Grandmère e do Vigo, principalmente com as flores roxas, e — esta foi a coisa mais legal — acontece que o *meu pai* veio da Europa especialmente para a ocasião, a bordo do jatinho real, deixando a campanha em suspenso por uma noite como surpresa especial para mim.

Isso mesmo! Ele saiu de trás do maior arranjo de flores roxas e fez um discurso sobre como eu sou uma filha e uma princesa maravilhosa... foi um discurso que eu mal escutei, de tão chocada e com os olhos cheios de lágrimas que eu estava só de vê-lo.

E daí, antes que eu me desse conta, ele já estava me abraçando, e me deu uma caixa de veludo preto GIGANTESCA, *e dentro dela tinha uma tiara muito reluzente*. Eu achei que já tinha visto aquilo em algum lugar, e ele explicou para todo mundo que era a tiara que a princesa Amelie Virginie estava usando no retrato que eu tenho pendurado no meu quarto. Ele disse que, se tinha alguém que merecia ficar com ela, era eu. Fazia quase quatrocentos anos que estava sumida, e ele mandou procurarem por ela no palácio todo, e finalmente alguém achou em um canto empoeirado do cofre das joias, e mandaram polir e limpar só para mim.

Dá para imaginar uma coisa assim tão fofa?

Demorei cinco minutos para parar de chorar. E mais cinco minutos para o Paolo tirar a minha tiara velha e colocar a nova, graças a tantos grampos.

Sabe, esta encaixa na minha cabeça bem melhor do que a antiga. Não parece *nem um pouco* que vai ficar escorregando.

Depois, todo mundo se aproximou e disse coisas gentis para mim, como "Obrigado por ter me convidado" e "Você está linda' e "Os rolinhos primavera estão deliciosos!".

E a Angelina Jolie se aproximou e me entregou o convite formal para eu entrar para a Domina Rei, que eu aceitei na hora (Grandmère me disse que eu tinha que aceitar, mas eu queria aceitar, é claro, porque é uma organização incrível).

Grandmère viu quando a gente estava conversando e, é claro, entendeu *imediatamente* o que estava acontecendo, de modo que veio correndo igual ao Rocky quando ouve uma caixa de biscoitos sendo aberta.

E daí a Angelina deu a ela o convite *dela*, e todos os sonhos de Grandmère se tornaram realidade.

Eu gostaria de poder dizer que ela então se afastou, mas ela passou o resto da noite, até onde eu vi, andando atrás da Angelina e agradecendo em todas as oportunidades que teve. Foi vergonhoso.

Mas, bom, estamos falando de Grandmère. Qual é a novidade?

E daí eu circulei pela festa fazendo o que uma princesa deve fazer, que foi conversar com todo mundo pessoalmente e agradecer pela presença, e nem foi assim tão estranho, porque, sei lá, depois de quatro anos fazendo isso, eu já estou bem acostumada, e já nem me assusto mais com as coisas bizarras que as pessoas às vezes dizem, que certamente são apenas comentários fora de contexto, como por exemplo quando a esposa do sr. Hipskin disse: "Você parece uma sereia!"

Tenho certeza de que ela só disse isso porque o meu vestido é todo brilhante, e não porque ela é vidente (mas só em parte) e misturou sereias com unicórnios e sabe que eu sou a última virgem que sobrou na turma do último ano da Albert Einstein High, além do meu namorado, é claro.

E a Lana e a Trisha e a Shameeka e a Tina e a Ling Su e a Perin e a minha *mãe* nos divertimos a valer, dançando "Express Yourself" ("Come on, girls!"), e daí a Lana e a Trisha fizeram um trenzinho para os príncipes William e Harry (é claro), e o J.P. e eu dançamos juntinhos a lenta "Crazy for You", e o meu pai e eu dançamos rumba em "La Isla Bonita". E apesar de a Lilly estar filmando tudo, o que tecnicamente não era permitido, eu disse aos seguranças para deixar em vez de fazer confusão. Pelo menos, ela estava perguntando para as pessoas antes se tudo bem, então não teve nenhum problema — e parecia que ela estava fazendo *só* isso mesmo.

Só Deus sabe o que ela vai fazer com o filme depois. Provavelmente vai usar para algum tipo de documentário sobre os gastos exorbitantes dos podres de rico — *As verdadeiras princesas de Nova York* — e passar cenas da minha festa ao lado de cenas de gente das favelas do Haiti, comendo biscoitos feitos de barro.

(Lembrete para mim mesma: Fazer uma doação enorme para uma organização que lute contra a fome. Uma em cada três crianças no mundo morre de fome *todos os dias*. É sério. E Grandmère estava tendo um ataque por causa de um MOLHO em que os rolinhos primavera seriam mergulhados.)

Mas a Lilly abaixou a câmera quando chegou perto de mim — com o Kenneth a reboque e o Michael um pouco atrás — e disse: "Oi, Mia. Esta festa está ótima."

Eu totalmente quase engasguei com o coquetel de camarão que estava na minha boca. Porque eu não tinha conseguido comer a noite toda, de tão ocupada que eu fiquei dançando e cumprimentado as pessoas, e a Tina tinha acabado de chegar para mim *naquele minuto* com um pratinho de comida, e disse: "Mia, você precisa parar um minuto para comer alguma coisa, senão vai desmaiar..."

"Ah", eu respondi, com a boca cheia (algo que Grandmère reprova totalmente). "Obrigada."

Confesso que eu estava falando com a Lilly.

Mas o meu olhar passou direto por cima dela e se fixou no Michael, no smoking dele, atrás do Kenny (quer dizer, Kenneth). O Michael simplesmente estava tão... incrível, ali em pé com o brilho das luzes da zona sul de Manhattan atrás da cabeça dele, e um pouquinho da condensação do ar tinha se alojado em cima dos ombros largos dele, deixando o tecido um pouco brilhante com todas as luzes da festa que piscavam.

Eu não sei. Eu não *sei* qual é o meu problema. Eu *sei* que ele terminou comigo. Eu *sei* que o dr. Loco e eu já trabalhamos o assunto na terapia. Eu sei que tenho namorado, um namorado perfeitamente bom que me ama, e que naquele momento estava no bar, pegando uma água com gás para mim.

Eu *sei* tudo isso.

O problema nem é saber tudo isso e ainda assim olhar para o Michael e o ver sorrindo para mim e pensar que ele é o cara mais lindo do mundo (apesar de ele não ser; o Christian Bale é que é, como a Lana rapidamente observaria).

O problema é o que aconteceu a seguir.

Que foi o Michael ter dito: "Que chapeuzinho de festa legal você arrumou, Thermopolis", referindo-se à tiara da princesa Amelie Virginie.

"Ah", falei, e estendi a mão para encostar nela. Porque eu ainda não conseguia acreditar — que o meu pai tinha encontrado, ou que ele realmente tinha vindo até aqui para me dar de presente. "Obrigada. Eu vou matar o meu pai por ter feito isto. Ele não pode se afastar da campanha assim por tanto tempo. O René está liderando as pesquisas."

"Aquele cara?" O Michael parecia chocado. "Ele sempre foi meio bobão. Como é que as pessoas podem gostar mais dele do que do seu pai?"

"Todo mundo gosta de uma cebola frita em forma de flor", o Boris, que estava ao lado da Tina, respondeu.

"Não tem cebola frita em forma de flor no Applebee's", rosnei para ele. "É no Outback que tem!"

"Não entendo por que o seu pai quer tanto ser primeiro-ministro, aliás", o Kenneth disse. "Ele sempre vai ser príncipe, certo? Por que ele simplesmente não tem vontade de se recostar e relaxar enquanto outro cara toma conta das providências políticas para que ele possa fazer só as coisas divertidas de príncipe, como passear em iates como este com... bom, parece que é a srta. Martinez, não?"

Olhei para o lugar que o Kenneth apontava.

E, tudo bem, certo, o meu pai estava dançando "Live to Tell" agarradinho com a srta. Martinez. Os dois pareciam realmente... envolvidos.

Mas agora eu tenho 18 anos.

Então, não. Para dizer a verdade, não fiquei com ânsia de vômito.

Em uma atitude muito madura e sábia, eu retornei à conversa em andamento e disse: "Na verdade, Kenneth, sim, o meu pai poderia, com muita facilidade, optar por não concorrer ao cargo de primeiro-ministro e simplesmente ficar feliz com o título e as obrigações reais normais dele. Mas ele prefere ter papel mais ativo no delineamento do futuro de seu país, e é por isso que ele quer ser primeiro-ministro. E é por isso que eu meio que gostaria que ele não tivesse perdido tempo vindo aqui." E agora que acabei de ver o que vi, eu REALMENTE gostaria que ele não tivesse vindo.

Ah, tudo bem. A srta. Martinez de fato leu o meu livro e deixou valer como trabalho de conclusão.

Eu *acho* que ela leu. Uma parte, pelo menos.

Mas também não foi por isso que fiquei apavorada.

A Lilly disse, em defesa do meu pai: "Foi legal ele ter vindo. A gente só faz 18 anos uma vez na vida. E ele não vai poder ver você muito depois que ele for eleito e você for para a faculdade."

"Vai sim, se a Mia for estudar na Universidade da Genovia", o Boris disse, "como ela está planejando."

E foi aí que a cabeça do Michael se virou de supetão e ele olhou para mim com os olhos esbugalhados e falou assim: "Universidade da Genovia? Por que você vai estudar *lá*?" Porque, é claro, ele sabe que é uma faculdade péssima.

Eu percebi que fiquei vermelha. O Michael e eu, é claro, nas nossas conversas por e-mail, não tínhamos discutido o fato de que eu tinha entrado em todas as faculdades em que me inscrevi, muito menos o fato de que eu tinha mentido sobre isso para todos os meus amigos da escola.

"Porque ela não entrou em nenhum lugar além de lá", o Boris respondeu, prestativo, no meu lugar. "A nota dela no SAT foi baixa demais."

Isso fez com que a Tina desse uma cotovelada nele, forte o suficiente para que ele dissesse: "Uuf!"

Foi nesse momento que o J.P. voltou com a minha água com gás. A razão por que ele tinha demorado tanto foi porque ele parou no caminho para bater um papo bem profundo com o Sean Penn — e ele deve ter ficado bem *feliz com isso, já que o Sean Penn é o herói dele e tudo o mais.*

"Eu realmente acho muito difícil acreditar que você foi rejeitada por *todas* as faculdades em que se inscreveu, Mia", o Michael foi dizendo, sem se dar conta de quem estava chegando. "Existem muitas faculdades que nem levam em conta a nota no SAT hoje em dia. Algumas ótimas, aliás, como a Sarah Lawrence, que tem um programa de redação muito bom. Não acredito que você não tenha se inscrito lá. Será possível você estar exagerando sobre..."

"Ah, J.P.!", exclamei, interrompendo o Michael. "Obrigada! Estou morrendo de sede!"

Arranquei a água da mão dele e virei tudo de um gole. O J.P. ficou lá parado, só olhando para o Michael, com uma expressão um pouco perplexa.

"Mike", o J.P. disse. Ele ainda parecia estar tonto da conversa com seu herói artístico. "Oi. Então. Você voltou."

"Já faz um tempinho que o Michael voltou", o Boris disse. "O braço cirúrgico robotizado dele é um sucesso financeiro enorme. Fico surpreso por você não ter ouvido falar. Hospitais de todos os lugares querem ter um, mas cada um custa mais de um milhão de dólares e tem lista de espera... *ai!*"

A Tina deu mais uma cotovelada nele. Dessa vez, acho que ela deve ter quase quebrado uma costela do Boris, porque ele praticamente se dobrou em dois.

"Uau", o J.P. disse, com um sorriso. Ele não parecia nada incomodado com a notícia dada pelo Boris. Aliás, estava com as mãos nos bolsos da calça do smoking, como se fosse o James Bond ou alguém assim. Devia ter pegado o telefone do Sean Penn e estava remexendo nele. "Que coisa ótima."

"O J.P. escreveu uma peça", a Tina disse com a voz esganiçada. Parece que foi porque ela não estava suportando a tensão e queria mudar de assunto.

Todo mundo só ficou olhando para ela. Achei que a Lilly ia estourar um piercing, de tão franzida que a testa dela estava de tentar segurar o que parecia ser uma gargalhada enorme.

"Uau", o Michael disse. "Que coisa ótima."

Eu sinceramente não sei se ele estava falando sério ou se estava zoando com o J.P., basicamente repetindo a mesma coisa que ele tinha acabado de dizer. Eu só sabia que precisava fugir dali, ou a tensão ia me matar. E quem quer ter um ataque no próprio aniversário de 18 anos?

"Bom", eu disse, e entreguei o meu prato para a Tina. "Obrigações de princesa me chamam. Preciso circular. A gente se vê mais tarde..."

Mas, antes que eu pudesse dar um passo sequer, o J.P. agarrou uma das minhas mãos e me puxou e disse: "Na verdade, Mia, se estiver tudo bem para você, eu meio que tenho um anúncio a fazer, e não vejo momento melhor do que agora. Será que você pode vir comigo até o microfone? A Madonna logo vai fazer um intervalo."

Foi *aí* que eu comecei a sentir o estômago revirar.

Afinal, que tipo de anúncio o J.P. podia querer fazer? Na frente do casal Clinton? E da Madonna e a banda dela? E do meu pai?

Ah, e do Michael.

Mas antes que eu pudesse dizer qualquer coisa, o J.P. começou a me puxar com delicadeza — certo, ele estava me arrastando para cima do palco montado por cima da piscina do iate.

E, quando eu me dei conta, a Madonna já estava se afastando com muita gentileza e o J.P. tinha pegado o microfone e estava pedindo a atenção de todo mundo — e conseguindo. Trezentos rostos se voltavam para nós enquanto o meu coração disparava dentro do peito.

É verdade que eu já fiz discursos para muito mais gente do que isto. Mas era diferente. Na ocasião, *eu* era a responsável pelo microfone. Dessa vez, ele estava na mão de outra pessoa.

E eu não fazia ideia do que ele iria dizer.

Mas eu mais ou menos suspeitava, sim.

E fiquei com vontade de morrer.

"Senhoras e senhores", o J.P. começou, com a voz profunda dele ribombando por todo o convés do navio... e, até onde eu sabia, por todo o Porto Marítimo de South Street. Era provável que os paparazzi lá embaixo estivessem escutando. "Tenho muito orgulho de estar aqui nesta noite para celebrar esta ocasião especial com uma garota tão extraordinária... uma garota que significa tanto para todos nós... para o país, para os amigos, para a família dela... Mas a verdade é que a princesa Mia é mais importante para mim, talvez, do que para qualquer um de vocês..."

Ai meu Deus. Não. *Aqui,* não. *Agora,* não! Quer dizer, foi totalmente um amor da parte do J.P. expressar o quanto eu era importante para ele desse jeito. Na frente de todo mundo — Deus sabe que o Michael nunca tinha tido coragem de fazer algo assim.

Mas daí, acho que o Michael nunca achou que houvesse necessidade de fazer isso.

"E é por isso que eu quero aproveitar a oportunidade para mostrar o quanto ela significa para mim ao pedir a ela, na frente de todos os amigos dela e das pessoas que ela ama..."

Foi quando eu o vi colocar a mão dentro de um dos bolsos da calça do smoking que eu *realmente* comecei a achar que ia precisar de massagem cardíaca, de verdade, dali a um minuto.

E é claro que, do bolso, o J.P. tirou uma caixinha de veludo preto... muito menor do que aquela em que estava a tiara da princesa Amelie.

A que o J.P. segurava na mão era do tamanho de um anel.

Assim que todo mundo viu a caixa — e daí, quando o J.P. se ajoelhou —, a plateia enlouqueceu completamente. As pessoas começaram a dar vivas e a bater tantas palmas que eu mal consegui escutar o que o J.P. disse em seguida... e eu estava bem do lado dele. Tenho certeza de que ninguém mais escutou o que ele disse, apesar de estar falando em um microfone.

"Mia", o J.P. prosseguiu, olhando nos meus olhos com um sorriso cheio de segurança no rosto, e abriu a caixinha, revelando um diamante extremamente grande em formato de pera sobre uma armação de platina, "você quer..."

Os berros e as comemorações da multidão ficaram ainda mais altos. Tudo ficou embaçado na frente dos meus olhos. O horizonte de Manhattan à nossa frente, as luzes da festa no barco, os rostos dos convidados, o J.P. aos meus pés.

Por um segundo, eu realmente pensei que ia desmaiar. A Tina tinha razão: eu devia ter comido mais.

Mas uma coisa estava bem firme na minha visão, para ser enxergada com perfeita clareza:

E foi o Michael Moscovitz. Indo embora.

Isso mesmo, saindo da festa. Do barco. Sei lá. O negócio é que ele estava indo embora. Em um minuto eu vi o rosto dele, perfeitamente sem expressão nenhuma, mas ali, embaixo de mim.

E, em seguida, estava olhando para a parte de trás da cabeça dele. Vi os ombros largos e as costas dele a caminho da terra firme.

Ele estava indo embora.

Sem nem esperar para ver qual seria a minha resposta à pergunta do J.P.

Ou nem qual, exatamente, era a pergunta. Que, aliás, não era o que todo mundo parecia achar que era.

"...ir ao baile de formatura comigo?", o J.P. terminou, com um sorriso largo e cheio de confiança em mim.

Mas eu mal consegui desviar os meus olhos para onde ele estava.

Porque eu não conseguia parar de olhar para o Michael.

É só que... não sei. Olhando no meio da multidão daquele jeito, depois que a minha visão tinha ficado meio embaralhada de surpresa, e ver o Michael me dar as costas e simplesmente ir embora, como se não desse a mínima para o que fosse acontecer...

Foi como se alguma coisa tivesse gelado dentro de mim. Uma coisa que eu nem tinha me dado conta que ainda *existia* dentro de mim.

E que, por acaso, era uma brasinha minúscula de esperança. Esperança de que talvez, de algum modo, algum dia, o Michael e eu pudéssemos voltar.

Eu sei que sou uma boba. Uma idiota! Depois de todo esse tempo, por que eu continuo cheia de esperança? Principalmente tendo um namorado tão fantástico, que, aliás, continuava ajoelhado na minha frente, com um ANEL na mão! (E, me desculpe, mas que negócio é este? Quem dá um ANEL para uma garota quando a convida para o *baile de formatura*? Bom, só o Boris. Mas, faça-me o favor, ele é o *BORIS*.)

Mas obviamente eu era a única nutrindo aquela lasca de esperança. O Michael nem *se incomodou* para ficar tempo suficiente para ver o que eu diria em resposta ao anel de convite para o baile de formatura do meu namorado de longa data. (Acho que foi isso, não foi?)

Então. Acabou assim.

É meio engraçado, porque eu achava que o Michael tinha partido o meu coração há muito tempo. Mas ele simplesmente partiu mais uma vez quando saiu daquele jeito.

É surpreendente como os meninos conseguem fazer isso.

Felizmente, apesar de eu não estar conseguindo enxergar muito bem por causa das lágrimas que encheram os meus olhos quando o Michael saiu daquele jeito, e o meu coração simplesmente ter se despedaçado (de novo), eu ainda estava conseguindo pensar com clareza. Mais ou menos.

A única coisa em que eu conseguia pensar era na minha vontade de fazer para o J.P. o discurso que Grandmère tinha me obrigado a ensaiar um milhão de vezes para uma situação exatamente assim — apesar de eu achar que a ocasião, na verdade, nunca se apresentaria:

"Oh, *insira o nome da pessoa aqui*, estou tão abalada pela intensidade das suas emoções que nem sei o que dizer. Você realmente me pegou de surpresa, e acredito que a minha cabeça esteja rodando..."

O que não era mentira, nesse caso.

"Sou tão jovem e inexperiente, sabe, e você é um homem tão viajado... eu simplesmente não estava esperando por isto."

O que não é absolutamente mentira nenhuma, de novo, neste caso. Quem é que faz um pedido desses no ensino médio? Mesmo que seja só um anel de compromisso ou sei lá o quê?

Ah, espere, está certo. O Boris.

Espera aí, cadê o meu pai? Ah, ali está ele. Ai meu Deus, nunca vi o rosto dele daquela cor. Acho que a cabeça dele vai explodir, literalmente, de tão louco da vida que ele parece. Ele deve estar pensando, como todo mundo, que o J.P. acabou de me pedir em casamento. Ele não ouviu que o J.P. só estava me convidando para o baile de formatura. Ele viu o anel, viu o J.P. se ajoelhar e já ficou achando... ah, que coisa horrível! Por que o J.P. tinha que comprar um *anel* para mim? Será que foi isto que o *Michael* pensou? Que o J.P. estava me pedindo para *casar* com ele?

Agora eu quero morrer.

"Acho que eu preciso dar uma deitadinha nos meus aposentos — sozinha — e pedir à minha criada que aplique um pouco de óleo de lavanda nas minhas têmporas enquanto eu reflito sobre o assunto. Simplesmente estou tão lisonjeada e emocionada... Mas, não, não me ligue. Pode deixar que *eu* ligo para você."

A verdade é que o discurso de Grandmère só parecia um pouquinho... *antiquado*.

E também tinha o fato de que ele realmente parecia não se aplicar à situação, já que o J.P. e eu namoramos há quase dois anos. Então, não é exatamente o caso de o convite dele para o baile de formatura acompanhado de anel ter sido completamente do além.

Fala sério! Eu nem sei onde vou estudar no ano que vem. Como é que eu vou saber com quem eu quero ficar no futuro próximo?

Mas eu tenho uma boa pista: *Não* com alguém que nem *olhou* o meu livro ainda, apesar de estar com ele há mais de 48 horas.

Só estou dizendo.

O negócio é que eu nunca diria isso na frente de todo mundo naquele barco inteiro, humilhando o J.P. Eu o amo. Amo sim. É só que...

Por que, meu Deus, por que ele tinha que ajoelhar daquele jeito na frente de todo mundo? E com um *anel*?

Então, em vez do discurso de Grandmère — e totalmente ciente de que o silêncio só fazia crescer enquanto eu ficava lá parada feito uma idiota, sem dizer nada, eu falei, sentindo as minhas bochechas ficarem cada vez mais quentes: "Bom, a gente vê depois!"

Bom, a gente vê depois? BOM, A GENTE VÊ DEPOIS?

Um cara totalmente gostoso, totalmente perfeito, totalmente maravilhoso que, aliás, me ama e está disposto a me esperar por toda a eternidade, me convida para ir ao baile de formatura com ele, e também me oferece o que parece, pelo menos de acordo com a tabela de tamanhos que Grandmère me fez guardar de cabeça, um anel de diamante de três quilates, e eu digo: *Bom, a gente vê depois?*

Qual é o meu *problema*? Falando sério, será que eu tenho algum desejo de ficar sozinha (bom, com o Fat Louie) para o resto da minha vida?

Acho realmente que tenho, sim.

O sorriso cheio de segurança do J.P. se apagou... mas só um pouquinho.

"É assim que se fala", ele disse e se levantou e me abraçou enquanto alguém no meio da multidão começou a bater palmas... primeiro bem devagar (eu reconheci aquele jeito de bater palmas... tinha que ser o Boris), e daí mais rápido, até que todo mundo estava aplaudindo com educação.

Foi horrível! Estavam aplaudindo por eu ter dito "Bom, a gente vê depois!" em resposta ao convite que o meu namorado me fez para o baile de formatura! Eu não merecia aplauso. Eu merecia ser jogada na água. Só estavam fazendo isso porque eu sou princesa, e dona da festa. Eu sei que, lá no fundo, estavam pensando: "Mas que metida!"

Por quê? Por que o Michael tinha *ido embora*?

Quando o J.P. me abraçou, eu sussurrei: "A gente precisa conversar." Ele sussurrou de volta: "Tenho um certificado garantindo que este não é um diamante de sangue. É por isso que você ficou tão apavorada?"

"Em parte", eu respondi, inalando o cheiro dele, uma mistura de lavagem a seco e Carolina Herrera for Men. Aí nós nos afastamos do microfone, para não ter perigo de alguém nos escutar. "É só que..."

"É só um anel de compromisso", o J.P. largou o abraço primeiro, mas continuou segurando as minhas mãos... e nelas colocou a caixa com o anel gigantesco. "Você sabe que eu faria qualquer coisa para deixar você feliz. Achei que era isso que você queria."

Eu só fiquei olhando para ele, totalmente confusa. Parte da minha confusão se devia ao fato de que ali estava um cara maravilhoso, maravilhoso de verdade, que realmente tinha dito aquilo do fundo do coração — eu sabia que ele faria qualquer coisa para me deixar feliz. Então, por que eu não podia simplesmente permitir?

E outra parte de mim ficava imaginando o que eu podia ter dito para ele ficar pensando que eu queria um anel de compromisso, de noivado ou de qualquer outra coisa.

"É o mesmo que o Boris comprou para a Tina", o J.P. explicou, ao ver minha falta de compreensão. "E você ficou tão feliz por ela..."

"Certo", eu respondi. "Porque esse é o tipo de coisa de que ela gosta..."

"Eu sei", o J.P. respondeu. "Da mesma maneira que ela gosta de livros românticos, e você escreveu um..."

"Por isso, naturalmente, se o namorado dela deu um anel de

compromisso para ela, eu também ia querer um?" Sacudi a cabeça. Acorde. Será que ele não percebe que existe uma diferença enorme entre mim e a Tina?

"Olhe", o J.P. disse, e fechou os meus dedos ao redor da caixinha de veludo. "Eu vi este anel e pensei em você. Considere um presente de aniversário, para não entrar em pânico pensando que é alguma outra coisa. Não sei o que anda acontecendo com você ultimamente, mas só quero que você saiba... que eu não vou a lugar nenhum, Mia. *Eu* não vou abandonar você para ir para o Japão nem para nenhum outro lugar. Vou ficar aqui mesmo, ao seu lado. Então, qualquer coisa que você decidir, quando decidir... você sabe onde me encontrar."

Foi aí que ele se inclinou e me beijou. E daí ele também foi embora.

Igualzinho ao Michael.

E foi aí que eu corri para a segurança... deste lugar.

Onde estou agora.

Eu sei que devia descer daqui. Meus convidados provavelmente estão indo embora, e é falta de educação não estar lá para me despedir.

Mas, acorda! Quantas vezes uma garota recebe este tipo de pedido de compromisso? No dia do aniversário dela? Na frente de todo mundo que ela conhece? E daí dispensa o cara? Mais ou menos? Só que não exatamente?

E também... qual é o meu problema? Por que eu não disse sim, simplesmente? O J.P. é obviamente o cara mais fantástico do planeta... ele é maravilhoso, lindo, ótimo e gentil. E ele me ama. Ele me AMA!

Então por que eu simplesmente não posso retribuir o amor dele, da maneira como ele merece ser amado?

Ah, porcaria... alguém está chegando. Quem eu conheço que é ágil o suficiente para subir aqui? Não é Grandmère, com certeza...

Terça-feira, 2 de maio, meia-noite, na limusine a caminho de casa depois da minha festa

Meu pai não está muito contente comigo.

Foi ele quem subiu até o topo da proa do iate para me dizer que eu tinha que parar de "ficar na fossa" (a expressão que ele usou para descrever o que eu estava fazendo, que não é completamente exata, na minha opinião... eu chamaria de "botar para fora", porque estou escrevendo no meu diário) e descer para me despedir de todos os meus convidados.

E isso também não foi tudo que ele disse. Mas nem de longe.

Ele disse que eu tenho de ir ao baile de formatura com o J.P. Disse que a gente não pode namorar um cara quase dois anos e daí resolver, uma semana antes do baile de formatura do último ano, que não vai com ele, só porque não está a fim de ir ao baile de formatura.

Ou, como ele colocou, de maneira totalmente injusta: "Só porque o seu ex-namorado por acaso está de volta."

Eu fiquei, tipo: "Sei lá, pai! O Michael e eu somos só amigos!" *Com amor, Michael.* "Até parece que a ideia de ir ao baile de formatura com ele algum dia PASSOU PELA MINHA CABEÇA!"

Porque totalmente não passou. Quem leva um cara de 21 anos formado na faculdade, que é milionário e inventor de um braço cirúrgico robotizado a um baile de formatura do ensino médio?

Que, aliás, terminou comigo há dois anos e que também obviamente não dá a mínima para mim, então até parece que ele iria se eu convidasse.

E até parece que eu faria isso com o J.P., além do mais.

"Tem um nome para garotas como você", o meu pai disse ao se sentar no meu poleiro precário por cima da água. "E para o que você está fazendo com o J.P. E eu nem quero repetir. Porque não é um nome bonito."

"É mesmo?" Eu fiquei totalmente curiosa. Ninguém nunca me xingou de nada. Tirando os xingamentos de sempre da Lana — CDF e esquisitona e essas coisas. Bom, e as coisas de que a Lilly me chamava em euodeiomiathermopolis.com. "Que nome?"

"Abusada", meu pai respondeu com toda a seriedade.

Preciso confessar que isso me fez começar a rir. Apesar de a situação ser supostamente muitíssimo séria, com o meu pai sentado ali na beirada do iate, falando comigo em um tom como se eu estivesse prestes a cometer suicídio ou qualquer coisa do tipo.

"Não é nada engraçado", meu pai disse, em tom irritado. "A última coisa de que precisamos agora, Mia, é que você fique malfalada."

Isso me fez rir ainda mais, considerando o fato de que eu por acaso sou a última pessoa virgem no último ano da Albert Einstein High School (além do meu namorado). Foi muito irônico o fato de o meu pai estar me passando um sermão — em *mim*! — a respeito de ficar malfalada. Eu estava rindo tanto que precisei me segurar na lateral do barco para não cair nas águas pretas como breu do East River.

"Pai", eu disse, quando finalmente consegui falar. "Posso garantir a você que eu *não* sou abusada."

"Mia, ações falam mais alto do que palavras. Não estou dizendo que você e o J.P. devem ficar noivos. *Isto*, é claro, é um absurdo completo. Espero que você explique a ele, com muita elegância e gentileza, que você é nova demais para estar pensando neste tipo de coisa no momento..."

"P-pai", eu respondi, revirando os olhos. "É um anel de *compromisso*."

"Independentemente das suas opiniões pessoais a respeito do baile de formatura", ele prosseguiu, ignorando o que eu dizia, "o J.P. quer ir, e certamente não era errado ele achar que a levaria..."

"Eu sei", respondi. "E eu disse a ele que não me importaria se ele levasse outra pessoa..."

"Ele quer levar *você*. A namorada dele. Com quem ele está há quase dois anos. Ele tem certos direitos de expectativa por causa disso. Um deles é que, tirando alguma espécie de comportamento absolutamente inadequado da parte dele, você o acompanhe ao baile de formatura. Assim a atitude correta é ir com ele."

"Mas, pai", eu disse, sacudindo a cabeça. "Você não entende. Quer dizer... eu escrevi um livro romântico e dei para ele, e ele nem..."

Meu pai só ficou olhando para mim. "Você escreveu um *livro romântico*?" Ops. É, acho que eu tinha esquecido de mencionar esta parte para o meu bom e velho pai. Talvez eu fosse capaz de distraí-lo.

"Hum", respondi. "Escrevi sim. E sobre isto... não precisa se preocupar. Ninguém quer publicar mesmo..."

Meu pai abanou com a mão, como se as minhas palavras fossem um inseto irritante zumbindo ao redor da cabeça dele.

"Mia", ele disse. "Acho que a esta altura você já sabe que ser integrante da realeza não significa só andar por aí de limusine e ter guarda-costas e viajar em jatinhos particulares e comprar a última bolsa ou o jeans da moda e estar sempre cheia de estilo. Você sabe que o principal é sempre ser uma pessoa generosa, e ser gentil com os outros. Você escolheu namorar o J.P. Escolheu ficar com ele durante quase dois anos. Você não pode *não* ir com ele ao baile de formatura, a menos que ele tenha sido cruel com você em algum sentido... e isso, pela sua descrição, é pouco provável. Agora, pare de ser uma... como é mesmo que vocês dizem? Ah, uma rainha do drama, e desça daqui. Minha perna está ficando com cãibra."

Eu sabia que o meu pai tinha razão. Eu estava sendo estúpida. Passei a semana toda agindo como uma idiota (então, qual é a novidade?). Eu iria ao baile de formatura, e iria com o J.P. O J.P. e eu somos perfeitos um para o outro. Sempre fomos.

Eu não sou mais criança, e preciso parar de agir como se fosse. Preciso parar de mentir para todo mundo, exatamente como o dr. Loco me disse para fazer.

Mas o mais importante é que eu preciso parar de mentir para mim mesma. A vida não é um livro romântico. A verdade é que livros românticos vendem tão bem — a razão por que as pessoas gostam tanto deles — é que a vida de ninguém é daquele jeito. Todo mundo *quer* que a vida seja assim.

Mas a vida de ninguém é assim, na verdade.

Não. A verdade era que eu e o Michael já não tínhamos mais nada — apesar de ele ter assinado a carta dele para mim *Com amor, Michael*. Mas isso não significava nada. Aquela brasinha de amor que eu carregava — em parte, eu sei, porque o meu pai me disse que o amor está sempre à nossa espera na próxima esquina — precisava se apagar e permanecer muito bem apagada, de verdade. Eu precisava *permitir* que ela morresse, e ficar feliz com o que eu tenho. Porque o que eu tenho é legal para caramba.

Acho que o que aconteceu nesta noite finalmente apagou aquela brasa de esperança em relação ao Michael que eu carregava. Acho mesmo.

Pelo menos, tive certeza quase absoluta quando desci e encontrei o J.P. (conversando com o Sean Penn de novo, é claro) e cheguei para ele e disse: "Eu aceito", e mostrei para ele que estava usando o anel. Isso apagou a brasa. Matou bem mortinha.

Ele me deu um abraço e me ergueu do chão e me rodopiou no ar. Todo mundo que estava perto comemorou e aplaudiu.

Fora a minha mãe. Vi quando ela lançou um olhar enviesado para o meu pai, e ele sacudiu a cabeça, e ela apertou os olhos para ele, tipo: *Você vai ver só uma coisa*, e ele lançou para ela outro olhar, como quem diz: *É só um anel de* compromisso, *Helen*.

Desconfio que amanhã eu vá receber um sermão de café da manhã a respeito do feminismo pós-moderno. Como a Lana diria, tantufaz. Até parece que qualquer sermão da minha mãe pode me fazer sentir pior do que eu me senti quando vi as costas do Michael agora há pouco.

A Tina e a Lana e a Trisha e a Shameeka e a Ling Su e a Perin não conseguiam parar de falar do anel, apesar de a Ling Su querer saber principalmente se dava para cortar louça com o meu diamante novo, já que ela está fazendo uma peça de instalação nova que inclui pedaços de cerâmica quebrada (nós experimentamos em alguns pratos do serviço de bufê e a resposta é sim, meu anel é capaz de cortar louça ao meio).

A pessoa que parecia mais interessada era a Lilly. Ela se aproximou e olhou para ele com muita atenção, mesmo, e disse assim: "Então, o que vocês dois são agora? Tipo noivos?" E eu só respondi: "Não, é só um anel de compromisso." E a Lilly disse: "Mas que *compromisso* bem grande", referindo-se ao diamante. E tenho certeza de que ela disse isso mais ou menos como um insulto...

E ela conseguiu me insultar.

O que eu não conseguia entender era por que a Lilly ainda não tinha feito a "surpresa" dela para mim... aquela que ela disse que só poderia dar se fosse à minha festa. Achei que isso significava que ela ia me dar *durante* a festa — ou pelo menos no dia certo do meu aniversário. Mas, até então, ela não tinha demonstrado nenhum sinal de que o faria.

Talvez eu tivesse entendido mal.

Ou talvez — apenas talvez — ainda houvesse algum fiapo de afeição em algum lugar dela, e ela tivesse desistido de executar o plano sórdido que tivesse inventado, seja lá qual fosse.

Então eu me lembrei do que o meu pai disse a respeito de ser uma pessoa generosa acima de tudo quando se é da realeza e me recusei a ficar ofendida com a observação de "Mas que *compromisso* bem grande" dela.

E também me recusei a perguntar para onde o irmão dela tinha ido. Apesar de a Tina, é claro, ter me chamado de lado para observar — para o caso de eu, por algum motivo, não ter reparado — que ele tinha ido embora... e que tinha feito isso bem quando o J.P. sacou o anel.

"Você acha", a Tina sussurrou, "que o Michael foi embora porque não suportou ver a mulher que ele ama há tanto tempo se comprometer com outro homem?"

Realmente, isso era demais.

"Não, Tina", respondi, na lata. "Acho que ele foi embora simplesmente porque não está nem aí para mim."

A Tina fez uma cara de chocada.

"Não!", ela exclamou. "Não é por isso! Eu sei que não é por isso! Ele foi embora porque acha que VOCÊ não está nem aí para ele, e sabe que não é capaz de controlar sua paixão desenfreada por você. Ele deve ter ficado com medo de ter vontade de MATAR o J.P.!"

"Tina", falei. Estava meio difícil manter a calma, mas eu me lembrei do meu novo lema — a vida não é um livro romântico — e ficou um pouco mais fácil. "O Michael não está nem aí para mim. Encare os fatos. Agora eu estou com o J.P., como sempre devia ter estado. E por favor não fale mais comigo a respeito do Michael desse jeito. Isso realmente me incomoda."

E o papo acabou aí. A Tina pediu desculpa por ter me incomodado — mais ou menos um milhão de vezes — e ficou preocupada de verdade em ter me magoado, mas nós nos abraçamos e tudo ficou bem depois disso.

A festa ainda se estendeu mais um pouco, mas foi desanimando quando o mestre das docas chegou e disse que a banda da Madonna precisava abaixar o som devido às reclamações das associações de moradores dos prédios com vista para o rio (acho que eles teriam dado preferência ao Pavarotti).

No geral, a festa foi boa. Eu ganhei alguns presentes excelentes: uma tonelada de bolsas, bolsinhas e carteiras e outros acessórios Marc Jacobs e Miu Miu; muitas velas perfumadas (que eu nem vou poder levar para o alojamento da faculdade — independentemente de onde eu vá estudar — porque velas são consideradas como risco de incêndio); uma fantasia de gato da princesa Leia para o Fat Louie, que nem vai ser muito confusa para ele do ponto de vista do gênero sexual; uma camiseta do Brainy Smurf da Fred Flare; um pingente do castelo da Cinderela da Disney; fivelas de cabelo de diamante e safira (de Grandmère, que fica dizendo o tempo todo para eu tirar o cabelo do rosto, agora que está comprido); e US$ 253.050 em doações para o Greenpeace.

Ah, sim, e um anel de compromisso de diamante (sem sangue) de três quilates.

Eu adicionaria um coração partido à lista, mas estou tentando não ser uma "rainha do drama", como o meu pai disse. Além disso, o Michael partiu o meu coração há muito tempo. Ele não pode partir *de novo*. E a única coisa que ele fez foi ter dito que gostou do meu livro e escreveu *Com amor, Michael* no final do bilhete que me mandou para falar dele. Isso dificilmente significa querer voltar. Não faço ideia de por que eu fiquei tão cheia de esperança desse jeito de mulherzinha ridícula infantil.

Ah, está certo: porque eu sou uma mulherzinha ridícula infantil.

Terça-feira, 2 de maio, prova final de história geral

Acho que não foi muito boa ideia fazer a minha *soirée* de aniversário de 18 anos no dia exato em que eu faço anos, tendo em vista que as provas finais começam hoje. Já vi mais do que algumas pessoas tropeçando pelos corredores, com os olhos vermelhos, como se pudessem aproveitar mais umas duas horas de sono a mais. Inclusive eu.

Graças a Deus que o horário está todo bagunçado para a última semana e eu só tenho história geral e literatura inglesa hoje, minhas matérias mais fáceis. Se eu tivesse prova final de trigonometria ou de francês, ia querer morrer.

Literalmente. O discurso da minha mãe a respeito de como as mulheres fizeram muitas conquistas desde a época em que costumavam se casar logo ao sair do ensino médio, porque não eram aceitas na universidade, nem havia empregos abertos a elas, demorou um tempão. E, cada vez que eu começava a cochilar no meio dele, ela me cutucava e me acordava.

Eu disse: "Mãe, dãââ! O J.P. e eu não vamos nos casar depois da formatura! Sou ambiciosa, está certo? Eu superentrei em todas as faculdades em que eu me inscrevi e escrevi um livro e estou tentando publicar! O que mais você quer de mim?"

Mas, de algum modo, nada disso pareceu reconfortá-la. Ela ficava dizendo: "Mas você não *escolheu* nenhuma faculdade. Você tem menos de uma semana para decidir onde vai estudar" e "É um livro *romântico*", como se alguma dessas coisas fizesse diferença.

E tanto faz: a heroína do meu livro romântico tem a mira mais do que certeira com arco e flecha na mão.

Eu nem uso o anel do J.P. em casa, então não sei muito bem qual é o problema. Até parece que ela precisa ficar olhando para ele. O que ele tem que a deixa tão ofendida?

Terça-feira, 2 de maio, almoço

Todo mundo só fica pedindo para ver o meu anel, o tempo todo. Quer dizer, eu fico lisonjeada e tudo mais, mas... é meio embaraçoso. Daí eu tenho que explicar que não é um anel de noivado. Afinal, é claro, é exatamente isso que ele parece. E todo mundo acha que o J.P. me pediu em casamento.

E é tão grande que fica enganchando *nas coisas*. Por exemplo, nos fios soltos da minha saia, e uma vez em uma das trancinhas da Shameeka. Demorou, tipo, cinco minutos para desenganchar.

Não estou acostumada a ser assim tão glamourosa na escola. Mas dá para ver que o J.P. está feliz da vida.

Então, pronto. Se ele está feliz, eu estou feliz.

Terça-feira, 2 de maio, prova final de literatura inglesa

!!!!!!!!!!!!!!!!

Certo, mais uma vez, eu me fiz de boba total e completa.

Mas, sinceramente, qual é a novidade?

Não que faça diferença, porque eu segui em frente. Estou com 18 anos, e sou maior, e daqui a quatro dias eu vou sair deste inferno PARA SEMPRE (só não me pergunte para onde eu vou em vez daqui, porque eu ainda não faço ideia).

Mas, bom, é tudo culpa da Tina, porque ela mal está falando comigo. Eu sei que eu disse para ela não falar sobre o Michael comigo, mas não é a mesma coisa que dizer *Não me dirija mais a palavra*.

Seria de se pensar que ela teria muita coisa para conversar comigo, tendo em vista que nós duas estamos comprometidas a noivar e tudo o mais.

Mas vai ver que ela está com tanto medo de dizer a coisa errada para mim agora, para não me magoar, que resolveu não dizer absolutamente nada.

Não quero saber qual é o problema dela. Parece que eu não consigo vencer na divisão da melhor amiga. Acho que eu nunca consigo deixar a minha feliz.

Eu realmente devia me contentar com a Lana como a minha melhor amiga. É muito mais fácil se relacionar com ela do que com qualquer outra pessoa que eu conheço. Ela está muito animada hoje, porque está com uma marca de chupão no pescoço e diz que é do príncipe William (até parece). Ela anda de um lado para o outro, mostrando para todo mundo. Fico surpresa de ela não ter desenhado um círculo grande e vermelho ao redor dele, com batom, com uma seta e a indicação: (SUPOSTO) CHUPÃO DO PRÍNCIPE WILLIAM.

Mas, bom, depois do almoço eu encontrei a Tina no banheiro e falei, tipo: "Qual é o problema?"

E ela ficou toda assim: "Problema? Que problema? Não tem problema nenhum, Mia", com os olhões de Bambi dela.

Mas dava para ver que, apesar dos olhos bem esbugalhados e inocentes, ela estava mentindo. Quer dizer, não sei exatamente por que eu percebi isso.

Certo, talvez ela não estivesse mentindo. Talvez eu só estivesse me protegendo (este é um termo que nós aprendemos em psicologia, para quando você atribui seus próprios pensamentos indesejáveis a outra pessoa como mecanismo de defesa). Talvez eu ainda estivesse atordoada com o que tinha acontecido ontem à noite, quando o Michael foi embora da festa e tudo o mais.

Mas, de todo modo, eu disse: "Tem um problema, sim. você acha que eu estou errada de dizer sim para o J.P., porque eu ainda sinto alguma coisa pelo Michael." (É, eu sei. Enquanto ouvia as palavras saindo da minha boca, eu pensava: *O que você está dizendo? Cale a boca, Mia.* Mas eu não conseguia calar a boca. Só continuei falando, como se estivesse em um pesadelo.)

"Bom", continuei. "Pode saber que eu não tenho mais nenhum sentimento pelo Michael. Eu já superei o Michael. Nós realmente seguimos cada um com a sua vida. Ontem à noite, quando ele saiu do jeito que saiu, foi a gota d'água. E eu resolvi que, depois do baile de formatura, o J.P. e eu vamos Fazer Aquilo. Isto mesmo. Vamos." Sinceramente, não faço ideia de onde aquilo estava saindo. Acho que eu simplesmente tive a ideia naquele exato momento. "Estou cansada de ser a última virgem da nossa turma. Não vai ter como eu ir para a faculdade com a minha inocência intacta. Apesar de eu provavelmente já ter perdido há muito tempo, em uma bicicleta ou qualquer coisa assim."

A Tina continua com aquela pose de olhos arregalados de quem diz: *Não sei do que você está falando.*

"Certo, Mia", ela disse. "A decisão é sua. Você sabe que eu apoio qualquer coisa que você resolver."

ARGH! Às vezes ela é tão LEGAL que chega a deixar a gente frustrada!

"Aliás", eu disse e peguei o meu iPhone. "Vou mandar uma mensagem de texto para o J.P. agora mesmo. Isso! Agora mesmo! E vou dizer para ele arrumar um quarto de hotel para depois do baile de formatura!"

Agora os olhos da Tina tinham ficado ENORMES. Ela falou: "Mia, você tem certeza de que quer fazer isto? Sabe, realmente não tem problema nenhum em ser virgem. Muita gente da nossa idade..."

"Tarde demais!", eu berrei.

Juro que não sei o que deu em mim. Talvez tenha sido porque, alguns minutos antes, o anel do J.P. tenha enganchado no capuz da Stacey Cheeseman quando ela passou pelo corredor. Talvez tenha sido toda a PRESSÃO em cima de mim... provas finais, a eleição do meu pai, todo mundo me dizendo que eu preciso escolher uma faculdade até o fim da semana, a coisa com o Michael, a Lilly toda legal comigo de vez em quando... sei lá. Talvez seja apenas *tudo*.

Mas, bom, eu mandei a seguinte mensagem de texto para o J.P: NAUM ESKECE D RESERV 1 QTO DE HOTEL DEPOIS DO BAILE.

Foi logo depois disso que alguém deu a descarga. Uma porta de reservado se abriu.

E a Lilly saiu lá de dentro.

Quase tive um ataque sinátpico ali mesmo no meio do banheiro. Só fiquei parada, olhando para ela, percebendo que ela tinha ouvido tudo que eu disse — sobre finalmente ter superado o Michael *e* sobre ser virgem...

...e que eu estava mandando uma mensagem de texto para dizer para o J.P. arrumar um quarto de hotel para depois do baile de formatura.

A Lilly olhou bem para mim. Não proferiu nenhuma palavra. (Nem precisa dizer que eu também não. Não consegui pensar em nenhuma palavra para dizer. Mais tarde, é claro, eu pensei em *um* milhão de palavras que devia ter dito. Como por exemplo que eu e a Tina só estávamos ensaiando a cena de uma peça ou algo assim.)

Daí a Lilly deu meia-volta, caminhou até as pias, lavou as mãos, secou, jogou fora a toalha de papel e saiu.

Tudo em silêncio total e completo.

Eu olhei para a Tina, que ficou olhando para mim com os olhos enormes e cheios de preocupação dela... olhos que, então eu percebi, não tinham nada além de preocupação comigo.

"Não se preocupe, Mia", foram as primeiras palavras que saíram da boca da Tina. "Ela não vai contar para o Michael. Ela não contaria. Eu *sei* que ela não contaria."

Eu assenti. Essa era uma coisa que a Tina não sabia. Ela só estava sendo legal. A Tina sempre é legal.

"Você tem razão", eu disse. Apesar de não ter. "E mesmo se contar... ele não se importa mais. Quer dizer, é óbvio que ele não se importa mais; senão, não teria ido embora ontem à noite como fez."

Isto, pelo menos, era verdade.

A Tina mordeu o lábio.

"Claro que sim", ela respondeu. "Você está certa. Mas é só que, Mia... você não acha..."

Só que eu nunca fiquei sabendo o que a Tina queria saber se eu achava, porque o meu celular tocou. E era uma mensagem de texto de resposta do J.P.

E dizia:

QUARTO DE HOTEL GARANTIDO. TAH TUDO CERTO. TI AMO.

Então. Maravilha!

Já está tudo organizado. Oba! Vou ser desvirginada.

Parabéns para mim.

Terça-feira, 2 de maio, 18h, no loft

Daphne Delacroix
1005 Thompson Street, Apt. 4A
Nova York, NY 10003

Cara srta. Delacroix,

Lamentamos informar que não temos condições de publicar o material enviado. Obrigado por nos dar a oportunidade de lê-lo.

Atenciosamente,
Os editores

    E... as coisas só fazem piorar.
    Entrei no loft e encontrei (além desta carta) a minha mãe com os pacotes de aceitação que recebi de todas as faculdades espalhados pelo chão, com o Rocky sentado no meio, como se fosse o caule de uma flor (se algum caule de flor algum dia bebeu em um copo de criança de Dora a Exploradora). A minha mãe olhou para mim e disse: "Vamos escolher uma faculdade para você. *Hoje à noite.*"
    "Mãe", eu disse, de mau humor. "Se isto for por causa do J.P. e da coisa do anel..."

"Isto aqui é por causa de *você*", a minha mãe respondeu. "E do seu futuro."

"Eu vou para a faculdade, certo? Eu disse que ia escolher até o dia da eleição. Tenho até lá. Não posso encarar isto neste momento, tenho prova final de trigonometria amanhã e agora preciso estudar."

Além do mais, vou ser desvirginada depois do baile de formatura no sábado. Só que eu não mencionei esta parte para ela. Obviamente.

"Quero discutir este assunto agora", a minha mãe disse. "Quero que você faça uma escolha embasada, não que escolha um lugar qualquer só por causa da pressão do seu pai."

"E eu não quero ir para alguma faculdade famosa", falei, "em que eu não mereci entrar, e em que só fui aceita porque sou princesa." Eu estava total enrolando para ganhar tempo, porque a única coisa que eu queria era ir para o meu quarto e digerir a história de perder a virgindade no sábado. E o fato de que a Lilly Moscovitz, minha ex-melhor amiga, sabia disso. Será que ela ia contar para o irmão?

Não. Ela não contaria. Ela não se importava mais comigo. Então, por que contaria?

Só se ela quisesse me aniquilar completa e totalmente aos olhos dele, mais ainda do que eu já fui aniquilada, por causa do meu próprio comportamento idiota.

"Então não vá para alguma faculdade famosa", minha mãe disse. "Vá para alguma faculdade em que você teria chance de entrar sem a coisa de ser princesa. Deixe eu ajudar você a escolher um lugar. Por favor, Mia, pelo amor de Deus. Não vá me dizer que a sua formação futura vai ser de SRA."

"O que é isso?", eu perguntei para ela.

"*Sra.* Reynolds-Abernathy IV", ela respondeu.

"É um anel de COMPROMISSO", eu berrei para ela. Meu Deus! Por que ninguém me *escuta*? E por que, quando eu estava fazendo os pés com todas aquelas garotas que já transaram, eu não fiz mais perguntas a elas a respeito do assunto? Eu sei que escrevi sobre isso no meu livro romântico. Com certeza já LI bastante sobre isso.

Mas, na verdade, não é a mesma coisa que fazer, sabe?

"Que bom", minha mãe disse, a respeito da coisa do anel de compromisso. "Então COMPROMETA-SE a me deixar diminuir um pouco as opções para eu poder dizer para o seu pai que estou cuidando da questão. Ele já me ligou *duas vezes* hoje para falar sobre isso. E ele acabou de chegar à Genovia há apenas algumas horas. E eu também estou levemente preocupada com isso, sabe?"

Fiz uma careta para ela. Então caminhei pela sala e peguei os pacotes de inscrição das faculdades em que eu achei ser capaz de passar quatro anos estudando. Tentei prestar atenção especial às que não contam as notas do SAT (procurei quais eram na internet, por sugestão do Michael, apesar de não ter feito isso por ELE. Simplesmente fiz porque... bom, foi um conselho útil), e que possivelmente teriam me aceitado mesmo sem a coisa toda de ser princesa.

Essa foi provavelmente a coisa mais adulta que eu fiz o dia inteiro. Além de organizar todas as mensagens de agradecimento pelos meus presentes de aniversário. Eu não cheguei exatamente a uma decisão definitiva a respeito de onde eu quero estudar, mas já fiz uma seleção possível bem reduzida, de modo que, no dia da eleição-barra-baile-de-formatura, talvez eu seja capaz de dizer a eles que cheguei a alguma decisão.

Acho. Mais ou menos.

Eu estava no meio de arrumar as anotações de trigonometria para começar a estudar quando recebi uma mensagem instantânea do J.P.

JPRA4: Oi! Como foi o dia hoje? Com as provas finais, quer dizer.

FTLOUIE: Foi tudo bem, acho. Só tive história geral e literatura inglesa, então não foi nada assim tão estressante. É com amanhã que eu estou preocupada. Trigonometria! E você?

Foi muito estranho nós ficarmos trocando mensagens instantâneas a respeito das provas finais sendo que em menos de uma semana nós vamos... sabe como é.

E nós nunca chegamos a tirar a roupa no mesmo recinto.

JPRA4: Tudo bem. Também estou preocupado com amanhã... amanhã à noite.

FTLOUIE: Ah, certo, é a sua grande apresentação para o comitê dos trabalhos de conclusão! Não se preocupe, tenho certeza de que vai ser ótimo. Estou ansiosa para ver!

Como é que eu posso me preocupar com o trabalho de conclusão idiota dele se nós vamos transar? Qual é o problema dos garotos?

JPRA4: Se você estiver lá, vai ser ótimo.

DO QUE É QUE ELE ESTÁ FALANDO????? POR ACASO ELE É LOUCO?????? SEXO!!!! NÓS VAMOS TRANSAR!!!! POR QUE NÃO PODEMOS CONVERSAR SOBRE ISTO?????
O Michael, pelo menos, falaria sobre o assunto.

FTLOUIE: Você sabe que eu não perderia por nada. E vai ser maravilhoso!

JPRA4: *Você* é que é maravilhosa.

Continuamos assim durante um tempo, um dizendo para o outro que era mais maravilhoso, mas nenhum dos dois falando o que realmente PRECISÁVAMOS discutir (ou pelo menos o que eu achava que nós devíamos discutir), até que recebi uma mensagem instantânea da Tina que nos interrompeu.

ILUVROMANCE: Mia, eu sei que você disse que não era mais para falar sobre este assunto, mas isto aqui não é falar. É mandar mensagem instantânea sobre o assunto. Eu realmente não acho que o Michael saiu da festa ontem à noite porque ele não se importa com você. Acho que ele foi embora porque se importa SIM com você e não suportou ver você com outro. Eu sei que você não quer escutar isto, mas é o que eu acho.

Eu amo a Tina mesmo. De verdade.

Mas, às vezes, fico com vontade de estrangular esta menina.

ILUVROMANCE: Quer dizer, eu estava só imaginando se você levou em conta *todas* as implicações do que você vai fazer com o J.P. na noite do baile de formatura. Ouça a voz de quem já fez isto; eu sei que a Lana e a Trisha passam a impressão de que não é nada, mas sexo é uma experiência profundamente emocional na primeira vez, Mia. Ou, pelo menos, devia ser. Este realmente é um passo muito importante, e você não devia fazer com qualquer um.

FTLOUIE: Está falando do meu namorado de quase dois anos que eu amo um monte, é isso?

ILUVROMANCE: Certo, já entendi aonde você quer chegar, e vocês estão juntos há muito tempo. Mas e se você estiver cometendo um erro? E se o J.P. não for o Homem Certo para você?

FTLOUIE: DO QUE VOCÊ ESTÁ FALANDO? É claro que o J.P. é o Homem Certo. PORQUE ELE NÃO TERMINOU COMIGO. COMO O MICHAEL FEZ. ESTÁ LEMBRADA?

ILUVROMANCE: É, mas isso já faz muito tempo. E agora o Michael voltou. E eu estava aqui pensando... quem sabe seja melhor você não tomar decisões apressadas. Afinal, e se a Lilly contar para o Michael o que ela ouviu no banheiro hoje?

Eu sabia que a Tina estava mentindo hoje.

FTLOUIE: VOCÊ DISSE QUE ELA NÃO IA CONTAR.

ILUVROMANCE: Bom, provavelmente não vai. Mas... e se contar?

FTLOUIE: Mas o Michael não está nem aí, Tina. Quer dizer, ele terminou comigo. Ele foi embora da festa ontem à noite. Que diferença faz para ele se eu ando por aí dizendo que ainda sou virgem, mas que vou para a cama com o meu namorado depois do baile de formatura e que superei o fato de ainda gostar dele? Se ele se importasse, tomaria alguma atitude a respeito, certo? Quer dizer, o Michael tem o meu telefone, certo?

ILUVROMANCE: Certo.

FTLOUIE: E o telefone não está tocando, não é mesmo?

ILUVROMANCE: Acho que não.

FTLOUIE: Não, não está. Então. Não quero ofender, Tina. Eu também adoro romances, mas, neste caso, TERMINOU. O MICHAEL NÃO SE IMPORTA MAIS COMIGO. E o comportamento dele na minha festa ilustra isto com muita clareza.

ILUVROMANCE: Bom. Tudo bem, se você está dizendo.

FTLOUIE: É sim. Estou dizendo sim. Caso encerrado.

Foi aí que eu disse para a Tina e o J.P. que eu precisava mesmo desligar. Se eu não desligasse, a minha cabeça ia sair rodopiando pelo pátio do prédio e voaria para o espaço, até alcançar aqueles satélites que ficam caindo na nossa cabeça igual a chuva.

Mas é claro que não foi isso que eu disse para eles. Eu disse que, se eu não fosse estudar, não passaria em trigonometria. Para falar a verdade, talvez uma dessas faculdades que me aceitaram com base nas minhas notas e redações e atividades extracurriculares e tudo o mais de verdade não me deixem estudar lá.

O J.P. me mandou um milhão de beijos de despedida por mensagem instantânea. Eu retribuí todos. A Tina só mandou um "tchau". Mas dava para perceber que ela queria dizer mais mil coisas. Tipo que o J.P. não era o Homem Certo para mim, sem dúvida.

Legal da parte dela mencionar isto AGORA. Não que eu possa fazer alguma coisa a esse respeito.

Acho que ela acredita que o Homem Certo para mim é o Michael. Por que a minha melhor amiga acha que o Homem Certo para mim é um cara que não está absolutamente nem um pouco interessado em mim?

Terça-feira, 2 de maio, 20h, no loft

Porcaria. Os sites de fofoca estão lotados de coisas sobre o meu "noivado" com o J.P. Reynolds-Abernathy IV.

Está tudo relacionado com o fato de o meu pai estar perdendo nas pesquisas de opinião sobre a eleição na Genovia... e que talvez o fato de ter ido passar um dia nos Estados Unidos para ir à festa de 18 anos da filha não tenha sido a melhor das ideias, tendo em vista que ele não pode se dar ao luxo de se afastar da campanha.

Por outro lado, muitos artigos dizem que, talvez, se ele de fato passasse mais tempo com a filha, ela não ficaria noiva assim tão cedo.

Eu sou a Jamie Lynn Spears da família Renaldo! Sem a parte da gravidez!

Vou me enfiar embaixo das cobertas e nunca mais sair de lá.

É um ANEL DE COMPROMISSO! Aliás, quem foi que disse a eles que era um anel de noivado?

Falando sério, quando é que tudo isto vai parar?

Ah, já sei: nunca.

Terça-feira, 2 de maio, 21h, no loft

Grandmère acabou de ligar. Ela queria saber se eu já tinha providenciado um vestido para o baile de formatura.

"Hum", eu respondi ao me lembrar, de repente, que não tinha providenciado, para falar a verdade. "Não?"

"Achei mesmo que não", Grandmère disse, com um suspiro. Vou falar com o Sebastiano para resolver a questão, já que ele está por aqui."

Daí ela disse que, se eu tivesse feito para o J.P. o discurso que ela me fez decorar há tanto tempo, nenhuma das fofocas estaria acontecendo. Acho que falaram alguma coisa a respeito do assunto no *Entertainment Tonight*. Grandmère nunca perde um episódio, já que é obcecada pela postura da Mary Hart, que ela considera perfeita, e diz que eu devia imitar. (Eu imitaria, mas ia precisar enfiar um cabo de vassoura no traseiro.)

"Por outro lado", ela prosseguiu, "se você tinha mesmo que ficar noiva de alguém, Amelia, pelo menos escolheu alguém de berço e de fortuna própria. Poderia ser pior. Imagino", ela completou, com um cacarejo. "Podia ter sido Aquele Garoto."

Quando diz *Aquele Garoto*, Grandmère está falando do Michael. E eu sinceramente não sei por que isso é tão engraçado.

"Não estou noiva", eu disse. "É um anel de compromisso."

"Mas, em nome de Deus, o que é um anel de compromisso?", Grandmère quis saber. "E que história é essa que o seu pai me contou sobre você ter escrito um livro romântico?"

Eu realmente não estava no clima de discutir *Liberte o meu coração* com Grandmère. Eu ainda tinha uns vinte capítulos de trigonometria para revisar. Ah, e a minha desvirginação para mapear. Tinha que ver o que eu ia comprar na farmácia CVS para impedir que um roteiro completo de *Juno* se desenrolasse. O próximo livro que eu escrever não vai precisar se chamar *Princesa grávida*.

"Não precisa se preocupar com isso", eu explodi. "Já que ninguém quer publicar mesmo."

"Bom, dou graças ao Senhor por isto", Grandmère disse. "A última coisa de que esta família merece é uma escritora de livrinhos cafonas de bolso..."

"Não é cafona", eu interrompi, magoada. "É um livro romântico muito bem-humorado e emocionante sobre o despertar sexual de uma garota no ano 1221..."

"Ai meu Deus." Grandmère falou como se tivesse engolido errado. "Por favor, diga que, se for publicado, você vai usar um pseudônimo."

"Claro que sim", eu respondi. Quanta coisa uma única pessoa supostamente é obrigada a aguentar, aliás? "Mas, mesmo que não fosse usar, qual é o problema? Por que todo mundo tem que ser tão pudico? Sabe, já faz quase quatro anos que eu aceito fazer tudo que todo mundo quer que eu faça. Já está na hora de começar a fazer alguma coisa que *eu* quero..."

"Bom, pelo amor de Deus", Grandmère disse, "por que você não vai esquiar ou qualquer coisa assim? Por que tem que escrever *livros românticos?*"

"Porque eu gosto de fazer isto", respondi. "E eu posso fazer e ainda ter tempo de ser a princesa da Genovia, sem ter um monte de paparazzi correndo atrás de mim, e não me faz mal, e por que você não consegue simplesmente ficar feliz por eu ter encontrado a minha vocação?"

"A vocação dela!" Dava para sentir que Grandmère estava revirando os olhos. "A *vocação* dela, nada menos. Não pode ser a sua vocação se ninguém está interessado nem em comprar esta porcaria, Amelia. Olhe, se está em busca de uma vocação, eu pago para você ter aulas de salto livre. Ouvi dizer que está fazendo muito sucesso entre a juventude de..."

"Eu não *quero* aulas de salto livre", respondi. "Vou escrever livros românticos e não tem nada que você possa fazer para me impedir. E eu vou para a faculdade para aprender a escrever melhor. Só que eu ainda não sei que faculdade vai ser. Vou decidir até o baile de formatura e a eleição..."

"*Bom*", Grandmère respondeu, parecendo ofendida. "Alguém não curtiu seu sono de beleza!"

"Porque eu estava na *sua* festa", eu disse. Daí eu suavizei o tom, porque me lembrei do que o meu pai disse a respeito de as princesas precisarem ser gentis. "Peço desculpas. Eu não quis falar assim. Foi muito legal da sua parte fazer aquela festa para mim, e foi ótimo ver o meu pai, e você e o Vigo fizeram um serviço maravilhoso. Eu só quis dizer..."

"Suponho que devo me sentir aliviada por não precisar organizar uma festa de noivado para você", Grandmère disse em tom rígido. "Ninguém dá festas de anéis de compromisso... dá? Mas imagino que você espere uma festa de *livro* algum dia."

"Se eu for publicada", respondi, "vai ser legal." Grandmère suspirou cheia de drama e desligou. Dava para ver que ela ia tomar um Sidecar, apesar de os médicos terem ordenado expressamente que ela diminuísse o consumo deles (e eu vi que ela estava com um na mão a noite inteira ontem. Ou o copo era mágico e nunca esvaziava ou ela tomou vários).

Então, bom. Exatamente o que o meu pai NÃO queria: parece que eu sou uma Princesa Malfalada.

Por outro lado, a esta altura... pode até ser que eu faça jus ao falatório, acho.

Quarta-feira, 3 de maio, prova final de trigonometria

Certo. Nesta eu quase não passei.
Vamos seguir em frente.

Quarta-feira, 3 de maio, almoço

AI MEU DEUS!

Eu só estava lá sentada na nossa mesa de almoço no refeitório com o meu hambúrguer de tofu e uma salada quando o meu telefone tocou e eu vi que era o meu pai.

Meu pai nunca me liga na hora da escola, a menos que seja uma emergência importantíssima, de modo que eu quase larguei a bandeja e falei: "O QUE FOI?" no telefone.

Claro que o J.P. e a Tina e o Boris e a Lana e todo mundo parou de falar e olhou para mim.

As únicas coisas em que eles conseguiram pensar foram:

A) Grandmère finalmente bateu as botas por causa de tantos Gitanes; ou
B) De algum modo, os paparazzi ficaram sabendo do fato de que eu vou transar na noite do meu baile de formatura e contaram tudo para os meus pais, e eu me ferrei. Será que a Tina estava certa? Será que eles grampearam mesmo o meu telefone?

Daí o meu pai falou assim, com a voz completamente calma: "Achei que você estaria interessada em saber que o nosso Cardio-Braço novinho em folha acaba de ser entregue ao Hospital Real da Genovia, com um cartão indicando que era uma doação feita por Michael Moscovitz, Presidente e Executivo-Chefe, Indústria Pavlov Cirúrgica."

Quase derrubei meu celular dentro do frozen yogurt da Lana. "Ei, cuidado", ela disse.

"Uma programadora chamada Midori veio com o Cardio-Braço para dar um curso de duas semanas para os nossos cirurgiões, para eles aprenderem a usar", meu pai prosseguiu. "Ela está no hospital agora, montando o equipamento."

A Micromini Midori!

"Não estou entendendo", falei. Eu estava totalmente confusa, de verdade. "Por que ele faria uma coisa dessas? Nós não pedimos o equipamento. Você pediu? Eu não pedi."

"Eu não pedi", meu pai disse. "E já perguntei para a sua avó. Ela jura que também não pediu."

Eu precisei me sentar, porque as minhas pernas de repente cederam embaixo de mim. Eu nem tinha pensado em Grandmère. Ela tinha que estar por trás disto! Ela deve ter batido as pestanas até fazer o Michael dar um dos CardioBraços dele para a Genovia! Não é para menos que ele saiu cedo da minha festa! Coitadinho.

E, durante todo esse tempo, eu fiquei pensando coisas horríveis sobre ele...

"Mia, está tudo bem com você?", o J.P. perguntou, com ar de preocupação. "O que está acontecendo?"

"Ela deve ter dito alguma coisa para ele", eu falei ao telefone, ignorando o meu namorado. "Ela tem que estar mentindo. Por que outro motivo ele teria feito isto?"

"Ah, acho que eu faço uma boa ideia do por quê", meu pai disse, com uma voz estranha.

"Faz?" Eu fiquei embasbacada. "Bom, e por quê? Que outro motivo pode haver além de Grandmère o ter encurralado na noite da minha festa para exigir o equipamento? Pai, ela tem que ter feito isso." Eu baixei a voz para que a turma do almoço não escutasse. "Tem uma lista de espera enorme para conseguir uma dessas coisas. Custa mais de um milhão de dólares! Ele não ia simplesmente mandar entregar um na Genovia sem nenhum motivo!"

"Acho que tem um motivo, sim", meu pai disse, seco. "Por que você não liga para ele e vocês conversam? Imagino que ele vai explicar tudo em um jantar."

"Jantar?", eu repeti. "Do que você está falando? Por que nós sairíamos para jant..."

De repente, eu entendi. Não dava para acreditar que eu demorei tanto tempo para perceber o que o meu pai queria dizer — que o Michael tinha mandado o CardioBraço porque ainda gostava de mim. Talvez até *mais* do que gostasse de mim.

Eu senti que comecei a ficar vermelha. Fiquei feliz por as pessoas que estavam na mesa não poderem ouvir os dois lados da conversa. Quer dizer, se é que já não tinham percebido tudo só pelo meu lado.

"Pa-ai!", sussurrei. "Ora! Não é *isso*! Quer dizer...", eu baixei a minha voz ainda mais, agradecida pelo barulho do refeitório. "*Ele terminou comigo, está lembrado?*"

"Isso já faz quase dois anos", meu pai disse. "Vocês dois cresceram muito de lá para cá. Um de vocês em especial."

Ele estava falando de mim. Eu sei que ele estava falando de mim. Certamente não estava falando do Michael, que nunca tinha sido nada além de calmo e compreensivo, ao passo que eu fui...

Bom, nada disso.

Esquisitona.

"Mia, o que está acontecendo?", a Tina quis saber. Ela parecia preocupada. "Está tudo bem com o seu pai?"

"Está tudo ótimo", eu disse a eles. "Conto daqui a um minuto..."

"Mia, eu preciso desligar", o meu pai disse. "A imprensa está aqui. Acho que nem preciso dizer como uma coisa assim... bom, é uma notícia muito importante para um país tão pequeno quanto a Genovia."

Não, ele não precisava me dizer isso. Ninguém faz doações de equipamentos de alta tecnologia, que custam milhões de dólares, para o hospital porcaria que tem na Genovia. Uma coisa dessas receberia enorme cobertura da imprensa.

Muito mais, aliás, do que as iniciativas do René para abrir um Applebee's.

"Certo, pai", eu disse, tonta. "Tchau."

Então desliguei, sentindo-me totalmente confusa. O que estava acontecendo? Por que o Michael tinha feito isso? Quer dizer, eu sei *por que* o meu pai acha que o Michael tinha feito isso.

Mas por que *realmente* ele tinha feito isso? Eu tinha visto o jeito como ele foi embora da minha festa, sem mais nem menos. Não fazia o menor sentido.

Com amor, Michael.

"O que está acontecendo, Mia?", o J.P. quis saber.

"Você está com cara de quem comeu uma meia", a Tina disse.

"Não é nada", eu respondi rapidinho. "Era só o meu pai dizendo que o Hospital Real da Genovia recebeu a doação de um CardioBraço da empresa do Michael. Só isso."

A Tina engasgou com o gole de Diet Coke que estava tomando. Todas as outras pessoas receberam a notícia com muita calma.

Inclusive o J.P.

"Nossa, Mia", ele disse. "Que coisa ótima! Uau. Que presente generoso."

Ele não parecia nem um pouco enciumado.

E por que deveria ter ciúme? Até parece que existe alguma coisa de que se ter ciúme. O Michael não gosta de mim desse jeito, apesar do que o meu pai — e a Tina — possa pensar. Tenho certeza de que ele só doou o CardioBraço para ser simpático.

E a Micromini Midori... o fato de ele ter enviado logo ela para ensinar os cirurgiões a usar o equipamento? Isso não significa que ela e o Michael não estejam juntos. Só significa que o relacionamento deles é tão estável que podem passar semanas afastados e isso não os incomoda nem um pouco.

Do que eu estou falando? E daí se o Michael e a Micromini Midori estiverem namorando? Eu tenho na mão um anel de compromisso de outro cara! Para quem vou perder a minha virgindade depois do baile de formatura, no próximo sábado! Qual é o meu problema?

De verdade: Qual É o meu problema? Eu nem devia estar pensado nessas coisas! Tenho uma prova final de francês daqui a quinze minutos!

O QUE EU VOU FAZER A RESPEITO DO FATO DE O MICHAEL TER ENVIADO UM CARDIOBRAÇO PARA O HOSPITAL REAL DA GENOVIA?????

E eu não consigo parar de pensar nele nem um segundo, e estou fadada a perder a minha virgindade para o meu namorado depois do baile de formatura daqui a quatro dias (três sem contar hoje)!!!!

Quarta-feira, 3 de maio, prova final de francês

Mia — você terminou a prova? T

Terminei. Foi um horror.

E não foi? O que você respondeu na número 5?

Não sei. Futuro perfeito, acho. Não lembro mais. Estou tentando bloquear da minha mente.

Eu respondi a mesma coisa. Então. Eu sei que você provavelmente não quer falar sobre o assunto, mas o que você vai fazer a respeito do Michael e do fato de ele ter feito o que fez? Porque você pode dizer o que quiser, Mia, mas não pode negar: nenhum cara vai mandar um CardioBraço para o país de uma garota de quem ele não gosta.

Está vendo, eu sabia que isso ia acontecer. A Tina pega qualquer coisa que acontece e enrola em papel de seda prateado e amarra com um laço grande e chama de Amor.

E *eu* é que supostamente sou a escritora de livros românticos.

Ele não gosta de mim! Não *gosta* gosta. Ele só fez isso para ser simpático. Em nome dos velhos tempos, tenho certeza.

Bom, não sei como você pode ter certeza se nem falou sobre o assunto com ele. Você conversou com ele sobre isso?

Bom, não. Ainda não. Mas também não tenho certeza se vou conversar. Porque, para o caso de você não se lembrar, Tina, eu estou usando o anel de compromisso de uma outra pessoa.

Isso não dá a você o direito de ser grosseira! Quando alguém se dá ao trabalho de doar um CardioBraço para o seu país, o mínimo que você pode fazer é agradecer pessoalmente! Mas isso não significa que precisa ir para a cama com ele nem nada. Tenho certeza que o Michael não está esperando nada assim. Mas você podia dar um beijo nele.

Ai meu Deus.

Afinal, de que lado você está, Tina? Do J.P. ou do Michael?

Do J.P., é claro! Porque foi ele que você escolheu, certo? Quer dizer... não escolheu? Seria bem estranho se NÃO fosse ele que você escolheu, tendo em vista que está usando o anel dele e que planeja passar a noite com ele no sábado.

Claro que eu escolhi o J.P.! O Michael terminou comigo, está lembrada?

Mia, isso já faz quase dois anos. As coisas estão diferentes agora. Você está diferente agora.

POR QUE TODO MUNDO FICA REPETINDO ISTO?

AI MEU DEUS, PESSOAL! ACABEI DE SAIR DA MINHA ÚLTIMA PROVA FINAL DE ALEMÃO DA VIDA! Nunca mais vou ver uma prova final de alemão! Pelo menos que eu vá fazer. Acho que na faculdade eu vou fazer espanhol, porque assim vou poder pedir mais coisas quando for para o Cabo nas férias, em vez de só tacos.

───────────────
Enviado pelo meu Blackberry®

Lana, você não acha que a Mia devia ligar para o Michael para agradecer a doação de um CardioBraço para o Hospital Real da Genovia?

Tantufaz, ela devia ligar para ele porque ele é GOSTOSO igual a uma pimenta bem forte, sobre a qual eu vou começar a aprender quando for estudar ESPANHOL em vez de ALEMÃO!!!!

───────────────
Enviado pelo meu Blackberry®

Está vendo? Mia, só mande uma mensagem de texto para o Michael. Agradeça pelo que ele fez. Isso não é magoar o J.P. E, tudo bem, talvez o Michael tenha feito isso porque a Lilly contou para ele o que escutou a gente dizer no banheiro. Mas há grandes chances de que ele fosse mandar de todo jeito. Então, ligue para ele.

Você acha que ele mandou o CardioBraço porque a Lilly disse para ele que me ouviu dizendo que eu ainda gostava dele? Estou passando mal!!!!!

Não! Eu disse que TALVEZ tenha sido por isso.

AI MEU DEUS, foi por isso que ele fez isso! Eu sei! Ai meu Deus. AI MEU DEUS!!!!!!

Olhe, tenho certeza de que NÃO foi por isso. Mas... você devia ligar para descobrir.

Esperem... A partir de agora eu vou passar as férias na Genovia. Eu devia aprender francês no ano que vem. Como se diz taco em francês?

Enviado pelo meu Blackberry®

Quando eu for para a faculdade, a primeira coisa que vou fazer é escolher amigas novas. Porque as que eu tenho no momento são psicóticas.

Quarta-feira, 3 de maio, 16h, na limusine, a caminho do apartamento de Grandmère no Plaza

O Sebastiano pegou meia dúzia de vestidos da última coleção dele para eu experimentar para o baile de formatura, e eu vou me encontrar com Grandmère para dar uma olhada neles.

Tenho a sensação de que vão ser horríveis, mas acho que eu não devo ser assim tão preconceituosa. Eu gostei de verdade do último vestido formal dele que usei (no Baile de Inverno Inominável do primeiro ano. Será que faz mesmo tanto tempo assim? Parece que foi ontem). Só porque o Sebastiano vende as peças dele no Wal-Mart, não significa que vai ser tudo horrível.

Mas bom, eu passei todo o trajeto no carro escrevendo e apagando mensagens de texto para o Michael. Fiquei fazendo testes com elas com o Lars. (É óbvio que ele pensa que eu sou louca. Mas, bom, qual é a novidade?) Será que é realmente tão difícil assim capturar um tom exato que seja ao mesmo tempo despreocupado, caloroso e sincero?

O Lars acha que eu devo mandar este:

Caro Michael,
Nem posso dizer como fiquei surpresa e feliz, hoje, ao receber do meu pai a notícia a respeito de uma certa entrega que

chegou ao Hospital Real da Genovia. Você não faz nem ideia de como isso é bom para ele e para o povo da Genovia. A sua generosidade nunca será esquecida. Eu gostaria de agradecer pessoalmente em nome deles (se você tiver tempo).
Atenciosamente,
Mia

Acho que isto tem exatamente um tom educado e ao mesmo tempo simpático. É o tipo de coisa que uma garota que usa o anel de compromisso de outro cara pode mandar sem ser mal interpretada. E que também não vai causar problemas para ela se for interceptado pelos paparazzi.

Eu adicionei a parte de nós nos encontrarmos pessoalmente porque... bom, simplesmente me pareceu que se deve agradecer pessoalmente a alguém que dá um presente de mais de um milhão de dólares. Não é porque eu queira sentir o cheiro dele mais uma vez. Independentemente do que o Lars pensa (eu realmente gostaria que ele não ficasse escutando todas as minhas conversas. Mas acho que é um dos efeitos colaterais de ser guarda-costas de alguém).

Vou apertar o botão ENVIAR antes que eu perca a coragem.

Quarta-feira, 3 de maio, 16h05, na limusine, a caminho do apartamento de Grandmère no Plaza

Ai meu Deus! O Michael recebeu a minha mensagem de texto e já respondeu! Estou em pânico. (O Lars está rindo ainda mais de mim, mas eu nem ligo.)

Mia,
Eu adoraria encontrar com você "pessoalmente". Que tal hoje à noite?
Michael
P.S. Não precisa me agradecer em nome do seu pai nem da Genovia. Eu só mandei o equipamento porque achei que podia ajudar o seu pai na eleição, e que isso, por sua vez, ia deixar *você* feliz. Então, como você vê, minha motivação foi completamente egoísta.

E agora, o que eu faço????

O Lars não tem resposta para mim. Bom, tem sim, só que é completamente irracional. Ele falou, tipo: "Ligue para ele. Saia com ele hoje à noite."
Mas eu não posso sair com ele hoje à noite! Porque eu tenho NAMORADO! Além do mais, tenho a peça do J.P. hoje à noite. Eu prometi que estaria lá para apoiá-lo.

E eu *quero* apoiar o J.P. Claro que quero. É só que...

O que o Michael quis dizer quando escreveu que a motivação dele foi inteiramente egoísta? Será que ele quis dizer o que Lars falou que acha que ele quis dizer, que só mandou o CardioBraço porque ele gosta de mim?

E quer voltar?

Não. Isso não é possível. O Lars passou tempo demais sob o sol do deserto, desarmando explosivos com o Wahim. Por que o Michael ia querer voltar comigo, se eu sou obviamente uma louca? Quer dizer, quando nós estávamos juntos da última vez, eu fui a maior Britney para cima dele. Imagino que nenhum garoto gostaria de se oferecer para receber mais uma dose daquilo.

Apesar de, é claro, como o meu pai disse, eu ter amadurecido muito desde então...

E nós nos divertimos bastante no Caffe Dante. Mas aquilo foi só uma entrevista.

Ah! Mas o cheiro dele estava tão bom! Imagino que ele não deve ter achado que o *meu* cheiro também estava bom, será?

Preciso ver o que a Tina acha... apesar de ela ser mais louca do que eu, se quer saber a minha opinião.

Mas nem se preocupe com isso. Vou encaminhar esta mensagem de texto para ela... E, droga, agora QUE chegamos ao apartamento de Grandmère, vou ter que aguentar horas experimentando roupas. Quem tem paciência para moda quando tudo ISTO está acontecendo?

Quarta-feira, 3 de maio, 20h, no teatro Ethel Lowenbaum

Realmente é muito difícil escrever aqui, já que as luzes estão apagadas e a peça do J.P. está rolando. Aliás, estou fazendo isto aqui com o brilho do meu celular.

Eu sei que não devia estar escrevendo no meu diário de jeito nenhum — devia estar prestando atenção à peça, já que o comitê de avaliação do trabalho de conclusão está aqui (e também os pais do J.P. e todos os nossos amigos que não ficaram em casa para estudar para as provas finais), e eu devia passar a impressão de que apoio o J.P. e tudo o mais.

Mas eu simplesmente preciso escrever mais a respeito do e-mail do Michael. Porque, é claro, eu não pude guardar para mim. Eu *tive* que mostrar para todo mundo no apartamento de Grandmère.

Grandmère disse que só serve para provar que o Michael alimenta *une grande passion* por mim. Ela disse que um equipamento médico de um milhão de dólares é um presente quase tão romântico quanto um anel de compromisso de platina com um diamante de três quilates.

"Mas", ela prosseguiu, "o fato de o Michael ter feito a doação sem que você pedisse é bastante extraordinário. Estou começando a me perguntar se, no fundo, eu estava errada a respeito d'Aquele Garoto."

!!!!!!

Sinceramente, eu quase desmaiei ali mesmo. Eu NUNCA ouvi Grandmère dizer que estava errada a respeito de NADA!!!!!

Bem, quase nunca.

Mas, enfim, essa foi uma coisa tão surpreendente de ouvir saindo da boca de Grandmère que eu quase caí do banquinho em que o Sebastiano me fez subir enquanto ele enfiava alfinetes no vestido que estava ajustando. Ele disse "Tsk, tsk, tsk" e perguntou se eu queria ficar parecendo um porco-espinho.

Só que, é claro, o Sebastiano ainda não domina muito bem o básico da nossa língua, de modo que ele chamou só de "porco".

"G-Grandmère", eu gaguejei. "O que você está dizendo? S-será que eu devo dar mais uma chance ao Michael? Será que eu devo devolver o anel do J.P.?"

Juro que o meu coração estava batendo tão forte dentro do peito que eu achei que mal conseguiria respirar enquanto esperava a resposta dela. E isso foi estranho, porque até parece que eu dou algum VALOR especial aos conselhos de Grandmère, já que ela é, de fato, uma lunática de carteirinha.

"Bom", Grandmère disse, com ar pensativo. "Este anel é incrivelmente *grande*. Por outro lado, trata-se de um equipamento médico absurdamente caro. Mas não dá para andar por aí com um braço cirúrgico robotizado."

Está vendo o que eu quero dizer?

"Eu sei o que você deve fazer, Amelia", Grandmère disse, mais animada. "Vá para a cama com os dois, e aquele que tiver melhor desempenho no *boudoir* é o que você deve escolher. Foi isso que eu fiz com Baryshnikov e Godunov. Que rapazes mais adoráveis. E também muito flexíveis."

"Grandmère!" Eu fiquei chocada. Quer dizer, falando sério. Como ela pode ser tão diabólica? Como é que nós podemos ter o mesmo sangue?

Sinceramente, eu não me considero pudica. Mas acho que a gente precisa no mínimo estar *apaixonada* por alguém antes de fazer *aquilo* com ela (uma ideia que eu tentei, sem sucesso, incutir na Lana. Ah, e na minha avó).

Mas, bom, eu falei para ela não ser besta, que eu não vou para a cama com ninguém. A Mentira Enorme Número Nove de Mia Thermopolis.

Mas o que é que eu *vou* fazer? Recebi um e-mail de confirmação de volta da Tina. (Ela está hoje aqui com o Boris. Mas. É claro, não podemos *conversar* sobre o assunto. Não com o J.P. por perto. Ah, e o Boris.)

Ela acha que o recado do Michael quis dizer o que Grandmère achou que quis dizer (mas quem é que conta o que Grandmère pensa, já que ela obviamente tem parafusos soltos): o Michael realmente mandou o CardioBraço para mim. Para MIM!

A Tina disse que eu tenho que responder e fazer algum tipo de combinação para nos encontrarmos pessoalmente. Porque, como ela acabou de me escrever da poltrona *dela*:

Você não pode deixar o Michael no ar. *Quem sabe* ele só esteja flertando com você... Mas eu duvido. Ele teve o maior trabalho para mandar aquele CardioBraço... isso sem mencionar a Micromini Midori, que foi junto.

E a única maneira de descobrir o que realmente está acontecendo com ele é encontrar com ele pessoalmente. Quando você olhar nos olhos dele, vai saber de verdade se ele está brincando ou se está falando sério.

Este é um caso delicado, Mia: você pode ficar DIVIDIDA ENTRE DOIS AMORES!!!!

Eu sei que você provavelmente está muito aborrecida com tudo isso, mas será que é errado eu, pelo menos, achar tudo isto MUITO, MUITO EMOCIONANTE????? Certo, sinto muito, vou parar de pular na minha poltrona. Uma pessoa na fileira da frente acabou de me olhar muito feio, e o Boris quer que eu preste atenção à peça agora.

Ainda bem que existe alguém que está feliz com isso, porque eu, pessoalmente, não estou. Sinceramente, não sei como aconteceu. Como é que eu, Mia Thermopolis, passei da pessoa mais tediosa do planeta (tirando a coisa de ser princesa), que basicamente passou o ano e meio anterior inteiro sem sair de casa porque estava sempre fazendo o trabalho de conclusão, a história da extração de **azeite de oliva na Genovia**, no período aproximado de 1254-1650 (e, tudo bem, na verdade era um livro romântico histórico, mas e daí?), para uma garota que é desejada por dois homens que são um partidão?

De verdade: como????

E, de acordo com a minha melhor amiga, o que eu devo fazer a respeito disso é combinar de encontrar aquele com quem eu não estou comprometida para ficar noiva...

Mas como é que eu posso combinar de encontrar o Michael agora, conhecendo a minha fraqueza por ele — principalmente pelo cheiro do pescoço dele —, quando é possível que ele *goste* de mim — o suficiente para enviar um CardioBraço para o meu país (junto com alguém para ensinar os cirurgiões a usá-lo)?

Não posso fazer isso com o J.P. O J.P. tem seus defeitos (ainda não acredito que ele não tenha lido o meu livro), mas ele nunca sai com as ex dele sem me avisar (não que ele tenha alguma ex além da Lilly). Ele nunca *mentiu* para mim.

E eu reconheço que a coisa da Judith Gershner agora já não parece mais tão importante quanto parecia antes, tendo em vista que isso tudo aconteceu antes de eu e o Michael ficarmos juntos. E eu nunca perguntei para o Michael exatamente se ele tinha ficado com alguém antes de mim, então, tecnicamente, não é o caso de ele ter mentido.

Mas não dá para negar o fato de que essa era uma informação bem importante, que ele devia ter compartilhado comigo. Quem está em um relacionamento romântico realmente deve compartilhar seu histórico sexual entre si. O histórico sexual *completo*.

Mas acho que ele *de fato* compartilhou comigo. No fim. E eu me comportei com a maturidade de uma criança de cinco anos a respeito do assunto. Exatamente como eu sabia que me comportaria.

Ai meu Deus! Estou tão confusa... Não sei o que fazer! Preciso conversar sobre isso com alguém de mente sã — alguém que *não* seja meu parente (consulte afirmação anterior, ref. Pessoa de mente sã) ou com quem eu estudo.

Acho que, com isso, só me sobra o dr. Loco, infelizmente. Mas eu só vou me encontrar com ele na sexta-feira, na nossa última consulta para sempre. Então.

QUE SORTE A MINHA!!! Eu posso ficar aqui sentada sem fazer nada, tentando descobrir qual é a melhor coisa a fazer até lá.

Acho que é assim que as pessoas de 18 anos que em breve vão se formar no ensino médio tratam das coisas.

(Sabe, tem alguém aqui nesta plateia que me parece tão familiar... passei a noite toda aqui tentando me lembrar quem é, até que finalmente caiu a ficha: é o Sean Penn. Não é para menos que o J.P. estava tão nervoso antes. O *Sean Penn*, o diretor preferido dele, está aqui na plateia para a apresentação da peça dele, *Um príncipe entre os homens*. O J.P. deve ter falado com ele sobre o espetáculo quando estavam conversando no barco, na minha festa de aniversário. Ou isso ou foi a Stacey quem falou, porque ela já participou de um filme do Sean Penn. É realmente muitíssimo legal da parte do Sr. Penn comparecer.)

Mas, bom. Eu sei que preciso responder à mensagem de texto do Michael. Afinal de contas, fui eu quem disse que queria me encontrar com ele pessoalmente. Eu simplesmente não disse nada depois daquela última mensagem de texto em que ele falou aquela coisa legal de ter feito a doação por mim, não pelo meu pai nem pela Genovia.

Mas eu não sei exatamente o que dizer! *Hoje à noite eu não posso* parece bem óbvio, tendo em vista que já passa das oito.

Por outro lado, quem já saiu do ensino médio fica fora de casa até muito tarde, então talvez isso não pareça óbvio para ele.

Mas a Tina tem razão. Eu preciso me encontrar com ele. Que tal isto:

Oi Michael! Hoje à noite não vai dar (obviamente), e amanhã à noite tem a apresentação do trabalho de conclusão do Boris (o concerto dele no Carnegie Hall). Sexta-feira é o dia que a turma do último ano não tem aula. Você pode almoçar na sexta?
Mia

Almoço está bom, certo? Almoço não é sexy nem nada. Dá para almoçar e continuar sendo apenas amigos. Amigos de sexo oposto almoçam juntos o tempo todo e não tem nada nem um pouco romântico nisso.

Pronto. Mandei.

Acho que foi uma mensagem de texto bem boa. Eu não disse *Com amor, Mia* nem nada do tipo. Não entrei na questão de ele ter doado o CardioBraço para a Genovia por causa de mim e não do meu pai. Simplesmente fui despreocupada e casual, e...

Ai meu Deus, ele respondeu. Que rápido!

Mia,
Almoçar na sexta está ótimo. Que tal a gente se encontrar no Boathouse do Central Park, do lado do lago, à uma hora?
Com amor,
Michael

No restaurante Boathouse! Amigos não almoçam no Boathouse. Bom, quer dizer, almoçam sim, mas... não é casual nem despreocupado. É necessário fazer reserva para conseguir uma mesa, e o restaurante que dá vista para o lago é meio... romântico. Mesmo na hora do almoço.

E ele assinou *COM AMOR, MICHAEL!* De novo! Por que ele fica REPETINDO isso?

Ah — todo mundo está batendo palma...
Nossa! Já está no intervalo?

# Quarta-feira, 22h, no teatro Ethel Lowenbaum

Certo.

Certo, então, a peça do J.P. é sobre um personagem chamado J.R., que é basicamente idêntico ao J.P. Quer dizer, ele é um garoto bonito e rico (representado pelo Andrew Lowenstein), que estuda em uma escola particular refinada de Nova York, que por acaso também é frequentada pela princesa de um pequeno principado europeu. No início da peça, o J.R. é muito solitário, porque só tem como passatempo jogar garrafas do telhado do prédio em que ele mora, escrever diário e tirar o milho do feijão que as funcionárias do refeitório da escola servem para ele. Isso abala muito a relação dele com os pais, totalmente autocentrados, e ele pensa muito seriamente em se mudar para a Flórida para morar com os avós.

Mas, um dia, a princesa, Rhea (representada pela Stacey Cheeseman, que usa uma saia xadrez azul na peça que, aliás, é muito mais curta do que qualquer uma que eu já tive), chega para o J.R. no refeitório e realmente o convida para se sentar na mesa dela na hora do almoço, e a vida toda do J.R. muda. De repente, ele começa a ouvir os conselhos do psiquiatra dele, para não jogar garrafas do telhado do prédio, e o relacionamento dele com os pais melhora, e ele para de querer se mudar para a Flórida. Logo tudo se resume à linda princesa, que se apaixona pelo J.R. por causa da esperteza e da gentileza dele.

Deu para ver que a peça era sobre mim e o J.P. Ele tinha mudado os nossos nomes (só um pouquinho), e alguns detalhes. Mas sobre quem mais poderia ser?

O negócio é que eu estou acostumada com gente que faz filmes baseados na minha vida, e com o fato de tomarem liberdades com os acontecimentos da minha vida.

Mas as pessoas que fazem esses filmes não me conhecem! Elas não estavam presentes quando as coisas mostradas de fato estavam acontecendo.

Mas o J.P. estava. As coisas que ele fez o Andrew e a Stacey dizerem na peça dele... Quer dizer, são coisas que o J.P. e eu realmente dissemos um para o outro. E o J.P. fez os atores da peça dele dizerem tudo totalmente fora de contexto!

Por exemplo, tem uma cena em que a princesa Rhea bebe uma cerveja e faz uma dança sensual e se envergonha totalmente na frente do ex-namorado.

E isso, tudo bem, aconteceu mesmo, total.

Mas será que algumas coisas não deviam ser particulares entre namorado e namorada? Por acaso o J.P. *tinha* que compartilhar isso com todo mundo que a gente conhece (apesar de todo mundo que a gente conhece já estar careca de saber disso)?

E o J.P. mostrou o J.R. em uma pose toda nobre ao lado da princesa, dando apoio a ela (apesar da dança sensual, que, eu acredito, tenha o intuito de fazer com que todo mundo a odeie e ache que ela é a maior vagabunda e tudo o mais). Neste momento está rolando uma cena em que a Stacey Cheeseman, toda chorosa, explica para o Andrew Lowenstein que ela é capaz de compreender se ele não quiser ficar com ela, porque ele nunca vai ter a possibilidade de ter uma vida normal ao lado dela, com tanta cerveja e dança sensual e o fato de que tem sempre um monte de paparazzi correndo atrás deles. E se algum dia eles se casassem (!!!!), é claro que ele teria que virar príncipe e perder todo o anonimato, e que, como consorte real, ele sempre teria que caminhar cinco passos atrás dela e nunca poderia dirigir carros de corrida.

Mas o Andrew Lowenstein está dizendo, em um tom muito paciente, enquanto segura as mãos da Stacey Cheeseman e olha nos olhos dela com muito amor, que ele não se importa, que ele simplesmente a ama tanto que está disposto a sofrer qualquer indignidade por ela, até mesmo o fato de ela fazer danças sensuais e o de ele ter que se tornar príncipe...

Ah, e agora todo mundo está batendo palmas feito louco, enquanto a cortina cai, e o J.P. se juntou ao elenco para os agradecimentos...

É só que... eu não entendo. Quer dizer... a peça dele é sobre *nós*.

Só que não exatamente. Metade das coisas nem aconteceu tecnicamente do jeito que ele mostrou como aconteceram.

Alguém pode *fazer* isso?

Acho que pode. Ele acabou de fazer.

Quarta-feira, 3 de maio, 23h, no loft

Cara autora,

Obrigado por enviar o seu manuscrito, *Liberte o seu coração*, para a Publicações Tremaine. Apesar de o seu trabalho parecer promissor, acreditamos não ter espaço para ele no momento. Pedimos desculpas por não termos condições de fazer uma avaliação mais detalhada do seu trabalho, devido ao volume de originais que recebemos. Obrigado por se lembrar da Tremaine!

Atenciosamente,

Publicações Tremaine

Obrigada por nada, Publicações Tremaine.
Mas, bom, a peça do J.P. foi um sucesso enorme.
Claro que ele foi aprovado pelo comitê de avaliação do trabalho de conclusão com nota máxima.
Mas isso não é tudo:
O Sean Penn quer comprar os direitos da peça.
E isso basicamente significa que o Sean Penn — o Sean Penn — quer transformar *Um príncipe entre os homens* em filme.
E eu fico totalmente feliz com isto. Não me entenda mal. Estou animadíssima pelo J.P.

E já existem tantos filmes sobre a minha vida... Que diferença vai fazer mais um, certo?

É só que... QUANDO VAI CHEGAR A MINHA VEZ?

Falando sério. Quando é que alguém vai reconhecer alguma coisa que *eu* fiz? Além de ter levado a democracia a um pequeno país, algo que, sinceramente, as pessoas parecem não valorizar nada.

Não quero ser reclamona (e eu sei que isso é hilário, porque esta é basicamente a única coisa que eu faço no meu diário), mas pelo amor de Deus. Acho que não é justo um cara poder escrever uma peça (que é basicamente um pedação da MINHA vida que ele mais ou menos ROUBOU), jogar no palco e conseguir um contrato de filmagem com o Sean Penn.

Ao passo que eu trabalho como uma escrava — é isso mesmo, como uma escrava — em um livro, durante meses, e não consigo nem fazer com que uma editora dê uma olhada.

Fala sério!

E vou dizer a verdade: Não gostei tanto assim daquele filme do Sean Penn, *Na natureza selvagem*.

É! Eu sei que foi aclamado pela crítica! Sei que ganhou um monte de prêmios! É uma tristeza o fato de o garoto ter morrido e tudo o mais. Mas eu achei que o filme *Encantada*, com a princesa cantora e o esquilo e todo mundo dançando no Central Park, era mais fofo.

Então, pronto!

Mas, bom, o J.P. chegou para mim e perguntou o que eu tinha achado de *Um príncipe entre os homens*. ("Eu estava explorando o tema da autodescoberta", ele me explicou, "com a jornada de um garoto na direção da vida adulta e a mulher que o ajudou a encontrar seu caminho da infância conturbada para a percepção completa do que significa ser homem... e no fim, até se transformar em príncipe." Ele não mencionou nada a respeito de explorar o tema da dança sensual.)

Eu disse a ele que tinha gostado muito. O que mais eu podia dizer? Acho que, se não fosse sobre mim, eu teria mesmo gostado muito. Só que a princesa parecia uma menina meio bobona, que sempre precisava do namorado para livrá-la das situações complicadas em que ela se mete, e eu realmente não acho que sou assim. Para falar a verdade, não acho que ninguém precisa me salvar de nada.

Mas aquele me pareceu o momento errado de fazer as minhas observações editoriais. E fiquei feliz de não ter feito, porque ele pareceu tão contente de me ouvir dizer que tinha gostado... ele queria que eu saísse com ele e o Sean Penn e os pais dele e a Stacey Cheeseman e o Andrew Lowenstein para podermos conversar sobre o acordo cinematográfico dele. O Sean Penn tinha convidado todo mundo, inclusive o comitê de avaliação do trabalho de conclusão, para jantar no restaurante chinês Mr. Chow.

Mas eu disse que não podia ir. Disse que precisava ir para casa estudar para a minha prova final de psicologia.

E isso, eu reconheço, não foi muito simpático da minha parte Principalmente porque eu não preciso estudar nem um pouco para a minha prova final de psicologia. Eu sei tudo que preciso saber a respeito de psicologia. Afinal, a melhor amiga que eu tive durante a maior parte da minha vida é uma garota cujos pais são psiquiatras. Depois eu namorei o irmão dela. E agora eu *faço* terapia.

Mas isso obviamente não ocorreu ao J.P., porque ele só disse: "Tem certeza que não quer nos acompanhar, Mia?". Daí ele me *beijou* quando eu respondi que tinha e correu para se juntar ao Sean e ao Andrew e à Stacey Cheeseman e aos pais dele na porta do teatro, onde uma tonelada de paparazzi estava esperando para fazer a foto dele.

É. Porque havia uma quantidade enorme de paps na frente do teatro. Quando eu saí, eles me perguntaram o que eu achava de o meu namorado ter feito uma peça sobre mim que vai ser transformada em um filme dirigido pelo Sean Penn.

Eu disse que achava o máximo, transformando assim a afirmação na Mentira Enorme Número Dez de Mia Thermopolis.

Mas acho que estou começando a perder as contas.

Não sei como eu vou conseguir dormir hoje à noite se só consigo pensar nisto:

P.S. Não precisa me agradecer em nome do seu pai nem da Genovia. Eu só mandei o equipamento porque achei que podia ajudar o seu pai na eleição, e que isso, por sua vez, ia deixar *você* feliz. Então, como você vê, minha motivação foi completamente egoísta.

EEEEEEEEEEEEEEEEEEEEEEEEEEEEEEE!!!!!!!!

Um trecho de *Liberte o meu coração*, de Daphne Delacroix

Ele sentiu o corpo dela tenso, mas quando ela tentou se afastar dele, duas coisas aconteceram simultaneamente para impedir a fuga. A primeira foi o fato de ela ter dado um encontrão no flanco sólido de Violet. A égua só olhou para eles e ficou lá mastigando capim, sem se mexer. A segunda foi que os braços de Hugo a envolveram e fizeram os pés de Finnula saírem do chão quando a língua dele deslizou para dentro da sua boca.

Finnula soltou um miado de protesto que rapidamente foi abafado pelos lábios dele... mas os protestos dela pareceram ter vida curta. Ou Finnula era uma mulher que apreciava um bom beijo ou gostava dele, pelo menos um pouquinho. Afinal, um segundo depois de as duas bocas se encontrarem, a cabeça dela se inclinou sobre os braços dele, e seus lábios se abriram como um botão de flor. Ele sentiu quando ela relaxou aninhada nele; as mãos dela, que antes tentavam repeli-lo, de repente foram até sua nuca para puxá-lo para mais perto.

Foi só quando sua língua se agitou cautelosa contra a dele que ele abriu mão do controle tão cuidadoso. De repente, ele a beijava com ainda mais urgência, suas mãos passeavam pelo corpo dela, passando pelos quadris, até levantá-la totalmente contra seu corpo.

Os seios firmes dela se apertaram contra o peito dele, suas coxas seguraram o quadril dele com força, Hugo encaixou Finnula em seu corpo, beijando seu rosto, suas pálpebras, seu pescoço. A reação sensual que ele despertou nela o surpreendeu e o deixou excitado, e quando ela pegou o rosto dele entre as mãos e o brindou com uma chuva de beijos, ele murmurou, por causa da doçura de seu gesto e também porque ele sentia o calor do meio das pernas dela queimando contra sua necessidade urgente.

Envolvendo-a com um braço, ele abriu a gola da camisa dela com um gesto. Finnula soltou mais um som, dessa vez um suspiro de anseio tal que Hugo não conseguiu abafar um grito sem palavras, e procurou um monte de feno espesso o bastante para os dois se deitarem por cima...

Quinta-feira, 4 de maio, prova final de psicologia

Descreva o complexo de histocompatibilidade principal.

Que fácil!

> Complexo de histocompatibilidade principal é a família de genes encontrada na maior parte dos mamíferos, responsável pelo sucesso reprodutivo. Essas moléculas, que se apresentam na superfície das células, controlam o sistema imunológico. Elas têm a capacidade de matar agentes patogênicos, ou células com mau funcionamento. Em outras palavras, os genes CHP ajudam o sistema imunológico a reconhecer e destruir invasores. Isso é especialmente útil na seleção de parceiros em potencial. Recentemente, foi comprovado que o CHP tem papel importantíssimo, por meio do olfato (o sentido do cheiro), nesta capacidade. Foi demonstrado que quanto mais diverso, ou diferente, for o CHP do pai e da mãe, mais forte será o sistema imune da criança. É interessante notar que as tendências de escolha de parceiro pela diferença de CHP foram determinadas categoricamente em seres humanos. Quanto mais diferente o CHP de um homem parecer para uma mulher (sem desodorante ou

colônia), o cheiro dele tende a parecer "melhor" para ela em estudos clínicos. Esses estudos foram repetidos diversas vezes, sempre com os mesmos resultados. Ratos e peixes demonstraram resultados semelhan...

Ai.
Meu.
Deus.

Quinta-feira, 4 de maio, prova final de psicologia

O que eu faço?

Falando sério. Isto não pode estar acontecendo. Eu *não posso* estar sofrendo de complexo de histocompatibilidade principal pelo Michael. Isto é simplesmente... isto é simplesmente *ridículo*.

Por outro lado... por que então eu sempre me senti tão atraída — tudo bem, completamente obcecada — pelo cheiro que o pescoço dele tem?

Isso explica tudo! Ele é o meu par perfeito em relação à diferença de CHP! Não é para menos que eu nunca consegui me esquecer dele! Não sou eu, nem o meu coração, nem o meu cérebro... são os meus *genes*, berrando de anseio por seu oposto genético total e completo!

Mas e o J.P.? Isto explica perfeitamente por que eu nunca me senti assim tão atraída fisicamente por ele... para mim, o cheiro dele nunca foi nada além de fluido de lavagem a seco. Nós somos compatíveis demais do ponto de vista do CHP! Nós somos próximos *demais* em termos de combinação genética. Nós somos até *parecidos*... cabelo loiro, olhos claros, a mesma constituição física. Como aquela pessoa colocou, há tanto tempo, quando nos viu juntos no teatro: "*Eles formam um casal muito bonito. Os dois são tão altos e loiros.*"

Não é para menos que o J.P. nunca fez nada além de me beijar. As nossas moléculas ficam, tipo: REJEIÇÃO! REJEIÇÃO! NÃO FIQUEM JUNTOS!

E aqui estou eu, exigindo que nós Façamos Aquilo mesmo assim. Bom, com camisinha.

Mas, mesmo assim. Crianças *podem* vir a resultar disto, no futuro, se o J.P. e eu nos casarmos.

AI MEU DEUS! Imagine só os tipos de defeitos genéticos que os nossos filhos poderiam ter, levando em conta que eu não sinto a menor atração olfativa por ele! Provavelmente vão nascer todos esteticamente perfeitos, iguais à LANA!!!!

E isso, pensando bem, é um defeito genético sério. Nascer perfeita transformaria qualquer criança em um monstro terrível, do tipo *Cloverfield* — igualzinho à Lana (bom, durante os primeiros dezessete anos da vida dela, levando em conta como ela era terrível antes de eu a domesticar um pouco). Quer dizer, quando uma pessoa nasce perfeita, como a Lana, nunca é necessário aprender qualquer mecanismo de superação, como aconteceu comigo quando eu era criança. Porque pessoas bonitas geralmente podem se garantir apenas pelo visual, sem nunca precisar desenvolver senso de humor, ou compaixão pelos outros, ou qualquer coisa do tipo. Por que precisariam? Elas são perfeitas. Se a pessoa nascesse esteticamente bonita, como os filhos do J.P. comigo nasceriam, ela seria basicamente um monstro... e os meus genes sabem disso.

É por isso que sempre que o J.P. me beija, eu não fico com aquele frio na barriga que sempre me dava quando o Michael me beijava... OS MEUS GENES NÃO QUEREM QUE EU DÊ À LUZ MONSTROS GENÉTICOS!!!!!

O que eu vou fazer?????? Está marcado para eu transar em menos de dois dias com um cara que é minha combinação perfeita de CHP!

E ISSO É EXATAMENTE O OPOSTO DO OBJETIVO TODO DO COMPLEXO DE HISTOCOMPATIBILIDADE PRINCIPAL!

A minha *des*combinação de CHP é alguém que terminou comigo há quase dois anos!

E que, apesar do que a minha avó e a minha melhor amiga parecem pensar, NÃO me ama, mas realmente só quer ser meu amigo.

É verdade que o J.P. e eu temos *muitas* coisas em comum do ponto de vista da personalidade — nós dois gostamos de escrita criativa, e de *A Bela e a Fera*, e de teatro.

Ao passo que o Michael e eu não temos basicamente nada em comum, a não ser um amor profundo e inabalável por *Buffy, a caça-vampiros* e *Guerra nas estrelas* (os três filmes originais, não aqueles outros horrorosos que foram feitos depois).

E, no entanto, é melhor eu admitir logo, tenho uma fraqueza inexorável por ele. É sim! Eu tenho! Não consigo resistir ao cheiro dele. Eu me sinto tão atraída por ele quanto o público norte-americano se sente atraído pela Tori Spelling.

Preciso lutar contra isso. Não posso permitir que eu me sinta deste jeito por um garoto tão incrivelmente errado para mim (à exceção, é claro, do ponto de vista genético).

Mas e se eu não tiver forças suficientes para isto?

Quinta-feira, 4 de maio, prova final de psicologia

Mia, é verdade? A peça do J.P. vai mesmo virar filme?

Ahhhhh! Você me assustou. Não tenho tempo para falar disso agora, Tina. Acabei de descobrir que o J.P. e eu não combinamos em nada do ponto de vista do CHP... ou melhor, que combinamos perfeitamente. Nossos filhos vão ser mutantes genéticos perfeitos, iguais à Lana! E que o Michael é perfeito para mim do ponto de vista do CHP! É por isso que eu sempre fui obcecada pelo cheiro do pescoço dele! E é por isso que, sempre que eu estou perto dele, ajo como uma idiota total e completa. Tina, eu estou ferrada.

Mia... você usou alguma droga?

Não! Você não percebe o que isso significa? Isso explica TUDO! Por que eu nunca me senti atraída pelo J.P.... Por que eu não consigo esquecer o Michael... Ai, Tina, sou refém do meu próprio CHP. Preciso LUTAR contra isso. Você me ajuda?

Você precisa de ajuda? Porque eu posso ligar para o dr. Loco.

Não! Tina... olhe. É so... deixa para lá. Está tudo bem. Finja que eu não disse nada.

Por que todo mundo sempre acha que eu estou louca, se nunca estive mais sã na vida? Será que a Tina — será que todo mundo — não consegue ver que eu sou apenas uma mulher preocupada em dar um jeito na vida? Estou com 18 anos. Eu sei o que preciso fazer para dar conta de tudo.

Ou, como é o caso, dar um jeito para que nada seja feito, acho. Porque eu não posso fazer nada a respeito disso.

A não ser ficar muito, muito longe de Michael Moscovitz.

Não dá para acreditar que comprei tanta colônia para o J.P. Já que colônia não tinha nada a ver com nada, para começo de conversa. O tempo todo, eram os genes dele.

Quem poderia saber?

Bom... eu, acho. Simplesmente ainda não tinha juntado os fatos, até hoje.

Acho que *tenho* muita coisa na cabeça, com o negócio de tentar fazer o meu pai ser eleito e escolher uma faculdade e tudo o mais.

Eu culpo o sistema educacional deste país. Por que eles esperaram até o segundo semestre do último ano do ensino médio para me explicar tudo isso — sobre o CHP, quer dizer? Esta informação poderia ter sido útil para mim, ah, sei lá, mais ou menos na nona série, quem sabe?

A grande questão é a seguinte: como é que eu vou fazer para não sentir o cheiro do Michael durante o almoço amanhã?

Não sei. Acho que só vou ficar o mais longe possível dele. Com certeza não vou dar um abraço nele desta vez. Se ele pedir um abraço, simplesmente vou dizer que estou resfriada.

Pronto! É isto. E eu não quero que ele pegue.

Meu Deus. É genial.

Não dá para acreditar que o Kenneth é o orador da nossa turma. Tinha que ser eu. Se eles escolhessem os oradores de acordo com as lições de VIDA, seria eu.

Quinta-feira, 4 de maio, no almoço

Meu pai acaba de ligar para dar mais notícias dos Moscovitz. Desta vez era sobre a Lilly.

Falando sério, eu devia parar de comprar comida aqui, já que só vou derrubar tudo no chão mesmo. Apesar de que, como amanhã é o dia que não tem aula do último ano... acho que este é o último dia em que eu vou ter este problema específico.

"Você se lembra de que ela estava filmando todo mundo na sua festa?", meu pai perguntou quando eu atendi, certa de que, desta vez, Grandmère tivesse *realmente* batido as botas.

"Lembro...", respondi, tirando pedacinhos de salada do cabelo. Todo mundo estava olhando feio para mim, tirando salada do próprio cabelo. Mas realmente não foi minha culpa ter derrubado a minha tigela de Fiesta Taco Bowl.

"Bom, ela fez um comercial de campanha com as imagens. Começou a passar na televisão da Genovia ontem, à meia-noite."

Eu suspirei. Todo mundo olhou para mim com uma expressão educada, querendo saber o que era — menos o J.P. Ele tinha recebido uma ligação no celular dele naquele exato momento.

"É o Sean", ele disse, em tom de desculpa. "Preciso atender. Já volto." Ele se levantou para falar do lado de fora, longe do barulho do refeitório.

"E quais são os danos?", perguntei. Os números do meu pai tinham melhorado um pouco depois da doação do Michael e do espaço na imprensa que ele recebeu com isso.

Mas o René continuava liderando as pesquisas.

"Não é isso", o meu pai disse, em um tom estranho. "Você não entendeu, Mia. O comercial dela é para me *apoiar*. Não é contra mim."

"O quê?", perguntei, sem fôlego. "O *que* você disse?"

"É isso mesmo", meu pai respondeu. "Achei que você precisava saber. Mandei um e-mail com o link para você. Na verdade, é adorável. Não posso imaginar como ela conseguiu. Você disse que ela tem um programa na Coreia ou algo assim? Acho que ela deve ter pedido para o pessoal montar, e daí arrumaram alguém daqui para..."

"Pai", eu disse, com o coração apertado. "Preciso desligar."

Desliguei e fui direto para o meu e-mail. Passei por todas as mensagens histéricas de Grandmère sobre o que eu vou usar no baile de formatura e no dia seguinte, na formatura propriamente dita (como se isso fizesse diferença, já que vou estar de beca por cima do vestido de formatura, seja lá qual for), e achei o e-mail do meu pai e cliquei nele. O link para o comercial da Lilly estava lá, e eu cliquei nele. O anúncio começou a passar.

E ele tinha razão. Era *mesmo* adorável. Era um clipe de sessenta segundos com todas as celebridades da minha festa — os casais Clinton, Obama e Beckham; a Oprah; o Brad e a Angelina; a Madonna; o Bono e os outros, todos dizendo coisas adoráveis e parecendo muito sinceras sobre o meu pai, sobre coisas que ele tinha feito pela Genovia no passado e sobre como os eleitores da Genovia deviam votar nele. Intercaladas entre as imagens das celebridades, havia paisagens lindas da Genovia (que, eu percebi, a Lilly tinha registrado durante as várias viagens que fez para lá), da água azul reluzente da baía, das montanhas verdes por cima dela. Das praias brancas, e do palácio, tudo imaculado e intocado pelo turismo em massa.

No fim do anúncio, umas letras rebuscadas apareciam na tela e diziam: "Conserve as maravilhas históricas da Genovia. Vote no príncipe Phillipe."

Quando a música terminou — que eu percebi ser uma balada composta pelo Michael, lá na época da Skinner Box —, eu estava quase chorando.

"Ai meu Deus, pessoal", exclamei. "Vocês precisam ver isto."

E daí eu passei o meu telefone para todo mundo e eles assistiram. Logo a mesa toda estava à beira das lágrimas. Bom, todo mundo menos o J.P., que ainda não tinha voltado, e o Boris, que é imune a emoções que não envolvam a Tina.

"Por que ela resolveu fazer isto?", a Tina quis saber.

'Antes ela era legal", a Shameeka disse. "Está lembrada? Daí, aconteceu alguma coisa."

"Preciso falar com ela", eu disse, ainda tentando segurar as lágrimas.

"Falar com quem?", o J.P. perguntou. Ele finalmente tinha voltado do telefonema com o Sean Penn.

"Com a Lilly", eu respondi. "Olhe o que ela fez." Entreguei o meu celular para ele, para que pudesse assistir ao comercial que ela fez. Ele assistiu com a testa franzida.

"Bom", ele falou, quando terminou. "Foi... legal."

"Legal? É fantástico", eu disse. "Preciso agradecer."

"Realmente, acho que não precisa", o J.P. disse. "Ela tem uma dívida com você. Por causa daquele site que ela fez sobre você. Está lembrada?"

"Isso já faz muito tempo", eu respondi.

"É", o J.P. disse. "Mesmo assim, eu tomaria cuidado, se fosse você. Ela continua sendo uma Moscovitz."

"O que você quer dizer com isto?", perguntei.

O J.P. deu de ombros. "Bom, você, mais do que qualquer outra pessoa, Mia, devia saber. Você tem que imaginar que a *Lilly quer* alguma coisa em troca pela aparente generosidade dela. Com o Michael sempre foi assim, não é mesmo?"

Fiquei olhando para ele, completamente chocada.

Por outro lado, talvez eu não devesse ter ficado surpresa. Ele *estava* falando do Michael, o garoto que tinha despedaçado o meu coração em tantos pedacinhos... pedacinhos que o J.P. tinha ajudado a juntar de novo com tanta doçura.

Mas, antes que eu tivesse oportunidade de dizer qualquer coisa, o Boris disse, absolutamente do além: "Que engraçado, eu não tinha reparado. O Michael vai me deixar morar com ele no próximo semestre sem cobrar absolutamente nada."

Isso fez com que todos nós virássemos a cabeça para olhar para ele, como se ele fosse um parquímetro que de repente, como que por magia, tivesse começado a falar.

A Tina foi a primeira de nós que se recuperou.

"O QUÊ?", ela exigiu que o namorado explicasse. "Você vai morar com o *Michael Moscovitz* no próximo semestre?"

"Vou sim", o Boris respondeu, com uma expressão de surpresa por ela não saber. "Eu não entreguei a minha inscrição de alojamento na Juilliard no prazo, e os quartos individuais acabaram. Eu não vou morar com um COLEGA DE QUARTO. Então o Michael disse que eu posso ficar no quarto extra dele até abrir um quarto individual para mim, porque eu estou na lista de espera. Ele tem um loft do caramba, sabe, na Spring Street. É enorme. Ele nem vai ver que eu estou lá."

Eu olhei para a Tina. Os olhos dela estavam maiores do que eu já vi. Não sei se aquilo se encaixava na descrição de estupefação.

"Então, durante todo este tempo", a Tina disse, "você fez uma amizade secreta com o Michael, pelas costas da Mia? E você não me disse?"

"Não tem segredo nenhum nisso", o Boris disse, com ar ofendido. "O Michael e eu sempre fomos amigos, desde que eu toquei na banda dele. Não tem nada a ver com a Mia. A gente não deixa de ser amigo de alguém só porque ele terminou com a namorada. E tem muita coisa que eu não falo para você. Coisas de *homem*. E você não devia me deixar estressado hoje, tenho meu concerto à noite, preciso estar bem tranquilo..."

"Coisas de homem?", a Tina disse e pegou a bolsa. "Você não tem que me contar as suas *coisas de homem*? Certo. Você quer ficar tranquilo? Não quer ficar estressado? Tudo bem. Por que você não sai daqui para aliviar *todo* o seu estresse?"

"Ah, Ti", o Boris disse, revirando os olhos.

Mas quando ela saiu do refeitório batendo os pés, ele percebeu que ela estava falando sério. E saiu correndo atrás dela.

"Esses dois", o J.P. disse, com uma risadinha, quando eles não estavam mais lá.

"É", respondi. Mas eu não estava rindo. Estava me lembrando de uma coisa que aconteceu há quase dois anos, quando o Boris chegou para mim e implorou para eu escrever um e-mail para o Michael, quando ele ficava mandando e-mail para mim mas eu não me sentia segura para responder. Eu tinha ficado pensando como é que o Boris sabia que o Michael me escrevia. Achei que era porque a Tina contava para ele.

Aí fiquei pensando que eu podia estar enganada. Talvez o *Michael* tivesse contado para ele. Porque os dois se falavam.

E falavam sobre *mim*.

E se o Boris tivesse passado todo o tempo em que ficava arranhando o violino dele dentro do armário de material de limpeza me espionando para o Michael?

E agora o Michael vai dar um quarto e alimentação de graça para ele no loft chique que ele tem no SoHo para retribuir!

Ou será que eu estou tirando conclusões apressadas — como sempre?

E eu não acho que seja verdade o que o J.P. disse a respeito de que os Moscovitz sempre querem alguma coisa em troca. Quer dizer, sim, o Michael queria transar quando a gente estava namorando (se é que era disso que ele estava falando... acho que era).

Mas a verdade é que eu também queria. Talvez eu não estivesse pronta do ponto de vista emocional na época, como estou agora. Mas não dava exatamente para evitar a atração que nós sentíamos um pelo outro.

E agora eu finalmente percebo por quê!

Isso tudo é confuso demais. Sinceramente, *o que* está acontecendo? Por que a Lilly fez aquele comercial para o meu pai? Por que o Michael doou o CardioBraço?

Por que todo mundo da família Moscovitz de repente resolveu ser tão legal comigo?

Quinta-feira, 4 de maio, 14h, no corredor

Estou limpando o meu armário.

Amanhã o último ano não tem aula (apesar de tecnicamente não ser um dia de folga sancionado pela diretoria), e as minhas provas finais acabaram, então este é basicamente o único momento que eu tenho para fazer isto — e também é a última vez que vou estar dentro deste inferno (tirando a formatura, que vai ser no Central Park, a menos que chova).

De certo modo, é muito triste.

Acho que este lugar na verdade não era um inferno. Ou, pelo menos, nem sempre foi. Eu passei alguns bons momentos aqui. Pelo menos uns poucos. Estou jogando fora toneladas de bilhetinhos da Lilly e da Tina (lembra quando a gente costumava escrever bilhetinho, antes de todas nós termos ganho celulares e começarmos a mandar mensagens de texto?) e um monte de coisa colada que eu não consigo identificar (é sério, eu bem que gostaria de ter dado uma limpada nisto aqui umas duas ou três vezes antes de hoje, nesses últimos quatro anos. Além do mais, acho que um rato passou por aqui).

Achei uma caixa amassada de bombons sortidos Whitman's Sampler (vazia) que alguém me deu um dia. Parece que eu comi tudo que tinha dentro. E aqui está uma flor amassada de algum tipo que, eu tenho certeza, já teve alguma importância a certa altura, mas que agora está meio mofada. Por que eu não cuido melhor das minhas coisas? Eu devia ter colocado para secar direitinho, no meio de um livro, como Grandmère me ensinou, e anotado que tipo de flor era e quem tinha me dado, para sempre poder guardar aquela lembrança com carinho.

Qual é o meu problema? Por que eu enfiei no meu armário desse jeito? Agora apodreceu, e eu não tenho escolha além de jogar no saco de lixo que o sr. Kreblutz, o chefe dos inspetores, deu para mim.

Sou uma pessoa horrível. Não só porque não cuido melhor das minhas coisas, mas porque... bom, por todos os outros motivos, que a esta altura já devem estar bem claros.

O que eu faço? O QUE EU FAÇO?

Procurei a Lilly em todo lugar, mas não consegui encontrar. Acho que ela deve ter alguma prova final hoje à tarde.

(Mas encontrei a Tina e o Boris. Eles fizeram as pazes. Pelo menos se o fato de eles estarem se agarrando na escada do terceiro andar significar alguma coisa. Eu saí de fininho antes que eles percebessem que eu estava lá.)

Acho que eu podia ligar para ela (para a Lilly, quer dizer). Mas... eu não sei o que falar. Obrigada? Parece tão ridículo...

O que eu tenho vontade de perguntar é... Por quê? Por que você está sendo tão legal comigo?

Talvez eu pergunte para o irmão dela no almoço, amanhã. Quer dizer, se ele souber. Depois que eu avisar a ele sobre o meu resfriado. E dizer para ficar longe de mim.

Mas, bom.

É muito estranho estar andando pelos corredores deste lugar enquanto todo mundo está na aula. A diretora Gupta me viu, total, mas não disse nada do tipo: "Por que você não está na aula, Mia? Cadê o seu passe?" Ela só disse assim: "Ah, oi, Mia", e continuou andando, toda distraída. Obviamente, estava preocupada com a formatura (eu também estou — QUE FACULDADE EU VOU ESCOLHER???) ou sei lá o que, e tinha coisa mais importante na cabeça do que saber por que uma princesa está vagando pelos corredores da escola dela.

Ou isso ou eu não parecia ser uma ameaça muito grande. Acho que é isso que acontece quando se é uma aluna do último ano que vai se formar.

Com um guarda-costas a reboque.

Talvez um dia eu escreva um livro sobre isto. Uma garota do último ano da escola, vivendo emoções conflitantes enquanto limpa o armário, dando adeus para o local de educação de alta qualidade que ela conhece há tanto tempo... o relacionamento de amor e ódio que ela tem por aquele local e, no entanto... está com medo de ir embora, de abrir as asas e começar tudo de novo em outro lugar. Ela odeia os corredores compridos, cinzentos e fedidos e, no entanto, ela também os ama. Quer dizer, de certo modo.

Einstein Lions, torcemos por vocês
Vamos lá, sejam corajosos, vamos lá, sejam corajosos
vamos lá, sejam corajosos
Einstein Lions, torcemos por vocês
Azul e dourado, azul e dourado,
azul e dourado
Einstein Lions, torcemos por vocês

Temos um time que ninguém jamais domará
Einstein Lions, torcemos por vocês
Vamos ganhar este jogo!

Adeus, AEHS. Isto aqui é um saco. Eu odeio você.
E, no entanto... de algum modo, também vou sentir saudade.

Quinta-feira, 4 de maio, 18h, no loft

Cara srta. Delacroix,

Estamos devolvendo o seu manuscrito. Sentimos muito informá-la de que esta não seria a escolha adequada para nós neste momento. Desejamos-lhe sorte com a publicação em outra editora.

Atenciosamente,

Heartland Publicações Românticas

Eu tive que esconder esta carta do J.P., que está aqui agora.
Ele veio para a minha casa depois da aula hoje. É a primeira vez em meses que ele não teve que ensaiar ou que eu não tinha aula de princesa ou que um de nós tinha terapia.
Então. Ele veio aqui.
Está na sala neste momento, conversando com a minha mãe e o sr. G sobre o contrato cinematográfico dele. Eu estou "me trocando para o concerto do Boris".
Mas, obviamente, não estou. Estou escrevendo sobre o que aconteceu quando ele veio aqui. E foi que eu me ESFORCEI MUITO, MUITO para fazer os meus CHPs reagirem aos dele. E fiz isso imitando o que a Tina fez quando viu o Boris de sunga.
Isso mesmo. Eu pulei em cima dele.

Ou pelo menos tentei. Achei que se eu conseguisse fazer o J.P. me beijar — mas me beijar *de verdade*, do jeito que o Michael me beijava quando a gente fazia uma sessão de agarração da pesada no quarto do alojamento dele —, talvez tudo ficasse bem. Talvez assim eu não precisasse me preocupar em fingir que estou com resfriado amanhã, quando eu almoçar com o Michael. Talvez assim eu não me sentisse mais superatraída por ele.

Mas não deu certo.

Não foi porque o J.P. me repeliu nem nada assim. Ele retribuiu o meu beijo e tudo o mais. Ele tentou. Mas tentou mesmo.

Mas ele ficava parando em intervalos de mais ou menos trinta segundos para falar do contrato cinematográfico dele.

E isso nem é piada.

Tipo como o "Sean" tinha pedido para ele escrever o roteiro. (Acho que roteiro de cinema não é a mesma coisa que roteiro de peça, o J.P. vai ter que escrever a coisa toda do zero, em um programa de computador diferente.)

E como o J.P. está seriamente pensando em se mudar "para o litoral" para poder estar presente durante as filmagens.

Está até pensando em ficar um ano sem estudar para poder trabalhar no filme. Porque dá para estudar a qualquer momento.

Mas só se pode ser um dos jovens roteiristas mais badalados de Hollywood uma vez.

Mas, bom, ele me chamou para ir com ele. Para Hollywood.

Isso acabou com o clima total. O clima dos agarramentos, quer dizer.

Acho que algumas meninas iam adorar se o namorado, que tinha escrito uma peça sobre eles que em breve se transformaria em um filme importante dirigido pelo Sean Penn, fizesse o convite para que elas ficassem um ano sem estudar e se mudassem para Hollywood com ele.

Mas eu, por ser a fracassada máxima que sou, simplesmente soltei: "Por que eu faria *isto*?", antes que eu conseguisse me segurar. Em grande parte, foi porque eu realmente não estava com a cabeça na conversa. Eu estava pensando sobre... bom, não sobre contratos de filmes de Hollywood.

E também porque eu sou uma pessoa *horrível*, na maior parte do tempo. "Bom, porque você me ama", o J.P. foi obrigado a me lembrar. Estávamos deitados na minha cama, com o Fat Louie olhando cheio de maldade para nós, do peitoril da janela. O Fat Louie detesta quando alguém além de mim deita na minha cama. "E você quer me apoiar."

Eu fiquei vermelha, cheia de culpa pela minha explosão.

"Não", eu disse. "Quer dizer, o que *eu* iria fazer em Hollywood?"

"Escrever", o J.P. respondeu. "Talvez não livros românticos porque, francamente, eu acho que você é capaz de fazer trabalhos muito mais importantes..."

"Você nem leu o meu livro", eu lembrei a ele, magoada. Nós ainda não podemos ter a nossa conversa editorial de Stephen e Tabitha King. E trabalho importante? Livros românticos são importantes! Para as pessoas que os leem, pelo menos.

"Eu sei", o J.P. disse, rindo. Mas não foi de um jeito maldoso. "E eu vou ler, eu juro. É só que eu andei ocupadíssimo com a peça e as provas finais e tudo o mais. Você sabe como é. E tenho certeza de que é o melhor livro romântico que existe. Só estou dizendo que eu acho que você podia escrever alguma coisa de muito mais peso se realmente se dedicasse. Alguma coisa que pudesse mudar o mundo."

De mais peso? Do que ele está falando? E por acaso eu já não fiz bastante pelo mundo? Quer dizer, eu transformei a Genovia em uma democracia. Bom, não fui eu pessoalmente, mas eu ajudei. E se a gente escreve uma coisa que deixa alguém feliz quando está para baixo, isso por acaso não muda o mundo?

~~E vou dizer uma coisa, agora que eu assisti a *Um príncipe entre os homens*, essa peça não vai mudar o mundo NEM alegrar ninguém. Não quero soar como se eu estivesse só me vingando de críticas, mas é a verdade. Nem faz a gente pensar nada, a não ser que o cara que escreveu a peça é o maior convencido~~

Desculpe. Não era a minha intenção escrever isto. Foi gratuito.

Mas, bom, eu falei, tipo: "J.P., não sei. Minha mãe e o meu pai não vão gostar nada da ideia de eu me mudar para Hollywood com você. Os dois querem que eu vá para a faculdade."

'Certo", o J.P. disse. "Mas passar um ano sem estudar talvez não seja má ideia. De todo modo, você não entrou em nenhum lugar muito bom."

Ai, esta doeu. Sabe, esta seria uma ótima oportunidade para eu dizer: "Na verdade, J.P., eu meio que estava exagerando quando disse que não fui aceita em lugar nenhum..."

Só que, é claro, eu não fiz isso. Só sugeri que fôssemos para a sala assistir a *Vida de verdade: sou viciada em OxyContin*, porque eu não queria começar a discutir.

Mas, bom, depois de assistir a *Vida de verdade*, eu aprendi uma coisa. Não só que eu nunca vou usar drogas (obviamente). Mas que escrever é a minha droga. É a única coisa que eu faço e de que gosto de verdade.

Quer dizer, além de beijar o Michael. Mas isto eu não posso mais fazer, obviamente.

Quinta-feira, 4 de maio, 20h, no banheiro feminino do Carnegie Hall

AI MEU DEUS!

Eu achei que este concerto ia ser a maior chatice, mas estava enganada.

Ah, não estou falando da música. *Isso* foi totalmente a maior chatice. Já ouvi um milhão de vezes, saindo do armário de material de limpeza em S&T (mas devo reconhecer que é meio diferente quando a gente ouve saindo do meio do palco do Carnegie Hall, principalmente tendo em vista que toda esta gente chique compareceu super bem-vestida, trazendo nas mãos CDS com o Boris — o BORIS — na capa, todas dizendo o nome dele em tom animado. Quer dizer, é só o Boris Pelkowski. Mas essas pessoas parecem achar que ele é um tipo de celebridade. E isso, desculpe, é SUPER-HILÁRIO).

Mas o fato de todo mundo que eu conheço da AEHS estar aqui, incluindo *os dois* irmãos Moscovitz — *isso* sim é emocionante. Por isso eu não esperava.

E eu sei que é errado ficar emocionada de ver o meu ex-namorado quando estou junto com o meu atual namorado.

Mas a culpa não é minha. É o meu CHP.

Nossas cadeiras estão separadas por fileiras e mais fileiras, então não existe possibilidade de eu ser dominada pelo *eau de Michael*. A menos que, por algum motivo, eu esbarre com ele mais tarde. E isso eu duvido muito que vá acontecer.

Mas, bom, o Michael está sozinho. Ele não veio com ninguém! E isso pode ser porque a Micromini Midori está na Genovia.

Só que eu não consigo parar de pensar que talvez ele tenha vindo sozinho porque escrevi no meu e-mail que eu estaria aqui.

Mas daí eu me lembrei do que o Boris tinha dito — que eles vão morar juntos no próximo semestre. Então, acho que, na verdade, é por isso que ele está aqui. Para dar apoio ao amigo.

Como eu sou burra de ficar toda cheia de esperança. DE NOVO.

Mas, bom. Acho que preciso voltar para a minha cadeira. E não quis ser mal-educada e ficar escrevendo enquanto eu devia estar com cara de quem estava prestando atenção, mas...

ESPERE.

Ai, meu Deus.

Eu conheço estes sapatos.

Quinta-feira, 4 de maio, 20h30, no banheiro feminino do Carnegie Hall

Eu tinha razão. Os sapatos eram *mesmo* dela.

Eu totalmente a confrontei quando ela saiu do reservado. Bom, confrontar não é o verbo certo. Eu *perguntei* sobre o comercial que ela fez para o meu pai. Por que fez aquilo, quer dizer.

No começo, ela tentou se safar dizendo que tinha sido presente de aniversário para mim.

E é verdade, ela tinha dito, na redação do *Átomo*, quando eu entreguei a minha reportagem sobre o Michael, que tinha uma coisa que ela ia me dar de presente de aniversário. E ela tinha dito que, para poder me dar, ela precisava ir à minha festa. Essa parte eu já tinha entendido.

Mas... por que agora? Por que um presente *neste* ano? E ainda um presente assim tão *maravilhoso*?

No começo, ela pareceu ficar mesmo muito incomodada por eu simplesmente não deixar para lá. Como se ela não fosse capaz de acreditar que tinha entrado no banheiro e topado comigo.

Acho que *realmente* parece que, cada vez que ela vai fazer xixi, lá estou eu.

Bom, isso é basicamente verdade. Parece que eu tenho uma espécie de radar de bexiga da Lilly Moscovitz.

E desta vez o Kenneth não estava por perto para fazer perguntas estranhas sobre se eu ainda estava ou não namorando o J.P. para assim impedir que ela respondesse. Por um segundo, fiquei achando que ela não responderia mesmo.

Mas daí parece que ela tomou uma decisão interna. Ela meio que suspirou, com uma cara meio aborrecida, e disse assim: "Certo. Se você quer mesmo saber, Mia... o meu irmão disse que eu tinha que ser legal com você."

Só fiquei olhando para ela. Demorou alguns segundos para as palavras dela serem registradas. "O seu *irmão* disse..."

"Que eu tinha que ser legal com você", a Lilly terminou para mim, em tom exasperado, como se eu já devesse saber disso. "Ele ficou sabendo do site, certo?"

Eu parei de olhar fixo e fiquei piscando. Estava fazendo progresso. "Euodeiomiathermopolis.com?"

"Esse mesmo", a Lilly respondeu. Na verdade, ela estava parecendo um pouco envergonhada de si mesma. "Ele ficou bravo de verdade. Reconheço... foi *mesmo* meio infantil."

O Michael ficou sabendo do euodeiomiathermopolis.com? Quer dizer... que antes ele não sabia? Achei que todo mundo, no mundo inteiro, conhecia aquele site idiota.

E ele tinha dito para a Lilly que ela tinha que ser *legal* comigo?

"Mas..." Eu estava com dificuldade para processar tanta informação ao mesmo tempo. Era como se eu estivesse em um deserto que finalmente estava recebendo um pouco de chuva... só que tinha chuva demais, e eu não conseguia absorver tudo. Logo eu estaria escorregando na lama. E sendo carregada pela enchente. "Mas... por que você ficou tão brava comigo, para começo de conversa? Reconheço que fui a maior sacana com o seu irmão. Mas eu me arrependi, e tentei voltar com ele. Foi ele quem disse não. Então, por que você ficou tão brava?" Essa era a parte que eu nunca tinha conseguido entender. "Foi por causa... foi só por causa do J.P.?"

O rosto da Lilly ficou sombrio. "Você não sabe?", ela perguntou, em tom incrédulo. "Sinceramente, não sabe?"

Eu estava definitivamente experimentando sobrecarga sensorial. "Não." Eu sacudi a cabeça. Na verdade, ela não tinha respondido à minha pergunta. "O que eu devia saber?"

"Eu nunca conheci uma pessoa tão sem noção quanto você na vida, Mia", a Lilly disse, sem entonação na voz.

"O quê?" E continuava sem ter a menor ideia do que ela estava falando. Eu sei que sou sem noção. Sei mesmo! Eu sou a maior esquisitona. Ela não precisava esfregar na minha cara. Podia ter me ajudado um pouco. "Sem noção a respeito de *quê*?"

Mas, nesse momento, uma senhora entrou no banheiro, e talvez a Lilly pensou que já tinha dito o suficiente. Ela só sacudiu a cabeça e saiu.

E, com isso, eu só fiquei aqui imaginando, como já fiz um milhão de vezes: *O que eu devia saber? Por que a Lilly me acha tão sem noção?*

É verdade que comecei a namorar o J.P. logo depois de os dois terminarem. Mas ela já não estava mais falando comigo quando isso aconteceu. Então, não pode ser isso.

Por que a Lilly não pode simplesmente me dizer por que eu sou assim tão sem noção? Ela é que é um gênio, não eu. Eu detesto quando os gênios ficam querendo que o restante de nós sejamos tão inteligentes quanto eles. Não é justo. Eu tenho inteligência *mediana*, sempre tive. Sou criativa e tal, mas sou criativa para escrever livros românticos! Não me dou bem em testes de QI, e certamente não no SAT (obviamente).

E eu NUNCA consegui entender a Lilly.

E também não consigo entender o irmão dela. Por exemplo, por que o *Michael* se importa se ela é legal comigo ou não?

Ah, maravilha. Estou ouvindo palmas! É melhor voltar para a minha cadeira...

Sexta-feira, 5 de maio, no loft

Eu estava errada a respeito de ser capaz de ficar longe do meu par perfeito de CHP.

Todo mundo subiu no palco depois do sucesso fantástico do concerto do Boris (com todo mundo aplaudindo de pé) para dar parabéns a ele.

Foi assim que eu me vi ao lado do J.P., conversando com a Tina e o Boris, quando o Michael e a Lilly subiram para parabenizar o Boris também.

E isso não deixou ninguém pouco à vontade.

Levando em conta que a Lilly era ex do Boris (lembra quando ele derrubou o globo em cima da própria cabeça por ela?) e o J.P. era o da Lilly e o Michael era o meu. Ah, e o Kenny — quer dizer, Kenneth — também é meu ex!

Ah, foi muito divertido.

Até parece.

Por sorte, o Michael não tentou me dar nenhum abraço. Nem dizer nada do tipo: "Ah, oi, Mia, *a gente se vê amanhã no almoço.*" Parecia que ele sabia que eu não tinha comentado o assunto com o meu namorado.

Só que ele foi perfeitamente cordial, não saiu pisando firme como fez no meu aniversário. (Por que ele fez aquilo, *aliás?* Não pode ser por causa do que a Tina disse, porque não suportava me ver com o J.P. Porque ele parecia não estar se incomodando nem um pouco de me ver com o J.P. hoje à noite.)

A Lilly, por outro lado, ignorou o J.P. completamente — apesar de ter dado uma espécie de sorrisinho para mim.

A Tina, enquanto isso, estava tão nervosa com a coisa toda (e isso foi estranho, porque ela era a única ali que *não* tinha nenhum ex presente) que começou a falar com um tom de voz todo estridente a respeito do comitê de avaliação do trabalho de conclusão — os integrantes estavam parecendo meio acabados, possivelmente por causa da noitada com o Sean Penn — e eu tive que puxá-la pelo braço e começar a afastá-la dali, com gentileza, murmurando: "Vai dar tudo certo. Shhhh. Agora já terminou. O Boris foi aprovado com a nota máxima...".

"Mas", a Tina disse, lançando um olhar por cima do ombro. "Por que o Michael e a Lilly estão aqui? *Por quê?*"

"O Michael é amigo do Boris. Está lembrada? Eles vão morar juntos no próximo semestre, até o Boris conseguir o quarto individual da lista de espera."

"Preciso de férias", a Tina choramingou. "Eu realmente preciso de férias."

"Você vai ter férias", eu disse. "Amanhã o último ano não tem aula."

"Você vai mesmo para a cama com o J.P.?", a Tina quis saber. "Vai mesmo, Mia? Mesmo?"

"Tina", eu cochichei. "Será que não dá para você falar um pouco mais alto? Acho que o Carnegie Hall inteiro não escutou."

"Só não acho que você esteja fazendo isto pelos motivos certos", a Tina disse. "Não faça só porque você acha que precisa fazer, ou porque não quer ser a última menina da turma que ainda é virgem, ou porque não quer ser a única menina da faculdade que não foi para a cama com ninguém. Faça porque é isso que você *quer*, porque você sente uma paixão ardente. Quando eu olho para vocês dois juntos, eu simplesmente não acho... Mia, não acho que você *queira*. Não sinto que exista qualquer *paixão*. Você escreve sobre paixão no seu livro, mas eu não acho que você *sinta* isso na verdade. Não pelo J.P."

"Certo", falei, dando tapinhas no braço dela. "Agora eu vou embora. Diga para o Boris que ele foi adorável. Então, tchau."

Peguei o Lars e o J.P., disse para todo mundo que a gente estava indo embora, fiquei longe do Michael o suficiente para não sentir o cheiro dele, e daí fui embora. Deixei o J.P. na casa dele, a caminho da minha.

Eu me esforcei muito mesmo para sentir paixão quando dei um beijo de boa-noite nele.

Acho que até senti. Com certeza alguma coisa eu senti.

Mas talvez tenha sido o grampo da etiqueta da lavanderia que a família Reynolds-Abernathy usa na parte de trás da gola da camisa do J.P. Acho que arranhou o meu dedo enquanto eu tentava dar um agarrão apaixonado nele.

Sexta-feira, 5 de maio, 9h, no loft

Eu não acredito.

A minha mãe acabou de enfiar a cabeça pela porta e disse: "Mia. Acorde."

E eu fiquei, tipo: "MÃE. Eu não vou para a escola. Hoje o último ano não tem aula. Não me importo se não é um dia de folga com aprovação oficial da diretoria. Estou no último ano. Eu não vou. E isso significa que EU NÃO PRECISO ACORDAR."

E ela disse assim: "Não é isso. Tem uma pessoa no telefone de casa pedindo para falar com a tal da Daphne Delacroix."

Achei que ela estava de piada. Achei mesmo. Mas ela jurou que estava falando sério.

Então eu me arrastei para fora da cama e peguei o telefone que ela estava estendendo e coloquei no ouvido e falei, tipo: "Alô?"

"É a Daphne?", perguntou uma voz de mulher animada além da conta.

"Hum", respondi. "Mais ou menos." Na verdade, eu ainda não estava acordada o suficiente para ser capaz de lidar com a situação.

"O seu nome verdadeiro não é Daphne Delacroix, é?", a voz perguntou, rindo um pouco.

"Não exatamente", eu respondi e dei uma olhada na janelinha do identificador de chamada. Dizia Avon Books.

Avon Books era o nome que estava na lombada da metade dos livros de romance histórico que eu tinha lido para fazer pesquisa para o meu. É uma editora enorme de livros românticos.

"Bom, quem está falando aqui é Claire French", a voz animada disse. "Eu acabei de terminar de ler o seu livro, *Liberte o meu coração*, e estou ligando para oferecer um contrato de publicação."

Juro que eu achei que estava ouvindo mal. Parecia que ela estava dizendo que estava me ligando para oferecer um contrato de publicação.

Mas ela não podia ter dito isso, de jeito nenhum. Porque ninguém liga para oferecer um contrato de publicação. Principalmente assim tão cedo. Nunca.

"O quê?", eu perguntei, demonstrando muita inteligência.

"Estou ligando para oferecer um contrato de publicação para você", ela disse. "Gostaríamos de oferecer um contrato para o seu livro. Mas vamos precisar saber o seu nome verdadeiro. Aliás, qual *é* o seu nome verdadeiro, se não se incomoda de me dizer?"

"Hum", respondi. "Mia Thermopolis."

"Ah", ela disse. "Bom, oi, Mia." Ela então começou a falar umas coisas sobre *dinheiro*, e *contratos*, e *prazos*, e algumas outras coisas que eu não entendi porque estava tonta demais.

"Hum", eu finalmente disse. "Será que você pode me dar o seu telefone? Acho que vou precisar ligar mais tarde."

"Claro!", ela respondeu. E me deu o ramal dela. "Vou ficar esperando você ligar."

"Certo", eu disse. "Muito obrigada."

Daí, eu desliguei.

Voltei a deitar na cama e olhei para o Fat Louie, que olhava fixo para mim, ronronando todo feliz nos meus travesseiros.

Daí eu dei o berro mais alto possível e assustei a minha mãe, o Rocky e, é claro, o Fat Louie, que saiu em disparada da cama (todas as pombas que estavam na escada de incêndio da minha janela também saíram voando.)

Não dá para acreditar:
Recebi uma oferta pelo meu livro.

E, tudo bem... não é uma tonelada de dinheiro. Se eu fosse uma pessoa de verdade que precisasse ganhar a vida fazendo isso, eu não conseguiria sobreviver mais do que uns dois meses — pelo menos não em Nova York — com o que eles ofereceram. Se você quiser mesmo ser escritora, obviamente, tem que escrever *e* ter outro emprego para poder pagar o aluguel etc. Pelo menos no começo.

Mas como eu vou doar o dinheiro para o Greenpeace mesmo... E daí?

Alguém quer comprar o meu livro!!!!!

Sexta-feira, 5 de maio, 11h, no loft

Eu me sinto como se estivesse flutuando...

Falando sério, estou tão feliz! Este é o melhor dia da minha vida. Pelo menos até agora.

E eu estou falando sério. Nada vai estragar este dia. NADA. Nem NINGUÉM.

Não vou permitir que isso aconteça.

A primeira coisa que fiz depois de contar para a minha mãe e o sr. G sobre o contrato de publicação foi ligar para a Tina. Eu falei assim: "Tina — Adivinha só? Fizeram uma oferta pelo meu livro."

E ela ficou, tipo: "O QUÊ???? AI MEU DEUS, MIA, QUE COISA FANTÁSTICA!!!!"

Então, daí, a gente ficou berrando durante, tipo, é sério, uns dez minutos.

Depois disso eu desliguei e telefonei para o J.P. Acho que devia ter ligado para ele primeiro, já que é meu namorado. Mas eu conheço a Tina há mais tempo.

O negócio é que, apesar de o J.P. ter ficado feliz por mim e tudo o mais, ele não ficou... bom. Ele me deu alguns avisos de cautela. Mas só porque ele me ama muito.

"Você não deve aceitar a primeira oferta, Mia", ele disse.

"Por que não?", eu perguntei. "Você aceitou a do Sean Penn."

"Mas isto é diferente", ele disse. "O Sean é um diretor premiado. Você nem conhece essa editora."

"Conheço sim", eu respondi. "Acabei de fazer uma pesquisa sobre ela na internet. Ele já publicou toneladas de livros. Ela é totalmente legítima, e a editora em que ela trabalha também. É enorme. Eles publicam todos os livros românticos. Bom, um monte deles."

"Mesmo assim", o J.P. disse. "Pode ser que você receba uma oferta melhor de outra pessoa. Eu não me precipitaria."

"Eu não devia me precipitar?", repeti. "J.P., eu recebi, tipo, umas sessenta e cinco cartas de rejeição. Ela foi a única pessoa que expressou o mais remoto interesse no meu livro. A oferta é totalmente justa."

"Se você fizesse o que eu estou dizendo", o J.P. prosseguiu, "e tentasse vender com o seu nome verdadeiro, você despertaria uma tonelada a mais de interesse, e provavelmente receberia um adiantamento bem maior."

"Mas o problema é exatamente este", eu disse. "Ela quis publicar sem saber quem eu era! Isso significa que ela gostou do livro pelos próprios méritos dele. Isso significa muito mais para mim do que dinheiro."

"Olhe", o J.P. disse. "Só não aceite a oferta por enquanto. Deixe eu falar com o Sean. Ele conhece gente do ramo editorial. Aposto que ele consegue uma oferta melhor para você."

"Não!", eu exclamei. Não dava para acreditar que o J.P. estava tentando estragar aquele momento tão lindo para mim. Mas não era culpa dele. Eu sabia que ele só tinha em vista os meus melhores interesses. Mas estava totalmente jogando um balde de água fria na minha animação, como se diz. "De jeito nenhum, J.P. Eu vou aceitar esta oferta."

"Mia", o J.P. disse. "Você não sabe nada sobre o mercado editorial. Como é que vai saber no que está se metendo? Você nem tem um agente."

"Eu tenho os advogados reais da Genovia", lembrei a ele. "Acho que não preciso lembrar a você que eles mais parecem um bando de pit bulls raivosos. Lembra o que eles fizeram com aquele cara que tentou publicar aquela biografia não autorizada no ano passado?" E eu não quis completar dizendo: *E o que eles poderiam fazer com você, por ter escrito uma peça autobiográfica amplamente baseada em mim?* Porque eu não quis ser desagradável e, é claro, eu nunca jogaria os advogados reais da Genovia em cima do J.P. "Vou pedir para eles darem uma olhada no contrato antes de eu assinar."

"Acho que você está cometendo um erro", o J.P. disse.

"Bom, eu não acho que esteja", eu respondi. Fiquei com vontade de chorar. Fiquei mesmo. Eu sabia que ele só estava agindo assim porque me ama, mas fala sério.

Mas eu superei. Apesar de o J.P. e eu termos tido a nossa primeira briga (que foi bem insignificante), ainda acho que estou fazendo o que é certo. Porque eu liguei para o meu pai e contei o caso para ele, e depois que ele me fez muitas perguntas (de um jeito meio distraído, porque ele está ocupado com a campanha. Eu fiquei meio mal de ter que incomodá-lo com uma coisa tão sem importância em um momento que ele tem tanta coisa para fazer, mas... bom, isto é importante para mim), disse, de todo jeito, que para ele tudo bem, e que eu podia fazer o que eu quisesse — desde que não assinasse nada até mandar os advogados pit bulls dele darem uma olhada.

Então eu disse: "VALEU, PAI!"

Daí eu liguei para a Claire French e disse a ela que aceitava. O único problema foi que, quando eu retornei a ligação, ela já sabia total quem eu era.

Ela disse: "Isto vai parecer estranho, mas quando você disse que o seu nome era Mia Thermopolis, eu achei que conhecia de algum lugar, então — por favor, não fique ofendida — eu fiz uma pesquisa no Google. Você por acaso não é a princesa Mia Thermopolis da Genovia, será?"

Meu coração ficou totalmente pesado.

"Hum", eu respondi.

O negócio é o seguinte: apesar de eu estar totalmente acostumada a mentir, eu sabia que não ia adiantar nada mentir para ela a respeito disso. Ela ia acabar descobrindo. Como por exemplo quando eu enviasse a minha foto para ela colocar no livro ou quando nós nos encontrássemos para um almoço chique entre editora e autora, ou quando os meus advogados pit bulls usassem um selo com o escudo da Genovia para reconhecer a minha firma ou algo assim.

"Sou", eu respondi. "Sou sim. Mas eu não mandei o livro com o meu nome real porque eu não queria ser publicada só porque sou uma celebridade, sabe? Eu queria ver se as pessoas iam gostar com base nos méritos próprios do livro, e não por causa de quem escreveu. Espero que você possa compreender isto."

"Ah", a Claire disse. "Eu compreendo perfeitamente! E você não precisa se preocupar, eu não fazia ideia que era você quando eu li, nem quando fiz a oferta. Mas o negócio é que... bom, o nome Daphne Delacroix... realmente soa muito falso, e o sobrenome — Delacroix — é difícil para os norte-americanos pronunciarem corretamente. Ao passo que o seu nome verdadeiro é muito mais fácil de reconhecer e de se lembrar. Imagino que não esteja fazendo isso para obter nenhum tipo de ganho financeiro..."

"Não", eu disse, horrorizada. "Vou doar todos os direitos autorais para o Greenpeace!"

"Bom, mas a verdade", a Claire disse, "é que você teria muito mais direitos autorais para doar se permitisse que nós publicássemos o livro com o seu nome verdadeiro."

Eu apertei o telefone contra a minha orelha com muita força, sentindo-me meio desorientada.

"Quer dizer... Mia Thermopolis?"

"Eu estava pensando em Mia Thermopolis, Princesa da Genovia."

"Bom..." Meu coração estava batendo meio rápido. Eu me lembrei do que Grandmère tinha dito a respeito de me assegurar de não usar meu nome verdadeiro. Ela iria odiar isto aqui, pensei. Ela iria ficar morrendo de ódio se eu publicasse um livro romântico picante com o meu próprio nome!

Por outro lado... todo mundo da escola iria ver. Todo mundo na escola iria ver o meu livro e dizer: "Ai meu Deus. Eu *conheço* esta garota! Eu estudei com ela."

E, também, a Claire não tinha comprado o livro sabendo que era eu... mas os leitores saberiam. Pense em todo o dinheiro que iria para o Greenpeace!

"Acho que tudo bem", eu disse.

"Ótimo!", a Claire respondeu. "Então está combinado. Estou ansiosa para trabalhar com você, Mia."

Esse foi o telefonema mais fantástico de todos os tempos. Quase me fez esquecer de que o J.P. e eu tínhamos tido um tipo de briguinha e que eu muito em breve participaria de um almoço superassustador com o Michael.

Sou uma autora publicada. Bom, logo vou ser.

E ninguém pode tirar isto de mim. NINGUÉM!

Sexta-feira, 5 de maio, 12h15, no loft

Linha de atendimento de Emergência da Moda. Estamos aqui para ajudar você. Você tem que colocar o seu jeans da Chip & Pepper e o top de lantejoulas rosa e preto da Alice + Olivia com aquela jaqueta de motoqueiro roxa que nós compramos na Jeffrey e aqueles sapatos de plataforma superfofos da Prada que têm aquelas franjinhas. Entendeu? Não exagere na maquiagem porque acho que ele gosta do tipo natural (sei lá por quê) e não coloque os brincos compridos desta vez, use um pequenininho, aaaaah, que tal aquelas cerejinhas que eu dei para você de presente de aniversário? São totalmente apropriadas para você HA HA HA!

Enviado pelo meu Blackberry®

Não! Acho que é demais. Aliás, o meu livro vai ser publicado!

Não é nada demais, simplesmente faça o que eu digo, não se esqueça de usar o curvex nos seus cílios. LEGAL o negócio do COLOQUE NO MEU BURACO! Que cor você vai usar no baile de formatura?

Enviado pelo meu Blackberry®

Ainda não sei, o Sebastiano vai me mandar algumas coisas. Os sapatos de plataforma da Prada são demais. Acho que vou de bota. E o título não é *Coloque no meu Buraco*, eu já disse.

NÃO! ESTAMOS NO MEIO DA PRIMAVERA. NADA DE BOTA NO ALMOÇO. Podemos chegar a um meio-termo com aquela sapatilha linda de veludo.

———————

Enviado pelo meu Blackberry®

Certo, você tem razão em relação à sapatilha. OBRIGADA! PRECISO IR!!!! ESTOU ATRASADA. Estou tão nervosa!!!!

Não se preocupe, a Trisha e eu vamos alugar um bote e vamos ficar remando pelo lago para dar uma olhada em você.

———————

Enviado pelo meu Blackberry®

NÃO! LANA!!! NÃO!!!! NÃO VÁ LÁ!!! Se você for, nunca mais falo com você.

TCHAU!!! Divirta-se!

———————

Enviado pelo meu Blackberry®

Sexta-feira, 5 de maio, 12h55, na limusine, a caminho do Central Park

Vou ficar longe do Michael.

Não vou dar nenhum abraço nele.

Não vou nem cumprimentá-lo com um aperto de mão.

Não vou fazer nada que possa, *de maneira nenhuma*, resultar em eu sentir o cheiro dele, e perder o controle, e fazer alguma coisa de que eu possa me arrepender.

Não que isso faça diferença, porque ele não gosta de mim assim. Não gosta mais. Ele me considera só como amiga.

Mas, quer dizer, eu não quero me envergonhar na frente dele.

E, de todo modo, eu tenho namorado. Que me ama de verdade mesmo. O suficiente para desejar o que é melhor para mim.

Então, concluindo:

Ficar longe do Michael — Confere.

Não dar um abraço nele — Confere.

Nem apertar a mão dele — Confere.

Não fazer nada que possa resultar em sentir o cheiro dele — Confere.

Certo. Acho que estou pronta. Eu vou conseguir. Vou conseguir sim, total. Está tudo determinado. Nós somos só amigos. E isto é só um almoço. Amigos almoçam juntos sempre.

Mas desde quando amigos dão de presente um para o outro equipamentos médicos de um milhão de dólares?

Ai meu Deus. *Eu não vou conseguir.*

Chegamos. Acho que eu vou vomitar.

Um trecho de *Liberte o meu coração*, de Daphne Delacroix

Era verdade que Finnula já tinha sido beijada antes.

Mas os poucos homens que tinham tentado fazer isso tinham vivido para se arrepender, já que ela era tão hábil com os punhos fechados quanto com o arco e flecha.

Mas havia alguma coisa naqueles lábios específicos, pressionando-se com tanta vontade contra os dela, que não chegou a despertar sentimentos de rancor em seu amago.

Ele beijava muito bem mesmo, aquele seu prisioneiro, com a boca movimentando-se sobre a dela de maneira levemente inquisitiva — não atrevida, de jeito nenhum, mas como se ele estivesse fazendo uma pergunta para a qual apenas ela, Finnula, tivesse a resposta. Ela só percebeu que tinha respondido a essa pergunta, de alguma maneira, quando sentiu a intrusão da língua dele dentro da sua boca, apesar de não saber exatamente como. Agora não tinha nada de questionador no jeito dele. Ele desferira o primeiro golpe e percebera que as defesas de Finnula estavam baixas. Ele atacou sem clemência.

Foi então que Finnula se deu conta, como se tivesse levado um golpe, que o beijo dele era algo fora do comum, e que talvez ela não estivesse assim tão no controle da situação quanto gostaria de estar. Apesar de se debater contra o ataque repentino e estonteante a seus sentidos, ela não conseguia se desvencilhar da atração hipnótica que os lábios dele exerciam, da mesma maneira que ele não conseguira romper as amarras com as quais ela o prendera. Ela largou o corpo completamente nos braços dele, como se estivesse se derretendo nele, à exceção das mãos que, por vontade própria, escorregaram ao redor do pescoço teso dele, embaraçando-se no cabelo surpreendentemente macio que estava meio escondido pelo capuz abaixado da capa dele. Ela ficou imaginando o que havia na introdução da língua daquele homem em sua boca que parecia ter relação direta com uma sensação muito repentina e muito distinta de aperto entre suas coxas.

Ela afastou-se dele e colocou a mão em seu peito, em uma atitude de restrição. Finnula lançou um olhar acusatório para o rosto dele e ficou surpresa com o que viu ali. Não foi o sorrisinho de desdém ou os olhos de desprezo aos quais ela tinha se acostumado, mas sim uma boca abarrotada de desejo e olhos verdes cheios de... de quê? Finnula não foi capaz de determinar o que tinha percebido naquelas órbitas, mas o que viu a assustou na mesma medida que a excitou.

Ela tinha que colocar fim nessa loucura, antes que chegasse longe demais.

— Perdeste a razão? — ela quis saber, através de lábios que pareciam entorpecidos da pressão forte do beijo. — Solta-me agora mesmo.

Hugo ergueu a cabeça, com a expressão desorientada de um homem que acaba de despertar do sono. Ficou olhando fixamente para a moça em seus braços, piscando muito, apresentando todos os indícios de que a tinha escutado. Sua mão ancorada nos seios dela, no entanto, apertou-se como se ele não tivesse intenção de soltá-la. Quando ele falou, foi com voz rouca e entonação arrastada.

— Acredito que não tenha sido minha razão a se perder, donzela Crais, mas sim meu coração — respondeu, com a garganta seca.

Sexta-feira, 5 de maio, 16h, na limusine a caminho da terapia

Eu sou péssima.

Eu sou uma pessoa horrível, terrível, detestável.

Eu não mereço estar na presença do J.P., muito menos usar o anel dele.

Não sei como isso aconteceu. Nem como eu *deixei* acontecer.

Além do mais, foi completamente minha culpa. O Michael não teve nada a ver com o que aconteceu.

Bom, talvez tenha tido um *pouco* a ver. Mas a maior parte da culpa foi minha.

Eu sou a pior garota do mundo, e também a mais detestável.

E agora eu sei que Grandmère e eu REALMENTE temos o mesmo sangue. Porque eu sou exatamente tão horrível quanto ela!

Talvez isso seja porque eu tenho andado muito com a Lana. Talvez ela tenha passado isso para mim!

Ai, meu Deus. Será que agora eu tenho que abrir mão do meu lugar na Domina Rei? Tenho certeza que uma Domina Rei não faria o que eu fiz.

Tudo começou na maior inocência, além do mais. Eu cheguei ao Boathouse, e o Michael estava lá, esperando por mim. E ele estava lindíssimo (nenhuma surpresa), de paletó social (mas sem gravata), com o cabelo escuro meio despenteado, como se ele tivesse acabado de sair do banho.

E a primeira coisa que aconteceu — a *primeiríssima* coisa! — foi ele se aproximar de mim e se inclinar para me cumprimentar com um beijo na bochecha.

E, mesmo assim, eu tentei me afastar, exclamando: "Ah, não, eu estou gripada!"

Ele só riu e respondeu: "Eu gosto dos seus germes."

E foi aí que aconteceu. Bom, pela primeira vez. Eu senti o cheiro dele, aquele cheiro de *Michael* fresco e limpo. Todas aquelas moléculas dessemelhantes me atingiram com tudo no meu sentido olfativo ao mesmo tempo. Juro que foi tão forte que eu quase caí, e o Lars precisou estender a mão para pegar no meu cotovelo e perguntar: "Está tudo bem, princesa?"

Não. A resposta era não, eu não estava nada bem. Eu quase fui derrubada. Derrubada pelo desejo! O desejo pelas moléculas proibidas e dessemelhantes!

Mas consegui me recompor e rir como se nada tivesse acontecido. (Mas alguma coisa tinha acontecido, sim! Alguma coisa *muito, muito* ruim!)

Aí, logo nos levaram para nossa mesa banhada de sol (o Lars se sentou no bar para poder ficar com um olho em algum evento esportivo e o outro em mim. Ah, por que, Lars, por quê? Por que você foi se sentar tão longe????), e o Michael não parava de falar, não faço ideia sobre o que, e eu continuava tonta por causa dos feromônios ou sei lá o que que corriam na minha cabeça, e nós ficamos em uma mesa BEM AO LADO DO LAGO, de modo que precisei ficar prestando atenção para ver se a Lana e a Trisha apareciam, para o caso de elas terem resolvido andar de bote por ali.

Mas eu também acho que fiquei ofuscada pelo sol que refletia na água, estava tudo tão lindo e fresco que nem parecia que nós estávamos em Nova York, mas sim... bom, na Genovia ou algo assim.

Juro que parecia que eu tinha usado drogas.

Finalmente, o Michael disse assim: "Mia, está tudo bem com você?", e eu sacudi a cabeça, igual o Fat Louie faz quando eu faço carinho demais nas orelhas dele, e respondi assim, toda nervosa: "Está, está, está tudo bem, desculpe, só estou um pouco distraída." Mas é claro que eu não podia dizer a ele POR QUE eu estava tão distraída.

Daí, no último minuto, me lembrei da notícia excelente que eu tinha recebido e soltei: "Recebi uma ligação hoje de manhã de uma editora   ela quer publicar o meu livro."

"Que maravilha!", o Michael disse e o rosto dele se abriu em um sorriso enorme. Aquele sorriso maravilhoso de que eu me lembro do meu primeiro ano de ensino médio, quando ele costumava ir até a minha classe de álgebra para me ajudar com as lições do sr. G *durante* a aula, e eu achei que tinha morrido e ido para o céu. "A gente precisa comemorar!"

Então, daí, ele pediu água com gás e fez um brinde ao meu sucesso, e eu fiquei totalmente acanhada, por isso retribuí com um brinde ao sucesso dele (quer dizer, sinceramente, o meu livro romântico não vai salvar a vida de ninguém, mas, como ele observou, enquanto o CardioBraço dele salva a vida do paciente, pode muito bem ser que os familiares da pessoa que está sendo operada fiquem na sala de espera bem felizes e calmos lendo o meu livro. E é uma observação muito boa), e nós ficamos lá bebendo água Perrier à beira do lago no meio de uma tarde de sexta-feira, no Central Park, em Nova York.

Até que os raios de sol brilhantes da tarde bateram no diamante do anel que o J.P. me deu, que eu tinha esquecido de tirar. Mas, bom, o reflexo resultante criou uma explosão de miniarco-íris no rosto do Michael e o deixou ofuscado.

Eu me senti péssima e disse: "Desculpe", e tirei o anel e guardei na minha bolsa.

"Mas que pedra, hein?", o Michael disse, com um sorriso meio sacana. "Então, vocês agora estão, tipo, noivos?"

"Ah, não", eu respondi. "É só um anel de amizade." Mentira Enorme Número Onze de Mia Thermopolis.

"Sei", o Michael respondeu. "As amizades ficaram bem mais... caras do que quando eu estudava na AEHS."

Ai, esta doeu.

Mas daí o Michael mudou de assunto. "E onde o J.P. vai fazer faculdade no ano que vem?"

"Bom", eu respondi, com muito cuidado. "O Sean Penn comprou os direitos de uma peça que o J.P. escreveu, então ele está pensando em ir para Hollywood no ano que vem e fazer faculdade depois."

O Michael pareceu muito interessado nessa informação. "É mesmo? Então vocês dois vão namorar a distância?"

"Bom", eu respondi. "Não sei. Estamos falando sobre eu ir com ele..."

"Para Hollywood?" O Michael parecia totalmente incrédulo.

Daí, ele pediu desculpa. "Sinto muito. E só que você... quer dizer, você nunca me pareceu fazer o tipo de Hollywood. Não que você não esteja cheia de glamour agora. Porque está, totalmente."

"Obrigada", eu respondi, morrendo de vergonha. Felizmente, a esta altura, o garçom já tinha trazido a salada, então eu pude me distrair dizendo não, muito obrigada, à oferta de pimenta-do-reino.

"Mas eu sei do que você está falando", prossegui, quando o garçom se afastou. "Não sei muito bem o que eu faria o dia inteiro em Hollywood. O J.P. disse que eu poderia escrever. Mas... eu sempre achei que, se fosse adiar a faculdade por um ano, seria para viajar em um daqueles barcos que se coloca entre os barcos de pesca e as baleias jubarte, ou algo do tipo. Não para ficar passeando em Melrose. Sabe como é?"

"Por algum motivo, não acho que os seus pais vão ficar contentes com nenhum desses planos", o Michael disse.

"E tem isso também", eu suspirei. "Tenho algumas coisas para decidir. E não tenho muito tempo para fazer isto. As unidades paterna e materna querem uma decisão a respeito de onde eu vou estudar até a eleição."

"Você vai tomar a decisão certa", o Michael disse, todo confiante. "Você sempre toma."

Só fiquei olhando para ele. "Como é que você pode dizer uma coisa dessas? Não tomo, não, de jeito nenhum."

"Toma sim", ele disse. "No fim."

"Michael, eu sempre estrago tudo", eu disse e larguei o garfo. "Você, mais do que qualquer outra pessoa, devia saber disso. Eu estraguei o nosso relacionamento completamente."

"Não, não estragou", ele respondeu, parecendo chocado. "Fui eu que estraguei."

"Não, fui *eu*", falei. Não dava para acreditar que nós finalmente estávamos dizendo essas coisas... essas coisas que eu andava pensando havia tanto tempo, e dizendo para outras pessoas — os meus amigos, o dr. Loco — mas nunca para a única pessoa para quem elas importavam... o Michael. A pessoa a quem eu devia ter dito, há um século: "Eu nunca devia ter feito tanto caso com a coisa da Judith..."

"E eu devia ter contado para você desde o início", o Michael interrompeu.

"Mesmo assim", respondi. "Eu agi como uma psicopata inteira e completa..."

"Não, Mia, não agiu..."

"Ai meu Deus", eu disse, erguendo a mão para fazer um sinal para ele parar de falar e dando uma risada. "Será que nós podemos por favor não tentar reescrever a história? Fui eu que estraguei tudo. Você tinha todo o direito de terminar comigo. As coisas estavam ficando intensas demais. Nós dois precisávamos de um tempo para respirar."

"É", Michael disse. "Um *tempo para respirar*. Você não tinha que sair por aí e ficar noiva de um cara enquanto isso."

Durante um segundo depois de ele ter dito isso, eu fiquei sem ar. Parecia que todo o oxigênio do lugar tinha sido sugado dali, ou algo do tipo. Só fiquei olhando para ele, sem ter certeza se eu tinha escutado direito. Será que ele tinha mesmo dito... Será que era possível ele...?

Daí ele riu e, quando o garçom voltou para pegar o prato vazio de salada dele (eu mal tinha tocado no meu), disse: "Estou brincando. Olhe, eu sabia que era um risco. Eu não podia ficar achando que você iria ficar me esperando para sempre. Você pode ficar noiva ou... o que é mesmo isso aí? Certo, amiga... de quem você quiser. Só fico contente por você estar feliz."

Espere. O que estava acontecendo?

Eu não sabia o que dizer nem o que fazer. Grandmère tinha me preparado para toneladas de situações — desde como lidar com criadas ladras até fugir de embaixadas durantes golpes de Estado.

Mas, sinceramente, nada poderia me preparar para isto. Será que o meu ex-namorado realmente estava dando a entender que ele queria voltar?

Ou será que eu estava entendendo coisas que não existiam? (Não seria a primeira vez que isso acontecia.)

Felizmente, foi bem aí que os nossos pratos principais chegaram e o Michael desviou a conversa de volta para assuntos normais, como se nada tivesse acontecido. Talvez nada *tivesse* acontecido. De repente, estávamos conversando a respeito de se Joss Whedon vai ou não algum dia fazer um longa-metragem sobre *Buffy, a caça-vampiros* e como a Karen Allen é o máximo e o concerto do Boris e a empresa do Michael e a campanha do meu pai. Para duas pessoas com relativamente nada em comum (porque, vamos encarar, ele é criador de braço cirúrgico robotizado. Eu sou escritora de livro romântico... e princesa. Eu adoro musicais e ele odeia. Ah, e nós temos DNA completamente dessemelhante), nós realmente nunca ficamos sem assunto.

E isso é totalmente estranho.

Daí, sem eu saber muito bem como, começamos a falar da Lilly.

"O seu pai viu o comercial que ela fez para ele?", o Michael perguntou.

"Ah", eu respondi, sorrindo. "Viu! Ficou maravilhoso. Eu quase não acreditei. Será que... você teve alguma coisa a ver com isso?"

"Bom", o Michael respondeu, sorrindo também. "Ela quis fazer. Mas... talvez eu tenha incentivado um pouco. Não acredito que vocês duas não voltaram a ser amigas, depois de todo esse tempo."

"Não é que nós *não* sejamos mais amigas", eu disse, lembrando que a Lilly tinha me falado que ele tinha dito para ela ser legal comigo. "Nós só... Eu não sei o que aconteceu, para falar a verdade. Ela não quis me dizer."

"Ela também não quis me dizer", o Michael explicou. "Você não sabe mesmo?"

Voltou à minha mente a imagem da Lilly em S&T, no dia em que ela me disse que o J.P. tinha terminado com ela. Eu sempre fiquei me perguntando se não tinha sido isso. Será que a coisa toda era por causa de um menino? Será que era a respeito disso que eu era tão *sem noção*?

Mas isso seria a maior estupidez. A Lilly não era o tipo de pessoa a permitir que uma coisa tão besta quanto um menino atrapalhasse uma amizade. Não com a melhor amiga dela.

"Realmente não faço a menor ideia", eu disse.

Os cardápios de sobremesa chegaram e o Michael insistiu para nós pedirmos uma sobremesa de cada, para podermos experimentar todas (porque aquilo era uma comemoração), enquanto me contava histórias sobre as diferenças culturais no Japão — tinha um restaurante que entregava comida em casa em pratos de porcelana de verdade, que depois ele deixava na frente da porta para serem recolhidos, e isso leva a reciclagem a um outro nível — e algumas das vergonhas que ele tinha passado por causa disso (cantar baladas no karaoquê, algo que os colegas japoneses levavam muito a sério, era uma das maiores de todas).

E, enquanto ele ia falando, ficou bem claro que ele e a Micromini Midori não estavam juntos. Ele falou sobre o namorado dela, que parecia ser o maior sucesso do karaoquê, que tinha vencido concursos várias vezes em Tsukuba.

Daí eu comecei a rir de um jeito completamente diferente quando todas as sobremesas chegaram e eu reparei em duas meninas em um bote no meio do lago, em uma discussão ferina, remando em círculos, sem chegar a lugar nenhum. O plano da Lana de me espionar tinha falhado, completa e totalmente.

Foi só depois, quando a conta chegou e o Michael pagou, apesar de eu dizer que *eu* estava convidando, para agradecer pela doação para o hospital, que as coisas *realmente* começaram a se desintegrar.

Bom, talvez elas tivessem passado a tarde inteira desmoronando — eu é que não estava prestando atenção. As coisas costumam acontecer assim na minha vida, já reparei. Foi quando nós estávamos na frente do Boathouse, e o Michael perguntou o que eu ia fazer durante o resto do dia, e eu confessei — para variar — que não ia fazer nada (até a hora da minha terapia, mas isso eu não mencionei. Algum dia eu conto a ele sobre as consultas. Mas não hoje), que tudo se desintegrou, igual às madalenas que nós estávamos comendo antes.

"Você não tem nada para fazer até as quatro? Que bom", o Michael disse e pegou o meu braço. "Então, a gente pode continuar a comemorar."

"Comemorar como?", eu perguntei, bem idiota. Eu estava tentando me concentrar em não sentir o cheiro dele. Na verdade, não estava prestando atenção a mais nada. Tipo para onde nós estávamos indo.

"Você já andou nisto aqui?", ele perguntou.

Foi aí que eu vi que ele tinha me levado até uma daquelas charretes puxadas por cavalos bem cafonas que estão em todo lado no Central Park.

Bom, tudo bem, talvez não sejam cafonas. Talvez sejam românticas e a Tina e eu conversemos em segredo sobre dar um passeio nelas o tempo todo. Mas este não é o ponto.

"Claro que eu nunca andei nisso aí", eu exclamei, fingindo estar horrorizada. "Isso tem tanta cara de turista! E a Sociedade Protetora dos Animais está tentando proibir. E são para pessoas que estão em encontros amorosos."

"Perfeito", o Michael disse. Ele entregou um pouco de dinheiro para a charreteira, que estava usando uma roupa antiquada ridícula (e com isso eu quero dizer fantástica) com cartola. "Vamos dar uma volta no parque. Lars, suba na frente. E não vire para trás."

"Não!", eu praticamente berrei. Mas eu estava rindo. Não consegui me segurar. Porque aquilo tudo era o maior absurdo. E era uma coisa que eu sempre quis fazer, mas nunca disse para ninguém (a não ser a Tina, é claro), por medo de ser ridicularizada. "Eu *não* vou subir aí! Isso é a maior crueldade com os cavalos!"

A charreteira pareceu ficar ofendida.

"Eu cuido muitíssimo bem do meu cavalo", ela disse. "Talvez melhor do que você cuida dos seus bichos de estimação, mocinha."

Daí eu me senti mal — além do mais, o Michael me lançou um olhar do tipo: *Está vendo, você magoou a moça. Agora vai ter que subir.*

Eu não queria subir. Não queria mesmo!

Não porque aquilo era idiota e coisa de turista e eu estava com medo que alguém me visse (claro que eu não me importava com isso, porque, secretamente, é algo que eu sempre quis fazer). Mas porque era um passeio romântico de charrete! Com uma pessoa que não era o meu namorado!

Pior ainda, com alguém que era meu ex-namorado! E de quem eu tinha jurado que não ia chegar perto hoje.

Mas o Michael estava tão fofo ali com a mão estendida, à minha espera, com os olhos tão doces, como quem diz: *Vamos lá. É só um passeio de charrete cafona. O que pode acontecer?*

E, na hora, eu só consegui pensar que ele talvez tivesse razão. Quer dizer, que mal podia fazer uma volta de charrete no parque?

Além do mais, eu olhei ao redor e não avistei nenhum paparazzi. E o assento de veludo vermelho na parte de trás da charrete parecia bem espaçoso. Com toda a certeza dava para nós dois nos acomodarmos ali sem nos encostar nem nada. Tipo, eu podia total ficar sentada ali sem correr o risco de sentir o cheiro dele.

E, de verdade, no fim das contas, como é que um passeio de turista em uma charrete cafona poderia ser romântico para uma nova-iorquina descolada como eu? Apesar do retrato que o J.P. fez de mim em *Um príncipe entre os homens*, como sendo uma mulher frágil que sempre precisa ser salva (uma coisa completamente inexata), na verdade eu sou bem durona. Vou ser uma autora publicada!

Então, revirei os olhos e fingi estar, tipo: *Eu já superei, total*, ri e deixei o Michael me ajudar a subir na charrete e me sentar no banco empelotado. Enquanto isso, o Lars se acomodou ao lado da moça de cartola, e ela fez o cavalo começar a andar e nós demos início ao passeio com um solavanco...

Mas acontece que eu estava errada.

E eu não sou uma nova-iorquina assim *tão* descolada.

Até agora eu não sei dizer muito bem como aquilo aconteceu. E parece que aconteceu bem rapidinho, também. Em um instante, o Michael e eu estávamos sentados calmamente um ao lado do outro naquele assento, Sem Nos Beijar e, de repente... estávamos um nos braços do outro. Nos Beijando. Como duas pessoas que nunca tinham se beijado antes.

Ou melhor, como duas pessoas que costumavam se beijar muito, e que gostavam muito de fazer isso, e daí tinham passado muito tempo sem poder se beijar. E daí, de repente, elas tinham sido reapresentadas aos beijos e se lembraram de que gostavam muito de se beijar. Mas muito mesmo.

E daí elas começaram a se beijar de novo. Muito. Como um casal de maníacos famintos de beijos, que tinham estado em um deserto sem beijos durante aproximadamente 21 meses.

Nós basicamente nos agarramos desde, tipo, a 72th Street, pelo parque todo, até a 57th Street. Isso é, tipo, uns vinte quarteirões, mais ou menos.

ISSO MESMO, NÓS NOS BEIJAMOS POR VINTE QUARTEIRÕES. EM PLENA LUZ DO DIA. EM UMA CHARRETE À MODA ANTIGA!

Qualquer pessoa podia ter nos visto. E TIRADO FOTOS!!!!

Não faço ideia do que deu em mim. Em um minuto eu estava apreciando o barulhinho dos cascos do cavalo no pavimento e a linda paisagem verdejante do parque. E daí...

E, sim, eu admito que realmente pareceu que o Michael estava sentado perto DEMAIS de mim naquele assento, no começo.

E, tudo bem, eu meio que reparei quando ele me abraçou quando a charrete saiu com um solavanco. Mas foi um gesto bem natural, e eu achei muito gentil. Era o tipo de coisa que um amigo — um amigo homem — faria com uma amiga mulher.

Mas daí o Michael não tirou o braço do lugar em que tinha colocado. E daí eu senti o cheiro dele de novo.

E daí, acabou tudo. Eu sabia que estava tudo acabado, mas virei a cabeça para dizer a ele — com toda a educação, é claro, da maneira como uma princesa faria — para nem se dar ao trabalho, que agora eu estou com o J.P. e que não adiantava nada; eu não ia fazer nada para magoar ou trair o J.P. porque ele me deu apoio no momento em que eu estava mais desesperada, e o Michael devia desistir, se era essa a intenção dele. Que provavelmente não era, Mas, só para garantir.

Mas, de algum modo, essas palavras nunca saíram da minha boca.

Porque, quando eu virei a cabeça para dizer tudo isso ao Michael, vi que ele estava olhando para mim, e eu não pude deixar de retribuir o olhar, e alguma coisa nos olhos dele... não sei. Parecia que havia uma pergunta ali. E eu não sei qual era a pergunta.

Certo. Acho que sei, sim.

De todo modo, tenho bastante certeza de que respondi quando ele encostou os lábios dele nos meus.

E, como eu disse, nós continuamos nos beijando, cheios de paixão, por uns vinte quarteirões. Ou sei lá quantos. Matemática não é a minha melhor matéria.

Na verdade, já que eu estou confessando tudo mesmo, preciso admitir que foi mais do que simplesmente nos beijarmos. Também teve um pouco de ação bem discreta abaixo do pescoço. Realmente espero que o Lars tenha feito o que o Michael pediu e não tenha olhado para trás.

Mas, bom, quando a charrete parou, eu finalmente recuperei os sentidos. Acho que foi o fato de o barulho dos cascos do cavalo ter parado. Ou talvez tenha sido aquele solavanco final que praticamente nos jogou para fora do assento.

Foi aí que eu disse, tipo: "Ai meu Deus!", e fiquei olhando para o Michael, toda horrorizada, ao me dar conta do que eu tinha feito.

Que foi ficar com um garoto que não era o meu namorado. E por muito tempo também.

Acho que a parte mais horripilante foi ver o quanto eu tinha gostado. Que foi muito. Mas muito mesmo. Sabe aquela coisa toda do complexo de histocompatibilidade principal? NÃO se pode brincar com isso.

E dava para ver que o Michael tinha sentido a mesma coisa.

"Mia", ele disse e olhou para mim com aqueles olhos escuros dele, cheios de alguma coisa que eu quase tinha medo de definir, e com o peito subindo e descendo, como se ele tivesse acabado de correr. As mãos dele estavam no meu cabelo. Ele estava segurando a minha cabeça. "Você *precisa* saber. Você precisa saber que eu am..."

Mas eu coloquei a minha mão na sua boca, do mesmo jeito que eu tinha feito com a Tina. A minha mão que, naquela manhã mesmo, exibia um anel de diamante de três quilates. Que outro garoto tinha me dado.

Eu disse: "*NÃO DIGA ISTO.*"

Porque eu sabia o que ele ia dizer.

Foi daí que eu falei assim: "Lars, nós vamos embora. *Agora.*" E o Lars desceu da charrete e me ajudou a descer do assento. E nós dois fomos para a minha limusine, que estava à nossa espera. E eu entrei. E não olhei para trás, não mesmo. Nem uma vez.

E tem uma mensagem do Michael no meu telefone, mas eu não vou ler para ver o que ele disse. NÃO vou.

Porque eu não posso fazer isso com o J.P. *Não posso.*

Mas, ai meu Deus. Eu amo tanto o Michael... Ai, graças a Deus. Nós chegamos.

O dr. Loco e eu temos *muito* sobre o que conversar hoje.

Sexta-feira, 5 de maio, 18h, na limusine para casa, saindo do consultório do dr. Loco

Quando eu entrei no consultório do dr. Loco, Grandmère estava lá. DE NOVO.

Eu quis saber por quê. POR QUE ela insiste em desrespeitar a privacidade da minha consulta médica. E, tudo bem, hoje supostamente seria a minha última sessão de terapia da vida, mas, mesmo assim. Só porque eu a tinha convidado algumas vezes para me acompanhar, isso não significava que ela podia aparecer nas minhas consultas o tempo TODO.

Ela tentou usar a desculpa de que este é o único lugar onde ela sabe que vai me encontrar. (Pena que ela não olhou pela janela do apartamento dela no Plaza agora há pouco, podia ter visto a neta dando voltas no Central Park em uma charrete puxada por cavalo com um garoto que não é o namorado dela.)

E acho que isso (então) era uma desculpa razoável. Mas, mesmo assim, não fazia com que fosse CERTO, e eu disse isso a ela.

Claro que ela me ignorou completamente. Disse que precisava saber se era verdade que eu iria publicar um livro romântico e, se era, como eu podia fazer isso com a família e por que eu não dava um tiro nela simplesmente, se queria matá-la, para acabar logo com tudo? Por que eu tinha que fazer isso assim, humilhando-a lentamente na frente de todos os amigos dela? Por que eu não podia ser mais parecida com a Bella Trevanni Alberto, que é uma neta tão perfeita (juro que, se eu tiver que escutar isso *mais uma vez...*)?

Daí ela começou a falar da faculdade Sarah Lawrence (de novo) e que ela sabe que eu preciso escolher uma faculdade até o dia da eleição (que também é o dia do BAILE DE FORMATURA), e que se eu simplesmente *escolhesse a Sarah Lawrence* (a faculdade em que ela teria estudado se tivesse se dado ao trabalho de estudar), então tudo ficaria bem.

Soltei um berro de frustração e passei direto pela frente de Grandmère e entrei na sala do dr. Loco, porque não queria mais escutar aquela conversa. Porque, falando sério, como esta mulher consegue ser ridícula. Além do mais, eu estava em plena crise, com o negócio com o Michael. Não tenho tempo para o histerismo de Grandmère.

Mas, bom, o dr. Loco escutou com toda a calma ao que tinha acabado de acontecer — comigo e Grandmère, quer dizer — e ele disse que sentia muito e que, obviamente, como aquela era a minha última sessão, aquilo não voltaria a acontecer, mas ele conversaria com Grandmère se eu quisesse. Como se isso adiantasse alguma coisa.

Daí ele escutou quando eu descrevi o que tinha acabado de acontecer com o Michael.

E a resposta dele foi perguntar se eu tinha refletido sobre a história que ele tinha me contado na semana anterior sobre a égua que ele tinha chamada Sugar.

"Porque eu estava explicando, Mia", o dr. Loco prosseguiu, "que às vezes um relacionamento que parece perfeito na teoria nem sempre funciona na realidade, do mesmo jeito que a Sugar parecia ser um cavalo perfeito na teoria, mas, na realidade, nós dois simplesmente não combinávamos."

SUGAR! Eu abro o meu coraçãozinho e relato todas as minhas provações românticas (e falo sobre a minha avó sacal), e o dr. Loco continua falando dos cavalos dele, nada mais.

"Dr. L", eu disse. "Será que a gente pode falar de alguma coisa que não seja de cavalos por um minuto?"

"Claro que sim, Mia", ele respondeu.

"Bom", eu disse. "Os meus pais me disseram para escolher uma faculdade para estudar até o dia da eleição do meu pai — e do meu baile de formatura. E eu não consigo decidir. Quer dizer, parece que todas as faculdades que me aceitaram, só me aceitaram porque eu sou princesa..."

"Mas você não *sabe* se isso é verdade", o dr. Loco disse.

"Não, mas com o meu resultado no SAT, fica bem óbvio..."

"Nós já conversamos sobre isto, Mia", o dr. Loco disse. "Você sabe que não deve ficar obcecada pelas coisas sobre as quais não tem controle. Aliás, o que você deve fazer em vez disso?"

Eu ergui meus olhos para o quadro que estava atrás da cabeça dele, de uma manada de mustangues em disparada. Quantas horas eu já tinha passado olhando para aquele quadro ao longo dos últimos 21 meses, torcendo para que caísse na cabeça dele? Mas não para machucar. Só para assustar.

"Aceitar as coisas que eu não posso mudar, coragem para mudar as coisas que eu possa, e sabedoria para saber a diferença."

O negócio é que... eu sei que esse é um bom conselho. Chama-se a Oração da Serenidade, e realmente serve para colocar as coisas em perspectiva (supostamente é para pessoas que estão se recuperando de alcoolismo, mas também ajuda na recuperação de gente viciada em preocupação, como eu).

Mas, sinceramente, isso é uma coisa que eu podia descobrir *sozinha*.

O que está ficando mais claro para mim a cada dia que passa é que eu me formei. Não só na escola e nas aulas de princesa, mas da terapia também. Não que eu esteja autoatualizada nem nada, porque Deus sabe que eu não estou... já não acredito mais que alguém é capaz de atingir a autoatualização. Não se quiser continuar sendo um ser humano que ainda pensa e aprende.

Acabei de me dar conta da verdade, que é a seguinte: ninguém é capaz de me ajudar. Meus problemas simplesmente são esquisitos demais. Onde é que eu vou arrumar um terapeuta com experiência em ajudar uma garota norte-americana que descobre que é, na verdade, princesa de um pequeno país europeu, cuja mãe também é casada com o professor de álgebra dela, cujo pai não consegue se comprometer em nenhum relacionamento romântico, cuja melhor amiga não fala com ela, cujo ex-namorado ela não consegue parar de beijar em uma charrete no Central Park, cujo namorado escreveu uma peça revelando detalhes a respeito da vida deles e cuja avó é louca de carteirinha?

Em lugar nenhum. Eis onde.

A partir de agora, eu preciso resolver meus próprios problemas. E sabe o quê? Tenho bastante certeza de que estou pronta.

Mas eu não queria que o dr. Loco se sentisse mal, porque ele tinha me ajudado muito antes. Então, eu disse: "Dr. Loco. Será que você se importa de olhar uma mensagem de texto comigo?"

"De jeito nenhum", ele respondeu.
Então, nós abrimos a mensagem do Michael juntos.
Dizia assim:

Mia,

Eu não sinto muito.
E eu posso esperar.

Com amor,
Michael

Uau.
E também... *uau*.
Até o dr. Loco concordou. Mas eu duvido que o recado do Michael fez o coração dele bater mais rápido — *Mi-chael, Mi-chael, Mi-chael* — como fez com o meu.
"Ah, nossa", o dr. Loco disse em relação à mensagem de texto do Michael. "Ele foi muito direto. Então. O que você vai fazer?"
"Fazer?", eu perguntei, cheia de tristeza. "Não vou *fazer* nada. Eu estou namorando o J.P."
"Mas você não se sente atraída pelo J.P.", o dr. Loco disse.
"Eu me sinto, sim!", respondi. Como é que *ele* podia saber isso? Eu nunca fiz essa confissão. Não para ele, pelo menos. "Ou, pelo menos... bom, estou cuidando desse assunto."
Ciência. O problema é a ciência. E eu nunca fui boa nisso.
Mas existem maneiras de vencer a ciência. É isso que os cientistas, como o Kenneth Showalter, fazem. O dia inteiro. Encontram

maneiras de derrotar a ciência. Eu preciso derrotar essa coisa com o Michael. Porque eu não posso magoar o J.P. *Não posso.* Ele tem sido gentil demais comigo.

"Mia", o dr. Loco perguntou, com um suspiro. "Nós ainda não terminamos o nosso trabalho aqui, não é mesmo?"

Hum... terminamos. Terminamos sim, total.

"Eu não posso terminar com um garoto perfeitamente legal", respondi, imaginando se ia precisar explicar a teoria do meu pai a respeito de eu ser atrevida, "só porque o meu ex-namorado quer voltar comigo."

"Além de poder, você deve, se ainda estiver apaixonada por esse ex-namorado", o dr. Loco disse. "Se não, você não vai ser justa com esse garoto perfeitamente legal."

"Ah!" eu enterrei o rosto entre as mãos. "Olhe, eu sei, está certo? Simplesmente não sei o que fazer!"

"Sabe sim", o dr. Loco respondeu. "E você vai fazer quando chegar a hora certa. Falando em hora... a nossa terminou."

AAAAARGH!!!!

E do que ele está falando? Que eu vou saber o que fazer quando chegar a hora certa? Eu não faço a menor ideia do que fazer!

Na verdade, eu sei sim: eu quero me mudar para o Japão e mandar entregar comida em louça de verdade na minha casa, e viver sob uma alcunha (Daphne Delacroix).

Sexta-feira, 5 de maio, 21h30, no loft

A Tina acabou de ligar. Ela queria saber como tinha sido o meu almoço com o Michael. Ela já tinha ligado algumas vezes, para dizer a verdade, mas eu não tinha atendido (o J.P. também ligou algumas vezes). Eu simplesmente não ia conseguir falar com nenhum dos dois. De vergonha, sabe? Como é que eu podia contar para ela?

E como é que eu posso voltar a falar com o J.P. algum dia? Eu sei que, no fim, vou ter que falar. Mas... não agora.

Mas, bom, eu também não contei para ela agora há pouco, quando a gente se falou. Eu só disse assim: "Ah, o almoço foi bom", toda leve e despreocupada. Não falei nenhuma palavra sobre charretes de antigamente nem os agarrões que duraram quarteirões e quarteirões nem nada sobre a mãozinha abaixo do pescoço.

MEU DEUS! Como eu sou galinha!

"É mesmo?", a Tina disse. "Que coisa ótima! Então... e o SHP?"

"Você quer dizer CHP? Ah, tudo bem, está tudo sob controle." Galinha e MENTIROSA!

"Bom...", a Tina parecia não estar acreditando nem um pouco. "Que ótimo, Mia! Então, você e o Michael no fim podem mesmo ser só amigos."

"Claro", eu respondi. Mentira Enorme Número Doze de Mia Thermopolis. "Sem problema."

"Isto é ótimo", a Tina disse. "É só que..."

"O quê?", eu perguntei. Ah, não. O que tinham contado para ela? Será que a Lana e a Trisha tinham conseguido controlar os remos delas e nos seguiram? Eu tinha recebido uma mensagem de texto da Lana que só dizia)(&$#!, o que me levou a acreditar que a Lana tinha tomado saquê demais no Nobu, coisa que sempre acontece às sextas-feiras.

"Bom, eu estava falando com o Boris", a Tina disse. "E, sabe, ele estava me contando que, o tempo todo que o Michael passou no Japão — você vai ter que rir quando ficar sabendo disso, acho —, ele pediu para o Boris meio que... bom, ficar de olho em você. Sabe como é, enquanto vocês estavam em Superdotados e Talentosos juntos? Não dá para acreditar que o Boris não me contou antes. Mas ele disse que o Michael pediu para não dizer nada para mim. Eles são mais amigos do que eu pensei, acho. Mas, bom, o Boris disse que ele acha que o Michael está apaixonado de verdade por você, e que sempre esteve. Que ele nunca parou de amar você, nem depois que vocês terminaram. Acho que ele simplesmente achou que não era justo deixar você esperando por ele enquanto ele estava fora, tentando provar para o seu pai que ele era digno ou sei lá o quê. Sabe como é? Meu Deus, isto é tão... é tão romântico."

Eu tive que afastar o telefone do meu rosto, porque eu tinha começado a chorar. E eu estava com medo que a Tina escutasse as minhas fungadas.

"É", respondi. "É romântico mesmo."

"Não é que o Boris estivesse espionando você nem nada", a Tina prosseguiu. "Quer dizer, eu nunca contei para ele nenhuma das coisas sobre as quais você e eu conversamos. Mas, bom, o Boris me disse que a razão por que o Michael foi embora da sua festa de aniversário naquela noite em que o J.P. tirou aquele anel do bolso foi exatamente por causa do que eu disse... porque ele não suportou ver você se comprometendo a ficar noiva de outro cara. O Boris não disse que o Michael disse isso, mas acho que o Michael não gosta muito do J.P. Porque ele tem ciúme porque o J.P. está com você agora. Essa não é a coisa mais fofa que você já ouviu na vida?"

Lágrimas escorriam sem parar pelo meu rosto. Mas eu fingi que não estavam.

"Ãh-hã", eu respondi. "Uma fofura

"Mas ele não falou nada sobre isso no almoço?", a Tina perguntou. "Vocês não falaram mesmo sobre esse assunto?"

"Não", eu respondi. "Quer dizer, Tina... Eu estou com o J.P. agora. Eu nunca faria isso com ele."

Mentirosa!

"Caramba", a Tina disse. "Bom, claro que não. Você não é esse tipo de garota!"

"Não mesmo", eu respondi. "Preciso ir. Vou para a cama cedo, para o meu sono de beleza em preparação para o baile de formatura."

"Ah, claro", a Tina disse. "Eu também! Bom, a gente se vê amanhã!"

"Até amanhã", eu disse e desliguei.

Daí eu fiquei chorando igual a um bebê durante uns dez minutos inteiros, até que a minha mãe entrou no meu quarto, com uma cara de quem não estava entendendo nada, e disse assim: "Qual é o problema agora?"

E eu só disse: "Quero um abraço, mamãe."

E apesar de eu estar com 18 anos e ser maior de idade, subi no colo da minha mãe e fiquei lá, tipo, uns dez minutos, até o Rocky chegar e falar: "VOCÊ não é criancinha! Eu que sou!"

E a minha mãe disse: "Às vezes ela pode ser criancinha."

Então o Rocky pensou sobre o assunto e finalmente disse: "Tudo bem", e me fez um carinho na bochecha. "Criancinha bonita."

De algum modo, isso fez com que eu me sentisse melhor. Pelo menos um pouquinho.

Sábado, 6 de maio, meia-noite, no loft

Acabo de receber o seguinte e-mail do J.P.

Mia,

Tentei ligar para você algumas vezes, mas você não atendeu. Sei que você deve estar brava comigo mas apenas, por favor, escute o que eu tenho a dizer... Eu sei que você pediu para não fazer isto, mas conversei com o Sean sobre o seu livro, de todo modo. *Por favor, não fique brava.* Eu só fiz isso porque amo você e quero o melhor para você.
E quando você souber o que o Sean acabou de dizer, quando me ligou agora há pouco, acho que você vai ficar feliz por eu ter falado com ele: Ele é muito amigo do presidente da Sunburst Publishing (sabe aqueles livros que são resenhados no *The New York Times* que você nunca lê, que são todos transformados em filmes, que têm todos os amigos do Sean como protagonistas?). E ele ADORARIA publicar o seu livro (desde que possa ser assinado por SAR Princesa Amelia Renaldo da Genovia). O Sean disse que ele está disposto a oferecer 250 mil dólares por ele.
Isso não é fantástico, Mia? Você não acha que deve reconsiderar aquela outra oferta que você recebeu? Quer dizer, é só uma porcentagem minúscula daquilo.
De todo modo, eu só quis tentar ajudar. Durma bem, e... estou ansioso por amanhã à noite.

Eu amo você,
J.P.

Então.

O negócio é que eu provavelmente *devia* aceitar a oferta da Sunburst Publishing. Aqueles 250 mil dólares... é uma tonelada a mais de dinheiro que eu poderia doar para o Greenpeace. Mas... a Sunburst Publishing nunca nem *leu* o meu livro. Eles não fazem ideia se é bom. Só estão fazendo a proposta de publicação por causa de quem eu sou.

E eu simplesmente não quero um contrato de publicação assim. É a mesma coisa que... escrever uma peça sobre a sua namorada, a princesa. De certo modo.

Eu sei que foquinhas e a floresta tropical vão sofrer por causa do meu egoísmo, mas...

Simplesmente não posso fazer isto. NÃO POSSO.

Eu sou péssima. Sou pior do que qualquer ser humano do planeta.

Sábado, 6 de maio, 10h, no loft

Passei a noite inteira pensando no J.P. e nas foquinhas que eu não vou salvar por não aceitar o dinheiro da Sunburst Publishing.

E no Michael, é claro.

Acho que só dormi algumas horas. Foi horrível.

Acordei com uma dor de cabeça fortíssima e sem a menor ideia a respeito do que eu faria em relação aos dois, e vi que as últimas pesquisas da Genovia mostravam o meu pai totalmente empatado com o René na eleição de hoje para primeiro-ministro.

Quase todas as notícias que eu vi atribuem a subida repentina do meu pai nas pesquisas ao comercial da Lilly (apesar de não a terem citado pelo nome, é claro) e à doação do novo equipamento médico de altíssima tecnologia para o Hospital Real da Genovia.

Falando sério, eu não sei se acredito que é verdade. Os *Moscovitz* asseguraram o cargo de primeiro-ministro para o meu pai?

E, mesmo assim...

Será que esses dois algum dia não conseguiram fazer alguma coisa que enfiaram na cabeça?

Não. Para falar a verdade, não. Olha, isso dá até medo.

A eleição termina ao meio-dia daqui (que significa seis da tarde na Genovia). Então nós ainda temos mais duas horas para esperar. O sr. G está fazendo waffles (desta vez são os normais, não em forma de coração) enquanto esperamos o telefonema.

Estou com tudo que eu tenho cruzado, para dar sorte.

Não vai ter como o René ganhar. Quer dizer... *de jeito nenhum.* Nem o povo da Genovia pode ser assim tão burro.

Ah, espere. Eu escrevi mesmo isto?

Hoje à noite tem o baile de formatura. Agora eu preciso parar de escrever... não vou ter como escapar.

E, no entanto, nunca existiu nada que eu tivesse menos vontade de fazer na vida.

E isso inclui me tornar princesa.

Sábado, 6 de maio, meio-dia, no loft

A votação terminou.

Meu pai acabou de ligar.

Oficialmente, a disputa está acirrada demais para alguém poder fazer uma previsão.

Eu queria ter comido menos waffles. Estou totalmente enjoada.

Sábado, 6 de maio, 13h, no loft

Grandmère está aqui. Ela trouxe o Sebastiano e todos os vestidos dele para eu escolher um para o baile de formatura como desculpa para estar aqui.

Mas dá para ver que ela veio até aqui só porque não queria ficar esperando o resultado da eleição sozinha no apartamento dela no Plaza.

Eu sei como ela se sente.

O Rocky está feliz da vida, é claro. Ele não para de falar: "Gam-mer, Gam-mer", fica jogando beijinhos para ela, como eu ensinei. Ela finge que os pega no ar e coloca no coração.

Juro que, quando Grandmère está perto de criancinhas, ela se transforma em uma pessoa totalmente diferente.

Estamos todos aqui sentados, esperando o telefonema. Isto é uma tortura.

Sábado, 6 de maio, 18h, no loft

Ainda não recebemos notícia do meu pai.

No final, eu disse a eles que precisava sair. Para eu me arrumar, quer dizer.

O Paolo estava chegando com todo o equipamento dele para fazer uma escova perfeita no meu cabelo. Além disso, eu tinha que raspar os pelos das pernas e fazer todas as outras coisas que é preciso fazer para ficar bonita antes de uma noite importante... máscara de lama purificadora, Crest Whitestrips nos dentes para branquear, adesivos Biore para limpar os poros etc. (eu nem queria pensar sobre o que poderia acontecer depois do baile).

Mas, a cada vinte minutos mais ou menos, eu colocava a cabeça para fora da porta do quarto e perguntava se tinha chegado alguma notícia.

Mas o meu pai não ligou. Não sei dizer se isso é bom ou mau sinal. A votação não devia ser assim tão apertada. Devia?

Finalmente, eu estava pronta para escolher um vestido, estava com o cabelo arrumado — o Paolo tinha colocado na frente as fivelas de diamante e safira que Grandmère tinha me dado de presente de aniversário, mas deixou a parte de trás solta, meio jogada — e tudo estava limpo e hidratado e ajeitado e raspado e cheirando bem.

Não que isso realmente faça diferença, porque eu já decidi que ninguém vai se aproximar o suficiente para inspecionar qualquer uma dessas partes em mim. Quer dizer, eu já tenho problemas suficientes na minha situação atual — não preciso de sexo para completar o pacote.

Na verdade, eu estava me esforçando muito para não pensar no que iria acontecer *depois* do baile de formatura — ou no que eu tinha me metido. Quer dizer, a coisa toda do pós-baile de formatura simplesmente tinha uma placa enorme de NÃO ENTRE no meu cérebro. Eu tinha chegado à conclusão de que a única maneira de sobreviver a esta noite seria viver cada minuto — literalmente — na medida em que fosse acontecendo. Eu até tinha respondido ao e-mail do J.P. dizendo "Obrigada!" pela oferta que ele arrumou na Sunburst Publishing.

Eu não disse que já havia aceitado a outra oferta, nem que tinha resolvido não aceitar a dele, nem nada assim. Simplesmente me pareceu que não valia a pena discutir por causa disso. A nossa noite seria agradável, desprovida de preocupações, no nosso baile de formatura do último ano. Isto eu tinha decidido.

Porque isso eu devia a ele, pelo menos.

Tudo daria certo. Ninguém precisava saber que eu tinha passado uma parte significativa do dia de ontem agarrando o meu ex-namorado em uma charrete antiquada puxada por um cavalo. Tirando o meu ex-namorado e o meu guarda-costas e a charreteira.

Que eu sinceramente espero que não tenha me reconhecido e resolvido liberar a informação para o IMZ.

Experimentei vários vestidos do Sebastiano e fiz um minidesfile para Grandmère, a minha mãe, o sr. G, o Rocky, o Lars, o Sebastiano, e a Ronnie, nossa vizinha, que estava aqui em casa (e ficava dizendo "Menina, você está uma *belezura!*" e "Não acredito como você cresceu desde que era uma coisinha de macacão e buttons do Ralph Nader!").

No final, todo mundo escolheu um vestidinho preto curto de renda que era um vestidinho de noite meio retrô, dos anos oitenta, que não tinha muito jeito de princesa nem de baile de formatura, mas que mais ou menos combinava com o fato de que eu sou uma garota que totalmente traiu o namorado (apesar de ninguém além de mim e o Lars e possivelmente a charreteira saber disso).

Isso se beijar contar como traição. E, tecnicamente, eu não acho que conte. Principalmente se for com um ex.

Não vamos nem entrar na parte da ação abaixo do pescoço.

Então, agora eu só estou esperando o J.P. chegar para me buscar.

E daí nos vamos para o Waldorf para realizar os meus sonhos da noite do baile de formatura, de frango borrachudo e dança com música ruim. Exatamente como eu sempre disse que eu não queria que acontecesse nesta noite. Oba! Posso esperar o quanto for.

Espere, alguém está batendo na porta do meu quarto.

Não pode ser... Ah. É a minha mãe.

Sábado, 6 de maio, 18h30, no loft

Eu devia saber que a minha mãe não iria deixar passar uma ocasião tão marcante como o meu baile de formatura do último ano sem me fazer um discurso imponente. Ela fez um discurso assim em todos os outros momentos importantes da minha vida. Por que o baile de formatura seria uma exceção?

Este aqui foi para dizer que, não é só porque eu estava namorando o J.P. há quase dois anos que eu devia me sentir *obrigada* a fazer qualquer coisa que eu *não estivesse a fim de fazer*. Que os garotos às vezes pressionam as garotas, afirmando que eles têm *necessidades*, e que se as garotas realmente os amassem, elas os ajudariam a satisfazer essas necessidades, mas que os garotos na verdade não vão explodir nem ficar loucos se essas necessidades não forem atendidas.

Não que o J.P. seja esse tipo de garoto, a minha mãe se apressou em explicar. Mas nunca se sabe. Ele pode se transformar em um garoto assim. O baile de formatura surte efeitos estranhos sobre os garotos.

Eu tive que me esforçar muito mesmo para manter uma expressão séria durante todo o tempo em que ela estava falando, porque eu fiz aula de Saúde no primeiro ano e já sabia que os meninos não explodem se não transarem. Também tinha o pequeno detalhe de que ela estava falando sobre uma coisa que NUNCA, NUNQUINHA VAI ACONTECER, NEM EM UM MILHÃO DE ANOS.

Só que, é claro, antes de ontem, meio que estava realmente planejado para acontecer, já que transar com o J.P. depois do baile de formatura tinha sido ideia minha, para começo de conversa.

Então, ela realmente tinha certa razão. Não, é claro, que eu fosse transar com ele *agora*. Não se eu, pelo menos, tivesse alguma mínima chance de escapar, o que, é claro, eu teria. Só precisava dizer não. E eu tinha total intenção de fazer isso.

Mas eu realmente não queria magoar o J.P.

Eu realmente queria perguntar a ela como eu poderia fazer isso, mas daí, obviamente, ela saberia que eu estava pensando em Fazer Aquilo, e não ia ter jeito, mas não ia ter jeito mesmo, de eu tocar NESTE assunto, apesar de ela, claro, estar falando dele.

Daí a minha mãe prosseguiu e disse que o baile de formatura surte efeitos estranhos sobre as garotas também, e que apesar de ela saber que eu sou um tipo de garota diferente do que *ela* era quando *ela* era adolescente (na década de 1980, quando ninguém tinha ouvido falar de abstinência, e a minha mãe tinha perdido a virgindade aos 15 anos para um garoto que depois se casou com uma Princesa do Milho), ela esperava que, se eu me deixasse levar pelo clima desta noite — apesar de ela preferir que não —, que eu pelo menos praticasse sexo seguro.

"Mã-ã-ãe", eu disse, contorcendo-me toda de vergonha. Porque esta é a única reação apropriada para uma afirmação como esta.

"Bom", a minha mãe disse. "Dê um pouco de crédito para nós, os pais, Mia. Quando vocês chegam aos tropeções em casa, depois do café da manhã, no dia seguinte ao baile de formatura, todos nós sabemos onde a maior parte de vocês esteve, e não foi em uma pista de boliche 24 horas."

Flagra!

"Mãe", eu disse, em tom diferente. "Eu... hum.. hã... certo Obrigada."

Graças a DEUS que o interfone acabou de tocar. Ele chegou

E lá vou eu.

Salva pelo gongo.

Literalmente.

Ou não.

Para falar a verdade, eu não sei.

Eu sou capaz de fazer isto. Sou totalmente capaz de fazer isto.

Sábado, 6 de maio, 21h, no banheiro feminino do Waldorf-Astoria

Eu não sou capaz de fazer isto.

Não me entenda mal, o J.P. está sendo o maior amor. Ele até deu um arranjo de flores daqueles de colocar no pulso, como ele disse que daria.

Felizmente, Grandmère se lembrou de providenciar uma flor para o J.P. colocar na lapela (nunca achei que eu me sentiria tão agradecida a ela), já que eu me esqueci completamente disso. A minha mãe tirou muitas fotos no momento em que eu ajeitei a flor.

E eu nem fiquei morrendo de vergonha, nem nada.

Acho que ela *sabe* agir como uma mãe normal quando quer. Mas, bom, nós chegamos aqui — eu consegui me comportar de um jeito bem normal durante o trajeto, sem deixar transparecer que eu tinha dado uns agarrões no meu ex-namorado ontem — e o salão está lindo. O salão de baile do Waldorf-Astoria é muito bonito mesmo, com aquele pé-direito gigantesco, e está todo bem arrumado, com mesas bem fofas e decoração suntuosa e tapetes grossos. O comitê do baile de formatura se superou com os cartazes de boas-vindas e com os objetos da AEHS e com o DJ e tudo mais.

E o J.P. está *totalmente* adorando. Quer dizer, eu achei que *eu* é que adorava este tipo de coisa, quando eu entrei no ensino médio e vivia e respirava baile de formatura, *baile de formatura*, BAILE DE FORMATURA!

Mas o J.P. *ama* isto aqui. Ele quer dançar todas as músicas. Ele comeu todos os pedaços de frango dele (borrachudo, bem como eu desconfiava) e comeu o meu também (eu sou flexetariana, mas não assim *tão* flexível). Ele trouxe a câmera digital dele, e tirou 8.000 fotos — estamos em uma mesa grande todos juntos, a Lana e o cara que veio com ela (cadete da academia naval Westpoint, com uniforme completo), e a Trisha e a Shameeka cada uma com um cara, e a Tina e o Boris, e a Perin e a Ling Su e uns caras que elas arrumaram em algum lugar só para agradar aos pais delas. A cada cinco minutos, o J.P. fica dizendo: "Sorriam!"

E isso até que não é tão mau. Mas, quando nós estávamos entrando, ele me fez parar e posar para os paparazzi ao lado dele na frente do hotel (e isto... eu ainda estou tentando entender, quer dizer, primeiro o Blue Ribbon... depois a minha festa... depois a peça dele... e agora o baile de formatura. Será que é impressão minha ou o TMZ colocou um rastreador no meu namorado?).

Mas esta não é a pior parte. Mas nem de longe. Ah, não. A pior parte é que os garotos na mesa estavam todos se exibindo com os quartos de hotel que eles tinham reservado para depois do baile de formatura (e tudo bem, mas, sem ofensa, tirando o J.P. e talvez o Boris, eu por acaso sei que foram as GAROTAS que fizeram a reserva dos quartos de hotel), e mostrando as chaves para todo mundo, e o J.P. tirou do bolso a chave do Waldorf dele, como se não fosse nada — *bem na frente de todo mundo.*

Eu quis morrer. Quer dizer, eu nem conheço os caras que estão com a Lana, a Trisha e a Shameeka! Será que dá para demonstrar um *pouco* de discrição? Principalmente porque...

Espere um minuto.

Como é que o J.P. *conseguiu* um quarto no Waldorf, se a Tina disse que o hotel não tinha mais vaga há semanas? E o J.P. só ligou para reservar nesta semana?

Sábado, 6 de maio, 22h, no Waldorf-Astoria, na mesa dez

Acabei de marchar de volta à nossa mesa e perguntar ao J.P. sobre a reserva no hotel.

E ele me disse: "Ah, eu liguei e tinha um quarto disponível. Não tive problema nenhum. Por quê?"

Mas quando depois eu fui perguntar para a Tina o que ela achava disso, quando o J.P. foi buscar um ponche para mim, ela disse: "Bom, vai ver que... talvez... alguém cancelou?"

Mas por acaso não haveria uma lista de espera?

E como o J.P. poderia estar no topo da lista de espera se tivesse ligado *naquele dia*?

Tinha alguma coisa que simplesmente não parecia certa na resposta dele. Não é que eu não confie no J.P. Mas aquilo... aquilo me pareceu estranho.

Então eu procurei a minha fonte de toda a maldade e das tramoias por baixo do pano (agora que a Lilly basicamente não faz mais parte da *minha vida*): a Lana.

Ela parou de engolir o cara que estava com ela só por um instante, para me dizer: "Dã. Ele deve ter feito a reserva há *meses*. Obviamente, ele sempre planejou levar você para a cama hoje. Agora, saia daqui. Não está vendo que eu estou ocupada?"

Mas isso não tem como ser verdade. Porque o J.P. e eu nunca nem falamos sobre a possibilidade de transar nesta noite — ate eu mandar a mensagem de texto para ele naquele dia. Ele nunca nem tinha colocado a mão nos meus peitos! Por que ele ia ficar achando que eu ia querer transar na noite do baile de formatura? Ele nem tinha me *convidado* para ir ao baile de formatura até a semana passada. Quer dizer, por acaso o fato de fazer uma reserva de quarto na noite do nosso baile de formatura sem nem ter me convidado para ir ao baile de formatura não é um pouco de... *presunção?*

Então. É isso aí. Eu comecei a entrar em pânico. Só um pouquinho. Por causa disso. Quer dizer, será que o J.P. estava mesmo planejando isso desde o início, para a gente transar hoje à noite? Tendo em vista que nós nunca nem *conversamos* sobre a questão?

O negócio é que... dá para ver pela peça dele que ele tem planos de se casar comigo e se tornar príncipe um dia. Ele até colocou na peça dele o título de *Um príncipe entre os homens*. Então... até parece que ele não planeja o futuro. Ele até me deu um anel gigantesco.

E talvez não seja um anel de noivado.

Mas é quase isso.

E isso não é tudo. Quando nós estávamos dançando, agorinha mesmo, eu disse, só como um comentário de quem não quer nada, mesmo, porque é uma coisa sobre a qual eu tenho pensado desde a minha escorregada no passeio de charrete ontem: "J.P., você não acha estranho os paparazzi aparecerem em todos os lugares a que a gente vai junto? Como por exemplo hoje?"

E o J.P. respondeu: "Bom, é uma boa divulgação para a Genovia, você não acha? A sua avó sempre diz que, quando você aparece no jornal, é como se fosse um anúncio grátis de turismo para você e o seu país."

E eu continuei: "Acho que sim. Mas é estranho, porque o jeito como eles aparecem é tão aleatório... Tipo quando eu fui ao Applebee's outro dia com Mamaw e Papaw, fiquei morrendo de medo que eles aparecessem e tirassem uma foto minha. E isso teria acabado com as chances do meu pai na eleição. Você pode imaginar o que teria acontecido se o TMZ ou algum outro órgão de imprensa conseguisse uma foto minha comendo no Applebee's? Mas eles não estavam lá."

E eles não apareceram ontem, quando eu estava na charrete com o Michael. Mas eu não completei com esta parte. Obviamente.

"Eu simplesmente não sei como às vezes eles sabem onde eu vou estar, e outras vezes, não sabem", eu prossegui. "Eu sei que Grand-mère não diz nada para eles. Ela é ardilosa, mas não *tanto* assim..."

O J.P. não disse nada. Só continuou me abraçando e dançando.

"Aliás," falei, "tenho a impressão de que eles só aparecem quando eu estou com... *você*."

"Eu sei", o J.P. respondeu. "É a maior chatice, não é mesmo?"

É, é mesmo. Porque isso só passou a acontecer, de verdade, quando eu comecei a sair com o J.P. Exatamente na primeira vez que nós saímos juntos, quando nós fomos ver *A Bela e a Fera*. Foi a primeira vez que a imprensa publicou uma foto nossa. Saindo do teatro, parecendo que nós estávamos juntos, apesar de não estarmos.

Eu sempre fiquei imaginando quem tinha ligado para eles para dizer que nós estávamos juntos. E voltou a acontecer todas as vezes que nós saímos depois disso, sendo que muitas delas não ia ter como eles saberem de antemão — como por exemplo quando nós fomos comer sushi no Blue Ribbon na outra noite. Como é que eles sabiam daquilo, se a gente só deu uma saída para comer um sushi perto da minha casa? Eu saio para comer perto da minha casa o tempo todo, e os paps nunca aparecem.

A menos que o J.P. esteja junto.

"J.P.", eu disse, olhando para ele em meio às luzes azuis e cor-de-rosa da festa. "É *você* que liga para os paps para dizer onde eles podem nos encontrar?

"Quem, eu?", o J.P. riu. "De jeito nenhum."

Não sei o que foi. Talvez tenha sido aquela risada... que pareceu só um pouquinho nervosa. Talvez tenha sido porque, depois de todo esse tempo, ele ainda não tinha lido o meu livro. Talvez tenha sido o fato de ele ter colocado aquela cena de dança sensual na peça dele, para todo mundo rir. Ou talvez tenha sido o fato de o personagem dele, o J.R., parecer ter muita, muita vontade de se tornar príncipe.

Mas, de algum modo, eu simplesmente percebi tudo:

Aquele "de jeito nenhum" tinha sido a Mentira Enorme Número Um de J.P. Reynolds-Abernathy IV. Na verdade, posso dizer que foi a Número Dois. Acho que ele também estava mentindo sobre a reserva de hotel.

Eu não consegui parar de olhar para ele, que olhava para mim com aquele sorriso nervoso nos lábios.

Aquele, eu pensei, não era o J.P. que eu conhecia. O J.P. que não gostava quando colocavam milho no feijão dele e que escrevia um diário em um caderno de anotações Mead igualzinho ao meu e que fazia terapia havia muito mais tempo do que eu. Este era um J.P. diferente.

Só que não era. Era exatamente o mesmo J.P.

Só que agora eu o conhecia melhor.

"Quer dizer", o J.P. disse, com uma risada, "por que eu faria isso? Chamaria os paparazzi para me perseguir?"

"Talvez", eu disse, "porque você gosta de se ver no jornal?"

"Mia", ele disse, olhando para mim com aquele mesmo sorriso nervoso no rosto. "Pare com isso. Vamos só dançar. Sabe o quê? Ouvi um boato de que talvez nós sejamos eleitos como rei e rainha do baile de formatura."

"Meu pé está doendo", eu disse. Isso era mentira. Mas, pela primeira vez, eu não me senti culpada por mentir. "Estes sapatos são novos. Acho que eu preciso me sentar um pouco."

"Ah, não", o J.P. disse. "Vou ver se consigo arrumar um Band-Aid para você. Não saia daqui."

Então, o J.P. está procurando um Band-Aid. E eu estou tentando compreender tudo isso.

Como é que o J.P. — o J.P., que é tão alto e tão loiro e tão bonito, o cara com quem eu tenho tanta coisa em comum, o cara que todo mundo acha que combina muito mais comigo do que o Michael — pode ser alguém com quem eu talvez não tenha absolutamente nada em comum?

Não pode ser possível. Simplesmente *não pode* ser.

Só que... sobre o que mesmo o dr. Loco estava falando outro dia?

Com a história sobre a égua dele, a Sugar. A puro-sangue que parecia tão boa na teoria, mas em cuja sela ele nunca se sentia confortável? O dr. Loco tinha desistido da Sugar, porque nunca tinha vontade de montá-la, e isso não era justo para a Sugar.

Agora eu entendi. Agora eu entendi total.

Algumas pessoas podem *parecer* perfeitas... tudo sobre elas pode ser exatamente perfeito, na teoria.

Até você conhecer a pessoa. Conhecer *de verdade*.

Daí você descobre, no fim, que, apesar de ela parecer perfeita para todo mundo, simplesmente não é perfeita para *você*.

Por outro lado...

O que há de tão errado em um cara que ama a namorada reservar um quarto para os dois, com meses de antecedência, para a noite do baile de formatura? Ah, mas que grande crime.

Então, ele pisou na bola com a peça. Se eu pedir, tenho certeza de que ele muda. Eu...

Ai meu Deus. Estou vendo a Lilly.

Ela está de preto da cabeça aos pés. (Bom, eu também estou, para falar a verdade. Só que, de algum modo, eu não acho que esteja parecendo uma assassina treinada, como ela parece.)

Ela está indo para o banheiro.

Certo, talvez isso se enquadre em perseguição. Mas eu vou atrás dela. Ela namorou o J.P. durante seis meses.

Se alguém sabe se o meu namorado é o maior falso do mundo, é ela. Se ela vai ou não falar comigo é uma outra questão.

Mas o dr. Loco disse *mesmo* que, quando eu descobrisse qual era a coisa certa a fazer, eu faria.

Espero que seja isto...

Sábado, 6 de maio, 23h, no banheiro feminino do Waldorf-Astoria

Certo. Estou tremendo. Preciso ficar aqui até os meus joelhos pararem de tremer tempo suficiente para eu conseguir ficar em pé. Por enquanto, só vou ficar aqui sentada neste sofazinho de veludo e tentar escrever tudo o que aconteceu para conseguir encontrar sentido nessa história...

Mas, bom...

Acho que eu finalmente descobri por que a Lilly ficou tão brava comigo durante tanto tempo.

Entrei no banheiro e lá estava ela, passando um batom vermelhão na frente do espelho.

Era exatamente da cor de sangue.

Ela olhou para o meu reflexo e meio que ergueu as sobrancelhas.

Mas eu não iria recuar, apesar de o meu coração estar martelando no peito. *Dai-me coragem para mudar as coisas que eu puder.*

Eu dei uma olhada para conferir se nós éramos as únicas pessoas no banheiro. Éramos. Daí eu falei para o reflexo dela, antes que perdesse a coragem: "O J.P. é o maior falso ou o quê?"

Ela tampou o batom com toda a calma e guardou na bolsinha de noite dela. Daí ela disse, com uma expressão de nojo completo, depois de se virar e me olhar bem nos olhos: "Mas você demorou, hein?"

Não vou dizer que foi como se ela tivesse enfiado uma faca no meu peito, nem nada assim tão dramático. Porque a parte em mim que antes achava que amava o J.P. tinha parado de pensar desta maneira assim que eu derramei chocolate quente em cima do Michael na semana passada, e eu percebi que a coisa toda de amar o J.P. só tinha sido pensamento positivo. Quer dizer, acho que eu *poderia* ter treinado para me apaixonar pelo J.P. no final, se Michael Moscovitz nunca tivesse voltado do Japão nem tivesse sido tão legal comigo e não me fizesse perceber que eu nunca tinha me desapaixonado dele.

Mas agora isso nunca vai acontecer.

"Por que você não me disse?", eu perguntei para a Lilly. Eu não estava brava, de verdade. Tinha se passado muito tempo — e muita água tinha corrido — para eu estar brava. Eu só estava curiosa, mais do que tudo.

"Ah, o quê?", a Lilly disse com uma risada sarcástica. "Foi *voce* que começou a sair com ele no dia em que ele me deu o pé na bunda, praticamente — que ele me deu o pé na bunda por causa de *você*, aliás."

"Ele não terminou com você por minha causa", eu disse, sacudindo a cabeça. "Não foi assim que aconteceu."

"Com licença", a Lilly disse. "Eu estava presente, você, não. Acho que eu saberia que o J.P., com toda a certeza, deu o pé na minha bunda porque, como ele disse, em suas próprias palavras, estava completamente apaixonado por você. Eu não mencionei esta parte, não é mesmo, no dia em que contei sobre a nossa separação para você?"

Fiquei olhando para ela, sentindo o sangue se esvair do meu rosto. "Não..."

"Bom, foi o que ele me disse. Que estava me dando o pé na bunda e me largando como se eu fosse uma batata quente no minuto em que as coisas entre você e o Michael terminaram porque ele, abre aspas, tinha uma chance com você, fecha aspas. Mas eu disse a ele que não ia ter como, de jeito nenhum, a minha melhor amiga dar a menor bola para ele, porque você nunca faria isso com o cara que deixou o meu coração despedaçado." O olhar de nojo dela se aprofundou. "Ah, mas... acho que eu estava errada a respeito disso, não é mesmo?"

Eu fiquei tão chocada que nem soube o que dizer. Não dava para acreditar. O J.P.? O J.P. tinha dito para a Lilly que me amava... antes mesmo de ele e eu começarmos a ficar juntos? O J.P. tinha dado o pé na bunda da Lilly porque eu estava disponível?

Isso era pior — muito pior — do que ligar para os paps e avisar onde eu ia jantar, para eles poderem tirar fotos de mim.

Ou de fazer com que uma editora aceitasse publicar o meu livro sem nem mesmo ter lido.

"Não tente negar, Mia", a Lilly prosseguiu, com o lábio superior se recurvando. "Não deu cinco minutos depois que eu contei para você que a gente tinha terminado — praticamente na aula seguinte — e eu vi vocês dois se beijando."

"Aquilo foi um erro!", eu exclamei. "Ele virou a cabeça no último instante!" De propósito, agora eu sabia, sem sombra de dúvida.

Mas, bom, eu não devia ficar abraçando garotos no corredor, de todo modo.

"Ah, e foi um *erro* vocês dois terem saído juntos na mesma noite que o meu irmão viajou para o Japão?", ela perguntou, com uma risadinha de desdém.

"Não foi nada romântico", eu disse. "Nós saímos como amigos."

"Não foi o que a imprensa disse", a Lilly respondeu, sacudindo a cabeça.

"A imprensa?" Eu respirei fundo, uma única inspiração horrorizada quando eu finalmente me dei conta da verdade... depois de 21 longos meses. "Ai meu Deus, ele ligou para eles naquela noite. A noite em que nós fomos assistir a *A Bela e a Fera*. Foi por isso que os paparazzi estavam lá. Foi o J.P. mesmo quem chamou."

"Ah, AGORA você finalmente percebeu." A Lilly sacudiu a cabeça. Agora que a venda tinha sido tirada dos meus olhos, finalmente, ela parou de ficar com aquela cara tão de nojo. "Ele foi desonesto com nós duas. Ele só saiu comigo para poder ficar mais perto de você.... apesar de eu não saber o que o fato de *ter ido para a cama* comigo tem a ver com você.."

"Ai meu Deus!' Foi aí que todos os ossos do meu corpo se transformaram em geleia e eu tive que me sentar para não cair. Eu desabei em cima de um dos sofazinhos de veludo que os funcionários do Waldorf-Astoria tinham sido gentis de colocar ali por este motivo, e enfiei a cabeça entre as mãos.

Além disso, eu também gostaria de adicionar: *Eu sabia!* Eu sabia que eles tinham Feito Aquilo! Lá no começo do segundo ano, eu sabia.

"Lilly!", eu exclamei. "Você me disse que nunca foi para a cama com ele! Eu perguntei para você, diretamente, e você disse que ele podia ter se aproveitado, mas nunca se aproveitou!'

"É", a Lilly disse, largando o corpo ao meu lado e se escorando na parede. O rosto dela estava sem expressão. "Bom, eu menti. Eu tinha *um pouco* de orgulho, acho. E, de todo modo, até parece que eu também não tirei proveito daquilo. Eu gostei total do corpo do cara.

Eu só teria apreciado, sabe como é, se no fim não descobrisse que, o tempo todo, ele só estava com tesão pela minha amiga."

"Ai meu Deus", exclamei, mais uma vez. Eu estava tendo muita dificuldade em imaginar o J.P. e a minha melhor amiga — a Lilly — fazendo... bom. *Aquilo.*

E, também, o que dizer sobre todas as vezes que o J.P. afirmou ser virgem, assim como eu? E sobre a coisa de ele estar feliz por ter esperado a garota certa, e que essa garota era eu? A Mentira Enorme Número Quatro de J.P. Reynolds-Abernathy. Ou será que já estava na Cinco? Uau, logo, logo ele iria começar a bater o *meu* recorde.

"Lilly", eu disse. Meu coração parecia estar se contorcendo no peito, de tão mal que eu estava me sentindo. Não por mim. Pela Lilly. Agora eu entendia. Tudo... até por que ela tinha feito o site euodeiomiathermopolis.com. Não era por isso que estava certo.

Mas pelo menos parecia mais compreensível.

"Sinto muito, de verdade", eu disse e estiquei o braço para pegar a mão dela, com as unhas pintadas de preto. "Eu não fazia ideia. E... bom, sobre aquela outra coisa. De ele ter terminado com você por minha causa. Eu também não fazia ideia disso. Mas, sinceramente... por que você simplesmente não me *disse*?"

"Mia, fala sério." A Lilly sacudiu a cabeça. "Por que eu deveria ter dito? Na posição de minha melhor amiga, por acaso o meu ex não devia estar proibido para você? Você devia saber disso. E que negócio foi aquele de terminar com o meu irmão por causa daquela idiotice com a Judith Gershner, para começo de conversa? Aquilo foi tão... psicótico. Durante a maior parte do começo do último ano letivo, você estava parecendo uma louca completa."

Eu mordi o lábio. "É", eu disse. "Eu sei. Mas as coisas que você fez não ajudaram em nada, sabe?"

"Eu sei", a Lilly disse. Quando eu olhei para ela, vi que estava com lágrimas nos olhos. "Acho que eu também estava bem louca. Eu... bom, eu amava o J.P., sabe? E ele me deu o pé na bunda por causa de *você*. E eu... eu simplesmente fiquei tão *brava* com você... E você estava tão cega para a pessoa que ele é na verdade. Mas... você parecia feliz. E até lá eu já estava com o Kenny — quer dizer, Kenneth —, e *eu* estava feliz... e, bom, achei que, talvez agora que estava com você, o J.P. ia melhorar... como é que se pede desculpas por uma coisa dessas... pelo que eu fiz?"

Ela olhou para mim e deu de ombros, impotente. Olhei de novo para ela, agora com os meus olhos cheios de lágrimas também.

"Mas, Lilly", falei, fungando um pouco. "Eu senti a sua falta. Eu senti tanto a sua falta..."

"Eu também senti a sua falta", a Lilly respondeu. "Apesar de eu ter passado um tempo odiando você de verdade."

Isso fez com que eu fungasse ainda mais.

"Eu também odiei você de verdade", respondi.

"Bom", a Lilly respondeu, com lágrimas brilhando como pedras preciosas nos cantos dos olhos. "Nós *duas* agimos como idiotas."

"Porque nós deixamos um garoto se intrometer na nossa amizade?"

"Dois garotos", a Lilly disse. "O J.P. *e* o meu irmão."

"É", eu respondi. "Talvez a gente possa combinar de nunca mais fazer isso."

"Concordo", a Lilly disse, e enganchou o dedo mindinho dela no meu. Nós juramos que sim. E daí, soluçando um pouco, nós nos abraçamos.

E é engraçado. O cheiro dela não é parecido com o do irmão. Mas o cheiro dela é muito bom, assim como o dele. O cheiro dela me lembra de... bom, da minha casa.

"Agora", a Lilly disse, enxugando as lágrimas dos olhos com as costas das mãos, quando me soltou, "eu preciso voltar para a festa, antes que o Kenny — quer dizer, Kenneth — faça alguma coisa explodir."

"Certo", eu disse, com uma risada trêmula. "Já vou sair. Só preciso... só preciso de um minuto."

"A gente se vê depois, PDG", a Lilly disse.

Nem dá para dizer como eu me senti feliz de ouvi-la me chamar disso. Apesar de eu antes odiar ser chamada assim. Não pude deixar de rir enquanto enxugava as minhas próprias lágrimas.

E ela se levantou e saiu, bem quando duas meninas que pareciam meio conhecidas chegaram para mim e disseram: "Ai meu Deus, você não é, tipo, a Mia Thermopolis?"

E eu respondi assim: "Sou." O que foi agora? Falando sério. Não sei mais o quanto eu vou suportar.

E elas falaram assim: "É melhor você voltar para lá. Está todo mundo procurando você. Estão dizendo que vão anunciar a rainha do baile de formatura. Estão, tipo, só estão esperando você voltar para dar início à cerimônia."

Então. É. Parece que eu vou ser a rainha do baile de formatura.

Infelizmente, se o J.P. for o rei do baile de formatura, ele vai ter uma surpresa enorme.

Domingo, 7 de maio, meia-noite, na limusine a caminho do centro

Eu saí do banheiro e, é claro, estavam chamando o nome do rei e da rainha do baile de formatura da Albert Einstein High School: J.P. Reynolds-Abernathy IV e Mia Thermopolis.

Não estou brincando.

Como foi que eu passei da menina mais nerd da escola inteira no primeiro ano para rainha do baile de formatura no último? Não entendo.

Acho que o fato de todo mundo ficar sabendo que eu sou princesa ajudou.

Mas, de verdade, acho que isso não tem assim tanto a ver com o fato.

O J.P. atravessou a multidão e me encontrou e sorriu e pegou a minha mão e me levou até o palco, onde as luzes brilharam bem fortes em cima de nós. Todo mundo estava berrando. A diretora Gupta entregou um cetro de plástico para ele e colocou uma tiara de strass na minha cabeça. Daí ela fez um discurso sobre valores morais positivos e disse que nós éramos exemplo disso e que todo mundo devia se espelhar em nós.

E isso foi a maior piada, levando em conta o que nós combinamos de fazer depois do baile de formatura. Ah, e tudo que eu fiz em uma charrete em estilo antigo ontem com o meu ex.

Daí o J.P. me agarrou e tombou o meu corpo para trás, e me beijou, e todo mundo aplaudiu.

E eu deixei, porque não queria deixá-lo envergonhado se mandasse o Lars usar o aparelhinho de disparos elétricos nele, na frente da turma toda do último ano.

Mas, para falar a verdade, era isso que eu tinha vontade de fazer.

Só que, pensando bem, eu não sou muito superior a ele do ponto de vista moral. Quer dizer, estou usando o anel dele, e não estou nem um pouco apaixonada por ele. Pelo menos, não estou mais. E eu também passo o tempo todo mentindo.

Só que as minhas mentiras eram para fazer as pessoas se sentirem melhor.

Já as mentiras dele? Nem tanto.

Mas pelo menos eu tenho a intenção de tomar uma atitude em relação a isso.

Mas, bom, logo depois do nosso beijo, um monte de balões caiu do teto e o DJ colocou para tocar uma versão punk super-rápida de "Let the Good Times Roll", da banda The Cars, e todo mundo começou a dançar feito louco.

Menos eu e o J.P.

Isso porque eu o arrastei para fora do palco e disse: "Nós precisamos conversar."

Só que eu tive de berrar no ouvido dele, para ele me escutar por cima da música.

Não sei o que o J.P. achou que eu disse, mas ele respondeu: "Ótimo, certo, tudo bem, vamos lá."

Acho que ele estava mesmo de muito bom humor, por ter sido coroado como rei do baile de formatura. Enquanto nós atravessávamos o salão, fomos recebendo parabéns de todas as meninas, e o J.P. cumprimentava todos os meninos — com um "toca aqui" ou, no caso do acompanhante da marinha da Lana, com um encontrão peitoral — por causa do jeito maluco de rei do baile de formatura dele. Por causa disso, o nosso avanço até as portas que levavam ao lobby, onde estava mais calmo, foi muito lento.

Mas nós finalmente chegamos lá.

"Olhe, J.P.", eu disse e arranquei a tiara de plástico da minha cabeça. Estava machucando, e tenho certeza de que estragou o meu penteado bonito. Mas eu nem liguei. Dei uma olhada para ver se o Lars estava por perto. Estava, enfiando os indicadores nas orelhas para conferir a audição, que ele parecia achar que tinha sido prejudicada pelo barulho do salão. "Sinto muito, mesmo, sobre tudo isto."

O negócio é que o meu pai só disse que eu precisava ir ao baile de formatura com o J.P. E no que me toca, o baile de formatura já tinha terminado. Quer dizer, o rei e a rainha tinham sido coroados. Então eu achei que isso significava que a coisa toda estava completa.

E isso significava, no que diz respeito ao J.P., que eu não devia mais nada para ele.

"Você sente muito por causa de quê?" O J.P. tinha me levado até a frente do lugar onde ficavam as portas dos elevadores. Na hora eu não entendi por quê, já que a saída do hotel era no andar térreo e o salão de baile também. Mas, depois, eu percebi. "Este é na verdade o momento perfeito para sair. Aquela música estava me deixando louco. Não sei o que há de errado com um pouco de Josh

Groban. E não tem momento melhor para sair do que quando todo mundo está pedindo mais, certo? Como está o seu pé? Ainda está doendo? Olhe...", ele baixou a voz. "Será que você não devia dizer para o Lars que ele pode ir embora agora? Eu cuido de você a partir daqui." Ele deu um sorriso cheio de segundas intenções e apertou o botão de SUBIR para chamar o elevador.

Eu não tinha ideia do que ele estava fazendo. Nem do que ele estava falando, pelo menos, não na hora. Eu estava completamente concentrada no que eu precisava fazer.

"É só que...", eu disse. Eu não queria magoar o J.P. Grandmère tinha me dado um sermão a respeito de como dispensar pretendentes com gentileza.

Mas sinceramente. O que ele tinha feito com a Lilly era imperdoável. E eu não via nenhuma razão para ser gentil com ele.

"Acho que está na hora de nós sermos sinceros um com o outro", eu disse. "Sinceros *de verdade*. Já sei que é você quem chama os paparazzi toda vez que a gente sai. Não posso provar, mas está muito claro. Não sei por que você faz isso. Talvez ache que é uma boa divulgação para a sua carreira futura de roteirista ou algo assim. Não sei. Mas eu não gosto disso. E não vou mais suportar."

O J.P. olhou para mim com uma expressão chocada no rosto. Ele disse: "Mia, do que você está falando?"

"E aquele negócio da peça?", eu sacudi a cabeça. "J.P., você escreveu uma peça inteira sobre mim. Como você pôde fazer uma coisa dessas? Escancarar a minha vida inteira, como por exemplo a dança sensual, para todo mundo — e ainda deixar o Sean Penn fazer um filme disso? Se você me amasse de verdade, nunca faria uma coisa dessas. Uma vez eu escrevi um conto sobre você, mas foi antes de nós nos conhecermos, e depois que a gente se conheceu eu mandei destruir todas as cópias existentes, porque não é justo se aproveitar das pessoas desse jeito."

O queixo do J.P. caiu mais um pouco. "Mia. Eu escrevi aquela peça para nós. Para que o mundo soubesse como nós somos felizes... o quanto eu amo você..."

"E isso é uma outra coisa", eu disse. "Se você me ama tanto assim, como é que nem leu o meu livro? Não estou dizendo que seja o melhor livro do mundo, mas você está com ele há uma semana e ainda não leu. Não dava para dar uma olhada e me dizer o que você achou? Fico feliz por você tentar arrumar para mim o tal contrato de publicação maravilhoso — só que eu não preciso dele, porque já tenho o meu contrato —, mas será que você não podia ter dado uma olhadinha?"

"Mia." Agora o J.P. estava assumindo uma atitude defensiva. "Esta história de novo? Você sabe que eu ando ocupado. Nós tivemos as provas finais. E com todos os ensaios..."

"É." Eu cruzei os braços por cima do peito. "Eu sei. Você já disse. Tem muitas desculpas. Mas fico curiosa em saber qual é a sua desculpa por ter mentido sobre o quarto de hotel."

Ele tirou as mãos dos bolsos e estendeu na minha direção com as palmas viradas para cima, com expressão questionadora no rosto, em um gesto antiquado de inocência. "Mia, não sei do que você está falando!"

"Não tinha mais vaga neste hotel há semanas. Estou falando sério, J.P." Eu sacudi a cabeça. "Não tem como você ter ligado nesta semana e conseguido um quarto. Seja sincero. Você fez a reserva há meses, não foi? Você simplesmente partiu do princípio de que nós ficaríamos juntos hoje à noite."

O J.P. deixou as mãos caírem. E também parou de fingir.

"O que tem de tão errado nisso?", ele quis saber. "Mia, eu sei como você e as suas amigas falam da noite do baile de formatura — e de *tudo* que isso envolve. Eu queria que fosse especial para você. Como é que isso de repente me transforma em um bandido?"

"É", eu respondi. "O problema é que você não foi sincero em relação a isso comigo. E, tudo bem, J.P., eu não fui sincera com você a respeito de várias coisas, como por exemplo as faculdades em que eu fui aceita e os meus sentimentos e... bom, um monte de coisas. Mas isto foi muito maior. Quer dizer, você mentiu para mim em relação ao motivo por que terminou com a Lilly. Você disse para ela que me amava! Foi por causa disso que ela passou tanto tempo tão brava comigo, e você sabia, e não me disse!"

O J.P. só ficou sacudindo a cabeça. Mas sacudiu *muito*.

"Não sei do que você está falando", ele respondeu. "Se andou conversando com a Lilly..."

"J.P.", eu disse. Não estava acreditando naquilo. Não dava para acreditar no que ele estava dizendo. Não dava para acreditar que ele estava mentindo. *Na minha cara!* Eu sou mentirosa. Eu sou a *princesa* das mentiras. E ele estava tentando mentir para *mim*? Sobre uma coisa assim tão importante? Como ele teve coragem! "Pare de mentir. A Lilly e eu voltamos a ser amigas. Ela me contou *tudo*. Ela me contou que você foi para a cama com ela! J.P., você não é virgem coisa nenhuma. Você nunca se guardou para mim. Você *foi para a cama* com ela! E nunca achou que essa era uma coisa que devia comentar comigo? Com quantas *garotas* você foi para a cama, J.P.? Quer dizer, de verdade?"

O rosto do J.P. estava ficando tão vermelho que estava quase roxo. Ainda assim, ele ficava tentando salvar a situação. Como se ainda houvesse algo a salvar.

"Por que você acreditou *nela*?", o J.P. exclamou, sacudindo a cabeça mais um pouco. "Depois do que ela fez contra você? Aquele site que ela colocou na internet? E você acredita nela? Mia, você é louca?"

"Não", respondi. "Uma coisa que eu não sou, de jeito nenhum, J.P., é louca. A Lilly fez aquele site porque estava brava. Brava comigo, por não ter sido uma boa amiga para ela. E, sim... eu acredito nela. É em *você* que eu não acredito, J.P. Quantas mentiras você me contou desde que nós começamos a namorar?"

Ele parou de sacudir a cabeça. Daí, ele disse: "Mia..."

E ele parecia... bom, aterrorizado é a única palavra em que eu consigo pensar para descrever.

Foi bem aí que as portas do elevador se abriram à nossa frente. E o Lars se aproximou para se assegurar de que a cabine estava vazia. Daí ele perguntou, em tom seco: "Vocês não vão a lugar nenhum, correto?"

O J.P. respondeu: "Na verdade, nós..."

Mas eu disse, ao perceber, só naquele momento, para onde aqueles elevadores iam — para os andares superiores, onde ficam os quartos: "Não."

E o Lars recuou mais uma vez.

E as portas do elevador se fecharam e ele foi embora.

O negócio é o seguinte: eu não vou dizer que não acho que o J.P. tenha gostado de mim. Porque eu acho que ele gostou. Acho mesmo.

E a verdade é que eu também gostei do J.P. Gostei mesmo. Ele foi um bom amigo em um momento que eu estava precisando de amigos. Quem sabe um dia nós voltemos a ser amigos.

Mas não agora.

Porque agora eu estou achando que uma boa parte da razão por que ele gostava tanto de mim era porque queria ser um roteirista famoso, e achou que, se ficasse comigo, isso ia ajudá-lo a ter fama.

É um saco ter que reconhecer isso. Que um cara só gostava de mim porque eu sou da realeza. Aliás, quantas vezes eu vou cair nesta?

Mas sabe que outra coisa às vezes é um saco?

Ser *mesmo* princesa. E ver que existem tantas pessoas tão fascinadas por este fato que não conseguem enxergar quem você é atrás da coroa. O tipo de pessoa que deseja ser julgada por seus próprios méritos. O tipo de pessoa que não se importa se alguém oferece 250 mil dólares pelo livro dela. Que prefere receber menos dinheiro se vier de alguém que realmente valoriza o trabalho dela.

Ah, claro, as pessoas vão *dizer* que gostam de você por você ser quem é. Podem até conseguir fingir muito bem. Então tudo bem, você até vai acreditar. Durante um tempo.

O negócio é que, se você for esperta, vai perceber os indícios. Pode demorar um pouco para se ligar.

Mas isso vai acontecer. Alguma hora.

E, no fim, tudo se resume ao seguinte:

As pessoas que eram suas amigas antes de você receber a coroa são as pessoas que vão ser suas melhores amigas independentemente de tudo. Porque são elas que a amam por você ser quem é — você, com toda a sua nerdice — e não por causa do proveito que elas possam tirar de você. Estranhamente, em alguns casos, até as pessoas que eram suas inimigas antes de você ser famosa (tipo a Lana Weinberger) podem acabar se revelando melhores amigas do que as pessoas com quem você faz amizade depois de ficar famosa. Isso acontece até quando esses amigos ficam bravos com você — como a Lilly ficou comigo —, você continua precisando deles, até mais do que antes. Porque talvez eles sejam as únicas pessoas que estão dispostas a dizer a verdade.

As coisas simplesmente são assim. O trono é muito solitário. Para a minha sorte, eu já tinha amigos fabulosos antes de descobrir que era princesa da Genovia.

E se tem uma coisa que eu aprendi nos últimos quatro anos, é que eu preciso me esforçar para manter esses amigos.

Independentemente de qualquer coisa.

E é por isso que eu me peguei fazendo para o J.P. o discurso que Grandmère tinha me ensinado — aquele para dispensar pretendentes com gentileza.

"J.P.", falei e tirei do dedo o anel que ele tinha me dado. "Eu gosto de você. Mesmo. E desejo tudo de melhor para você. Mas a verdade é que eu acho que é melhor nós sermos só amigos. Bons amigos. Por isso, quero devolver isto para você."

E eu ergui a mão dele, e coloquei o anel no meio da palma, e fechei os dedos dele em volta da joia.

Ele olhou para a mão com expressão de tristeza abjeta no rosto.

"Mia", ele disse. "Eu posso explicar por que não contei sobre a Lilly. É que eu achei que você não..."

"Não", eu disse. "Não precisa dizer mais nenhuma palavra. Não se sinta mal." Eu estendi o braço e dei tapinhas no ombro dele.

Acho que eu podia ficar com pena de mim mesma porque o meu baile de formatura tinha sido completa e totalmente estragado. Eu tinha ido com um cara que se revelou o maior falso.

Mas eu me lembrei que o meu pai disse que é obrigação da realeza sempre ser a pessoa mais forte e fazer todo mundo se sentir melhor. Eu respirei fundo e disse: "Sabe o que eu acho que você devia fazer? Ligar para a Stacey Cheeseman. Acho que ela está a fim de você, total."

O J.P. olhou para mim como se eu fosse louca. "Acha?"

"Acho, total", menti. Mas era uma mentirinha inofensiva. E eu tinha bastante certeza de que ela estava a fim dele. Todas as atrizes adoram seu diretor.

"Que coisa mais vergonhosa", o J.P. disse. Ele estava olhando para o anel.

"Não, não tem que ter vergonha nenhuma", eu disse e dei mais alguns tapinhas no ombro dele. "Então, você vai ligar para ela?"

"Mia", o J.P. disse, com o rosto contorcido. "Quero que você me desculpe. Mas achei que, se você soubesse a verdade sobre a Lilly, você nunca..."

Eu ergui a mão para indicar que ele não devia dizer mais nada. Falando sério, seria de esperar de um homem rodado como ele que não tentasse ficar querendo me recuperar se eu já tinha deixado bem claro que estava tudo acabado entre nós.

Fiquei imaginando o quanto da relutância dele em ligar para a Stacey estava enraizado no fato de ela não ser assim tão famosa. Ainda.

Mas cheguei à conclusão de que esse pensamento não era nada generoso da minha parte. Eu realmente estou tentando ser mais princesesca em relação aos meus pensamentos e às minhas ações.

Eu também estava tentando não deixar transparecer a minha enorme felicidade em relação a tudo aquilo. Sabe como é, que, apesar de o meu baile de formatura ter sido o maior fiasco, eu tinha recuperado a minha melhor amiga e pelo fato de eu não estar nem um pouco apaixonada pelo meu acompanhante do baile de formatura e estar terminando com ele, para começo de conversa.

Tentei manter uma expressão solene no rosto quando fiquei na ponta dos pés e dei um beijo nele.

"Tchau, J.P.", sussurrei.

Daí eu me apressei para ir embora antes que houvesse qualquer chance de ele começar a implorar, algo muito pouco atraente em um pretendente (bom, é o que Grandmère diz. Isso não aconteceu comigo... ainda. Mas eu estava pressentindo que podia acontecer logo).

E enquanto corria, abri o meu celular e fiz uma ligação rápida para os advogados reais da Genovia. O escritório deles ainda não estava aberto, porque só eram sete da manhã no horário da Genovia.

Mas eu deixei um recado pedindo que eles colocassem alguma espécie de proibição na peça do J.P., para que ela nunca pudesse virar filme nem ser encenada na Broadway nem nada do tipo.

Quer dizer, eu sei que agi como princesa e fui graciosa para terminar com ele. E eu perdoo completamente o que o J.P. fez comigo.

Mas ele vai pagar pelo que fez com a Lilly.

Ele realmente devia ter se lembrado de que várias das minhas ancestrais são famosas por estrangular e/ou cortar fora a cabeça de seus inimigos.

Quando eu estava guardando o meu telefone, dei um encontrão no Michael.

Isso mesmo, o *Michael*.

Fiquei totalmente estupefata. O que o *Michael* estava fazendo no baile de formatura da AEI IS?

"Ai meu Deus", eu exclamei. "O que *você* está fazendo aqui?"

"O que você *acha* que eu estou fazendo aqui?", ele quis saber, esfregando o ombro no lugar em que eu tinha esbarrado, direto com as pontas da tiara de plástico que eu segurava.

"Há quanto tempo você está aqui?" Fui tomada por um pânico repentino devido à possibilidade de ele ter escutado o que eu e o J.P. estávamos discutindo, em relação à Lilly. Por outro lado, se ele tivesse escutado, certamente um assassinato já teria sido cometido. O do J.P., para ser exata. "Espere... o que você escutou?"

"O suficiente para me deixar enjoado", o Michael respondeu. "Legal esta de ligar para os advogados, aliás. E é assim mesmo que vocês dois conversam?" A voz dele se ergueu em um falsete estridente: *"Sabe o que eu acho que você devia fazer? Ligar para a Stacey Cheeseman.*

Acho que ela está a fim de você, total." Ele voltou a baixar a voz. "Que fofo. Do que exatamente isso me lembrou? Espere. Ah, já sei... *Seventh Heaven*..."

Eu agarrei o Michael pelo braço e o arrastei para um canto, bem longe dos ouvidos do J.P. (que ainda não tinha reparado em nada, porque já estava no telefone com a Stacey).

"Falando sério", eu disse e larguei o braço do Michael quando estávamos a uma distância suficiente. "O que você está fazendo aqui?"

O Michael sorriu. Ele estava tão fofo com aquela camiseta preta do Skinner Box, o cabelo todo desarrumado e o jeans que moldava o corpo dele direitinho... Eu não consegui deixar de pensar em todos os agarrões que nós tínhamos dado no dia anterior. Tudo me voltou como uma lembrança visceral, parecia um soco.

Claro que isso também pode ter acontecido porque eu senti uma lufada forte do cheiro dele quando nós nos esbarramos. O tal complexo de histocompatibilidade principal é coisa séria. É forte o bastante para praticamente derrubar uma garota.

"Não sei", ele disse. "A Lilly me disse há alguns dias que era para eu aparecer aqui e encontrar você perto dos elevadores por volta da meia-noite. Ela disse que estava com a sensação de que você ia precisar... hum... do meu auxílio. Mas parece que você deu conta da situação muito bem, se é que aquela devolução cerimonial do anel serviu de indicação."

Dava para sentir que eu estava ficando totalmente vermelha, ao me dar conta do que a Lilly quis dizer. Por ter escutado a minha conversa com a Tina no banheiro da escola, quando eu disse que ia reservar um quarto de hotel com o J.P. hoje à noite. A Lilly tinha mandado o irmão até ali para impedir que eu fizesse uma coisa de que ela sabia que eu me arrependeria...

Só que ela não tinha dito a ele *exatamente* o que era para ele me impedir de fazer. Graças a Deus.

A Lilly realmente *era* minha amiga, no final das contas. Não que eu jamais tenha duvidado disso. Bom, não muito.

"Então, será que você vai me dizer por que a Lilly achou que a minha presença aqui era uma necessidade tão urgente?", o Michael quis saber e me abraçou pela cintura.

"Sabe como é", eu respondi rápido. "Acho que é porque ela sempre soube que eu queria ir ao meu baile de formatura do último ano com você."

O Michael só riu. De um jeito meio sarcástico.

"Lars", ele chamou, por cima da minha cabeça, falando com o meu guarda-costas. "Diga a verdade. Você acha que eu preciso ir lá transformar o J.P. Reynolds-Abernathy IV em mingau?"

O Lars, para o meu horror total, assentiu e disse: "Na minha opinião, com certeza que sim."

"Lars!", eu exclamei, começando a entrar em pânico. "Não. Não! Michael, está tudo terminado. O J.P. e eu acabamos de nos separar. Você não precisa bater em ninguém."

"Bom, acho que talvez eu precise", o Michael disse. E ele nem estava brincando. Ele não estava sorrindo quando disse: "Acho que a terra seria um lugar melhor se alguém tivesse transformado o J.P. Reynolds-Abernathy IV em mingau há um bom tempo. Lars? Você concorda comigo?"

O Lars olhou para o relógio e disse: "É meia-noite. Eu não bato em ninguém depois da meia-noite. É uma regulamentação do sindicato dos guarda-costas."

"Certo", o Michael respondeu. "Você segura e eu bato."

Que horror!

"Eu tenho uma ideia melhor", eu disse, e peguei o Michael pelo braço de novo. "Lars, por que você não tira o resto da noite de folga? E Michael, por que nós não vamos para a sua casa?"

Bem como eu esperava, isso distraiu o Michael completamente da Missão de Matar o J.P. Ficou olhando para mim, chocado, durante quase cinco segundos.

Daí ele disse: "Esta me parece uma ideia completamente excelente."

O Lars deu de ombros. Que outra coisa ele poderia fazer? Agora eu tenho 18 anos e sou maior de idade.

"Por mim, esta ideia também parece boa", ele respondeu.

E foi assim que eu vim parar nesta limusine, correndo na direção do centro, para chegar ao SoHo, e ao loft do Michael.

E agora o Michael sugeriu que eu pare de escrever diário e preste um pouco de atenção nele.

Sabe o quê? Esta parece uma ideia completamente excelente para mim também.

Um trecho de *Liberte o meu coração*, de Daphne Delacroix

— *Finnula* — *ele repetiu, e dessa vez ela detectou a urgência em sua voz. Era equivalente à urgência que ela sentia no próprio coração, no âmago de suas veias pulsantes.* — *Eu sei que jurei não tocar em ti, mas...*

Finnula não sabia muito bem como se deu o que aconteceu a seguir. Foi como se, em um minuto ela estivesse em pé, olhando para ele, imaginando se ele pararia de falar e simplesmente faria aquilo, em nome dos céus...

E, no minuto seguinte, ela estava nos braços dele. Ela não sabia quem tinha se movido: ele ou ela.

Mas, de repente, os braços dela estavam ao redor do pescoço dele, puxando sua cabeça para mais perto, com os dedos emaranhados no cabelo macio, já com os lábios entreabertos à espera dos dele.

Aqueles braços fortes e dourados, que ela tanto ansiava para sentir ao redor de seu corpo, prenderam-na, apertando-a tão perto de seu peito largo que ela não conseguia respirar. Não que ela estivesse conseguindo tomar fôlego, já que ele a beijava com tanta profundidade, com tanta urgência, como se ela de repente pudesse ser arrancada dele. Ele parecia temer que pudessem ser interrompidos novamente. Só que Finnula percebeu, com uma satisfação que certamente deixaria seu irmão chocado, se soubesse, que eles tinham a noite toda. Assim, ela prolongou o beijo e conduziu uma exploração divertida daqueles braços que ela tanto admirava. Oh, eram exatamente tão perfeitos quanto ela imaginara.

De maneira abrupta, Hugo ergueu a cabeça e olhou para ela com olhos que tinham ficado ainda mais verdes do que a esmeralda pendurada no pescoço de Finnula. Ela ofegava, sem ar, o peito subia e descia com rapidez, suas bochechas altas se encheram de cor. Ela percebeu a indagação no olhar dele e compreendeu tudo muito bem. Ele não sabia que ela já tinha tomado sua decisão, que tinha sido resolvida para ela de maneira irrevogável no segundo em que ela o viu sem aquela barba, e seu coração — ou algo muito semelhante a seu coração, pelo menos — tinha se perdido para sempre.

Bom, talvez sua decisão tivesse sido tomada no segundo em que o fecho entrou no ferrolho. Que diferença fazia? Eram dois desconhecidos em um lugar desconhecido — bom, bastante desconhecido. Ninguém jamais saberia daquilo. Aquele não era o momento para a noção de cavalheirismo estranhamente deslocada dele.

— Agora não — ela gemeu, totalmente ciente do motivo por que ele tinha parado de beijá-la, e o que aquele olhar questionador dele implicava. — Pelo amor de Deus, homem, agora já é tarde demais...

Seja lá o que Hugo estivesse planejando dizer, o grito de impaciência dela o silenciou em relação ao assunto para sempre. Hugo inclinou o corpo dela em seus braços e encheu seu rosto e a pele macia atrás de suas orelhas de beijos, fazendo com que sua boca traçasse um rastro de fogo pelo pescoço dela até a gola de suas vestes. Finnula, todavia, ansiosa pelo gosto dos lábios dele nos dela, puxou a cabeça dele para mais perto de novo e então engoliu em seco quando seus dedos se fecharam primeiro ao redor de um seio firme, depois do outro.

A sensação da boca de Hugo devorando a dela, das mãos dele em seus seios retesados, ameaçava sobrepujar Finnula. Ele era tudo que ela desconfiava que seria... só que muito mais. O quarto parecia girar ao redor dela, como se tivesse bebido cerveja demais, e Hugo era a única massa imóvel e sólida em seu campo de visão. Ela se agarrou a ele, desejando algo... só estava começando a compreender o que era esse algo.

Então, quando o joelho dele escorregou para o meio das pernas enfraquecidas dela e ela sentiu a virilha rija pressionando o local em que suas pernas se encontram, o espasmo explosivo que tomou conta de seu corpo foi algo que ela nunca experimentara antes.

De repente, ela compreendeu. Tudo.

Domingo, 7 de maio, 10h, no loft do Michael

ESTOU COM A MINHA GARGANTILHA DE FLOCO DE NEVE DE NOVO.

Acontece que, quando eu joguei a gargantilha naquele quarto de hotel, naquela noite horrível há tanto tempo, o Michael a encontrou onde tinha caído.

E guardou.

Porque (segundo ele) ele nunca deixou de me amar nem de pensar em mim nem de ter esperança..

...exatamente da mesma maneira que eu tinha esperança, aquela brasinha minúscula que eu mantinha viva dentro de mim.

Acontece que o Michael também mantinha uma chama viva dentro de si.

Ele sabia que as coisas tinham ficado péssimas entre nós, mas ele achou que um tempo separados — para que nós dois pudéssemos nos encontrar — talvez ajudasse.

Ele nunca achou que apareceria outro homem para nos separar para sempre. (Tudo bem, ele não falou exatamente assim, mas fica mais dramático do que dizer que ele nunca achou que eu ia começar a namorar o J.P. Reynolds-Abernathy IV.)

E foi aí que ele *de fato* pediu para o Boris ficar de olho em mim (*não* para me espionar. Só para mantê-lo informado).

O Michael pensou (por causa do que o Boris tinha dito a ele), que o J.P. e eu estávamos completamente apaixonados. E acho que, durante um tempo, pareceu mesmo que era assim. Para uma pessoa olhando de fora (principalmente para o Boris, que não compreende os seres humanos vivos normais, inclusive — e talvez especialmente — a namorada dele).

Mas nem *assim* o Michael perdeu a esperança. Foi por isso que ele guardou a gargantilha — só para garantir.

Foi só quando o Michael me viu no evento em Columbia naquele dia, e eu agi com tanta timidez, que ele começou a ter coragem de sonhar que talvez o Boris estivesse errado.

Mas daí, quando o J.P. me deu aquele anel de presente de aniversário, ele percebeu que precisava tomar medidas drásticas. Foi por *isso* que ele saiu da minha festa — para providenciar que o meu pai recebesse um CardioBraço (e também, como ele colocou, "porque eu sabia que precisava sair antes que pegasse aquele cara e esfregasse o chão com a cara dele").

É tudo tão dramático! Não aguento esperar para contar para a Tina. Algum dia. Mas não agora. Por enquanto, vou guardar segredo, para ser compartilhado apenas pelo Michael e por mim — pelo menos um pouquinho.

Ele me disse que, se eu quiser, ele pode substituir a minha gargantilha de floco de neve de prata velha que eu estou usando por uma de diamante. Mas eu disse que de jeito nenhum.

Eu amo esta aqui, do jeitinho que ela é.

EEEEEEEEEEEEEEEEEEEEEEEEEEEEEEEE!!!!!!!!

Mas, bom, não quero entrar em muitos detalhes a respeito do que aconteceu aqui entre nós, neste loft, ontem à noite, porque é particular — particular demais até para este diário. Afinal, o que acontecerá se ele cair em mãos erradas?

Mas eu quero sim dizer uma coisa importante, que é o seguinte:

Se o meu pai acha que eu vou passar este verão na Genovia, ele está completamente louco.

Ai meu Deus, *O MEU PAI*. Esqueci de olhar para conferir como está sendo a eleição!

Domingo, 7 de maio, 13h30, na limusine a caminho do Central Park

Certo, então, o meu pai GANHOU A ELEIÇÃO!

É, eu ainda não sei muito bem como isso aconteceu. Eu acusei o Michael de sabotar as urnas eletrônicas da Genovia — além de todas as outras coisas maravilhosas que ele fez por mim ultimamente.

Mas ele jura que, apesar de ser um gênio da computação, não é capaz de sabotar as urnas eletrônicas em um pequeno país localizado a muitos milhares de quilômetros do lugar onde ele mora.

Além do mais, na Genovia usam a tecnologia de leitura óptica de cédulas Scantron.

E acontece que, no fim, o meu pai venceu por maioria significativa.

O problema é que o pessoal lá não está acostumado a votar, por isso demorou muito tempo para contar os votos. E o comparecimento às urnas foi bem mais alto do que o esperado.

E daí o René não acreditou que não tinha vencido, e exigiu recontagem de votos.

Coitado do René. Mas tudo bem. O meu pai prometeu um lugar para ele no gabinete. Provavelmente vai ser alguma coisa ligada a turismo. Acho que é uma atitude muito decente da parte do meu pai.

Descobri tudo isso quando falei com o meu pai no telefone. Mas não foi uma ligação transatlântica. Ele ligou do apartamento de Grandmère. O meu pai veio para a minha cerimônia de formatura. Que é daqui a meia hora.

É uma pena que ele não viaje em voos comerciais, porque ele realmente ia poder acumular muitas milhas com todas as vezes que viajou entre Nova York e a Genovia nesta semana. Já conversei com ele sobre as emissões de carbono que são responsabilidade dele.

Mas, bom, todo mundo agiu com a maior naturalidade quando eu apareci no loft com a minha roupa do baile de formatura e o Michael a reboque. Tipo, ninguém disse nada para me envergonhar, como por exemplo: "Ah, oi, Mia, como foi o boliche 24 horas?" nem "Mia, você não saiu aqui de casa ontem à noite com *outro* cara?"

A minha mãe, na verdade, pareceu bem feliz de ver o Michael. Ela sabe o quanto eu sempre o amei, e ela percebe como o Michael me faz feliz, e isso, por sua vez, faz com que *ela* fique feliz.

E ela nunca fez muito segredo a respeito de não suportar o J.P. Pelo menos não precisa se preocupar com a possibilidade de o *Michael* ser um camaleão. *Ele* tem opinião sobre tudo.

E também não tem a menor timidez de expressar o que pensa, *principalmente* quando é o oposto do que eu acho, já que isso faz com que a gente comece a discutir, e isso nos faz... bom, ficar com vontade de nos beijar. Se você não entendeu, complexo de histocompatibilidade principal é isto.

Infelizmente, não tenho certeza se o Rocky de fato se lembra do Michael. E isso faz sentido, porque a última vez que ele o viu foi há quase dois anos, e o Rocky mal tem 3 anos.

Mas parece que o Rocky gostou muito dele. Ele foi logo mostrando a bateria dele para o Michael, e também como arranca tufos de pelo do Fat Louie se o Fat Louie não consegue fugir com rapidez suficiente.

Mas, bom, agora estamos todos indo para o Central Park, para a cerimônia de formatura, e vamos encontrar o meu pai e Grand-mère lá. Estou usando o vestido que todo mundo escolheu para eu usar hoje (mais uma criação do Sebastiano, igualzinho ao que eu usei ontem, só que todo branco) por baixo da beca de formanda. Estou tentando ignorar as 80.000 mensagens de texto e de voz que eu recebi da Tina e da Lana, sendo que eu tenho bastante certeza de que a maior parte delas tem a ver com para onde eu fui quando desapareci ontem à noite. Bom, tudo bem, as da Lana devem ser todas sobre o cadete da academia naval Westpoint que ela arrumou.

Mas fala sério. A gente precisa ter *um pouco* de privacidade.

Estou vendo que uma das minhas mensagens de texto é do J.P., mas não vou abrir com o Michael aqui no carro.

Outra é da Lilly. Mas tanto faz. Eu vou ver estas pessoas todas daqui a, tipo, cinco minutos! Então, seja lá o que for, elas vão poder me dizer pessoalmente.

E agora eu preciso parar de escrever, porque o Rocky descobriu os botões que controlam o teto solar. O meu irmãozinho tem muita coisa em comum com seu primo Hank.

Domingo, 7 de maio, 14h30, Sheep Meadow, Central Park

Ai meu Deus, o Kenny — quer dizer, Kenneth — está fazendo o discurso de orador mais chato que eu já ouvi. Todos os discursos de orador são chatos (pelo menos os que eu escutei).

Mas este aqui ganha o prêmio. Falando sério, é sobre partículas de poeira ou qualquer coisa do tipo. Ou talvez não sejam partículas de poeira. Mas algum tipo de partícula. Quem se importa? Está quente demais aqui nesta arquibancada.

E ninguém está prestando a menor atenção nele. A Lana está até dormindo. Até a Lilly, a própria namorada do orador, está escrevendo uma mensagem de texto para alguém.

Eu só quero sair daqui para ir comer bolo. E daí? Por que isso é tão errado?

É. Acho que é mesmo.

Droga — alguém está me mandando uma mensagem de texto...

Mia, o que está acontecendo? Mandei mensagem de texto para você a manhã toda. Está tudo bem? Eu vi o J.P. ontem à noite com a STACEY CHEESEMAN! Eles subiram juntos no elevador. Onde vc se meteu????

Ah, oi, T! Está tudo bem. O J.P. e eu terminamos. Mas foi 100% mútuo. Para falar a verdade, ontem à noite eu fui para a casa do Michael.

EEEEEEEEEEEEEEEEEEEEEEEEEEEEEEEEEEEEE!!!!!!!!!!!!!!!!!!!!!!!!!!

Foi o que eu disse!!!!!!!!!!!!!

Ai meu Deus, que coisa romântica!!!! Estou tão feliz por você!!!!!!!!!!!!!!!

Eu sei! Eu também. Eu amo tanto o Michael!!!! E ele me ama!!!!!!!!!!!! E tudo está perfeito. Eu só queria que este discurso idiota terminasse para a gente poder comer bolo.

É, eu também. O negócio é que, hoje de manhã, quando eu estava vindo para cá, posso jurar que vi a Stacey Cheeseman se agarrando com o *Andrew Lowenstein* em um Starbucks no centro. Mas não tem jeito de ser, certo? Porque agora ela está com o J.P. certo?

Hum. Certo!

Ah, outra mensagem de texto...

Oi, PDG. Vi você sair do hotel ontem com o meu irmão.

É a Lilly!!!!

Tem algum problema? Ele disse que você mandou que ele fosse lá!!!!

Está tudo certo. Mas é melhor você não despedaçar o coração dele de novo. Ou, desta vez, eu vou MESMO quebrar a sua cara.

Desta vez, ninguém vai sair de coração despedaçado, Lilly. Agora somos todos adultos.

Ha. Não é provável. Mas... fico feliz por você estar de volta, PDG.

Ahhhh...

Estou feliz por ter voltado, Lilly.

Ô-ôu... tem a mensagem do J.P.

Mia. Eu só queria pedir desculpa de novo por causa de... bom, por causa de tudo. Apesar de a palavra "desculpa" parecer inadequada. Espero que você tenha falado sério quando disse que nós podíamos ser amigos. Porque nada seria mais importante para mim. E obrigado também por sugerir que eu ligasse para a Stacey. Você tinha razão, ela realmente é uma pessoa maravilhosa. E você não precisa se preocupar com a peça. A produtora do Sean ligou hoje de manhã, e parece que teve algum problema com o licenciamento. Tem alguma coisa a ver com uns advogados. Então, acho que ele não vai produzir o filme, no final das contas. Mas não se preocupe, vai ficar tudo bem. Tenho outra ideia para uma peça, é boa de verdade, sobre um roteirista apaixonado por uma atriz, só que ela — bom, é complicado. Eu adoraria conversar com você sobre isto, se for possível, você sabe como as suas opiniões são importantes para mim. Me liga. J.P.

Falando sério. Só pode ser piada. Afinal, que outra coisa seria?

Ai meu Deus, mas este cara não vai calar a boca? Estou totalmente ficando queimada de sol de ficar aqui sentada. Se eu ficar com sardas, vou processar esta porcaria de escola. Espere um pouco... Esquisitona, onde você se enfiou ontem à noite? Você está com cara de quem TRANSOU! Não tente negar! Ai meu Deus, a esquisitona TRANSOU! HA HA HA! Não é DIVERTIDO, esquisitona?????

Enviado pelo meu Blackberry®

Domingo, 7 de maio, 16h, Tower on the Green, mesa doze

Todo mundo está tirando fotos e fazendo discursos e falando sem parar sobre como nós nunca vamos nos esquecer deste dia.

Certamente é um dia que a Lana nunca vai esquecer... isso porque a sra. Weinberger (de acordo com o meu pedido, só que isso eu nunca vou contar para a Lana, é claro) deu de presente para ela a coisa que ela mais desejava ganhar na formatura, do fundo do coração.

Isso mesmo. Os pais dela encontraram o Bubbles, o pônei da Lana que eles deram para alguém há tanto tempo, e devolveram para ela. O Bubbles estava à espera da Lana no estacionamento do Tower on the Green quando nós chegamos lá, caminhando, para a nossa recepção pós-formatura.

Acho que nunca vi ninguém gritar tanto, de tanta alegria. Nem tão alto.

Este é um dia que o Kenneth também não vai esquecer. Isso porque os pais dele acabaram de lhe entregar um envelope com uma carta da Universidade de Columbia. Ele entrou pela lista de espera.

Então, parece que ele e a Lilly não vão mais ficar separados por um estado. Eles só vão estar separados por um alojamento — se tanto. Houve muitos abraços e gritos de alegria naquela mesa também.

No começo, eu fiquei com um pouco de medo de chegar perto da mesa onde os Moscovitz estavam, apesar de o Michael ter ficado conversando total com os meus pais. Mas eu fiquei acanhada de ver o que os drs. Moscovitz iam *pensar* de mim. É verdade que eu já tinha encontrado com eles na recepção em Columbia, mas aquilo parecia ter acontecido há tanto tempo e, sei lá, as coisas pareciam diferentes agora, por causa do que tinha acontecido ontem à noite (e hoje de manhã também)!

Mas é claro que eles não sabiam disso. E o Michael foi corajoso de ir à minha casa (isso sem falar em ficar conversando com o meu pai e Grandmère agora). Então, o mínimo que eu podia fazer era retribuir o favor.

E foi o que eu fiz.

E, é claro, deu tudo certo. Os drs. Moscovitz — isso sem falar na Vovó — ficaram totalmente contentes de me ver. Porque eu deixo o filho deles tão feliz. E por isso eles ficam felizes.

A parte assustadora foi quando o J.P. veio até a nossa mesa com os pais dele para dar um oi. ISSO sim é que foi estranho.

"Bom, príncipe Phillipe", o sr. Reynolds-Abernathy disse, todo triste, apertando a mão do meu pai. "Parece que, no final das contas, os nossos filhos não vão juntos para Hollywood."

Mas é claro que o meu pai não fazia IDEIA do que ele estava falando, porque ele nunca tinha ficado sabendo desse plano (graças a Deus), para começo de conversa.

"Perdão?", meu pai disse, com uma expressão totalmente confusa.

"Hollywood?", Grandmère exclamou, totalmente estupefata.

"É", eu respondi rapidinho. "Mas isso foi antes de eu ter me decidido pela Sarah Lawrence."

Grandmère respirou tão fundo que eu não sei como sobrou algum ar para nós respirarmos.

"A Sarah Lawrence?", ela exclamou, maravilhada e contente.

"A Sarah Lawrence?", meu pai repetiu. Esta foi uma das faculdades que ele sugeriu, quando eu estava na nona série, como sendo uma das favoritas dele para mim. Mas tenho bastante certeza de que ele não pensou, nem em um milhão de anos, que eu fosse seguir a indicação.

Mas acontece que, como o Michael disse, a Sarah Lawrence é uma das faculdades que não conta a nota do SAT nos requerimentos de aceitação. E tem um programa de escrita muito forte. E fica bem pertinho de Nova York. Só para o caso de eu precisar dar uma passada em Manhattan para visitar o Fat Louie ou o Rocky.

Ou para cheirar o pescoço do meu namorado.

"Que ótima escolha, Mia", minha mãe disse, parecendo superfeliz. Claro que ela estava com uma cara superfeliz desde que notou que o anel de diamante não estava mais lá, e que eu tinha chegado em casa do baile de formatura com o Michael, e não com o J.P.

Mas acho que ela ficou feliz de verdade com a escolha da *Sarah Lawrence* também.

"Obrigada", eu respondi.

Mas ninguém estava mais feliz do que Grandmère.

"Sarah Lawrence", Grandmère ficou murmurando. "*Eu* ia estudar na Sarah Lawrence. Se não tivesse me casado com o avô da Amelia. Precisamos começar a planejar como vamos decorar o quarto dela. Estou pensando em paredes amarelinhas. Eu ia ter paredes amarelinhas..."

"Certo, então", o Michael disse para mim, olhando torto para Grandmère enquanto ela devaneava sobre paredes amarelinhas. "Quer dançar?"

"Se quero", eu respondi, aliviada por ter uma desculpa para sair da mesa.

E foi assim que nós fomos parar na pista de dança com a minha mãe e o sr. G dançando com o Rocky e se divertindo até não poder mais, como sempre; a Lilly e o Kenneth, fazendo algum tipo de dança new wave que eles mesmos pareciam ter inventado, apesar de a música ser meio lenta; a Tina e o Boris, só abraçadinhos, e olhando um nos olhos do outro, o auge do romance, como era de se esperar, já que eram a Tina e... bom, o Boris; e... o meu pai e a srta. Martinez.

"Não", eu disse e fiquei paralisada ao ver isto. "Simplesmente... não."

"O que foi?" O Michael olhou ao redor. "Qual é o problema?"

Eu já devia saber. Quer dizer, eles tinham dançado juntos na minha festa de aniversário, mas eu tinha achado que tinha sido só aquela vez.

Foi aí que o meu pai disse alguma coisa para a srta. Martinez, ela deu um tapa na cara dele e saiu da pista de dança pisando duro.

Acho que ninguém poderia ter ficado mais estupefato do que o meu pai... tirando talvez a minha mãe, que começou a rir.

"Pai!", eu exclamei, horrorizada. "O que você *disse* para ela?"

Meu pai se aproximou esfregando a bochecha e com uma expressão mais curiosa do que de dor, para falar a verdade.

"Nada", ele respondeu. "Eu não disse nada para ela. Bom, nada mais do que eu costumo falar quando danço com uma mulher bonita. Na verdade, foi um elogio."

"*Pai*", eu disse. Quando ele vai aprender? "Ela não é modelo de lingerie. Ela é a minha *ex-professora de inglês*."

"Ela é inebriante", meu pai disse pensativo, olhando na direção dela.

"Ai meu Deus." Eu resmunguei e enterrei o meu rosto no pescoço do Michael. Dava para ver com muita clareza o que estava acontecendo. Era óbvio demais. Outra vez, não! "Diga que isto não está acontecendo."

"Ah, está acontecendo, sim", o Michael respondeu. "Ele está indo atrás dela, chamando o nome dela... Você sabia que ela se chama Karen?"

"Acredito que eu esteja prestes a saber deste fato mais do que bem", eu respondi, sem tirar o rosto do pescoço dele e inalando bem fundo.

"É, agora ele está indo na direção do estacionamento, atrás dela... Ela está tentando chamar um táxi para fugir, mas... ah, ele a deteve. Estão conversando. Ah, espere. Ela está pegando a mão dele... Então, será que você vai continuar chamando-a de srta. Martinez depois que eles se casarem, como faz com o sr. Gianini, ou acha que algum dia vai conseguir chamá-la de Karen?"

"Fala sério. Qual é o problema da minha família?", eu perguntei, com um resmungo.

"A mesma coisa que tem de errado com a família de todo mundo", o Michael respondeu. "Ela é formada por seres humanos. Ei, pare de me cheirar por um minuto e levante a cabeça."

Eu levantei a cabeça e olhei para ele. "Por quê?", eu pergu
"Para eu poder fazer isto", ele respondeu. E me deu um be

E, enquanto nós estávamos nos beijando, com o sol do fim
tarde brilhando ao nosso redor, e com todos os outros casais ro
dopiando na pista de dança, rindo, eu percebi uma coisa. Uma coisa
que eu acho que talvez seja importante de verdade:

Essa coisa de princesa, que há quatro anos eu tinha certeza de
que ia acabar com a minha vida, tinha se revelado ser totalmente
o oposto. Na verdade, eu aprendi muito com isso, e aprendi algumas coisas muito importantes. Como por exemplo a me defender, e a ser eu mesma. Como conseguir o que eu quero da vida, de acordo com os meus próprios parâmetros. E nunca ficar sentada ao lado da minha avó quando estão servindo caranguejo, porque é o prato preferido dela, e ela simplesmente não é capaz de comer e falar ao mesmo tempo, e metade da comida vai acabar em cima da pessoa que estiver ao lado dela.

E também me ensinou outra coisa.

Que é que a gente perde coisas na medida em que vai ficando mais velha, coisas que a gente não quer necessariamente perder. Algumas coisas tão simples como... bom, os dentes de leite quando se é criança, já que eles abrem lugar para os dentes de adulto.

Mas, à medida que a gente envelhece, perde outras coisas, ainda mais importantes, como amigos — se tiver sorte, só os maus amigos, que talvez não fossem tão bons quanto a gente achava. Com sorte, a gente consegue ficar com os amigos de verdade, aqueles que estão sempre prontos a ajudar a gente... mesmo quando pode parecer que eles não estão.

e amigos assim são mais preciosos do que todas as tiaras do.

nbém aprendi que existem coisas que a gente *quer* perder... aquele chapéu que todo mundo joga para cima na formatura. r dizer, por que você ia querer ficar com uma coisa daquelas? ensino médio é um saco. As pessoas que dizem que esses são os melhores anos da vida delas são mentirosas... Quem vai querer que os seus melhores anos sejam na *escola*? A escola é uma coisa que *todo mundo* devia estar pronto para perder.

E daí existem coisas que a gente pensava que queria perder, mas não perdeu... e depois fica feliz por não ter perdido.

Um bom exemplo disso seria Grandmère. Ela me enlouqueceu durante quatro anos (e não só por causa da coisa do caranguejo). Quatro anos de aulas de princesa, e de reclamações, e de insanidade. Juro que houve momentos durante todos esses anos em que eu ficaria feliz de acertar a cara dela com uma pá.

Mas, no fim, fico feliz por não ter feito isso. Ela me ensinou muita coisa, e não estou falando só do jeito correto de usar talheres adequados. De certa maneira, foi ela — bom, com a ajuda da minha mãe e do meu pai, é claro... isso sem falar na Lilly e em todos os meus amigos, mesmo — que me ensinou a apreciar essa coisa de ser da realeza — outro item que eu fiquei desesperada para perder, mas não perdi...

E, sim, no fim... estou feliz com isto.

Quer dizer, é verdade que às vezes é um saco ser princesa.

Mas eu sei que existem maneiras de me aproveitar disso para poder ajudar os outros e talvez, no fim, até para transformar o mundo em um lugar melhor. Não fazendo coisas grandiosas, gatoriamente. Claro que eu não vou inventar um braço cirúrgico robotizado que vai salvar a vida de muitas pessoas.

Mas eu escrevi um livro que talvez ajude alguém que tem uma pessoa que ama sendo operada por esse braço a esquecer o quanto está assustado durante a espera até o fim da cirurgia, como o Michael sugeriu.

Ah, e eu levei a democracia a um país que não a conhecia.

E, tudo bem, essas são todas coisas pequenas. Mas é preciso dar um passo de cada vez.

E quer saber a principal razão por que eu estou feliz por ter descoberto que era princesa, e que vou ser pelo resto da vida?

Se não fosse isso, duvido muito que eu tivesse um final assim tão feliz.

Este livro foi impresso no
Sistema Digital Instant Duplex da Divisão Gráfica da
DISTRIBUIDORA RECORD DE SERVIÇOS DE IMPRENSA S.A.
Rua Argentina, 171 - Rio de Janeiro/RJ - Tel.: (21) 2585-2000